Claude Mauriac

La marquise
sortit
à cinq heures

Albin Michel

*La marquise, bien sûr, puisque, prenant Paul Valéry au mot, Claude
Mauriac a essayé de jouer le jeu en montrant que l'on pouvait tenter
d'écrire sur ce sujet un roman qui ne soit pas tout à fait frivole. Mais
aussi beaucoup d'autres personnages, dont certains réserveront des
surprises. Des passants. De nombreux passants, entre cinq et six heures,
une fin d'après-midi d'été, carrefour de Buci, à Paris. Et aussi pendant
cinq ou six siècles, car les foules de tous les autrefois du quartier sont ici
et là représentées aux moments où toute histoire s'efface pour laisser
apparaître l'Histoire.*

*Que savons-nous des hommes et des femmes que nous croisons dans la
rue et que savons-nous en cet instant de nous-même ? L'apparence des
premiers qui parfois, si elle est plaisante, nous fait rêver, et nos rêves
d'une seconde : pensées évanescentes, désirs informulés, muets appels,
messages captés.*

*Compte tenu de la foule, invisible mais partout sensible, qui s'est, en cet
endroit de Saint-Germain-des-Prés, renouvelée d'âge en âge, voici donc,
mêlée à des siècles d'Histoire (et de petite Histoire), une heure du Paris
d'aujourd'hui. Et dans cette simultanéité vertigineuse du révolu et du
présent, la négation du temps.*

*Comme dans les romans précédents de Claude Mauriac, le désir et le
plaisir, la tentation de prendre et de comprendre, l'amour et la mort sont
les vrais sujets de* La marquise sortit à cinq heures.

Claude Mauriac, fils aîné de François Mauriac, est né à Paris en 1914.
Docteur en droit, il a été, de 1944 à 1949, secrétaire particulier du
général de Gaulle. Journaliste, critique, écrivain, il a reçu le prix
Sainte-Beuve en 1949 pour son *André Breton* et le prix Médicis en 1959
pour *Le dîner en ville*. Depuis quelques années, il publie par fragments

un Journal, *Le Temps Immobile* qui fait de lui un des grands témoins de son siècle.

La marquise sortit à cinq heures fait partie d'une série de romans, avec *Toutes les femmes sont fatales*, *Le dîner en ville* et *L'agrandissement*, que Claude Mauriac groupe sous l'appellation générale *Le dialogue intérieur*.

*M. Paul Valéry proposait dernièrement
de réunir en anthologie un aussi grand
nombre que possible de débuts de romans,
de l'insanité desquels il attendait beaucoup. Les auteurs les plus fameux seraient
mis à contribution. Une telle idée fait
encore honneur à Paul Valéry qui,
naguère, à propos des romans, m'assurait
qu'en ce qui le concerne, il se refuserait
toujours à écrire :* La marquise sortit à
cinq heures.

André BRETON
Premier manifeste du surréalisme

LE CARREFOUR DE BUCI

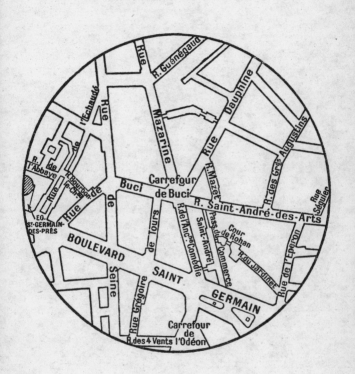

Ce livre, comme tout roman, met en scène, pour sa partie non historique, des héros imaginaires. Toute ressemblance avec des personnes vivant ou ayant vécu dans le quartier évoqué ou ailleurs ne pourrait être que fortuite.

... La marquise sortit à cinq heures. Reposée. Bichonnée. Pomponnée. Ballonnée. Ça, c'est moins bien. Ce ventre, il faut vraiment que je m'en occupe sérieusement. A part cela, en forme. D'attaque, quoi. Ne parlons pas de malheur ! Chère marquise. Traîner dans les rues, à son âge. Il est commode d'habiter ce quartier. On y rencontre du côté de Saint-Germaindes-Prés (mais il est encore un peu trop tôt) plus de jeunes gens que partout ailleurs. Sauf, bien sûr, boulevard Saint-Michel qui est à peine plus loin. Mais, comme dit Jef, trop c'est trop. En bande, ils me font peur. Tiens, ce bon M. Desprez, le marchand d'autographes, fume à son balcon. Au-dessus de son immeuble, au coin des rues Mazarine et Dauphine, un avion invisible trace dans le ciel une mince ligne de fumée...

... De l'autre côté du carrefour, mon voisin de la rue de l'Ancienne-Comédie est comme moi à sa fenêtre. Nous avons la même femme de ménage. Elle me parle souvent de lui. Son nom est paraît-il connu dans les milieux littéraires. Il est séparé de son épouse qui vient parfois le voir avec ses enfants. Interrompant la rédaction de mon prochain catalogue de livres d'histoire et de documents, pour m'accorder à ma fenêtre cette brève pause (mais il fait encore plus chaud dehors), j'ai sous les yeux, d'un même regard, cinq minutes et cinq siècles de la vie du carrefour...

... Sur mon trottoir, à ma gauche, devant la borne des pompiers, un enfant en chandail vert se tient immobile. Ma femme et ma petite fille, qui viennent juste de me quitter, marchent avec lenteur dans sa direction. Elle est bien jolie, la robe rose de Rachel. Ce balcon de nouveau empoussiéré. Salies de nouveau les quelques feuilles du lierre rapporté par Pilou de Valromé...

— Alors Chiffonnette, elle prit le cartable et elle s'en alla à l'école avec ses petits pas. Arrivée à l'école, elle avait couru si vite, Chiffonnette, que poum, patapoum, elle tomba sur le panpan. Elle se releva et partit à cachali...

— A quoi ?

— A cachali. Ça veut dire du sable très fin. Bigoudis ne voulait pas sortir et elle disait : Mais qu'est-ce que tu regardes à travers la porte ? Elle ne voulait pas sortir, Bigoudis, parce que derrière la porte, il y avait le Diable qui jouait une belle musique sur une cordéon.

... Faute exceptionnelle. Si petite et toujours le mot juste. Ou alors, elle l'invente, ne trouvant rien d'assez précis pour exprimer une pensée qui n'est sans doute confuse que pour nous. Tout juste quatre ans. Déjà quatre ans, notre Rachel. Cette idée qu'a eue Bertrand de s'installer si mal. Et qu'importerait, s'il avait au moins du silence et de l'air. Il ne sort presque plus, écrivant peu, réfléchissant à son prochain roman, prenant des notes. Je lui amène de temps à autre sa petite fille, comme cet après-midi. Et Jean-Paul, lorsque c'est possible. Il les regarde avec douceur, puis

12

semble les oublier, m'oublier. Je mets un peu d'ordre chez lui, et nous nous en allons. Tout est mieux ainsi...

... Relayé de fenêtre en fenêtre, malgré la rumeur des voitures, l'air charmant du *Petit vin blanc*. Il devait y avoir une valve pour dégonfler. C'est vrai, un gros ventre, c'est inadmissible. Ça ne peut plus durer. Il y a près de vingt ans que ça dure. Faire des exercices. Ne plus boire à table. Me priver de pain et tout. C'est qu'elle est gourmande la marquise. Si je la laissais faire ! Où va-t-elle encore échouer ce soir ? Je lui donne jusqu'à dix heures. Cinq bonnes heures devant moi. Et après, couche-couche. Avant aussi, j'espère. Vite, du bois. La devanture de ce marchand de légumes et de fruits. Parfait...

— Elle marche, dites donc, Mᵐᵉ Frivole, votre... J'ai oublié ma montre.

— Elle a ses caprices, mais aujourd'hui elle est à l'heure. On vient tout juste de rouvrir. Vous les avez vus, mes melons ? Ils sont jolis, hein. M. Frivole ne tolérerait pas une minute de... Vous le connaissez : toujours en avance.

— Vous pensez ! J'ai eu un mari comme ça. Cinq heures ! Alors c'est que j'ai quitté mon travail un peu trop tôt. Il fait chaud à balayer par ce temps-là. Tant pis. Monsieur n'est pas regardant.

— M. Desprez ?

— Non : M. Carnéjoux. M. Desprez, c'est le matin. Ce qu'il y a, les deux font la paire, bien qu'ils ne se connaissent pas. Faciles. Peu regardants sur la poussière du moment qu'on ne les dérange pas dans leur travail.

— C'est toujours ce que je dis : les célibataires... Mais qui c'est-y donc qui fait leur manger ?

— M. Desprez y se prépare tout lui-même, j'ai que la

vaisselle à faire. M. Carnéjoux, lui, il va toujours au restaurant...

... La marquise a ses petites manies. Ces lignes dont l'asphalte est de loin en loin marqué et sur lesquelles, je ne sais pourquoi, je me suis fait une règle de ne jamais mettre le pied, alors que j'essaye au contraire — je vise et hop, raté! — d'y poser le bout de mon parapluie. Ce n'est pas toujours facile non plus pour mes pauvres jambes. Il y a même des trottoirs où les écarts sont tels qu'il faut y renoncer. Qu'est-ce que je disais. Tant pis. Ce n'est pas un bon présage...

... De vitre en vitre, sur l'autobus passant lentement devant nous et nous empêchant de traverser, je me fais face à moi-même, inconnue si connue, debout sur le bord de la chaussée, près d'une borne rouge, avec ma fille trop petite pour que les glaces me renvoient son image...

— ... Attention, Rachel, ne bouge pas avant que...

— Et puis, elle faisait un pâté, et un château avec le sable du square, voilà ce qu'elle faisait pour pas qu'on l'embête.

— Qui ?

— Eh bien, la dame. Pas la maman de Bigoudis et de Chiffonnette. Une autre.

... Moi-même, mêlée aux autres reflets du carrefour : blancs éclats de ciel, fragments de murs, enseigne allumée à cette heure c'est inattendu, êtres et choses déformés. Et aux silhouettes si proches, si lointaines des voyageurs, noyés, dilués, gommés derrière ces glaces dont une seule, baissée à demi, permet de voir dans sa réalité banale et me coupant la tête, l'intérieur de la voiture. Respirer le moins possible, le temps de quitter ce carrefour empuanti où je me demande comment Bertrand peut vivre. Qu'attend-il, le dos

14

tourné à la rue, cet enfant au crâne tondu ? Deux accrocs à son chandail. Une mère négligente. L'autobus est passé. L'agent a levé son bâton. Nous pouvons traverser...

— ... Allons, Rachel, allons. Vite !

... Traînant sa, ma petite fille en robe rose, Pilou traverse la rue de l'Ancienne-Comédie, bien sagement entre les clous. Qu'il fait chaud ! Le bleu du ciel est barré, au-dessus de la rue Dauphine, du trait droit et net laissé dans l'azur par quelque avion à réaction que je n'ai ni vu ni entendu. Pulsation de l'enseigne éclairée d'une parfumerie. Ronflements, trépidations, grondements. Voitures des quatre-saisons, à la file, rue Mazarine, devant le marchand de frites dont l'odeur viendrait peut-être jusqu'à moi si l'air n'empestait à ce point l'essence. Humble peuple. Chacun avec ses petits problèmes et son vide immense. Moi seul échappant à cette inanité, non que je sois plus intelligent que ces insectes au travail. A peine plus cultivé. Mais j'ai conscience de mon néant en même temps que du leur. Je domine nos existences éphémères. Depuis que j'ai quitté femmes, enfants, journal et richesse relative pour me consacrer, non plus à mes plaisirs, mais à la compréhension de ce que signifiaient mes plaisirs...

... Ce gosse immobile, le visage crispé, tirant machinalement sur son chandail vert. Grimace retenue. Détresse dont je ne saurai jamais rien. S'agit-il d'une déception d'enfant ou d'un vrai malheur ? Si seulement il ne retenait pas ses larmes. Dire que Jean-Paul ou Rachel pourraient être ainsi seuls avec leur chagrin sans que moi, leur maman, je puisse rien pour eux...

... Les cinq minutes de ma récréation, tandis que je fume à mon balcon la fin de mon dernier paquet avant de descendre me réapprovisionner (pas de marché à

faire ce soir, les restes de mon déjeuner me suffiront).
Et les cinq siècles, mais non, voyons huit, c'est cela : au
moins huit siècles de vie parisienne, en cet endroit
précis...

> *... De la Grant rue Saint-Germain*
> *Et en la rue Saint-Andry*
> *Des Ars, mon chemin s'estendi*
> *Jusques en la rue Poupée*
> *La voie ne fut pas estoupée...*

... Émotion de me dire que je suis sans doute le seul,
en France et dans le monde, à connaître par cœur ce
Dit des rues de Paris dans ses différentes versions, la
plus ancienne datant de 1280 environ. Son auteur est
Guillot...

> *... De la Grant rue Saint-Germain*
> *Des Prez, si fait rue Cauvain,*
> *Et puis la rue Saint-Andri*
> *Dehors mon chemin s'estendit*
> *Jusqu'en la rue Poupée*
> *Adonc ai ma voie adressée...*

... Texte qui donne inépuisablement à rêver. La rue
Cauvain ou Gaugain, c'était notre rue de l'Éperon.
Saint-Andri Dehors est une faute, bien sûr : il faut lire
Saint-André-des-Arts...

... Elle n'en finit plus, cette rue Saint-André-des-Arts.
Je n'en suis qu'à la rue de l'Éperon. J'avais rêvé de
Valérie toute la nuit dernière. J'avais rêvé de choses
douces et belles. Il me tardait de la revoir, bien
vivante, réelle, palpable. Déception au premier regard,
dans la cour de l'École, ce matin. Valérie, je t'aime, je
t'aime, mais il arrive qu'en ta présence tu ne sois plus
rien pour moi. En devoir-surveillé de maths, je te prête
de quoi écrire. C'est bien la première fois qu'un de mes
stylos à bille aura noté des équations justes. Notre

16

petit dix-heures. Je jette des boulettes de pain à Valérie. Elle m'en lance en riant. Je recommence. Elle aussi. Tout cela sans un mot, mais avec un regard...

... Ce n'est plus très loin : la fin de la rue de Buci, le carrefour, la rue Saint-André-des-Arts et je serai arrivé. Il est temps car je n'en puis plus. Si elle savait ce que j'ai fait aujourd'hui. Ou plutôt, quels ont été mes désirs, mes pensées. Comme j'aurais honte ! Elle qui m'admire tant. Pourquoi ai-je séché la classe ? Cet appel a été le plus fort qui m'a entraîné dehors. Le jeune homme que je suis devenu a eu à lutter cet après-midi contre l'irrésistible appel du sexe. J'ai refusé autant que j'ai pu de céder à cette obsession. Je n'ai ni abusé de moi-même ni rien fait de très mal. Après une journée de lutte avec le démon charnel, celui-ci n'a pu marquer que quelques points. Vainqueur de mes sens, je vais, comme convenu, à un rendez-vous dont je me serais bien passé. C'est la première fois que je suis invité rue Séguier, chez elle, c'est-à-dire chez ses parents...

— C'est toujours ce que je dis, chère Mme Frivole, moi j'ai mon orgueil. La poussière ne me fait pas peur, je suis là pour ça. Mais vous savez ce que c'est, plus vous l'enlevez. Ce qu'il y a, je ne veux pas d'une autre femme à la maison, ou alors lerelanlère, adieu et pas jusqu'au revoir. M. Carnéjoux vit seul. Sa dame vient souventefois le voir, mais mon ménage ça ne la regarde pas.

— M. Desprez, il est toujours dans ses...

— Alors là, la poussière, pardon, ce n'est même pas la peine d'essayer. Et ses vieux mégots mâchonnés, il les abandonne n'importe où. Ce n'est pas souvent qu'il a des clients, allez. Du reste qui voulez-vous que ça intéresse ? Ce qu'il y a : il ne tient pas à vendre, mais

17

pas du tout. Il est bien trop maniaque pour ça, pensez. Ça lui arracherait le cœur à cet homme de se séparer d'un de ses vieux papiers. Mon autre, il écrit toute la journée. Je vous le dis : des originaux et qui font la...

— Il faut de tout pour faire un...

— On bavarde, on bavarde... Deux kilos de pommes de terre, Mme Frivole. C'est juste ce qu'il... Il est temps que je... Mes petits vont s'ennuyer de moi. C'est très bavard les Siamois.

— Voilà, voilà, Mme Prioux. Rose va s'occuper de vous...

— Dites-moi, j'y pense. Qu'est-ce qui est arrivé à cette bonne madame...

— La marchande de journaux ? Une noce, figurez-vous. Elle est à une noce. C'est une remplaçante qu'elle s'est trou...

— Je me disais aussi. Vous avez vu comme elle est fardée cette... Alors, Rose, vous m'oubliez ?

... Les v'là, vos patates. Faut le temps. L'amour, ça ne devrait jamais s'arrêter. Jamais. Encore plusieurs heures avant de retrouver mon bonhomme. Ferme vachement tard, l'alimentation. Drôle de bonhomme, mon bonhomme. Et c'est lui qui dit que je suis drôlette. Devrait jamais finir, l'amour. On est là, toute prête, des journées entières. Trois jours qu'on se connaît. N'est pas sorti beaucoup. Crois même n'est pas sorti du tout. Malade, qu'il dit. Bon. L'amour, faudrait pas que ça s'arrête, jamais. Au fond, j'ai plutôt de la chance, j'ai pas à craindre qu'il me trompe, mon bonhomme. Pourquoi est-ce que ça finit si vite, l'amour ? On n'est pas fait pour autre chose, alors...

— Vite, ma petite, je devrais être déjà chez moi...

... Vieille comme tu es, as tort d'être si pressée. Arriveras bien assez tôt au cimetière. Faire l'amour

18

une bonne longue fois, à en crever. Mais non, faut vendre des patates...

... Elle a l'air égarée, cette fille. Comme si elle dormait debout. Rêvant à la Suisse. Et d'une lenteur...

— ... Ou plutôt, tenez, Rose, mettez-les-moi donc de côté. Je reviendrai en allant chercher mon pain. Mes chats n'aiment pas rester si longtemps seuls et on les comprend, les pauvres choux...

— Vous entendez ce qu'on vous dit, Rose ! A quoi pensez-vous donc ! Ah ! Mme Prioux, ces jeunesses, on ne peut les comprendre...

... Tiens, elle n'est déjà plus là. Elle est vive pour son âge. Quelle chaleur aujourd'hui. Nous avons oublié d'en parler, Mme Prioux et moi, c'est dommage...

... Ma maison est construite sur le fossé de l'enceinte de Philippe-Auguste que deux rues de mon carrefour ont remplacé lorsqu'il fut comblé : la rue Mazarine et, dans son prolongement, la rue de l'Ancienne-Comédie, longtemps nommée rue des Fossés-Saint-Germain-des-Prés ou rue de la Comédie. En cet endroit relativement peu connu de Paris où j'ai mon logement et mon cabinet, à la proue du haut et bel immeuble XVIIIe faisant le coin des rues Mazarine et Dauphine, c'est la foule des morts qui me paraît la plus vivante...

— Alors, Mme Miron, ce pied, comment il va ?

— Je fais des progrès tous les jours, M. Coquart. J'ai été au docteur. Il est très content.

— Eh bien tant mieux, Mme Miron. Que faut-il vous servir...

— Une bonne petite côtelette, M. Coquart. J'en suis friande.

— Vous vous y connaissez, Mme Miron, on ne peut pas dire le...

— Le temps est chaud, alors on est un peu moins engourdie, on peut mettre son pied à l'air.

— Allons, tant mieux, Mme Miron, tant mieux. Voilà. Voyez caisse.

— Ou au soleil... Et comme on dit, hein, le soleil c'est encore ce qui coûte le moins cher, quand il y en a...

— Pour en avoir, il y en a. Quelle chaleur. Deux francs pour Mme Miron...

— Deux cents francs, mais dites-moi, mais dites-moi donc...

— Qu'est-ce que vous croyez, Mme Miron, une côtelette première... Vous m'en direz des nouvelles !

— Deux nouveaux francs, tout de même...

... Si j'avais su, je n'aurais pas demandé la meilleure qualité. Roux et rouge, ses grosses mains sur les hanches, il me regarde méchamment m'en aller avec ma petite côtelette. On les croit gentils, comme ça, mais à la première occasion...

... L'air mécontent, elle sort, bougonnant je ne sais quoi entre ses dents. Toutes les mêmes. J'ai bien failli lui dire son fait. Des clientes de son espèce, pour ce que ça rapporte...

... Pilou et Rachel, marchant à petits pas, s'éloignent lentement. Sans doute vont-elles rentrer à pied quai d'Orléans, car si Martine avait voulu prendre l'autobus elle se serait dirigée de l'autre côté pour attendre le 63, boulevard Saint-Germain. A ce train-là, elles ne sont pas arrivées. Depuis que j'ai abandonné ma vie trop facile dans mon trop bel appartement de l'île Saint-Louis pour habiter ces deux chambres modestes mais si hautes de plafond, vénérables, avec à mes trois fenêtres ces balcons anciens, j'éprouve enfin un commencement de paix. A ma gauche, au bout de la rue

Mazarine, le Dôme de l'Institut ; à ma droite, seuls arbres visibles d'ici, hélas, les maigres feuillages du boulevard. Il faudrait que je me décide à aller passer une journée à Valromé. Avec Jean-Paul, peut-être, que je vois si peu souvent. Aujourd'hui il était au lycée. Les jours de congé, il a autre chose à faire...

... Un beau gars. Mais la marquise n'oserait tout de même pas s'envoyer un nègre. Ou alors, moi je le lui dis comme je le pense, elle finira par avoir des ennuis. Ce ne serait pas la première fois, ma chère. Rentrer mon ventre, ne jamais oublier surtout de rentrer mon ventre. PLUS D'ESPOIR. Mais si, mais si, il y a toujours de l'espoir. D'un bout à l'autre de la partie du ciel visible d'ici, du côté de la Seine, la ligne déformée qui fut sans doute, il y a quelques instants, la trace rectiligne laissée par un avion...

... Il en faut plus pour m'étonner. Je m'y attendais. C'est toujours la même chose. Je n'ai jamais cru que, du travail, j'en retrouverais du jour au lendemain. Seulement je n'ai presque plus de fric. Deux nuits dehors, par ce beau temps, ce n'est pas grave. Mais la bouffe ? Rien que ces deux pièces tièdes dans ma main, au fond de ma poche. J'en ai marre, moi, de toujours m'entendre répondre : Rien pour vous. *Rien pour moi, rien pour moi.* Pieds lourds. Gorge sèche. Petit vin blanc ! Heureusement qu'on ne voit pas que je ne suis pas rasé depuis trois jours. Nous, pour ça, c'est commode. Encore un peu et je n'aurai même plus de quoi m'acheter un bout de pain, *même pas de quoi. Rien pour moi, rien pour moi...*

... Tous des grands dingues, ces négros. Pas de quoi quoi ? Rien pour lui, rien pour lui, on le saura puisqu'il l'annonce à tout le monde. Rien pour moi non plus, du moins pour le moment. Depuis le temps qu'il est en

21

cavale, Filledieux, s'il veut pas se faire emballer, il est vraiment temps qu'on vienne le pêcher. Mais, cette fois, le rambour est sûr, on s'manquera pas, je lui envoie le duce et je l'embarque. Ce que ça peut causer, les gamines. Quel âge elle a, cette gosse-là ? Quatre petites piges. Et elle en raconte. Sa maman la tient par la main en pensant à autre chose. Le petit vin blanc ? Moi j'aime mieux le picrate, le bon jinjin, mais à cause de mon foie je ne peux hélas en boire beaucoup, et, manque de pot, c'est à un zinc que je dois attendre...

... Les autographes, ce sont autant de preuves. Autant d'épaves. Grâce à eux, je suis sûr de ne pas m'éloigner du réel, du vrai, de l'authentique, même lorsque je rêve. Surtout lorsque je rêve. A peu près seuls me parlent, grâce à eux, avec des voix distinctes mes voisins d'autrefois, dont je réunis et conserve les archives, puisque à peu près seuls ils sont connus de moi. Beaucoup d'entre eux (ceux dont je possède des documents signés, ou au sujet desquels j'ai des références, des fiches) échappent en effet à l'anonymat de cette foule, sans cesse renouvelée sous mes fenêtres et où je ne reconnais presque personne, même si passent et repassent les mêmes figurants. Ce grand nègre, je ne l'ai jamais vu dans mon quartier, mais j'y ai parfois rencontré cette maman et sa petite fille. Voici que se dirige vers la boulangerie ma femme de ménage, Mme Prioux, une agréable personne et qui a une façon si élégante de ne pas se fatiguer, d'en faire le moins possible, mais c'est bien assez pour moi et pourquoi, à son âge, se fatiguerait-elle ? Encore un que je n'ai jamais vu, ce monsieur barbu qui consulte un livre...

... A Valence aussi, ils doivent tous écouter la même chanson. Est-ce déjà l'émission *Rendez-vous à cinq heures* ? Il est bon, ce guide. Un peu trop détaillé pour mon goût, consciencieux comme je suis, voulant tout vérifier par moi-même sans passer une ligne ni une maison. Mais je saurai tout ce que l'on peut savoir sur Paris. *La terre de Laas, vaste vignoble que se partageaient les religieux de Sainte-Geneviève et ceux de Saint-Germain-des-Prés, s'étendait de la porte de Nesle à la rue de la Huchette. Ce fut vers 1180 qu'y fut ouverte la rue Saint-André-des-Arcs ou des Arts, nommée d'abord du Laas et ainsi déformée.* Cet aigrelet petit vin blanc des faubourgs, *du côté, du côté, du côté de Nogent*, dégusté en ce moment à la radio par la France entière...

... Martine ne s'est pas retournée une seule fois pour vérifier si je les suivais du regard, ma petite fille et elle. Naguère, il n'y a pas si longtemps, elle ne m'aurait jamais montré une telle indifférence. Jamais. Il est vrai que je lui en ai fait voir. Mais c'est fini, cela, c'est fini...

... Voyons la prochaine adresse. *Recherchons* MANŒUVRE *temporaire libre immédiatement. Se présenter...* Quai de la Mégisserie. Ce n'est pas loin ? Mais je suis si fatigué. De toute façon, ce sera trop tard, mes deux petites pièces lisses et chaudes, il est toujours trop tard, même lorsque l'on guette la première édition du journal. HÔTEL DE DIEPPE. Pouvoir m'y reposer. *Tout confort.* Je n'ai pas besoin de confort, un lit me suffirait. Au deuxième étage de la maison voisine, cet homme à sa fenêtre, les deux mains appuyées au balcon. Il se penche sur la rue, comme s'il me cherchait, moi, que personne, nulle part, n'attend. Plus tout jeune, entre deux âges, mais sympathique. *Est-ce qu'il accepterait d'être mon ami ?* Ce serait si bon, un ami, un vrai. Mais il est trop vieux. Et les blancs, moi, *je m'en méfie, je m'en méfie.* Je n'y tiens pas plus que ça. Les enfants surtout sont dangereux. Rien à craindre de ce

23

petit garçon perdu dans son rêve entre la marchande de journaux et la borne des pompiers...

... De quoi se méfie-t-il, ce beau grand noir qui marche le nez en l'air, une main dans la poche, si élégant dans son costume usé ? Ça va très bien, mon pied, aussi bien que possible, mais il brûle. Tiens revoilà Mme Prioux...

— ... Vous aviez l'air bien pressée, tout à l'heure. Je vous ai aperçue quand vous sortiez de chez Mme Frivole.

— Mais je ne vous ai pas vue Mme Miron ! Alors, votre pauvre pied ? Ça va comme vous voulez ?

— On n'a pas trop à se plaindre, mais tout de...

— Vous l'avez entendu ?

— Non, qui ?

— Ce nègre, tout à l'heure ?

— Ah ! mais oui...

— Il parlait tout seul dans la rue...

— Et vous avez vu cet accident d'avion ?

— Plus d'espoir qu'ils disent sur *France-Soir*. C'est terrible.

... Mais aussi, monter dans ces machines-là. Moi j'ai de l'estime pour les nègres. Je ne les aime pas au physique, mais pour les estimer, je les estime. J'aime bien les nègres, mais ils me déplaisent...

— ... Au vrai, ça me fait toujours mal. Le docteur est content, alors moi aussi...

— Eh bien, parfait, Mme Miron, bonne continuation.

— Et puis mes assurances ne sont pas encore...

— Ils ne sont jamais pressés ceux-là !

— Vous pouvez le dire. Il faut toujours recommencer à remplir les feuilles...

— Trois, quatre fois, jamais pressés, jamais contents.

24

— Pour tout vous dire, ma pauvre dame, ce n'est pas encore ça. Et penser qu'il y en a qui se plaignent. Mme Loup, par exemple !

... Face à la rue Saint-André-des-Arts, de profil, en plein soleil, par cette chaleur le pauvre, notre agent blondinet, celui qui a encore l'air d'un adolescent, ouvre le passage aux autos de ma rue. Une main dans sa poche, l'autre bras ballant, un jeune noir, juste à la verticale, la tête levée dans ma direction. Il me sourit, ce garçon, et je lui souris et j'en éprouve je ne sais pourquoi un peu du bonheur que j'ai en vain attendu de ma petite fille. Rachel ne m'a prêté aucune attention, sauf lorsque je lui ai raconté l'histoire, qu'elle aime tant, de Bigoudis et de Chiffonnette. Devenu nuage, le sillage de l'avion se dissipe dans l'azur...

... Qu'est-ce qu'il dit encore, mon guide ? Le consulter discrètement pour ne pas avoir l'air d'un touriste. Personne ne me remarque. Personne ne peut soupçonner que je suis du Midi. Mais je sens les signes annonciateurs d'une crise de rhume des foins...

... Il m'a répondu, le monsieur du second. Savoir même s'il n'y a pas eu coïncidence entre nos deux sourires, rencontre spontanée, appels simultanés. Nous nous sommes tout dit. Il ne serait pas possible d'en exprimer davantage. Nous connaîtrions-nous intimement que nous n'irions jamais plus profond dans l'amitié et la communication. Pourtant il ne me fait pas d'autre signe, il me laisse partir, moi qui ne sais où aller...

... Vainqueur de mes sens ? Hélas, la journée est encore loin d'être achevée et je crie victoire un peu tôt. Auprès d'une jeune fille je ne risquerai rien, mais ensuite, ce soir ? Au lieu d'aller en classe, je me suis rendu d'abord dans le quartier de l'Opéra. Mon inten-

25

tion était de voir un film. Je ne sais vraiment pas ce qui
me fit changer d'idée et remonter les Grands Boulevards. *Mon pauvre Raoul ne le sais-tu vraiment pas ?...*

... Je la tutoie et elle m'appelle Patrice. Elle me tutoie
et je l'appelle Valérie. Elle se nomme Valérie et je
l'aime. M'aime-t-elle ? Cela m'étonnerait, je suis trop
laid. Mais je l'adore et cela suffirait à mon bonheur si
elle ne m'avait aujourd'hui même tant donné...

... Un autobus. Le 58. Il va au Châtelet. Ma direction
pour le quai de la Mégisserie. Il me reste quelques
tickets. Tant pis. Je suis vraiment trop fatigué...

... Disparu, mon camarade. Happé par l'autobus
qu'il a pris au vol, bondissant sur la plate-forme
arrière. Effacé du monde, mon ami noir. Le soleil
éclaire les maisons d'en face, à la hauteur des fenêtres
du troisième étage, légèrement au-dessus des balcons,
laissant dans l'ombre, presque en face de chez moi, un
peu sur la droite et plus bas, l'enseigne du *Procope*.
J'aurais dû placer au *Procope* mon *Déjeuner au bistrot*...

... La marquise fit une drôle de tête. Envolé son beau
nègre. Tant pis et tant mieux. La tentation était trop
forte. C'était un bien trop gros morceau. J'en ai de ces
mots. Je suis d'un drôle. Ce que je peux m'amuser avec
moi. Couronnes de perles, plaques funéraires. *A mon
mari regretté.* Et dire que cet époux bien-aimé ne se
doute de rien, qu'il est encore en bonne santé, du moins
le croit-il, mais l'hommage de sa femme est déjà gravé
sur le marbre. Moi, personne ne me regrettera, pauvre
marquise. Rentre ton ventre. Sois mince. Je ris jaune
mais je ris. L'humour sauve. Comme des gifles de
musique par les fenêtres ouvertes. Toutes les radios du
quartier sur la même longueur d'onde. Ce que je peux
détester ces traces de pipi, sur le trottoir. Si j'étais au
pouvoir, mais il n'y a aucune chance que la marquise

soit jamais au pouvoir, je ferais interdire les chiens à Paris sous peine de fortes amendes. C'est vrai ça ! Encore une crotte fraîche et luisante. Sur tous ces journaux, partout le même gros titre : PLUS D'ESPOIR. Il doit s'agir d'un accident dans une mine. Je n'ai pourtant rien vu de tel dans mon *Figaro* de ce matin...

... *Mais si, Raoul, tu le sais très bien, tu sais très bien pourquoi tu n'as pas été au cinéma.* J'observais la foule à travers mes lunettes. J'étais myope sans le savoir, je croyais qu'on ne pouvait voir mieux que je ne voyais. Depuis que je porte des verres, le monde m'apparaît d'une extraordinaire netteté. Toutes les lignes ont maintenant une précision prodigieuse. Au bout de la rue de Seine et de la rue de Tournon, tandis que je renoue l'un de mes lacets défaits, je vois le lointain Sénat dans tous ses détails. Il n'est pas jusqu'aux traits si fins de Reslaut, une vraie miniature persane, qui ne m'aient été, ces jours derniers, une révélation...

... « Alors, ta Valérie ? » C'est Bouvier qui, tout à l'heure, me parlait ainsi. « Ma Valérie ? » Je ne comprends pas ! « *Ma, ma,* tu exagères ! » Il exagère. « Je n'exagère pas, tout le monde sait, à la boîte, qu'elle est *ta* Valérie. » Il n'a pas fait allusion à Lieuvain qu'elle tutoie, lui aussi. Elle l'appelle Raoul. Malgré les lunettes qu'il porte depuis quelques semaines, il est si beau, Lieuvain. Mon Dieu, pourquoi suis-je laid ?...

... C'est évidemment un guide un peu trop détaillé, mais comme cela je suis sûr de ne rien manquer. Nous disions donc, voyons, ah ! oui, c'est ici. *Le premier nom de la rue de Buci fut rue du Pilori, les religieux de Saint-Germain-des-Prés y ayant de par une charte de Philippe le Hardi un pilori et des fourches patibulaires...* Mon mouchoir. Ce que ce rhume des foins peut être ennuyeux. Voilà. Toujours la même chanson dont je

27

peux suivre de fenêtre en fenêtre le texte imbécile sans
en perdre un mot...

      ... Un air de violon sonne
      Pour donner la cadence
      Pour fauter, pour fauter
      Dans les bois dans les prés,
      Du côté, du côté de Nogent...

... Ah ! le p'tit Pilori, De Philippe le Hardi, A Saint-
Germain-des-Prés, La, la, la, la, la, la, Qu' c'est donc
bon le tabac...

    *... 1257. — Arrêt du roi Louis IX donnant raison à
l'abbé Prieur de Saint-Germain-des-Prés qui avait pro-
testé parce que les corps de deux faux monnayeurs,
pendus l'année précédente au pilori abbatial, avaient été
enlevés et accrochés au gibet royal. Les cadavres sont en
conséquence rependus au pilori de l'Abbaye...*

    — Un jour je le lui ai dit. Je lui ai dit : écoutez,
Mme Loup, il ne fallait pas, dans ces conditions, vous
plaindre, il ne fallait pas. Alors elle m'a dit que ce
n'était pas assez. Pas assez, je lui ai dit, pas assez ! Ce
toupet, elles vont un peu fort, ces femmes-là, tout leur
est dû. Eh ! bien, écoutez voir un peu : Voyons,
Mme Loup, je lui fais, vous en avez reçu, vous, de
l'argent, vous avez été remboursée, en partie au moins.
Ce n'est pas comme moi. Il fallait vous arranger avec.
Moi, madame, je lui dis, cela fait six mois que...

    — Eh bien, dites donc !

    — Tandis que vous, je lui dis. Mais non, elle râlait
encore. Elles n'en ont jamais assez. Il ne faut pas être
comme ça dans la vie ! Allons, je me rentre, Mme Prioux,
parce que l'on est mieux chez soi par cette chaleur...

    ... Qu'est-ce que je disais : cette jeune femme que
j'admirais au passage s'est éteinte, fermée sous mon
regard. Sa beauté s'est refusée à ma laideur. Je ne lui

voulais pourtant pas de mal. Cela m'apprendra de trahir ainsi Valérie. Comment Valérie m'aimerait-elle? Je suis si peu plaisant, avec mon long corps maigre, mon teint jaune, mes boutons. A la récréation de onze heures, lutte entre Lieuvain et moi, pour Valérie et devant elle. La cruelle ne favorise personne. Elle nous adresse à tous les deux ses sourires. Mais après, après, quelle surprise, il se peut vraiment qu'elle m'aime. Et cet espoir tout à coup: une autre jeune femme ne voulait pas que je sache qu'elle me regardait, mais trop tard, je l'ai surprise, au moment où nous nous croisions, l'extrême bord de ses yeux encore accroché à mon visage. Peut-être suis-je, après tout, moins laid que je ne le crains...

... Mes lunettes, en accusant les êtres et les choses, les exaltaient. Malgré moi, les corps féminins se transformaient en autant d'images lascives que, de mon mieux, j'essayais de fuir. STRIP-TEASE PERMANENT. Je hâtai le pas. Vingt minutes après, ayant rebroussé chemin, cédant à une obsession dont, au moment, je prenais mal conscience, je me retrouvais devant cette salle dont j'avais vainement essayé de m'éloigner. STRIP-TEASE PERMANENT. Je pris un plaisir coupable à voir les photos affichées à la porte. Allons, bon, mon lacet s'est, une fois de plus, défait...

... Enfin, le gosse est dehors, bon débarras. Bon débarras. Bon débarras, Mathilde est morte. Qu'est-ce que je viens de penser là! C'est affreux. Douce impression de soulagement, de liberté. Et j'ai encore de longues, longues années devant moi...

... *et des fourches patibulaires, siège des exécutions de la justice privilégiée du monastère. Ce pilori était dressé à l'endroit même où se trouve l'actuel carrefour de Buci.* Bon, là où il y a, dans un rond de soleil, ce jeune agent blond et moustachu. Cela fait tout de même de l'impression. *En 1350, Simon de Bucy, premier Président au Parlement de Paris, acheta aux moines la porte de l'enceinte de Philippe Auguste, construite en 1290, qui se trouvait à la hauteur des actuelles rues Saint-André-des-Arts et Mazet, poterne dont ils avaient l'entretien...*

— Mais le matin elles avaient tué le Diable. Elles le mangèrent au déjeuner avec du vin blanc et il y avait beaucoup de musique et tout le monde prenait l'aile, la main, le pied. Tout le monde avait trouvé ça très bon. Les personnes qui étaient dans la maison avaient mangé tout le petit Diable. Mais personne voulait manger la cuisse. Tout le monde trouvait que la cuisse c'était pas bon. On l'a gardée pour le soir. Et tu sais qu'est-ce qu'il y avait pour le dessert ? Des bonbons, des milliers de bonbons, des milliers et des milliers, peut-être même des dollars de bonbons...

...C'est à moi qu'elle croit raconter son histoire. Mais je capte mal cette émission lointaine. A un autre niveau, très bas, pour personne, ce joli récit dont elle s'enchante elle-même...

— Maman, tu sais qu'est-ce qu'il faisait le Diable ?

— On dit : Ce qu'il...

— Le Diable, eh bien, il n'était pas content, et le papa et la maman, ils étaient pas contents non plus. Mais Bigoudis et Chiffonnette, elles avaient bien déjeuné. Bigoudis elle a dit : « On va jouer à s'amuser. » Tout le monde était à cachara.

— Qu'est-ce que ça veut dire à...

— Ça veut dire que le papa il a placé un gros chou devant lui et qu'il l'a mangé.

— Tu es contente, Rachel, d'avoir été embrasser papa ?

— Et alors le papa a dit : Mais qu'est-ce que c'est que ce petit Diable, car le Diable, il était revenu.

— Dis-moi, tu as été heureuse d'aller voir ton papa...

... Elle ne me répond pas, continuant sa petite histoire. J'aurais dû aller prendre le 63. Elle marche trop lentement. J'oublie toujours qu'elle n'a que quatre ans. Sa main si confiante dans la mienne. Est-ce que, quand elle sera plus grande, je me sentirai encore défaillir d'amour et de désespoir et de joie et de souffrance lorsque je serrerai ma petite fille contre moi, ou même seulement lorsque je tiendrai comme en ce moment sa main ? Si je regarde mon fils, il ne me permet plus que rarement de l'embrasser, c'est la même chose. De les savoir embarqués eux aussi, partis, largués, je ne puis l'accepter. Cela me serait égal de vieillir, de devenir laide, de mourir, si eux, au moins, eux mes enfants... Et pas seulement les miens. Ces yeux si confiants, tant de ferveur, de bonheur. Cette merveilleuse, cette sainte confiance de l'enfance trahie depuis des millénaires et des millénaires. Cette immense trahison de la vie. Ces générations et ces générations d'enfants trompés, condamnés, partout et toujours. Et ces parents qui aimaient leurs petits, cherchant en vain à les préserver, en vain, en vain...

— ... Mais qu'est-ce que tu as encore, qu'est-ce qui ne va pas ?

— J'ai besoin de...

— Tu ne pouvais pas le dire chez ton papa ! Non ?... Tu es sûre que tu ne peux attendre ?...

— Pipi, maman...

— Ah, la, la, ces enfants... Bon, entrons dans ce café, mais je te jure ce que tu es embêtante !

... Ces photos de femmes nues, des vieux messieurs les regardaient aussi. Chairs féminines qui me fai-

31

saient frémir. J'avais honte. Je ne restai pas là plus
d'une minute : je pensai à ce que je me devais à moi-
même, comme dit le curé de Vernes — et m'arrachai.
Un arrachement ou une fuite ? Mes pas me conduisirent
aux portes d'un autre STRIP-TEASE PERMANENT. *Tu sais
bien que c'était toi qui les conduisais et tu n'ignorais pas
où.* Il sortait des cafés, par bouffées, de la musique. Les
mots *amour, baiser, lèvres* me frappaient au cœur, au
corps. Haleine fraîche et fade des bouches de métro...

... A deux heures, compote de version latine. Lieuvain n'était pas revenu. On ne l'a pas vu cet après-midi.
Aurai-je une bonne place ? Je n'en sais rien. Valérie
était à mon côté et j'ai été un peu distrait. Elle a remis
sa copie avant moi. Alors, j'ai bâclé la fin pour la
rejoindre. Sur le banc de la cour, nous avons parlé
ensemble de notre composition. Penchés sur le même
livre, mes cheveux effleurant les siens. Et puis quand
les autres sont descendus, Élyane, Marcelle, Bouvier,
nous avons joué comme des enfants au chat perché.
Valérie courait après moi et je courais après elle.
Oserais-je lui dire un jour ce que je pense d'elle ? Après
ce qui s'est passé aujourd'hui entre nous, il le faudrait.
Mais elle est si jolie et je suis si laid...

... Tous à l'écoute de la même émission qu'ils
imposent à leurs voisins et jusqu'aux passants des
rues. Ce vieil air du *Petit vin blanc* me parvient par
bouffées à la faveur des accalmies de la circulation.
Moi j'ai de la chance : personne à proximité n'a la
radio. Grouillement d'ombres illustres ou vénérables,
en un si petit espace. Empreintes effacées mais inou-
bliées de tant de grands événements, alors que tant
d'autres sont à jamais engloutis. Je me sens attaché
aussi à ce qui faisait à ce point partie de la vie
quotidienne que nul ne pensait à le remarquer. Ces

ombres invisibles mais sensibles orchestrent la mélodie incertaine d'un présent qui, s'il n'est pas historique, m'apparaît digne de la seule Histoire importante, celle des hommes et de leur humble, de leur merveilleuse, de leur terrible vie. Elle a plus de quinze ans cette chanson du *Petit vin blanc*. On la jouait partout le soir de la Victoire, en mai 45, j'ai même dansé sur son air avec, pas ce nom, tout cela est oublié, enfoui, je suis vieux, il y a quinze ans que je ne danse plus. Notre espoir, alors. Si nous avions pu imaginer que la France...

> ... *Ah ! le petit vin blanc*
> *Qu'on boit sous les tonnelles*
> *Quand les filles sont belles,*
> *Du côté de Nogent...*

... Plutôt hauts. Plutôt bas. En place mais piriformes, obscènes sans être excitants. Trop gros. Écrasés. Minuscules. Mauvaise série. Et de nouveau quel bonheur, quelle souffrance ! Formes parfaites. Moules visibles de l'Invisible. Nus, caressés, ces seins m'enchanteraient aussi douloureusement sans me satisfaire davantage...

... Le soleil sur la nuque. Le dos trempé sous le drap épais. Mon bâton poisseux. Et plus d'une heure encore à régler ici la circulation. Quel métier. Allons, je laisse passer le 58 (tant pis pour le 75, il est trop loin) et j'arrête de ce côté, ça commence à s'embouteiller rue de Buci et rue Saint-André-des-Arts...

... Je me souviens, maintenant. Mais bien sûr : il s'agit d'un accident d'avion. C'est bien plus ennuyeux, bien plus impressionnant. Parce que s'il y a peu de chance que la marquise descende jamais dans une mine, ou (même à supposer, on ne sait jamais, qu'elle ait l'occasion d'en visiter une) qu'elle y trouve la mort (ce ne serait vraiment pas de veine, juste à ce moment), il se pourrait en revanche très bien qu'elle prenne un jour l'avion. ILS SONT PERDUS. C'est le titre de *Paris-Presse* en lettres énormes...

... Excellente Mme Prioux, si peuple et si racée. Rose et fraîche sous ses cheveux blancs. Tellement parisienne. Je veux dire : de ce quartier depuis une dizaine de générations, mais s'étant trompée de siècle et c'est pourquoi j'aime l'entendre parler. Du XVIIIe, elle n'a pas seulement le visage mais parfois le langage. Un peu trop âgée pour être une servante de Marivaux, mais ayant l'air d'avoir été peinte par Chardin. Oui, ils échappent d'aventure à l'anonymat mes voisins d'autrefois. Je connais souvent leurs noms et prénoms, je sais la date de leur naissance, celle des principaux événements de leur vie, le jour et les circonstances de leur mort. Je réunis et je conserve leurs papiers de famille. Collection particulière dont je ne vendrais à aucun prix la moindre des pièces. Futur *Fonds Desprez* de la Bibliothèque Mazarine auquel je le léguerai si c'est possible, je ne me suis pas encore renseigné. Carrefour de Buci, mon carrefour. Carrefour des siècles. Paris et moi y avons des souvenirs. Parfois les mêmes...

... Mon cher Duclos fit la découverte du *Procope* peu après son arrivée à Paris. J'aurais pu l'y convier en même temps que mes personnages du *Déjeuner au bistrot*. Invisible, il se serait assis à leur côté. Je l'aurais entendu donner son opinion sur l'un des sujets traités justement par mes invités. Une discussion métaphysique, encore et toujours. En sortant, nous serions allés en face, chez les Comédiens du Roi qui jouaient alors à côté de chez moi, dans cet immeuble dont une partie de la façade existe encore et où Gros eut son atelier. Il y a là l'embryon d'une idée qu'il faut examiner de plus près. Le sillage déjà imprécis et comme dilué de l'avion...

... Le dos à la rue de l'Ancienne-Comédie, un agent ouvre la voie aux voitures passant dans les deux sens en face de lui. Un joli blond, un peu jeunot. Je préfère ce chauffeur. *Ah ! le petit vin blanc.* Pas mal, ce garçon. C'est bien, les roux. Ça sent bon, ça a du type et de l'élégance et tout. Mais celui-ci n'est pas tout à fait ce que l'on peut appeler honnêtement un vrai roux. Dommage. *Qu'on boit sous la tonnelle.* Ce type-là est mieux que sa voiture, assez ordinaire et mal tenue. Une traction, même pas une D.S. Lorsque l'on peut se payer un chauffeur et lui offrir une si jolie casquette, c'est toujours ce que je dis à propos du chauffeur de M. Taconnet, s'il avait une casquette au lieu de ce vieux béret, ça serait tout de même mieux, ça la ficherait moins mal dans l'immeuble. Avec Gustave, ce n'est pas, mais pas du tout intéressant, il est trop vieux. M. Taconnet ne demanderait pas mieux que j'épouse son chauffeur, ça l'arrangerait pour le service. Il m'en a causé un jour. J'aime bien quand le patron s'occupe de moi. Mais comme je le lui ai dit : Gustave, il est bien trop vieux. *Et les filles sont belles.* Si seulement celui-ci me regardait. Il remplacerait Gustave. M. Taconnet serait content. Je n'aime pas quand il m'envoie ainsi faire une course. J'ai encore quelques lettres à taper, tout le courrier à faire signer et il est déjà plus de cinq heures. Le jour où il ne me mettra pas en retard, M. Taconnet. J'ai beau lui dire que j'ai mon gosse à chercher au jardin d'enfants, tout à faire chez moi en rentrant, il l'oublie toujours. Alors, tu me regardes, toi, chauffeur de bonne maison ? Je ne te plais donc pas ? *Ah ! le petit vin blanc qu'on boit sous la tonnelle*...

... Toi, ma fille à l'imperméable rouge, je suis ton type. Dommage que tu ne sois pas plus jolie. Pas assez de poitrine. Et de toute façon, je suis en service. Tu me regardes à la dérobée, tu marches le plus lentement possible, tu me souris, puis tu tournes à demi la tête, comme par hasard, pour me donner un peu plus longtemps ma chance. Je te plairais peut-être plus encore si tu savais que j'étais de la police. Il y en a qui aiment ça, les flics. Et pas seulement les habillés, comme celui qui règle la circulation au carrefour, un nouveau qui ne m'a pas repéré, au volant de ma tire. C'est pour les filles comme pour le reste : nous n'avons pas la même clientèle. Et moi je suis un gradé...

... S'il me sourit, mais qu'il se dépêche, il est juste temps, je ne puis ralentir davantage, je lui sourirai aussi et tout sera dit. Ce serait commode, le samedi, s'il faisait aussi beau qu'aujourd'hui, on emmènerait mon petit garçon. Il aime ça, Gilbert, la bagnole. Le type aurait peut-être l'auto. Nous irions en forêt. Ce serait moins fatigant que le train. Et nous ferions l'amour dans le muguet pendant la sieste du gosse. Et nous boirions du vin blanc, sous les tonnelles...

— Alors, ma jolie brunette, on se promène, on vient faire un tour avec le gentil monsieur...

... Il est rare que je leur parle. Les regarder surtout, bien les voir. Si elles s'arrêtent, je gagne du temps. Imperméable ouvert. Seins minuscules...

... Un vicieux, c'est sûr. Et bien plus petit que moi. J'ai haussé les épaules, juste comme il fallait. J'ai pris mon air méprisant, excédé, je sais vivre, moi. Et l'autre chauffeur qui me regarde m'en aller sans rien manifester dans sa voiture tocarde. Tant pis. Mais comme dit

M. Taconnet, le monde, il est mal fait. C'est comme le type en face de mon bureau, à l'étage au-dessus, et qui passe son temps à me regarder, un tout jeune, mais si maigre, si pâle, un affreux. Pas si moche que ce bonhomme qui vient de me parler, non, tout de même pas aussi repoussant que ce nabot...

... Deux yeux m'ont happé, avalé et vomi. Que m'importe d'être ou non désiré, si moi je désire ? Mon regard hésite, effleure, glisse, caresse, puis, s'il le peut (mais ce n'est pas toujours facile parce que je ne suis pas très grand), plonge au passage sur ses proies, des seins, des seins, encore et toujours des seins qui livrent parfois dans l'échancrure d'un corsage légèrement décollé un peu de leur secret aussitôt évanoui. Des seins dont la forme, la seule forme suffit à m'enchanter. Ceux de cette bonne femme étaient ronds, petits, presque adolescents. C'est bien, c'est bon aussi ce genre de poitrine. Mais chez une vraie jeune fille c'est plus excitant encore...

... Elle s'éloigne sans plus tourner la tête, ma petite brune sans intérêt. Il est peu probable que Filledieux soit habillé en femme, mais sait-on jamais les déguisements qu'ils vont chercher. Au début de ma carrière, à Lyon, cette garce dont je ne me méfiais pas, à qui j'aurais bien aimé raconter ma vie si je n'avais pas été, comme aujourd'hui, en service, et qui se trouvait être justement celui que je cherchais. Le dos à la rue de Buci, son bâton blanc pendant au bout du bras droit, le long de son pantalon foncé, sa main gauche arrêtant les voitures auxquelles il fait face rue Saint-André-des-Arts : bien désinvolte pour un nouveau. L'autobus 58 stoppé rue Mazarine dans la trépidation de son moteur. Je respire une goulée d'air empoisonné. J'ai presque envie de relever ma vitre. Mais il fait déjà si chaud...

... Il m'a regardée, mais il ne m'a pas souri. Son visage est resté inexpressif et froid. En voilà un malpoli. Et même pas vraiment roux, avec ça. Quel culot. Non mais alors, ils sont gonflés, les gars, cette année. S'il croyait que j'allais lui faire des avances. Ces chauffeurs de maître, c'est prétentieux, ça ne doute de rien, ça se prend pour quoi, on se le demande. Pas la peine de faire les malins, l'auto elle n'est même pas à eux, ils n'ont pas le droit de s'en servir, ou alors il faut se cacher, merci bien. Allons, vite dépêchons. J'en ai au moins pour vingt minutes avant d'être de retour. Avec tout le travail qui me reste au bureau ! M. Taconnet va tout de même peut-être finir par remarquer tout à l'heure que j'ai une blouse neuve, on ne sait jamais, on le croit distrait et puis des fois...

... Quel dommage de n'y avoir pas pensé plus tôt. Au *Procope*, le riche passé de Paris aurait pu revivre en marge des pauvres minutes qui étaient mon sujet. La dame a un régime. Elle a pris soin de le rappeler en acceptant l'invitation. Ce n'était pas facile dans un restaurant, mais on lui a préparé son riz selon la recette donnée puisqu'elle ne peut rien supporter d'autre. Touchant à peine à ce plat cuit à son intention, elle mange abondamment de tous les autres mets et des plus lourds. *C'est si bon, si bon, comment résister. Je suis d'une gourmandise !* Cette dame, je la connais, ou plutôt je la connaissais, car elle est morte depuis longtemps. C'était la Princesse. J'aurais pu l'appeler la Marquise et la mettre dans mon livre, c'était facile. Mais il n'est plus temps, c'est au roman suivant qu'il faut penser...

— ... Mme Prioux ! Mme Prioux !...

... Elle ne répond pas. Elle a dû déjà partir. Voici en effet plusieurs minutes que je ne l'entends plus s'affairer dans la pièce voisine avec le maximum de bruit pour me faire savoir qu'elle fait mon ménage avec soin. Il me faut la subir l'après-midi puisque je ne veux pas être dérangé le matin. J'aurais aimé boire une tasse de thé. Mais tant pis, puisque Mme Prioux n'est plus là, et que j'ai la paresse...

... Et la serre, Laurent, la serre que nous avons faite avec deux briques et des débris de verre ? Nous y mettons des fraisiers à demi morts. Le matin, avant de partir, nous courons à notre jardin, nous soulevons la vitre glacée, nos doigts s'enfoncent dans la couche de givre qui la recouvre. Et notre joie quand nous vérifions que nos petites plantes, toutes noires et recroquevillées, ne sont pourtant pas tout à fait gelées... Du bruit. La voix de cette fille. Il me semble entendre un client...

— Merci, ma petite. Vous pouvez disposer.

... Sa petite. Pour qui me prend-elle ? Pour la bonne ? Parce que je reçois les arrivants lorsque Monsieur est sorti ? Ça rend service et moi ça m'amuse, surtout avec un couple comme celui-là. Moi, madame, je suis une cliente et pas donc votre genre, une cliente au mois...

— Allez, mais allez donc, voyons !... Cette fille, tu as vu son genre ? Même dans les endroits les plus moches elles se prennent toutes pour des...

— Tu me gênes, je te jure. Si tu veux mon avis, c'était la patronne. Tu l'as vexée cette dame...

— Une dame, non mais alors...

— Et puis cet hôtel, soyons juste, n'est pas si mal, quoi ! D'abord il y fait une fraîcheur...

— As-tu seulement regardé la toilette... Et cette descente de lit... Cette odeur...

— Enfin, Minouche, c'est toi qui as voulu absolument... Je t'avais prévenue que ce n'était pas un quartier pour... Alors qu'il y a partout des...

— Justement, j'en ai assez, si tu veux que je te dise, des... de ces... puisque tu ne veux pas me recevoir chez...

— Mais tu sais bien, Minouche, que c'est... Surtout en ce moment...

— Tu as toujours de bonnes raisons. Lorsque ce n'est pas ci, c'est ça ou je ne sais pas quoi encore...

— Moi je la trouve charmante cette petite chambre. Elle a dû en voir depuis des siècles... Et ce n'est pas fini, hein...

— Ne sois pas vulgaire, s'il te plaît, Raymond, tu sais que je ne supporte pas ça.

... Ils sont au moins deux. Un couple, à cette heure ? C'est bizarre. Et dire que je ne peux les recevoir, me rendre compte par moi-même. Lui, il est à son bistrot, naturellement. Et elle, je l'ai entendue, j'ai entendu sa voix prétentieuse, elle joue à la patronne, elle est déjà la patronne. Mon pauvre cher vieil *Hôtel du Valois* que j'aurais tant aimé. Et nos petits goûters, certains jours d'automne. Ah ! qu'ils sont bons, Laurent, les marrons grillés, qu'elles sont succulentes nos pommes cuites. Tu étais le garçon, tu me protégeais, tu me protèges Laurent, tu veilles sur ta cousine qui se meurt... Ah ! cette petite enfance délicieuse...

... La rue Saint-André-des-Arts, la voilà. Mais la rue Mazet ? Tant pis, on ne peut tout vérifier, on n'en finirait plus. Il est déjà cinq heures cinq et si je veux faire la Cité ce soir... Continuons : *...qui se trouvait à la hauteur des actuelles rues Saint-André-des-Arts et Mazet...* Bon. *On ne commença à bâtir qu'en 1351 la rue qui s'appelait alors « rue qui tend du Pilori à la porte de*

Buci » et qui continua, sous diverses formes, à porter le nom de Bucy, Bussi, Buci. On n'y comptait encore en 1388 qu'une dizaine de maisons. Elle ne fut pavée qu'en 1555. Voilà qui est fait. A la suivante. Ce que c'est fatigant, les voyages. Ce rhume des foins, quelle plaie...

... Grâce au LIVRE DE LA TAILLE DE PARIS POUR L'AN 1292, je connais mes voisins d'alors. *En la rue du Pilori jusques à l'Abbeye...* Géraud, dans ses annotations de 1837, démontre qu'il s'agit de la rue de Bussy, appelée aussi *rue devant le Pilori.* Ses habitants n'étaient pas assez riches pour devoir payer la taille en livres ; ni assez pauvres pour être imposés en deniers. Les chiffres désignent donc des sous...

... Mestre Giles, le tuillier	16
Richart, le fournier	48
Jehan, de la Fontaine	2
Lorenz, la guete	18
Gautier, le maçon	2
Robert Turelure	4
Guillaume Dyonet	2
Jehanne, la fame Marcousis	2
Robin, le cousturier	0
Richart, le vannéeur	10...

... Jehan de la Fontaine, Turelure ! Et je vois, tout près, d'autres noms, d'autres prénoms plutôt, d'autres sobriquets merveilleux : Helyot le Ribaut, Émeline la Blonde, Jehan Pique-Pin, Guillaume Beau-Ventre, Richart Bèle-Vite, Renaut l'escuier au Pitancier, Guillaume le malicieus, Maheut la bourjoise, Morise l'escervelé, Dame Ascelinne de Gonesse. Il y en a comme cela 15 200, tous plus beaux les uns que les autres. Les 15 200 Parisiens contribuables de Philippe le Bel.

Noms si parlants qu'ils ressuscitent à mes côtés ceux qui les portaient. Jehanne la Naine, je te vois, tu es là. Je vous connais Perreite la fame Jehan Biau-Nez, Perronnelle la maçonne, Raoul Tue-Tout, Ysabiau la Grue...

... Pourquoi font-ils tant de bruit, pourquoi ne ferment-ils pas les radios dans la rue d'une mourante — car ils ne s'en doutent pas, ils ne veulent pas le savoir, mais je suis mourante. L'hôtel continue d'aller vaille que vaille, les clients ne manquent pas, c'est le principal. Mais sans moi, rien ne marche comme il faut. Cette fille profite de ma maladie pour agir comme si elle était déjà chez elle. Et lui, bien sûr, il la laisse faire, ça l'arrange. Sous le ciel chargé, nous travaillons à notre jardin. Le groseillier que tu as sauvé (tu te souviens, on l'avait déraciné et jeté, le croyant mort) pousse. Il est grand maintenant, il doit avoir disparu depuis longtemps. Il y a combien d'années que je ne suis pas retournée à la Rossignollière ?...

— Tire au moins les rideaux, veux-tu...

— Cette façon que tu as toujours d'arroser le bidet d'eau de Cologne...

— Ici plus que partout ailleurs, tu penses... J'avais toujours eu envie de connaître un de ces petits hôtels du VIe arrondissement à l'air si convenable. Mais j'avoue...

— Les draps sont très propres, regarde.

— Ferme les rideaux, je te dis.

— Des camionnettes, des voitures de livraison...

— Ta dame... Une poule, oui... Elle te plaisait, hein ?

— C'est amusant une rue commerçante, ça vit, ça bouge...

— Une petite poule, si tu veux mon opinion...

— Rue de Buci, tu connaissais, toi ?

42

— C'est vrai que tu l'as regardée comme tu regardes toutes les autres. Pourquoi suis-je étonnée, je me le demande...

— Moi, Minouche, ce qui me plaît dans ce genre de quartier et même dans une rue plutôt sans intérêt comme celle-ci...

— Tu les fermes, les rideaux, ou quoi ? Et puis n'essaye pas de parler d'autre chose...

... Il y a combien d'années que j'ai vendu La Rossignollière ? Vingt-huit ? Trente ? Une belle petite maison avec un beau petit jardin dans la rue Basse. Celle de mon enfance. Cela m'a permis d'acheter mon cher *Hôtel du Valois*. (Mais je n'aurais pas dû, non, je n'aurais pas dû vendre la maison de mon enfance.) Et de me marier avec cet homme tellement plus jeune que moi et qui me laisse mourir seule. C'est à peine si Raymond monte me voir, une ou deux minutes par jour, pas même le matin, après ces nuits terribles où j'aurais tant besoin de secours, mais plutôt en fin de journée, lorsqu'il revient si gai de son bistrot que, même moi, il me supporte. Abandonnant le reste du temps à Brigitte la charge de me soigner. A Brigitte, la bonne que je dégoûte, qui ne fait même plus semblant de m'obéir, venant, elle aussi, de moins en moins souvent...

... Jehan Bourse-Trouvée, Robert l'Apostre, Ernoul qui dort, Maheut la pescheresse, Harchier Poill-de-Serf, Gautier Hors-du-Sens, Pierre le Cornu, Jehan Pié-d'Oë, Hue au grant toupet, Agnès la Tartarine, Emengar la sourde, Mahaut la boçue, Adam l'escrivain regratier, Jehan Boute-Vilain, Haut-Tondu, Robert Qui-ne-ment, Ameline la velue, Gile Brise-Miche, Jehannette la pucèle, Robert Amiot, Geneviève la bien fète, Guillaume Cul-Percié, Perrinet...

— Tu sais, Lucien, si c'est vraiment un caprice que tu as envie de te passer, ne te gêne pas pour moi. Va la rejoindre, ta belle. Elle ne doit pas être loin et ne demande sûrement que ça !

... J'entends mal avec tout ce bruit. Je ferais mieux d'aller me promener. Mais il fait encore bien chaud. Il va y avoir de l'orage, je sens cela. Et Monsieur préfère que je reste là tant qu'il n'est pas rentré. Avec Mme Claire malade, la bonne sortie. Des clients de ce genre, on n'en voit jamais, dans un hôtel convenable. Je n'ai pas osé leur demander de remplir leur fiche. Si Madame savait ça ! Une passe à l'*Hôtel du Valois*...

... Bien se remémorer comment les choses se sont déroulées, c'est important. Lorsqu'elle a eu fini sa composition, elle m'a dit, sous le nez du prof : « Dépêche-toi. Et rejoins-moi en bas. » J'ai été flatté sur le moment, puis en réfléchissant j'ai pensé que ce n'était pas forcément moi dont elle souhaitait la présence, mais quelqu'un, n'importe qui, pour lui tenir compagnie. J'ai bâclé la fin de ma copie. C'est alors, lorsque je l'ai retrouvée, qu'elle m'a appelé pour la première fois Patrice et non Reslaut. J'ai été ému, heureux. Je l'aime tellement. Peu après, comme par hasard, je l'ai tutoyée (ce qu'elle faisait à mon égard depuis quelques jours déjà). Et c'est seulement après que, sur le banc, j'ai senti ses cheveux sur ma joue...

... Ou bien, c'était l'odeur d'une femme qui me faisait défaillir. D'une femme dont je devinais sous la robe d'été le long corps soyeux et voluptueux. Ici, dans ce quartier, plus de danger. Des ménagères. De sages passantes. Plus de prostituées. Mais là-bas, des filles aux immondes lippes rouges me frôlaient en passant. *Immondes, vraiment ? Et comment oser appeler lippes ces lèvres merveilleuses ?...*

... Je suis chouette, en chauffeur de bonne maison. Cinq heures sept à ma montre comme sur la pendule servant d'enseigne à l'horlogerie de la rue Dauphine. L'affût continue. Au son de ma radio où l'air du *Petit vin blanc* vient de s'achever, défilent, se croisent, se heurtent derrière mes vitres latérales et mon pare-brise, stationnent ici ou là, traversent hors des clous entre les voitures embouteillées et qui emballent leurs moteurs, consomment à la terrasse du *Café de Buci,* ces inconnus parmi lesquels il me faut identifier les deux types qui doivent se rencontrer à ce carrefour même, entre dix-sept heures et dix-sept heures trente : Fille-dieux, l'un des gangsters de l'affaire de Pantin, et le gars qui est chargé de lui dire ou de lui remettre quelque chose, notre informateur n'a pu préciser quoi. Pascot et Frelatoux, que personne ne remarque aux points stratégiques où je les ai placés, l'un au zinc du petit bistrot de la rue Dauphine, à côté de l'horloger ; l'autre rue de l'Ancienne-Comédie, près de la librairie, les prendront en filature à mon signal car il importe de retrouver le reste de la bande. Je boirais volontiers un petit vin blanc. Au fond de la rue Mazarine, un autobus apparaît qui déjà doit faire du surplace...

... Je reste là, aux aguets, espérant quoi, pauvre Ida ? Il y en a des voitures, en ce moment. Je sais bien que c'est la mauvaise heure, mais tout de même. Gémissement du lavabo. Ils se disputent, eux qui semblaient tant s'aimer, eux qui vont s'aimer. Elle, une si jolie dame, comme on en voit peu dans le quartier. Méprisante, mondaine et fière. Lui, tellement élégant et soigné. Les ongles faits. Un foulard de soie bleue. Riches. Très riches. Avec, j'en jurerais, une voiture anglaise qu'ils ont dû arrêter dans une rue voisine. Je me mets à l'aise on ne sait jamais. J'ai bien fait de laisser ici ma robe de chambre et mon déshabillé. Avec Monsieur, ce n'est pas comme avec Madame, il ne voit rien, aucun danger. Du reste, il a bien trop besoin de moi...

— Je ne... Enfin, si tu veux. Pas extraordinaire, en tout cas.

— Mais à toi l'ordinaire suffit. Tu coucherais bien avec elle.

— Bien sûr.

— Qu'est-ce que tu as le culot de...

— Tu me dis : « Tu coucherais bien avec elle. » Et je te réponds...

— Alors, là, c'est un comble. Et tu me dis cela en face !

— Mais Minouche...

— D'abord, ne m'appelle pas Minouche, combien de fois faudra-t-il te le répéter !

... Ils se disputent toujours ces deux-là. M'est avis qu'ils ne s'engueuleront plus longtemps. Je serai bien ici. Rien à craindre de Madame : elle ne quitte pratiquement plus son lit. M. Fronton, qui prend son service après la bonne et que je devais attendre, Brigitte étant déjà partie, vient d'arriver. Il tousse, il remue des chaises, il arrange en bas ses petites affaires. Monsieur est à son bistrot de la rue de Seine, on ne le reverra pas avant un bon moment. De toute manière, je puis être sortie puisque M. Fronton est là. Ma porte est fermée à clef. Je l'ai là, ma clef. *Ma* est une façon de parler. Qui aurait idée de venir me chercher dans cette chambre si luxueuse, la plus belle après celle aux œillets que j'ai donnée au monsieur et à la dame ? Je ne me refuse rien. La chambre aux lilas ! Le verrou tiré en plus, pour être tout à fait tranquille, en robe de chambre et avec *Paris-Cinéma*, je suis comme chez moi. Je voyage. Je suis

46

dans un bel hôtel, très loin d'ici, avec une ravissante sculpture sur la cheminée, un bronze : *Le chasseur et son chien*. Superbe. Avec des lilas sur la tenture, si bien imités que l'on a envie de les sentir. Enfin, presque. Le monsieur rit. La dame parle. Si seulement je pouvais entendre ce qu'elle lui raconte. Derrière cette fenêtre, pourquoi pas, la mer...

... Si je meurs, dans cinq mois, dans cinq jours ou dans cinq minutes, ce sera dans ma vie (dans ma vie !) un événement plus important, est-ce possible, que tel ou tel petit fait capital de mon enfance, par exemple que notre visite matinale à notre serre minuscule, givrée au ras du sol entre ses deux briques gelées, suffisamment rapprochées pour cacher la partie brisée du morceau de verre qui les recouvrait. Mais non, en comparaison, la mort, ma mort elle-même n'a aucune, aucune, pas la moindre importance. Et pourtant, pourtant...

... Jean Juvenal des Ursins. — *L'an mille quatre cens et dix-huict, le dimanche vingt-huictiesme jour de may, les Bourguignons entrerent à Paris. La cause en vint de ce qu'on faisoit plusieurs et diverses exactions indeuës par manière d'emprunts... De plus il y avoit des gens de guerre qui avec leurs valets et serviteurs, faisoient des déplaisirs à aucuns bourgeois de Paris, et à leurs serviteurs : spécialement un nommé Perrinet le Clerc, fils de Pierre le Clerc l'aisné, demeurant sur le petit Pont, qui estoit un bon marchand de fer, et de choses touchant le fer, riche homme, bon preud'homme, et bien renommé, lequel estoit quartenier et avoit la garde de la porte de Saint Germain des Prez : le plus souvent il envoyait sondit fils asseoir le guet, lequel une fois en s'en retournant fut vilenné, et injurié, voire battu et frappé par aucuns serviteurs de ceux qui estoient principaux du conseil du Roy : de ce fut plainte au prevost de Paris et à son lieutenant afin que justice s'en fît. Mais on n'en tint compte dont ledit Perrinet fut mal content, en disant « que une fois il s'en vengeroit ». Et comme dit est, à Paris estoient plusieurs qui secrettement tenoient le parti du duc de Bourgogne, mesmement des parens, amis, alliez du seigneur de Lisle-Adam. Or il y en eut qui sceurent que ledit Perrinet le Clerc estoit mal content ; partant vint-on parler à luy pour sçavoir et trouver manière, comment on pourroit mettre le seigneur de Lisle-Adam et ses gens dedans : lequel dit « qu'il prendroit bien à desceu, et subtilement sans qu'il parust, les clefs de la porte de Saint-Germain, que son père avoit en sa garde ». Et fit tant qu'il induisit tous ceux de la Dixaine avec luy ; aussitost on envoya vers le seigneur de Lisle-Adam, qui avoit avec lui en aucunes places deux capitaines bourguignons : c'est à scavoir le seigneur de Chastelus, et le Veau de Bar... et vinrent à ladite porte de Saint-Germain : et firent aussi ledit Perrinet le Clerc et ses alliez grande diligence de venir à la porte, laquelle ils ouvrirent. Et entrerent lesdits capitaines dedans, criant : « La paix, la paix, Bourgogne. » Le peuple n'osoit saillir hors de leurs maisons jusques à ce qu'ils vinrent es rués de Sainct Denys et de Sainct Honoré, tirans vers l'hostel du comte d'Armagnac. Là de toutes part sailloit le peuple, prenans la croix de Sainct-André, et crians : « Vive Bourgogne. » Et assaillirent l'hostel dudit comte...*

... Voix aiguë d'une femme hurlant après ses enfants. Il y avait longtemps qu'on ne l'entendait plus, cette voisine redoutable. Je m'en roule une autre, là, d'un seul mouvement. C'est si amusant lorsque l'on humecte le papier. Elle va être bonne celle-là, un peu trop mouillée peut-être. Perrinet...

... Vous l'avez vue, ma fille, hein, si jeune et bientôt maman...

... Tant d'orgueil dans ce regard. Elle est fière, la vieille dame, elle sera bientôt grand-mère. On dirait, à la voir ainsi triomphante et heureuse d'exhiber le gros ventre de sa fille, que ça n'est jamais arrivé avant elles deux, ce prodige. Elles s'aiment tant. Elles sont si unies. Elles ne ressemblent, bien sûr, à personne. L'ange gardien de ce bébé à naître est peut-être encore aux côtés d'un agonisant. Mission bientôt terminée. Au suivant...

... Douce pesanteur, qu'il est lourd le petit sacripant...

— Attention, voyons...

... Voyons, attention. Madame est enceinte. Ça se voit, non...

— ... Elle ne t'a pas bousculée, au moins, ma chérie ? L'égoïsme de ces vieilles !

— Mais non maman, mais non. Je vais te faire une réflexion...

... Moi je fais attention, madame, je me fais toute petite. Ce n'est pas comme ce bonhomme qui, tout à l'heure, a failli me renverser, moi et mes pots. Et même une des fleurs, une belle grosse jaune, a été coupée net au passage, c'est bien regrettable...

— Il leur faudrait toute la rue !

— T'occupe pas. Mais l'autre type, tu as vu il a arraché une de mes...

— Des capucines, tu n'en es pas à une près, dis grand-mère ! Tu as vu toutes ces pousses.

— C'est ce que je répète toujours : le marché aux fleurs, il n'y a que ça.

... Encadrée de fleurs rutilantes, grand-mère, le visage paisible, comme si elle n'accomplissait aucun

49

effort. Ces pots sont lourds pourtant, mais rien à faire, elle ne veut pas me les confier, elle craint que je ne les laisse tomber. Toujours me considérer comme un enfant. Le visage recueilli, grand-mère entre deux bouquets...

— ... Tu as vu ton reflet, au fond de ce café, comme tu étais jolie avec tes capucines...

— Les fleurs étaient jolies, pas ce qui était au-dessus...

... Je me suis vue, oui, dans la glace du bistrot, le visage fané et si jaune, si ridé, jamais, jamais je ne m'y ferai. Elles sont belles mes capucines, vivaces, pleines de boutons. Au soleil sur mon balcon, un peu arrosées chaque soir elles me feront tout l'été...

— Tu ne veux vraiment pas que je...

— Mais non, je te jure que ce n'est pas...

... Lourd, oui, et embarrassant, mais il est si maladroit mon Max, si distrait. Quand donc s'arrêtera-t-il, cet air bêlé par une voix stupide...

— Eh bien moi, tu sais, grand-mère, je suis un peu fatigué. On pourrait peut-être s'arrêter un instant à une terrasse...

... Elle acceptera peut-être ainsi de se reposer un instant...

— Si c'est comme ça... Dans ces conditions... Mais ce n'est pas pour moi. Moi, je me sens bien, je...

... Je soufflerais bien un peu...

— Tiens, ici, nous serons bien...

... Une maman sort du café, traînant sa petite fille qui tire vers le haut sa culotte dans laquelle un bout de sa robe rose est pris. Grand-mère semble vraiment bien lasse...

... Ils discutent toujours, mais plus doucement. Ils vont se raccommoder, c'est sûr. Pour quelle autre raison seraient-ils venus ici ? Ce n'est pas le genre de la maison. Mais Monsieur ne refuse jamais les clients. Surtout du si beau monde. Ce n'est pas tous les jours que nous avons de telles visites. Ce serait bien s'il la laissait bouder et venait me voir. Ce serait doux. Un peu terrible. Tout élégant monsieur qu'il est, j'ai bien vu que je ne lui déplaisais pas. Elle ne s'y est pas trompée. Quel regard ! Son petit. Je ne suis pas son petit. J'aimerais être sa petite à lui. La porte de la chambre voisine grince dans le silence un instant retrouvé. Si ça pouvait être lui. Je le croiserais au retour des toilettes. Je connais la manœuvre, ça m'est arrivé plus d'une fois, mais non à cette heure, en plein jour. Il y a un commencement à tout. Ce pas léger dans le couloir. C'est elle qui est sortie. Il est seul. Il fait couler l'eau, longuement. Entrer, sous un prétexte quelconque ? Mais c'est risqué. Mieux vaut attendre qu'il s'absente à son tour. J'ai un peu froid. Il fait très chaud dehors, mais ces vieilles maisons sont si humides. Je suis bien ainsi vêtue. Dévêtue. Bien pour rêver. Les rêves, moi, j'adore ça. Et tout de suite prête au cas où. J'ouvrirai ma robe de chambre, je le rencontrerai dans le couloir, l'air effarouché, avec ma moue, celle que Monsieur aime...

... Vieille, si vieille et respirant de plus en plus mal (Ça va passer). Dans cette maison où je surveillais tout il n'y a pas si longtemps, dans laquelle je suis maintenant comme si je n'avais jamais existé, personne ne comptant plus avec moi, et moi ne pouvant plus compter ni sur moi ni sur qui que ce soit, personne ne s'occupant de moi, lui à son bistrot aux heures habituelles, ou alors il est avec cette fille, sous mon propre toit. S'ils s'imaginent que je ne me doute de rien. Mais tout m'est égal, désormais. Je suis bien au-delà de ces

pauvres choses. Après plus de soixante ans, j'ai
retrouvé Laurent...

... Chercher un autre récit de l'époque sur cette
affaire de la porte de Buci. Froissart était mort.
Commynes n'était pas né. Le second texte que je
possède, ô dérision, est le drame en cinq actes et en
prose d'Anicet Bourgeois et de Joseph-Philippe Lock-
roy, *Perrinet Leclerc ou Paris en 1418*, représenté le
3 novembre 1852 sur le théâtre de la Porte-Saint-
Martin...

... — *Pourquoi me regardes-tu ainsi, pâle et haletant ?
Perrinet, tu m'as trompé ! Perrinet, tu roules dans ta tête
des projets de vengeance ! Perrinet, mes clefs, tu as volé
mes clefs !*

— *Il me les faut... A moi ces clefs qui me vengent.*

— *Celles que fidèlement j'ai gardées vingt ans, n'est-ce
pas ? Les Bourguignons les attendent. Tu les leur porte-
ras, tu l'as promis. Ils t'ont dit : Livre-nous Paris, ton
père en a les clefs. Et tu leur as répondu : Pendant son
sommeil, je les lui volerai ; mais leur as-tu dit aussi : S'il
se réveille, je le tuerai !...*

— *Oh ! laissez-moi ces clefs, laissez-les-moi !*

— *A genoux maintenant ? Ce n'est plus la main sur
ton poignard, c'est à mes pieds en pleurant que tu me
dis : Vieillard, laisse-moi te déshonorer...*

... Mais quoi ! Il n'est plus de hiérarchie en ce
domaine. Les personnages ayant vécu dans les seules
imaginations des écrivains et de leurs lecteurs ne me
sont pas moins présents que les autres qui subsistent
uniquement, eux aussi, dans l'esprit de rares vivants
érudits. Pour moi, les histoires comptent autant que
l'Histoire. Elles sont affectées du même coefficient de
réalité du moment qu'elles ont été encore situées au
carrefour sur les lisières duquel je me suis mis à l'affût.

Comme par les allées rectilignes de feuillages taillées dans l'épaisseur des chênes et ouvertes, au bout de leurs longues perspectives, sur le ciel où le chasseur guette les vols de palombes et les voit arriver vers ses filets, je regarde par mes cinq rues affluer les ombres. Un mélodrame romantique a lui-même sa valeur. Tout y est pour moi précieux, même son ridicule. Une radio vaudrait peut-être mieux que cette voisine perpétuellement hurlante...

... Laurent dont je suis la seule à me souvenir, Laurent mon ami, mon cousin, mon frère, Laurent dont la mort alors que je n'avais pas quinze ans m'a blessée à jamais...

... La voilà qui revient. Elle a fait vite. Je les connais, les clients : il ne va pas tarder à quitter la chambre à son tour. Je n'entends toujours pas ce qu'elle lui raconte, mais elle doit lui dire que c'est à droite, au bout du couloir. En attendant, j'ai de la lecture, heureusement, le dernier numéro de...

— Ce n'est pas croyable, ces... Si j'ai un conseil à te donner, c'est de...

— Ce que tu as été longue. Ma Minouche, ma chérie.

— Attention, Lulu, tu me décoiffes. Tu aurais tout de même pu enlever tes... Mais il remue, dis donc, ce lit... Arrête... Attends au moins que... Lulu, mon petit...

... Tiens, c'est lui, son petit, à présent. Mais elle l'a dit beaucoup plus gentiment. La maison vibre, mon lit tremble et je tremble sur mon lit. Se faire passive, molle, toute molle. *Mon* lit, j'y vais un peu fort, non ? Toute molle, comme cela, dans cette rumeur du dehors, en regardant les photos d'acteurs et d'actrices et en écoutant ces deux-là, à côté. Ils ne font aucun bruit. Ce n'est pas comme dehors où la Bretonne, je reconnais sa voix, s'engueule avec un type qui lui livre ses légumes ou je ne sais pas quoi, c'est un drôle de moment pour. Le moyen de penser aux choses sérieuses, de se concentrer. C'est farouche, le plaisir...

— Dites donc, espèce de mal élevé, pour qui me prenez-vous ?

— Vous, la mère Machin, vous commencez à me les...

— Et impoli avec ça. Attendez un peu lorsque votre patron viendra !

— Mon patron, les comme vous, il a rien à en... Et puis le patron, sur cette camionnette, c'est moi.

— Seul maître à bord, je vois. Il est joli ton paquebot.

— En attendant, donnez-moi ce papier ou je me fâche.

— Allons, allons Mme Saubotte, donnez-le-lui son reçu, vous en serez plus vite dé...

— Mais je ne demande pas mieux, moi, Mme Miron. Il suffit que l'on me demande poliment. Vous me connaissez, non ? Vous savez que pour la politesse et l'obligeance...

... mais la politesse et l'obligeance, ça sert à quoi, contre tant de méchanceté ? Attends un peu que je te crève tes pneus, la prochaine fois. Et ce ne sera qu'un commencement, moi je te l'annonce. Chez nous, je veux dire chez moi, en Bretagne, pas chez mon mari en Gironde, il n'en faut pas plus pour rencontrer sur le chemin de sa charrue un bon petit couteau la lame en l'air. Mais le sorcier de Saint-François m'a donné un moyen plus sérieux de me débarrasser de mes ennemis. Ce petit jeune homme ne sait pas le danger que sa malhonnêteté lui fait courir. Nous autres, de la Forêt, nous sommes armés contre les méchants. On en connaît des secrets, du côté de Fougères...

54

... Non mais des fois, en voilà une rombière. Toutes des garces et des salopes, c'est ma devise. Lorsque c'est jeunet, passe encore. Mais à cet âge-ci, il ne reste plus que le vice. Elle me ferait renvoyer cette vache-là si elle pouvait. Mais fais gaffe, la mère Machin, moi je n'oublie pas les injures, recommence une fois encore, pour voir, à me parler ainsi et ce sera ta fête, moi, je te le dis. Ces rues étroites, ça devient vraiment impossible. Et pourtant elle est discrète et souple et peu difficile sur l'espace vital ma camionnette...

... Laurent, mon cousin bien-aimé, de quelques mois mon cadet, mort à l'âge que j'avais, qu'il avait, quel âge déjà, quatorze ans, un peu moins, un peu plus, j'ai oublié, il y a si longtemps, nous étions si jeunes, des gosses encore. Le pur et total amour de l'enfance. Une amitié plus qu'un amour. Une amitié plus violente que l'amour. Matins glacés du Valois, air sec et mat lorsque nous courions vers notre petit jardin avant de partir pour l'école. A peine est-il mort que, presque subitement, je suis devenue une femme. Comme s'il avait emporté mon enfance...

... Quatre cents bourgeois, mis par les complices de Perrinet Leclerc dans le secret de la conspiration, arrêtèrent dans la nuit un nombre considérable d'Armagnacs...

... Jean Juvenal des Ursins. — *Ils allerent aux prisons du Palais : et en icelles prirent le comte d'Armagnac connestable de France, messire Henry de Marle chancelier de France et un nommé Maurignon qui estoit audit comte. Ils les tirerent hors de la Conciergerie du Palais emmy la cour, et là les tuerent bien inhumainement et trop horriblement, et les despouillerent tous nuds, excepté des chemises : mesme il y en eut qui ne furent pas contens de les voir morts et tuez : mais leur ostoient cruellement des courroyes du dos, comme s'ils les eussent voulu escorcher. De là ils s'en vinrent au grand Chastellet... Semblablement firent à Sainct Martin des Champs, à Saint-Magloire, au Louvre. Bref, il y en eut bien de seize cens à deux mille ainsi inhumainement meurtriz et tuez : par la ville mesme on tuoit beaucoup... Or ne tuoit-on pas seulement les hommes, mais les femmes et enfans...*

... Quelques jours plus tard, d'autres massacres se produisirent à Paris. J'ai lu récemment à ce sujet un texte malheureusement très postérieur...

... Germain François Poullain de Sainte-Foix. — *Le peuple se livra à la rage la plus barbare. Le ciel purgea Paris de ses infâmes habitants, avant la fin de l'année, il en mourut plus de cent mille d'une maladie contagieuse « presque tous de la populace et meurtriers », dit Juvenal des Ursins...*

... Combien de personnes furent-elles égorgées ? Mille cinq cents ? Dix-huit mille ? J'ai les deux chiffres dans la tête. Ce n'est pourtant pas la même chose. Il est vrai qu'il y eut plusieurs journées. Tout commença ici, un peu sur ma gauche, là où s'élevait la porte de Buci.

... Jean Juvenal des Ursins. — *Plusieurs grandes inhumanitez et comme innombrables furent en ce temps faites en ladite ville et cité, dont il advint une bien grande punition de Dieu, et bien apparente. Car depuis le mois de juin jusques en octobre, il y eut si grande mortalité que merveilles : et non mie seulement à Paris ; mais ès villages d'environ, et à Senlis, tant qu'à peine le nombre en est croyable. Spécialement moururent presque tous ces brigands, et autres gens de communes et aucuns comme soudainement, sans contrition, confession, et repentance : et sceut-on par aucunes dames de l'Hostel-Dieu de Paris, où il trepassa moult grand nombre, qu'il y*

en eut bien sept à huit cens de morts, lesquels on exhorta
« de se confesser, et repentir des maux qu'ils avoyent
faits ». Mais ils respondoyent que n'en requeroyent
mercy à Dieu, car ils scavoyent bien que Dieu ne leur
pardonneroit point...

... Ce n'est pas la peine, pas la peine de faire un tel
effort, puisqu'il existe deux phrases qui résument
tout...

... Selon nos renseignements, les types ne se connaissent pas plus que nous ne les connaissons. Lui, Filledieux, dont nous ne possédons qu'un signalement
insuffisant, mais dont nous avons appris qu'il doit
exhiber, comme marques de reconnaissance, une
pochette blanche et je ne sais quel insigne sportif. Puis
le gars chargé de lui remettre ici, entre cinq heures et
cinq heures trente (il est déjà cinq heures treize), nous
ignorons quel document important, l'adresse d'une
planque sûre probablement, ou de l'argent. Après tant
et tant de jours d'enquête vaine, nous sommes peut-
être enfin...

... Jacques Du Breul. — *On fit une statue représentant
Perrinet Le Clerc, laquelle, pour note de perpétuelle
ignominie fut posée au bout du pont Saint-Michel,
contre la maison angulaire des rues de La Harpe et de
Bussy. Où elle se voit encore excepté le visage qui est tout
effacé de coups de pierre, de fange et autres ordures qu'on
a lancés contre, en détestation dudit Le Clerc...*

... D'où il résulte qu'en 1612, époque où Du Breul,
moine de Saint-Germain-des-Prés, publie son *Théâtre
des antiquitez de Paris,* notre rue Saint-André-des-Arts
était considérée comme le prolongement de la rue de
Buci dont elle portait le nom. En souvenir du forfait de
Perrinet Leclerc, la porte de Buci fut longtemps appelée porte des Anglais. Murée après le départ des

occupants, elle avait été remplacée par la voisine porte de Saint-Germain ouverte à cet effet dans les remparts. En 1539, le cardinal de Tournon obtient de François Ier des lettres patentes qui restent sans effet pour la réouverture de la porte de Buci. Henri II intervient de nouveau auprès du Prévôt des marchands le 13 avril 1550. La porte de Bussy est alors reconstruite et passe, avec son grand écusson de pierre sculptée, pour une des plus belles de Paris. Elle sera démolie en 1672. Une cigarette n'est jamais si bonne qu'à la toute dernière bouffée, mais je ne peux vraiment fumer celle-ci plus loin...

— Alors Chiffonnette, elle avait pris un bain, elle était restée toute la nuit dans sa baignoire et elle avait fondu. Chiffonnette, elle était toute fondue. Elle était une grosse pelote enroulée sous la baignoire, avec trois petites pelotes dans les mains et elle tricotait une robe à sa poupée.

... Elle parle, elle parle, si bas au-dessous de moi. Je sens sa main confiante et chaude, un peu poisseuse, dans la mienne. Parfois, j'essaye d'entendre ce qu'elle me, ou plutôt ce qu'elle se raconte et des bribes de son discours ininterrompu parviennent jusqu'à moi. Jamais Bertrand n'a été plus distrait, plus absent qu'aujourd'hui. Il faudrait peut-être que je vienne moins souvent. Mais mon devoir est de lui amener les enfants. C'est si important, un papa, à leur âge. Il m'a tout de même parlé du roman qu'il voudrait écrire. Je compte encore un petit peu pour lui, puisqu'il me tient au courant de ce qui présente le plus d'importance à ses yeux : son livre...

... La porte de Buci par où l'ordre était donné de ne laisser sortir, durant la foire Saint-Germain, *aucuns clercs, escolliers, pages et laquais ayans épées, dagues ou autres armes*. Chute de mon mégot dans un sillage d'étincelles. Personne heureusement à l'endroit où il touche le trottoir. Veiller à bien l'éteindre la prochaine fois...

... Il serait bon que dans mon prochain livre, je choisisse parmi mes héros quelque bonhomme passionné du vieux Paris et qui n'en ignorerait rien. Je n'ai malheureusement de l'histoire de ma ville (et de celle de mon pays) qu'une connaissance fragmentaire, surtout pittoresque, en somme assez peu sérieuse, romantique pour tout dire, et qui s'accommoderait mal de ma passion du détail vrai. Car je tiens l'inauthenticité en abomination, même dans un roman, surtout dans un roman où je ne me résigne à inventer que le minimum dont on ne peut se dispenser : l'anecdote sans importance, si vraisemblable qu'elle en est presque vraie. Travaillant pour l'essentiel comme un peintre. Notant par exemple, si j'ai à en tenir compte, la position exacte sur le *Procope* et les maisons avoisinantes de cette ligne de partage, moins précise que je ne l'aurais cru, entre l'ombre et la lumière, les immeubles d'en face (le mien et ceux qui lui sont contigus) y projetant les créneaux inégaux de leurs toits différemment découpés...

... Est-ce le chauffeur de ce camion qui nous veut du mal, à Saubotte et à moi ? Je n'en suis pas sûre et je n'ai pas besoin de le savoir. Le certain est que, depuis quelque temps, le malheur s'acharne sur nous : Saubotte qui perd sa mère, mes douleurs qui m'ont reprise, ce ralentissement dans le commerce. Les légumes, pourtant, ça devrait toujours aller, même en cette saison où il y en a, bien sûr, beaucoup trop. Inadmissible concurrence des marchands des quatre-saisons. Avec les impôts que nous payons ! Il faut agir et vite, sans le dire à mon mari, avec son cœur ce n'est pas possible. Je vais aller acheter le foie de veau. Non pas dans le quartier, ni certes aux Halles, mais là où l'on risque moins de me connaître, vers la place Maubert, loin de chez nous en tout cas. J'en ai pour une demi-heure, pas plus...

— ... Jérôme, je dois m'absenter... Pas pour longtemps... Du reste M. Saubotte ne tardera plus. Il est au bistrot avec le taulier d'en face. Chez Daniel, si vous avez besoin de lui. Comme s'il n'aurait pas pu trouver un café plus près...

— Mais Daniel, c'est un pays...

— Où étais-tu fourré, tout à l'heure ? Le gars de chez Huroux m'a dit des sottises et il n'y avait personne pour me défendre.

— A la réserve. Et justement, je voulais vous dire... Vous savez, moi, à votre place, je me méfierais. J'y ai trouvé de la, eh oui, de la merde de Sorcier dans la réserve.

— De la quoi ?

— M. Saubotte saurait bien ce que c'est lui, allez, il est du pays.

— Écoute, Jérôme, je ne connais rien à vos histoires, mais jure-moi de n'en pas dire un mot à mon mari, jure-le-moi.

— Bien sûr, voyons.

— Avec son cœur, tu comprends. Moi aussi, par tous les Saints du Paradis, je suis inquiète. Et pour des raisons plus sérieuses, je te prie de le croire.

— Remarquez, vous avez de la chance dans votre malheur : vous habitez près d'un carrefour. Tard dans la nuit, ce serait le Diable si on ne pouvait trouver une minute sans un passant ni une voiture.

— ...

— Et alors, moi, madame, si j'étais de vous, avec ce mauvais signe... Parce que la merde de Sorcier, c'est rare à Paris, mais même chez nous, à Argelouse (M. Saubotte vous le confirmerait si on pouvait lui en parler) on n'en trouve presque jamais *à l'intérieur* des maisons. Or, il y en a dans la réserve, je vous la montrerai..

— Non vraiment, je préférerais...

— Si vous m'en croyez, cette nuit même, lorsque le patron dormira, nous L'emporterons au milieu du carrefour de Buci. Nous La brûlerons, comme on fait chez nous, afin que le Mauvais Esprit retourne là d'où il vient. Et puis, demain, on fera venir M. le Curé ou l'abbé Troncbert, pour bénir la réserve.

— Tout cela, mon pauvre Jérôme, c'est superstition et compagnie. Nous, en Bretagne, fais-nous confiance... Du reste je m'en occupe. Une demi-heure, pas davantage, et je suis de retour.

— Comme il vous plaira madame Saubotte...

... Chez nous, on ferait bénir tous les objets, toutes les marchandises de la réserve. Ensorcelées comme elles sont, contaminées. Je me souviens du jour où maman a dû brûler toute notre literie parce que nous y avions trouvé des fleurs de laine...

— ... A tout de suite, madame Saubotte.

... Il en a un de ces accents de Bordeaux, celui-là. Je fuyais, me forçant à ne pas voir ce qui malgré ma volonté forçait mon regard à la devanture des kiosques à journaux. Non pas l'annonce de cet affreux accident d'aviation. Mais des publications aux couleurs vives, beaux corps féminins dévêtus, seins entourés de pierreries. *Et pourtant je n'étais venu que pour cela.* Je viens de m'arrêter en pleine rue de Buci, pensant à quoi ? Une jeune fille m'attend et je flâne. Elle me plaît assez.

Elle est gentille. *J'étais même venu pour un peu plus que pour cela. Non ça, vraiment, tout de même, je ne crois pas...*

... Oui, une grande nouvelle que je ne me lasse pas de m'apprendre : je tutoie Valérie. Et elle qui me tutoyait déjà depuis quelques jours, elle m'appelle désormais Patrice, supprimant ce vilain et froid nom propre qui, s'il n'est pas plus laid qu'un autre, manque de charme dans la bouche d'une jeune fille que l'on aime...

... Quel bonheur sur le visage de cet adolescent. Il n'est qu'en apparence parmi nous, dans cette rue populeuse où son charme fait le vide, lui seul, ce joli garçon, existant désormais pour moi. Inutile pourtant de le suivre. Et même d'essayer de forcer son regard. Ne te vexe pas, marquise. Il ne te verrait point davantage si tu étais une belle et jolie femme. Ce que reflète cette figure radieuse, c'est la lumière de l'amour...

... 1557. Un médecin de Lisieux, Nicolas Lecène, et Pierre Gavart, solliciteur poitevin, protestants, sont arrêtés faubourg Saint-Germain au cours d'une réunion de leurs coreligionnaires. A la suite d'un arrêt du Parlement de Paris, ils sont condamnés à avoir la langue coupée s'ils ne se rétractent. Ce qui est fait à la suite de leur refus d'abjurer. Cheminement piquant de la fumée dans mon nez et ma gorge. Puis, après avoir été suspendus à une poutre du pilori ils sont brûlés à petit feu. Nouveau supplice, avant bien d'autres, qui eut lieu ici même pour notre ineffaçable honte de Français, de Chrétiens et d'Hommes. Ici même ou plutôt un peu plus loin, car le pilori des moines n'était pas installé à la place exacte du carrefour, ainsi que cela est pourtant généralement admis, mais plus haut du côté de Saint-Germain-des-Prés, vers le commencement de la rue de Buci. Griserie des poumons bien emplis de fumée. Au XVIIIᵉ siècle, le carcan et la potence furent parfois dressés au carrefour même de Buci, d'où la confusion...

... Si Monsieur vient, il trouvera ma porte fermée à clef. Après tout, je suis une cliente, non ? Je suis libre, ce n'est point parce que je ne règle plus ma chambre depuis quelques mois, ce n'est tout de même pas une raison, ce serait trop facile ! On rend des petits services, bonne fille, et puis ça deviendrait une habitude, tout serait dû à Monsieur ? Ah ! mais non. Il trouvera porte close, il pourra appeler, supplier. Ma chambre, je considère que je l'ai payée. Lorsque je suis là, je finis toujours par me laisser attendrir. Ça pourrait être réussi, une fois par hasard, on ne sait jamais. Mais quelle gourde je suis de rester dans cet hôtel. Comme si je ne pouvais pas espérer mieux, belle et racée comme je suis. Même si Madame meurt bientôt, Monsieur n'est pas assez riche pour que ce soit vraiment intéressant de l'épouser. Ma paresse, toujours ma paresse. Depuis que je suis arrivée de ma province, je reste là où je suis tombée par hasard, attendant quoi, espérant quoi ? Je suis bien, très bien dans cette chambre. Il faudra que j'obtienne de Monsieur la permission de m'y installer. Je ne les entends plus. Un homme aussi élégant. Plus très jeune. Au moins trente ans. Mais tout de même, pas si vieux que Monsieur. Ma chance enfin, peut-être ma chance, rue de Buci, où j'aurais bien fait, en ce cas-là, de rester contre toute raison. Nous autres femmes, nous avons un sens que les hommes ne possèdent pas. Presque aussi élégant que Harry Fyl, ce monsieur. Le voici justement, Harry Fyl. Je savais bien qu'il y avait sa photo cette semaine sur la revue. Avec Jany Fools, naturellement...

63

... Cette vieille femme si peu ragoûtante qui va peut-être mourir, qui déjà ne peut plus se lever, qui déjà n'en peut plus, ne souffrant pas, au-delà tant elle est lasse du point où l'on peut commencer de souffrir — ou en deçà, on ne sait jamais, peut-être aurai-je une fin douloureuse, c'est la petite fille d'il y a si longtemps, d'il y a si peu de temps. Cette vieille, moi, la petite fille qu'embrassait si fort son papa en lui murmurant des choses douces : Tu es ma tendresse, ma beauté, il n'y a rien de plus joli que toi, ma petite fille aimée. J'aime que l'on me parle ainsi, je suis heureuse d'être jugée à ma vraie valeur, mais ce n'est point mon papa que je préfère, j'ose à peine l'avouer, c'est Laurent...

... Bibliothèque Sainte-Geneviève. 1571. — *Contrat de vente par François d'Orléans, bourgeois de Paris, à Étienne Cassin d'un jardin sis rue des Fossés-Saint-Germain-des-Prés, à Paris...*

... Humbles documents, plus émouvants pour moi que ceux retenus par l'Histoire. Sauval fait état d'un « Séjour d'Orléans en la rue Saint-Andry-des-Arcs, lès la porte de Bissy ». Brièvement retrouvé à la faveur d'une goulée privilégiée, ce parfum piquant et délicieux, cet arôme du tabac au temps où j'en manquais, sous l'Occupation. L'année suivante, 1572, dans la nuit de la Saint-Barthélemy, Montgomery hurle : *Au Pré-aux-Clercs*. Tavannes, avec la permission de Guise, a fait passer sa cavalerie sur la rive gauche à la poursuite des huguenots. Mais la clef de la porte de Buci qu'on lui a confiée n'est pas celle qu'il fallait. Encore une histoire de clef à la porte de Buci ! Guise sait que s'il laisse échapper les fuyards, Coligny aura un successeur. Montgomery est déjà loin, que Guise et les siens, ayant fait sauter la porte à coups de haches, poursuivent enfin mais vainement jusqu'à Montfort-l'Amaury. Ces récits, aussi vrais soient-ils, sont trop pittoresques à mon gré. Ce sont les westerns de l'Histoire. Même lorsque je connais les noms de mes voisins d'autrefois, Étienne Cassin par exemple ou Pierre de L'Estoile, leur identité n'a guère plus d'intérêt que la mienne. Moi qui, de mon temps, ouvre comme eux du leur, mes yeux tout grands sur Paris. La précision et l'exactitude des témoignages importe plus que la personnalité des témoins. Ce qui a été vécu ici, dans la suite des siècles, existe ailleurs que dans les ouvrages où des chroniqueurs et des mémorialistes l'ont enregistré. Savoir infus que réactualise parfois une mémoire, la mienne ou celle d'un quelconque passant, regardant en ce moment le carrefour et rêvant à son histoire, le peu qu'à ma ressemblance il en sait esquissant, suggérant l'intégralité du connu et même de l'inconnaissable, gestes effacés, mots envolés. Couches superposées de présents qui n'ont point tout à fait disparu en cessant d'être, coexistant ici virtuellement à jamais, réalité diffuse, même lorsque aucun vivant n'est là pour la ressusciter. Si la vie humaine est, comme le disait Bergson, un point indivisible, une ville, mieux encore : le carrefour d'une ville, peut aussi apparaître...

... Au volant de sa voiture en stationnement rue de Buci, M. le Principal a l'air d'un chauffeur de bonne maison attendant que sa maîtresse ait fini ses courses. Frelatoux n'est pas loin, mais je ne puis le voir depuis cette terrasse où je bois mon deuxième demi en guettant au veston des passants l'hypothétique pochette blanche et l'insigne qui si nos rencards sont exacts, mais quel insigne précisément, voilà ce que nous ignorons et quant aux pochettes, encore que ce ne soit plus la mode, d'innocents promeneurs...

... Pierre de L'Estoile, 27ᵉ de may 1588. *En ces jours, fut perpétré un acte barbare & étrange à l'endroit d'un nommé Mercier, pédagogue, lequel ayant été pris à neuf heures du soir en sa maison près Saint-André des Arts à Paris, par deux coquins, l'un potier d'étain, nommé Poccart, et l'autre Pierre Delarue, tailleur, demeurant au coin du pont Saint-Michel, fut poignardé par eux & jeté en la rivière sans autre forme ni figure de procès. Le prétexte de ces deux ligueurs & plus zélés larrons de la ville, estoit l'hérésie, de laquelle ils disoient que ce bon homme faisoit profession, encore que deux jours devant il eût fait ses pâques dans l'église Saint-André des Arts sa paroisse. Ce que madame la présidente Séguier, qui estoit près de lui à la communion, ayant remontré audit curé, il lui répondit qu'il se souvenoit fort bien qu'il l'avoit lui-même administré et qu'il estoit tout près d'elle à la table, mais que pour cela il ne laissoit pas d'être huguenot, ainsi qu'on disoit, tellement qu'il les avoit faites comme hypocrite et non pas comme catholique. Et n'en put avoir autre raison, ni tous ceux qui s'en mêlèrent, même sa pauvre femme, quand elle en cuida demander justice, on ne lui fit autre réponse, sinon que son mari estoit un chien de ministre & que si elle en parloit davantage on la jetteroit dans un sac en l'eau...*

... Penser que si j'étais parachuté au XVIᵉ siècle, dans le vide noir du temps, avec tout ce que j'ai appris et retenu et dont j'ai fait ma spécialité, c'est-à-dire un peu d'Histoire, je ne pourrais rien, mais ce qui s'appelle rien, enseigner aux hommes d'alors du savoir d'aujourd'hui. Quelques vagues lueurs d'astronomie moderne les étonneraient. Les galaxies. L'univers en expansion. Mais les savants en connaissaient alors tout de même infiniment plus que moi depuis des millénaires...

... Djamal Amrani, 1960. — *Je vois le lieutenant*

s'emparer, sur le bureau, d'une paire de pinces et, saisissant ma main droite, y introduire mon annulaire et appuyer de toutes ses forces. Au hurlement que je pousse, il s'interrompt, repose la pince, se lève, ferme la fenêtre et se rassoit. Mon doigt saigne. Il reprend ma main, appuie de nouveau...

... La pince ? Vous en êtes encore à la pince dans les dernières années du XXᵉ siècle ?...

... Il me fait asseoir en face de son bureau et me passe une courroie autour de la poitrine. J'ai les pieds dans un plat métallique plein d'eau...

... L'eau ? Vous n'avez vraiment rien inventé. — Mais écoutez donc avant de faire le malin...

... Je le vois tourner la manivelle d'une boîte posée sur la table et je sens un courant électrique me parcourir brusquement...

... Qu'est-ce que vous en dites ? L'électronique, ça pouvait attendre, mais l'électricité, voilà qui vous aurait été utile. Même en fuyant très loin mon siècle, je finis toujours par le retrouver. L'ordre chronologique est brouillé par cette suite de tortures et de meurtres...

... Baccouche AbdelKader, 1960. — *Arrêté le 1ᵉʳ octobre 1958, à Paris, je fus conduit 11, rue des Saussaies et interrogé sans interruption pendant six jours. Je fus frappé et torturé par les policiers pendant ces six jours. Je subis plusieurs supplices. Je fus torturé avec l'électricité dès le premier jour et pendant toute la nuit. J'étais nu et l'on appliquait les électrodes sur tous les points sensibles. Ensuite je fus frappé sur le cou, à coups de règle. Et pendant les six jours, je fus frappé par plusieurs policiers à la fois...*

... Tous ces bûchers, tous ces bouchers, les Albigeois, les Templiers brûlés tout près d'ici dans ce qui était alors un îlot avancé à la proue de la Cité, Caboche, la

Saint-Barthélemy, tous ces meurtres au nom de Dieu ou du Roi ou du Droit, de siècle en siècle, toujours, *comme aujourd'hui, comme aujourd'hui.* Nous refusons d'entendre la plainte, qui n'est même plus étouffée, des hommes torturés. Nous faisons comme si de rien n'était. Nous travaillons, nous nous distrayons. Le café dont je ne vois pas de ma fenêtre la terrasse, cachée par la tente qui l'abrite, est sans doute rempli d'hommes et de femmes pensant à leurs petites affaires, à leurs petits plaisirs. Je n'ai pas inventé ceci, je l'ai lu...

... Djamila Boupacha, 1960. — *Ils ne m'ont pas violée, mais ils m'ont mis une bouteille. Je suis restée évanouie très longtemps... Ils m'ont ligotée les jambes écartées. Vous ne pouvez pas savoir, c'était dur...*

... Et son amie Gisèle Halimi commente : « Puis elle sourit, comme soulagée, en rectifiant le décolleté de sa robe blanche. »

... Se souvenir de ce chandail, il y a là une idée. Mes seins sont bien plus jolis, gros mais impeccables, comme dit Monsieur. Lorsque je ferai du cinéma, je le rencontrerai peut-être à Hollywood, Harry Fyl. Ou bien Louis Flayant. En voilà un qui me plairait. Est-il toujours avec Louisa Bob ? De toute façon, ça ne dure jamais longtemps. Avant, il était avec Pierrette Gay. Avant, avec Lulu Desmouches. Et avant encore avec Jany Fools. Non, Jany Fools, c'était entre Zaza Trobs et Margaret Penshulf. A moins que ce ne soit après Valentine Pinelli ? Je m'embrouille. Il faudra revoir cela, ce n'est pas sérieux d'être si ignorante...

... Comme je viens de le dire à Mme Saubotte, qui ne m'a pas écoutée aussi bien que d'habitude, elle était distraite, je me demande ce qu'elle pouvait avoir dans la tête, je marche de moins en moins bien. Le docteur m'a épluché toutes mes plaies. Je croyais mes cicatrices fermées, voilà la grande qu'est rouverte. Il m'a dit que ça allait très bien et maintenant, dans dix ou quinze jours, il faut aller chez le pédicure enlever toutes les peaux qui se forment. Enfin, ça c'est rien. J'attends toujours la réponse des assurances. Comme ils ne sont jamais pressés, je ne m'en fais pas. Mon pouce et mon pied sont bien enflés, mais c'est normal, qu'il m'a dit...

... Parce que c'est une femme, sur son visage soudain rencontré toute la splendeur de la femme. Mais parce que ce visage n'est point joli et qu'il n'est plus jeune, exaltation aussitôt retombée, rancune d'avoir été trompé par une vieille et qui boite...

... Je la rendrais jalouse tout comme une autre, Jany Fools, ce ne serait pas difficile. Il n'y a qu'à voir comment il m'a regardée, le monsieur d'à côté. Mais qu'elle est belle et comme elle a l'air heureuse, ce n'est pas juste. Harry Fyl après Louis Flayant et combien d'autres! Une fille de mon âge, née la même année et presque le même mois. Fin avril ou début mai c'est le même signe, il n'y a pas de différence. A peine vingt-trois ans. Enfin, vingt-trois ans et un mois. Et déjà la gloire, déjà le bonheur. Tandis que moi, en attendant je fais la bonne. Car en somme, qu'est-ce que je suis ici? Une sorte de gouvernante. Une maîtresse-servante. Moi qui suis si jolie. Tant de bruit, dans notre rue où il ne passe même pas d'autobus, ce n'est pas normal. Rythme sourd, frémissement qui fait vibrer la cloison. Je suis seule. Comme je suis seule. Mais je suis bien. Ida, Ida, mon beau prénom digne des génériques d'Hollywood. Personne pour m'ennuyer et me regarder avec ironie sous le prétexte que je ne suis pas tout à fait une cliente comme les autres (Est-ce ma faute à moi si je plais à Monsieur ?). Mais personne non plus pour me désirer...

... Papa, Laurent, vous au moins ne m'abandonnez pas. Soyez là au moins à mes côtés pour m'assister. Votre petite Claire va mourir. Il y a déjà eu un enterrement il y a quelques mois, juste à côté. La pauvre Mme Loubert. C'est pas si souvent dans notre rue. Pas de chance. Elle va mourir toute seule votre petite Claire dans ce bruit de voitures qui ne me fatigue même plus, qui semble même s'être atténué, non sans doute qu'il y ait moins de circulation dans ma rue de Buci (y ai-je jamais été vraiment heureuse avec ce mari trop jeune qui m'a épousée pour avoir l'hôtel, mon cher petit *Hôtel du Valois ?*) mais seulement parce que c'est moi qui de plus en plus m'éloigne. Et bientôt je n'entendrai plus rien. Laurent, Laurent reste auprès, le plus près possible de ta petite Claire...

... Taches noirâtres sur le trottoir, poussières et saletés agglutinées sur une ancienne flaque de pipi. Paris est une ville ignoble. Non seulement on ne peut plus y respirer mais si l'on baisse les yeux, et il le faut bien, par élémentaire prudence, le cœur se soulève de dégoût. Belle marquise le Paris d'aujourd'hui n'est plus digne de toi...

— Qu'est-ce qu'il y a encore, Rachel, voyons ! Si nous nous arrêtons comme cela toutes les trois secondes...

... Elle s'est immobilisée. Sans un mot, elle lève les yeux sur moi, de clairs yeux immenses dans son petit visage paisible. Ses cheveux châtains, non pas blonds comme assure son papa, mais dorés, si légers, sont en désordre, mais cela lui va bien. Bertrand a tort de toujours vouloir la coiffer à plat...

— Maman...

— Ma petite fille. Ma chérie ?...

... Interrogation mutuelle qui reçoit au moment même l'énigmatique solution d'une insoluble énigme. Nous ne connaissons ni l'une ni l'autre la question exacte et point davantage la réponse, mais nous sommes satisfaites, comblées, ne pouvant ni recevoir ni donner plus...

— Ma petite Rachel...

— Maman.

... Ces regards d'enfant que l'on surprend levés sur soi, quelle merveille. Conversation muette, si intense, grâce à laquelle une communication immédiate et totale se réalise. Échanges parfaits. Bertrand m'a dit un jour qu'il aimerait écrire tout un livre sur un dialogue semblable entre une petite fille et son papa. Il disait : son papa. Mais avec moi, la maman, ce serait encore mieux. Il disait que seule son amie Nathalie Sarraute avait su exprimer ces échanges tacites, si peu connus bien que chacun en ait l'expérience. Il disait que presque personne encore n'avait compris Nathalie Sarraute parce que les secrets indicibles qu'elle essayait de saisir à leur source vivante dans les profondeurs de l'être étaient trop nouveaux. Il disait que moi, j'étais des rares êtres de sa connaissance ayant déjà l'intelligence de ces choses. Quelle récompense lorsqu'il me parle ainsi...

— Allons Rachel, il faut tout de même que nous...

— Porte-moi. Je suis fatiguée.

— Mais non. Nous venons tout juste de... Je te promets que tout à l'heure, si vraiment tu es fatiguée je te prendrai dans mes bras. Sais-tu que tu es devenue très lourde pour ta pauvre maman...

... C'est surtout le poids de mon amour pour elle qui m'écrase...

— ... Bon, je veux bien, on s'assoit. Mais cinq minutes seulement, pas plus. Et sutout ne demande pas de gâteau au chocolat, tu n'en auras pas...

... Elle m'a traînée par la main, elle m'a fait entrer dans cette pâtisserie, sûre que je ne lui résisterais pas...

... Je ne m'en vais pas, ce sont eux qui s'éloignent. Et avec eux un monde qui ne m'intéresse plus...

... Je suis dans la belle chambre aux lilas. Comme une reine, non : comme une star de cinéma. Regardant, en prenant tout mon temps, l'œuvre d'art qui est sur la cheminée, une vraie pièce de musée, *Le chasseur et son chien*. Je suis arrivée avec ce monsieur dans sa belle voiture anglaise. (Je ne l'ai pas vue, son auto, mais c'est tout comme, je suis sûre qu'elle est anglaise, très belle et garée pas loin d'ici.) Il s'appelle Jean. Comme Jean Callotz. Dans *Rêves de femmes*, il était beau, Jean Callotz. J'ai laissé mes bagages dans l'auto. J'ai pris une chambre, seule, dans ce bel hôtel de la rue de Buci, à Paris — je ne m'y habitue pas d'être à Paris. Seule, oui, comme dans *Flétrie au seuil du lit nuptial*. Pas ce soir, Jean, pas ce soir, tu m'as fait trop de mal, mais c'est bon de te savoir si près, juste dans la pièce voisine...

... En fin de cette courte journée de travail, pendant qu'en interrogation les autres élèves passent, Valérie et moi causons à voix basse. Nous parlons et je ne pense plus beaucoup à ma colle d'anglais. J'ose, je ne sais comment, lui demander un fétiche d'elle pour me porter bonheur. Elle sort de son sac et me donne ce calendrier si délicieusement parfumé que j'ai là, dans mon portefeuille. Et puis, avec un sourire, les joues un peu roses, elle tire une petite carte sur laquelle elle a écrit : « Dans trois jours, Patrice aura seize ans. » Moi aussi je pique un fard. Je ne comprends pas. Pourquoi Valérie a-t-elle ainsi noté mon anniversaire ? Je n'ose rien croire. Mon tour vient. Ivre d'amour pur, je me fiche bien de l'anglais et de toutes les colles du monde. J'attrape un 6...

... Ce qui ne m'était jamais arrivé, j'entrai pour faire diversion dans un de ces auditoriums où des jetons déclenchent automatiquement des airs de jazz ou autre chose. *Pour faire diversion, alors que justement je savais bien où j'allais et pourquoi j'y allais ! Je venais voir cette autre chose précisément.* Hélas ! sans l'avoir voulu, je tombais de Charybde en Scylla. Une pièce pouvait mettre en marche un petit cinéma. Celle que j'avais tirée machinalement de ma poche tomba. *Sans l'avoir voulu ? Machinalement ? Pourquoi tricher ainsi ?...*

... Les yeux fermés, ses pots de capucines sur les genoux, tache vive qu'enserre un de ses bras maigres. Une main abandonnée sur la table avec cette grosse veine bleue, saillante, gonflée, inquiétante. Un peu de terre sur la robe noir tendue. Et ce garçon qui ne vient pas. Je boirais bien quelque chose. Elle ne bouge pas. On ne la voit pas respirer. Et si elle venait de mourir, là, sans que je me sois aperçu de rien ? Elle n'aurait pas souffert. Ce ne serait pas une si mauvaise manière d'en finir, à son âge. Et ce serait fait. C'est fait peut-être. Je n'ai peut-être plus devant moi cette échéance, cette peur. On ne voit même pas sa blouse se soulever...

... J'ai fermé la porte de communication mais il ne dépendrait que de moi de te rejoindre, tu sais que je t'aime et comme je te désire. Et toi, tu fais l'amour dans la chambre à côté, avec la bonne (c'est moi, la bonne), cela m'excite (on joue, on joue), je ne suis pas jalouse, je suis Ida, oui, mais je suis aussi Elle, cette femme que tu es en train de prendre. Plus de jeu possible, la réalité du plaisir. Si seulement je pouvais entendre, accordée au rythme de la volupté enfin amorcée, la rumeur de votre plaisir à vous deux. Comme je suis misérable et seule, pauvre Ida. Si un acteur pouvait s'arrêter ici, me regarder, m'admirer, m'enlever. Mais l'*Hôtel du Valois* n'est pas assez confortable. Et de toute façon, le quartier est trop commerçant. Quelle gourde je fais, non mais quelle gourde ! Tout près, sur les quais ou derrière Saint-Germain-des-Prés, il y a des hôtels très simples en apparence, mais luxueux, où la clientèle est très chic. Et c'est ici qu'il a fallu que je tombe et que je reste, paresseuse et lâche comme je suis. Ici, dans la rue de Buci où les gens vraiment bien ne s'arrêtent jamais. Ce soir, c'est une exception. Il n'est même pas cinq heures un quart, ce n'est pas le soir...

... Prénoms d'enfants ponctuant, les uns après les autres, des exclamations furieuses. Cette insignifiance absolue s'inscrit aussi quelque part et demeure pour toujours sur le disque, invisible et jamais rejoué intégralement, de mon carrefour. Pauvre mère excédée, si cruelle à ses voisins...

— René, c'est assez. J'ai dit : ASSEZ... Paul, voyons, Paul ! René, laisse ton petit frère ou je te... Attendez un peu que votre père... Raymond, je te... Ces enfants, non, ces enfants ! Celle-là, tu ne l'auras pas volée...

... Le touriste qui lisait tout à l'heure en pleine rue un guide que je reconnus à sa couverture rouge (je l'ai ici dans ma bibliothèque) et qui a disparu — sans doute se renseignait-il sur le *Procope* avant d'aller au Pont-Neuf. Je suis un peu jaloux du Pont-Neuf. Son histoire fait honte à celle de mon carrefour. Mais justement, ce qui a eu lieu *ici* est d'autant plus précieux que plus

74

ignoré. Trop célèbre aussi, à mon gré, la cour de Rohan — ou plus exactement de Rouen. Toute proche qu'elle est, elle aussi, je l'exclus du poème que je reconstitue et que je vis, puisque je ne l'aperçois pas de ma fenêtre, qu'on ne la voit pas de mon carrefour, dissimulée derrière ces maisons, dont celle excessivement connue elle aussi, à mon gré, du *Procope*. Je l'exclus, oui, de l'histoire et de la légende plus discrètes et d'autant plus belles du carrefour de Buci...

... Elle tombe, la pièce. Pas de déclic. Rien. Au-dessus de ma tête est inscrit le titre du film : *Les jambes et le reste*. Machinalement, *encore machinalement ?*, machinalement, je frappe sur l'appareil. *Hypocrite !* Un bonhomme arrive, le sourire aux lèvres. Il me dévisage et met la mécanique en marche. J'éprouve alors du plaisir. Plaisir coupable, mais pas celui qu'on pourrait croire. *Pour qui plaides-tu ainsi ? Tu es seul avec toi-même.* Ce n'est pas la vue de ces femmes se déshabillant sur l'écran qui me donne de la joie. Non. *Non ?* Non. Tout le plaisir réside en ceci... *Tout le plaisir ?...*

... Aujourd'hui, c'est l'après-midi où nous finissons le plus tôt. Je viens de raccompagner Valérie chez elle. De la rue Médicis à la rue Séguier. Nous avons d'abord été suivis par Billaud, mais il nous a, par chance, bientôt quittés. Ah ! quel bonheur de marcher avec elle, de lui parler, quelle inondation, quelle imprégnation de joie. J'aurais voulu l'emmener un peu sur les quais. Je lui aurais montré la fenêtre d'où Bonaparte encore inconnu regardait le Louvre. Mais elle était pressée, elle devait aller voir un vieil oncle avec ses parents. Les oncles sont toujours vieux. A propos, il semble me souvenir que Billaud-Varenne habita successivement deux maisons de cette rue Saint-André-des-Arts. Billaud-Varenne est né en 1756. En additionnant les chiffres de ce nombre, on trouve 19. Il est mort en 1819. 8 et 1, 9 et 1, 10 et 9 : 19. Le nombre clef est toujours 19. Fatigante mémoire...

... Si je ne vivais ainsi hors du siècle à ma manière, *en histoire* comme d'autres vivent *en religion*, je ne pourrais réactualiser, et par fragments insuffisants, que le passé historique, seul connaissable, parce que seul jugé digne d'avoir été conservé. En dépit des chroniqueurs qui en ont noté ici et là quelques détails de hasard et malgré les documents souvent inédits que je découvre ou recueille, l'essentiel m'échapperait de cette vie quotidienne des *autrefois* parisiens. Celle-là même qui correspondait, chaque fin d'après-midi de chaque année à la même époque, au spectacle que j'ai en ce moment sous les yeux. De pauvres mamans débordées ont dû en tout temps crier ainsi dans les maisons voisines de détresse, de fatigue et de rage. Les poumons remplis de cette âcre, de cette râpeuse, de cette exaltante fumée...

... Toujours si terriblement immobile, les yeux clos, la tête un peu penchée. Impressionnante. Et si vraiment ma grand-mère était morte, là en pleine rue, à la terrasse d'un café ? Il faudrait appeler un taxi, la ramener le plus vite possible à la maison, la coucher décemment, mettre de chaque côté du lit un de ces pots de capucines, un peu vives peut-être mais qui furent sa dernière joie. Je dois aussi téléphoner à Lille pour prévenir maman. Aller à la mairie. Aux Pompes Funèbres. Ne pas oublier l'eau bénite. Minuscule tressaillement. Sa paupière droite a bougé. Ses yeux s'entrouvrent. Ce n'est pas encore pour cette fois-ci. J'en éprouve comme une déception, moi qui pourtant l'aime si profondément...

— ... Tu dormais, grand-mère ?

— Non, tu sais, j'étais là.

... Elle est là. Elle se contente d'être là, le plus passivement possible, comme un objet, comme une pierre, pour économiser ses forces, pour ne plus penser, ne plus sentir sa fatigue. Elle est là...

— Là, tu vois, ne dormant pas, non...

— Tu ne veux pas que nous prenions un taxi.

— Un quoi ?

— Un taxi.

— Tu es fou. Le métro n'est plus loin.

— Alors tu me donneras tes pots à porter.

— On verra, on verra.

— Il exagère ce garçon ! Tant pis, nous partons. Tu es d'accord, hein, grand-mère ? On a assez ri. On s'en va !

... Toujours impatient, Max. Comment fera-t-il en vieillissant ?...

... Comme les autres, grand-mère, comme les autres. Pourquoi parlé-je ainsi silencieusement à ma grand-mère qui ne me dit rien, tassée sur sa chaise ? Comme si je répondais au-dedans de moi à une question qu'au-dedans d'elle-même elle m'aurait posée...

— ... Alors, on y va ?

— Allons. Non, laisse. Je préfère. Si, j'aime beaucoup mieux les...

... Pauvre Max, il s'inquiète de moi. Il me croit toujours sur le point de passer. Il se peut que je n'en aie plus pour longtemps. Mais il s'en trouve partout, à cette même seconde, des vieilles femmes bien plus proches de la mort que je ne le suis. Allons, debout, en route, pauvre vieille. Tout de même, Max me regarde d'une drôle de façon, je vais finir par m'inquiéter vraiment. Ai-je donc si mauvaise mine ?...

... Un retard d'un vingtième de seconde dans mon

sourire que je souhaitais innocent. Grand-mère est tellement sensible. Entente rompue du fait de ce léger décalage. Conversation désamorcée. Réponse non perçue. Ou plutôt si, nous nous sommes compris dans ce dialogue muet, mais elle a saisi ce que je voulais lui cacher : la peur que j'ai, à tout instant, de la voir mourir. Mieux vaut ne rien dire, ne pas essayer d'arranger les choses...

... Cette femme âgée qui se lève avec difficulté, en s'appuyant maladroitement au guéridon, elle fut une jeune fille de ton temps, marquise, tu l'as peut-être rencontrée, jeune et charmante, dans un bal...

... Elle est bien fatiguée, Laurent, ta petite Claire ; elle n'en peut vraiment plus ; elle a besoin de, il lui faudrait un, elle, ah ! ta petite Claire ; Claire, Laurent chéri, est bien, elle est très, elle...

... Si ce beau monsieur d'un certain âge, qui fait l'amour à côté, m'a regardée ainsi et que, c'était visible, cela n'a pas fait plaisir, mais pas plaisir du tout à sa femme, c'est que je peux plaire à New York et à Rio de Janeiro, puisqu'à Rio de Janeiro et à New York, avec l'air qu'ils ont, ils doivent passer leurs vies ces deux-là. Partout où il ira désormais, ce bel amant au foulard bleu, j'y serai un peu moi aussi, dans la mesure où je n'aurai pas tout à fait été une inconnue pour lui, où il m'aura regardée, trouvée jolie, désirée. Où j'aurai une petite place dans sa petite tête. Quand il se rendra aux toilettes, tout à l'heure, on n'est pas des corps glorieux comme dit Monsieur, je m'arrangerai pour le rencontrer, il finira bien par y aller. Je laisserai ma robe de chambre ici, sur le fauteuil, je traverserai comme par hasard le couloir, dans mon déshabillé rose transparent. Il est un peu déchiré en bas, mais ça ne fait rien...

... Rendre le double éclat, rouge orangé et jaune vif, de ces bouquets ou plutôt, non, ce sont des fleurs en pots. Ajouter à ces deux touches de couleurs claires le mouvement qui les emporte, oh ! pas bien vite mais saccadé, et la masse noire de cette vieille dame porteuse de capucines — car ce sont des capucines, me semble-t-il. Je ne suis pas un auteur différent de tous ceux qui ont existé depuis qu'il y a des hommes et qui écrivent. Usant d'artifices autres mais analogues. M'emparant aussi fallacieusement, aussi arbitrairement du monde que je prétends non sans folie posséder. Tout au plus essayé-je d'expliquer et de justifier la présence de moins en moins rare et jugée par certains ridicule de héros-écrivains dans les œuvres d'écrivains...

— En ce temps-là, je te parle de ma jeunesse, il y a, enfin tu imagines comme c'est loin, j'étais encore en France, à Paris, dans la rue où je suis né, rue Dauphine, ça ne te dit rien, naturellement, juste au coin du carrefour de... J'ai oublié son nom, ça fait des années que je cherche à me rappeler comment qu'il s'appelait ce carrefour au coin de ma rue et de la rue Saint-André-des-Arts. Un quartier provincial, retiré et silencieux comme tu peux pas croire, parce qu'ici, avec leurs voitures américaines, leurs ambulances qui klaxonnent sans cesse et cet orage de cinq heures, moi je ne le supporte plus ce climat, je ne m'y suis jamais fait...

... Toujours personne dans le bureau de la maison d'en face. Ce n'est pas possible qu'elle soit déjà partie, il n'est que cinq heures quinze. Elle doit être chez son patron, dans la pièce à côté ; ou alors en train de faire une course. Cela me manquerait beaucoup de ne pas la voir comme les autres soirs. Quand je suis rentré elle n'était pas là. Ses jolis cheveux noirs, son air appliqué lorsqu'elle se penche sur sa machine, sa chaste et ronde épaule sous la blouse blanche. Et l'espérance violente d'un regard. Mais elle est trop pure, trop réservée. Sans sa retenue me serait-elle aussi chère ?...

... Il y en a tant et tant de ces seins merveilleux. Nus et ronds dans leur nid de dentelle. Lentement soulevés et retombant lentement dans un mouvement très doux. Assez gros, frémissant presque sur place au rythme de la marche. Ceux-ci, à peine indiqués mais excitants. Horreur, c'est un homme !...

... Il suffit que je sois là pour qu'*ils* réapparaissent, même sans que je pense à les évoquer personnelle-ment, ou que je le puisse (j'ai tellement encore à apprendre ; et puis tant et tant d'êtres et de choses, d'actes et de paroles non recueillis se sont effacés à jamais). Qu'elles sont jolies les deux taches orange et jaune de ces fleurs dans les bras d'une vieille dame marchant à petits pas auprès d'un jeune homme qui ne porte rien. Il suffit de mon affût à ce balcon pour qu'*ils* surgissent du néant, toute durée effacée, le temps ne coulant plus, n'existant plus, mais seulement cette simultanéité prodigieuse offrant au regard de Dieu l'univers entier et au mien ce petit endroit du monde. Je finirai par me plaindre ! Je ne doute pas que les enfants de ma voisine ne soient insupportables, mais quoi qu'ils fassent ou qu'ils disent, je ne les entends jamais, tandis que cette mère glapissante ! Le mardi 21 juillet 1587, le cardinal de Bourbon, abbé de Saint-Germain-des-Prés, fit dans la rue de Bussy une proces-sion solennelle. Sept autres châsses venues de parois-ses diverses entouraient celle des reliques de Saint-Germain, faite d'or, d'argent, de perles et de pierres précieuses...

... Du Breul. — *Elles estoient portées par des bourgeois*

du quartier tout nuds, en chemises expressement à ce
faites, portant à leur testes des chapeaux de fleurs...

... L'Estoile. — A icelle assista le roi, vêtu en pénitent
blanc, marchant en la troupe des autres, et les cardinaux
de Bourbon et de Vendôme en leurs habits rouges, suivis
d'une grande multitude de peuple d'un et d'autre sexe. On
disoit qu'il avoit comme chef de la Ligue fait faire cette
procession pour la manutention et conservation de ceux
de la Ligue, contre les desseins des hérétiques et des
étrangers venant pour eux...

— Allons Rachel, presse-toi un peu, tu n'en finis pas
de manger ce gâteau...

— C'est bon le chocolat, maman.

— Ce n'est pas bon pour ton petit ventre... Au moins,
ne mange pas tout. Laisses-en...

... Hier, Rachel qui était dans mes bras a légèrement
entrouvert mon corsage, regardé la naissance ronde de
mes seins, serré très fort les dents, comme elle fait
toujours pour dire son amour, son émotion, l'excès de
son bonheur, la plénitude de sa vie. Et, frappant très
vite quatre ou cinq petits coups, ce qui est l'habituel
complément, la suite et l'accomplissement naturel de
ce serrement de mâchoires, elle a dit : « C'est *bien* »,
accentuant chaque syllabe, faisant durer le mot, y
mettant un paroxysme d'admiration. Puis, aussitôt :
« Ferme ça ! » Je crois qu'en voyant ma gorge, elle s'est
sentie fière d'être une petite fille, de se savoir promise,
un jour, à une semblable modification de son corps,
son frère, qu'elle a tellement de raisons d'admirer, ne
pouvant, lui, prétendre à cet épanouissement. Ce n'est
qu'une hypothèse, alors qu'il y a la certitude de ses
dents serrées et de cette manière rapide, passionnée, à
la fois violemment manifestée et quasi clandestine, de
frapper sa maman à grands coups rapprochés après

avoir quitté brusquement son jeu, être venue en hâte à moi pour m'exprimer sa tendresse profonde...

— Tu veux que je ne raconte plus Bigoudis et Chiffonnette ? Il était une fois un poète qui se trouvait triste et avait mal à son aise parce qu'il était tout seul, abandonné. Il se sentait abandonné...

— Qu'est-ce que c'est, un poète, tu sais ce que c'est, un poète, toi, Rachel ?

— Un poète, c'est un monsieur tout triste. Il veut acheter une jolie poupée qui lui plaît. Combien, madame, cette poupée ? 37,8. C'est trop cher, madame.

— Allons, mange...

... Ce n'est pas Bertrand qui entrouvrirait mon corsage. Pourtant je l'ai retrouvé depuis que je l'ai perdu. Il peut bien avoir de petites aventures, ici, dans le quartier, ou ailleurs ; une chose au moins est sûre : il ne voit plus une seule de ses et de mes amies d'autrefois. Plus personne de notre milieu. Même pas maman. Il ne supporte que sa Pilou. Bien sûr, il a quitté le quai d'Orléans. J'ai bien compris qu'il préfère que je ne vienne pas seule dans son lugubre petit deux-pièces de la rue de l'Ancienne-Comédie. Mais s'il n'est pas à moi, il n'est plus à personne...

... Je ne peux m'empêcher de repenser à tout cela. J'ai le cœur trop plein de joie. Quelque chose me trouble : j'ai peur d'une déception. Valérie m'a déjà étonné si souvent. Mais pourquoi rougit-elle en me montrant mon nom et la date de mon anniversaire, écrits par elle-même et qu'elle garde dans son sac ? Pourtant il est impossible qu'elle... Elle a Lieuvain. Il est vrai que depuis quelque temps, elle le délaisse un peu : elle me sourit plus souvent qu'à lui. Ce matin pourtant... Et cet après-midi, quelle chance, il était absent. Je ne sais plus quoi penser. Je suis trop content.

Trop anxieux aussi d'une chute qui peut être imminente. Mais non, tout va pour le mieux, je ne peux que me réjouir. Maintenant il va falloir oser. Demain sera peut-être le jour décisif...

... Le vrai plaisir, oui, résidait en ceci : Je ne suis plus un enfant, me disais-je, on me regarde voir un film pornographique sous une affiche suggestive. Personne ne s'en formalise. Et l'on pense peut-être seulement : « Voilà un gaillard. » Cinq minutes après...

... Pierre de l'Estoile, novembre 1589. — *Le mercredy premier de ce mois le Roy ayant divisé son armée en trois bataillons, l'un commandé par le maréchal de Biron, l'autre par le maréchal d'Aumont, le troisième par lui-même, s'est saisi du fauxbourg Saint-Jacques & Saint-Germain ; l'attaque s'est faite de grand matin, et en moins d'une heure, il s'en est rendu le maître après avoir tué près de mille Bourgeois de la Ville...*

... Ayant ainsi campé près de l'Abbaye et mis en déroute les Parisiens, en les poursuivant à travers la foire Saint-Germain et la rue de Bussy, Henri IV ne put demeurer dans la capitale que peu d'heures...

... *Ce jour de Toussaint, le Roy ayant envie de voir à découvert sa ville de Paris, monta au haut du clocher de l'église Saint-Germain-des-Prés, où un moine le conduisit avec lequel il se trouva comme seul. En étant descendu, il dit au maréchal de Biron qu'une appréhension l'avoit saisi étant avec ce moine, se souvenant du couteau de frère Clément, & que jamais il ne s'accompagneroit d'un moine qu'il n'eût fait premièrement fouiller voir s'il aurait un couteau. ... Le jeudy deuxième de Novembre, le Duc de Mayenne arriva à Paris sur les dix heures du matin, & rassura cette grande ville, qui se vit à deux doigts près de sa ruine par un pétard qui fut attaché à la porte Saint-Germain, lequel (comme Dieu voulut) ne*

*joua pas. Le vendredy troisième jour de Novembre, le Roy
n'ayant pas reçu l'Artillerie nécessaire pour battre la
Ville sortit des Fauxbourgs & emmena environ quatre
cents prisonniers, après avoir demeuré en bataille rangée
depuis les sept heures du matin jusqu'à onze, pour attirer
le duc de Mayenne à une bataille, mais personne ne parut
hors des portes de Paris...*

... Apparition soudaine dans la pièce ombreuse de
ma dactylo affairée qui, après avoir posé sur un
meuble son sac à main, ôte son imperméable rouge.
Elle était donc sortie. Elle va, elle vient, elle prend des
papiers, elle s'assoit, se relève, ouvre un dossier,
regagne sa place. Enfin elle est là, je vais enfin pouvoir
l'admirer à loisir, pour peu que ma femme me laisse en
paix. Lise repasse, heureusement ; elle n'a pas le temps
de me surveiller. Du reste, elle n'a jamais pensé à se
méfier de moi lorsque je suis à ma fenêtre, où je ne fais
assurément rien de mal...

... Pierre de l'Estoile, octobre 1599. — *Le mercredy
13ᵉ de ce mois, la demoiselle Baptiste, Italienne, femme
(ainsi qu'on disoit) de mauvais gouvernement, fut égor-
gée la nuit par sa chambrière en son logis des fauxbourgs
S. Germain des Près, à Paris, près la porte de Bucy. Elle
doutoit dès longtemps de cette chambrière, en avoit eu
des songes, & l'avoit même dit à son Procureur, &
toutefois, ne put fuir à son malheur. Janvier 1600. — Le
jeudi 20ᵉ de ce mois, la chambrière qui, au fauxbourg S.
Germain-des-Prés à Paris, avoit égorgé, la nuit, la
demoiselle Baptiste, sa maîtresse, après avoir été tenail-
lée devant le logis fut pendue au bout du Pont S. Michel,
et son corps réduit en cendres. Novembre 1600. — Le
vendredy 11ᵉ de ce mois, veille de Ste Catherine, le maître
de l'Image-Saint-Pierre, aux fauxbourgs S. Germain-des-
Prés, près le pilori, s'étant levé dès le matin & ayant dit à*

sa femme qu'il s'en alloit à la messe, s'alla noyer à la
Nouvelle-Tuilerie, &, s'étant de propos délibéré précipité
dans l'eau, finit ainsi sa misérable vie. Misérable en
toutes sortes, pour être estimé homme de mauvaise vie,
ligueur séditieux, grand putier et blasphémateur, n'étant
âgé que de 35 ans ou environ & toutefois ne pouvant plus
cheminer qu'avec un bâton (avec lequel même il s'alla
noyer), pour une espèce de goutte qu'il avoit. Juillet
1601. — Le mardi dernier du mois, on trouva en ces
masures d'entre la porte Bucy et Saint-Germain, la tête
d'une femme dans un coffre, fraîchement tuée, avec ses
jambes seulement, le reste du corps ayant été ôté. On
découvrit qu'elle étoit servante d'Aubert, avocat du roi en
la cour des Aydes, qui l'avoit accoutrée de cette façon,
après avoir abusé d'elle & avoir eu (ainsi qu'on disoit)
son pucelage... Le mardy 13ᵉ de novembre, Aubert,
avocat du Roi en la cour des Aydes, fut crié à Paris, à
trois brefs jours, pour sa brutale et inhumaine cruauté
envers sa chambrière. Sa confiscation donnée à M. de
Bouillon...

... Mais, à propos de pucelage, à peu près vers la
même époque, poésie de ces vieux textes, ivresse du
tabac, chaleur du tison tandis que je tiens et que je fais
rouler ma cigarette entre mes doigts joints, si agréablement brûlés...

... Procès-verbal signé par Marie Teste, Jane de
Maux, Jane de la Guingans et Madeleine la Lippue,
matrones jurées de la ville de Paris. 1616. — *Certifions
que le 14ᵉ jour de juin dernier, par ordonnance de ladite
ville, nous nous sommes transportées en la rue de
Frépault, où pend pour enseigne la Pantoufle, où nous
avons veu et visité Henriette Peliciere, jeune fille agée de
18 ans environ, sur la plainte par elle faite à justice,
contre Simon le Bragard, duquel elle dict avoir été forcée*

et déflorée, et le tout veu et visité au doigt et à l'œil, nous trouvons, la babole estoit abatue, l'arrière-fosse ouverte, l'entre-fesson ridé, le guillevart eslargy, le braquemart escrouté, la babaude relancée, le ponnant débiffé, le halleron demis, le quilbuquet fendu, le lipion recroquevillé, la dame du milieu retirée, les toutons desvoyez, le lipondis pilé, les barres froissées, l'enchenard retourné ; bref pour le faire court, qu'il y avait trace de v...; d'où vient que toute la curée que j'y aye pu apporter et nonobstant la peine que j'aye prise à recoudre son canipani brodimaujoin, elle est demeurée despucellée...

... Pénétrant dans un nouvel antre du même genre, je n'éprouvai aucune impression charnelle en regardant des photos interdites aux enfants. Non, plutôt un immense dégoût. *Mettons, mettons.* Je voyais dans leur nudité ces corps devinés tout à l'heure sous les robes des passantes et j'en avais horreur. *Soit, soit.* Là, alors, je n'eus pas de mauvaises pensées. C'est avec détachement que j'assistai au déroulement d'une suite de vues fixes, plus ou moins obscènes. Représentant des femmes vautrées, des femelles renversées sur des sofas...

... Demain matin, comme c'est loin encore, je vais revoir Valérie. Demain, demain. Maths. Grec. Devoir surveillé. Je l'aime tant que je me demande si je n'oserai pas tout lui dire. Sur la page encore blanche de mon agenda, il y aura peut-être, il y aura sûrement demain : « Valérie, toujours aussi belle. Nous nous sommes appelés Patrice et Valérie. Mais je n'ai rien osé. » Naturellement. Demain je lui dirai, il le faut, j'espère que Lieuvain sera toujours absent, je lui dirai : « Valérie... » Mais demain, c'est loin encore. Demain c'est le futur, l'inconnu. La nuit me sépare de Valérie, la nuit me sépare de demain. Je rêverai encore d'elle, peut-être, je rêverai que je lui dis : « Valérie, je t'aime. » Je rêverai de ses yeux, de son regard, de sa bouche quand elle prononce : « Patrice. » Elle ne pense sans doute plus à moi lorsque je ne suis plus à ses côtés, pour lui dire : « Valérie ! » et puis une phrase banale, lourde de sens caché. Cette inscription dans son carnet au sujet de mon anniversaire, je l'ai lue pourtant de mes yeux. Valérie, demain...

... Bibliothèque Nationale, 23 septembre 1608. — *Permission accordée à Jérôme Luillier, conseiller du Roy, d'enclore derrière sa maison, rue Dauphine, un morceau de terre du côté du mur de ville, entre les portes de Bussy et Nesle, sur les restes de l'ancien mur entre l'hotel Saint-Denis et la fausse Braye, dite le camp des arbalétriers ; permission signée par le duc de Nevers en son hotel quai des Augustins, paroisse Saint-André-des Arts...*

... Mais en cette même année et en ces mêmes lieux...

... Pierre de L'Estoile, samedy 12 juillet 1608. — *La nuit de ce jour sur les onze heures du soir, fut assassiné en notre ruë, et laissé pour mort, un pauvre sellier que quelques méchants garnements furent quérir jusque dans son lit... A l'heure même sortirent par la porte Bucy, six gentilhommes (ainsi qu'on disoit) pour se couper la gorge sur une légère querelle qu'ils avaient prise : dont on avoit rapporté deux morts dans un coche...*

... Combien de pauvres hommes ont souffert en cet endroit même où se tient, son bâton blanc à la main, notre agent à la moustache blonde ? Qu'attend donc depuis si longtemps ce petit garçon au pied de la borne des pompiers ? Glapissements, hurlements, toujours cette voisine en colère. Et d'autres cris venus du fond des siècles. La chaleur devient vraiment étouffante. Ma cigarette écrasée sur l'appui du balcon où elle laisse une ronde empreinte grise. Étincelles. Cendres. En rouler une autre...

... Pierre de L'Estoile, août 1610. — *Le vendredi 27ᵉ fut pendu au bout du Pont-Neuf, un soldat pour avoir tué un valet de pied du Roy...*

... On ne peut mourir à Paris sans que Pierre de L'Estoile le rapporte. Son *Journal*, c'est le carnet mondain de l'époque. Mais ce sont aussi ses pages de faits divers — crimes, procès, exécutions — et Dieu sait si l'on tue et si l'on torture légalement ou non, à Paris, un peu partout et pour pas grand-chose, *comme aujourd'hui, comme aujourd'hui,* sur le Pont-Neuf, place Maubert et, bien sûr, place de Grève. (Au carrefour de Buci, ce sera plus tard, et plus rarement, au XVIIIᵉ siècle.) Si je fais un courant d'air en ouvrant aussi ma fenêtre qui donne sur la rue Dauphine, peut-être aurai-je un peu moins chaud. Là-bas, venant du Pont-Neuf, mais déjà toute proche, une fille en pantalon bleu tendre, un paquet blanc sous le bras, se fraie en courant un chemin parmi les passants. Elle a raison de s'abandonner à la joie d'être jeune et de vivre...

... Pierre de L'Estoile, octobre 1610. — *Le lundy 11ᵉ de ce mois, fut pendu, au bout du Pont-Neuf, à Paris, un de ces tiremanteaux sur la brune, pauvre garçon qui n'avoit que le cul & les dents. Je ne dis pas que ce ne soit bien fait de purger la ville de tels matois, brigandeaux & tirelaines, de peur d'y ouvrir la porte au meurtre & au brigandage; mais, de laisser aller impunis les gros larrons, épargner les assassins, comme on fait tous les jours, et ne point punir les séditieux qui doivent avoir pour partage le corbeau et la fourche, je dis que c'est faire justice en guise d'araignées : tuer beaucoup de mouches, mais non pas les gros bourdons; car, quand nos juges font justice aujourd'hui, ils ne la font guère que d'hommes bas et vils...*

... L'Histoire m'est un refuge, c'est certain. Et pas seulement parce que je puis oublier grâce à elle mon ignorance, ma vulnérabilité, ma solitude — et c'est pourquoi je rédige paisiblement des catalogues, pourquoi je vends des autographes, pourquoi je rêve au passé. Elle me permet aussi de ne plus penser aux abominations de mon temps, d'essayer de n'y plus penser, comme si les crimes anciens, tout aussi nombreux et atroces, perpétrés eux aussi au nom du droit et de la justice, parfois même au nom de Dieu, ce qui était pire (je n'ai jamais eu de religion, mais je me fais tout de même une certaine idée de Dieu), comme si ces supplices et ces meurtres avaient perdu avec le recul ce qui les rend insoutenables aujourd'hui, lorsqu'ils se commettent en Algérie ou ailleurs. M'y revoilà. La fuite est-elle donc impossible ?...

... C'est idiot de s'être mise en retard, mais elle est si amusante, Brigitte, ce que nous avons pu rire, je l'aurai mon train, je l'aurai, le métro Odéon n'est plus loin et si le portillon automatique ne se ferme pas au moment où j'arrive. C'est fou ce qu'il peut faire chaud...

— Qu'est-ce que tu regardes, dans la rue ?

... Impossible, avec lui, d'être jamais tranquille...

... Cette surveillance, partout et toujours...

— ... Rien qu'une bonne femme qui court. Elle vient du Pont-Neuf et...

... Penchée sur sa machine à écrire, elle corrige avec précaution son texte. Que pourrait-elle faire d'autre, sinon taper, gommer, changer de feuilles ? Ses cheveux tombent sur ses yeux, elle les relève d'un geste bref, me découvrant brièvement une sombre mais décente aisselle, ô ma chaste, ma pure, ma consciencieuse, ô ma modeste et pudique jeune femme...

... Il faut absolument que M. Taconnet signe son courrier ce soir. Je ne vais pas pouvoir m'en aller à l'heure, c'est sûr. *Messieurs, nous accusons réception de votre lettre du 6 courant et, en réponse, nous vous informons que*, tout mon lavage à faire et les courses pour le dîner et le petit garçon à chercher au jardin d'enfants, *nous ne versons plus de ristourne depuis la fin de l'année dernière et nous vous prions à ce sujet de vous reporter à notre lettre du*, du combien, voyons son dossier. La Brosse, ce n'est pas ça. La Touche du Frayer et Cie, voilà, *du 26 décembre dernier. Les lourdes charges qui pèsent sur notre industrie*, cela fait combien de lettres que je tape cet après-midi ? *ne nous ont pas permis.* Zut, c'est *plus* et non *pas.* Déjà j'avais fait une faute de frappe en mettant la date. Effaçons de nouveau, ça ne fait pas très propre, tant pis...

... *La marquise sortit à cinq heures. Toute ma vie, je suis sortie à cinq heures. Cinq heures sonnent. Je vais m'en aller une dernière fois, non plus dans la rue, ni même hors de mon lit. Je vais quitter la vie.* Voilà ce que pourrait être l'ouverture de mon roman. Et voici ce que serait la dernière phrase, empruntée, comme la première, à Paul Valéry, un jeu, une gageure : *La marquise prit le train de neuf heures.* On comprendrait qu'à neuf heures, elle meurt. Un numéro de haute école, un pur exercice de virtuosité, pourrait-on dire au premier examen. Jamais gratuit, pourtant. Mais comment épuiser les dons du réel ?...

... Il y a combien de temps que je suis là, immobile, n'osant pas avancer d'un pas, enfoncée dans cette encoignure pour ne pas gêner les gens ? Je vais très bien. Je fais des progrès tous les jours. Alors je ne m'en fais plus. Je fatigue assez vite, mais ce n'est rien, le docteur l'a dit. Demain j'irai boulevard Saint-Germain, sur mon banc, mettre mon pied au soleil. Maintenant il faut rentrer, il le faut, je suis presque tout à fait bien. Seulement je ne devrai plus emporter un sac aussi lourd...

... Ces jambes de femme, allongées, nues et roses, sur les flancs verts de l'autobus d'où je viens de descendre sans attendre la station, en profitant d'un encombrement, ma lourde valise d'échantillons à la main. Anodine affiche pour un savon. Non point la marque que je représente. Une autre, ni meilleure ni pire. L'habitude immunise ces images empoisonnées. Si nul n'éprouve plus leur nocivité, elle se révèle à moi que troublent ces jambes attirantes. Ce ne sont pas les savons qui pèsent le plus, ce sont ces bouteilles d'eaux de toilette. Parce que j'ai communié, ce matin à Saint-Séverin, et que je veux conserver en moi le plus longtemps possible ma pureté retrouvée, je dois rester sur le qui-vive et me méfier du mal, insidieusement présent, partout, toujours. Je crois en Vous, mon Dieu. Vous êtes ma force et ma joie. Vous m'accompagnez même dans les humbles démarches de mon métier de représentant. Mais ces belles, longues, fines jambes, tout de même...

... Paroles dites exprès pour celle qui sert le repas et que l'on désire amuser, épater, aux yeux de laquelle on souhaite, je ne sais pourquoi, se mettre en valeur. Et quelle que soit l'intelligence ou la célébrité des convives, il n'y a plus qu'elle, la femme de chambre de Mrs Peagson, qui compte; c'est un sourire de connivence qu'humblement et avec veulerie l'on guette. Encore une notation oubliée. Dommage de ne pouvoir ajouter à mon roman ces ultimes retouches. Ce mot de

Mme de Noailles, cité par je ne sais plus qui, je ne sais plus où, je crois que c'est Jean-Jacques Limher qui me l'a raconté, il aurait fait si bien dans mon livre où je l'aurais attribué à la plus âgée, à la plus brillante de mes invitées, soudain vexée et arrêtant ostensiblement ses anecdotes sur la descendance de Louis-Philippe : « Je me tais, il y en a qui font bande à part. » L'attribuer à ma marquise ? Impossible, puisqu'elle est en train de mourir. J'ai aussi oublié d'utiliser ce mot de Zerbanian à propos de la vieille Mme Breille. « Comme on voit qu'elle a été laide. » Ces instants de si grande activité intellectuelle, où l'on pense si vite, dans tant de directions différentes...

... Elle court, elle approche, la fille au pantalon bleu, à la blouse blanche entrouverte, une belle rousse, je vois mal encore, je suis un peu haut, elle est un peu loin, mais sa silhouette négligée, estivale et charmante étonne en un tel endroit. C'est elle qui devrait rectifier son décolleté. Assez, assez d'horreurs. Tiens, tout est rentré dans l'ordre à côté. On n'entend plus rien. Les enfants sont sages, la mère apaisée, cette cigarette un peu amère...

... Il faut, une bonne fois, se mettre dans la tête que si l'on est pressé (partout à Paris, dans la France partout, ces hommes et ces femmes debout derrière les zincs des cafés, assis à leurs caisses, femmes-troncs, hommes coupés à mi-corps, aux lents mouvements ; ou, s'ils sont rapides : précis, prévisibles. Moins guignols qu'officiants, avec ces gestes rituels, toujours recommencés ; ou c'est alors cette immobilité sacerdotale, hiératique), il ne faut surtout plus prendre de taxi à Paris. Qu'est-ce qu'il raconte encore, ce chauffeur bavard...

— Elles circulent donc encore, ces 6 CV Fiat ! Tel que vous me voyez, moi, monsieur, je me souviens très

bien du moment où elle est sortie, vers 36, 37. Aujour-
d'hui elle semble un peu drôlette, mais à l'époque,
croyez-moi, elle était mignarde. Et robuste avec ça. La
preuve, c'est que ça roule encore !

... Cette jolie fille rousse, un livre sous le bras, pique
un cent mètres en bousculant tout le monde. Jeune
poitrine libre et mouvante, douloureuse beauté des
passantes refusées. Elle est en retard, elle aussi. Je
n'arriverai jamais. Je m'en souviendrai de ce taxi. C'est
rare qu'une fille sache courir. Celle-là, sait...

... Mignarde, oui, qu'elle était la petite Fiat de ma
jeunesse. Zut, alors, elle pourrait faire attention la
copine...

— ... Eh, la poupée, regarde un peu autour de toi
quand tu traverses. Quinze ans, oui monsieur, que je
fais le taxi, et combien de bahuts tués sous moi ?
Voulez-vous que je vous dise : c'est chaque année plus
pire. Cette façon de conduire ! 78. Ça ne m'étonne pas !
Encore un paysan de Seine-et-Oise. Il y a aussi les
conducteurs à chapeaux...

... J'ai relevé, ce matin, cette inscription à la craie,
rue du Four, sur une affiche orangée : *Femmes qui
voulez être respectées, ne sortez pas en ville dans un
déshabillé qui vous fait ressembler aux filles du trottoir.*
Comme Pierre de L'Estoile, j'enregistre tous les documents d'aujourd'hui pouvant servir à la petite histoire
de demain, avec une tendance certaine, il faut l'avouer,
à exclure de ce recensement les graves événements de
mon époque, alors que ceux de la sienne le préoccu-
paient. Malgré moi, pourtant, je suis à propos de tout
et de rien, alors que je m'y attends le moins, remis en
présence de l'actualité que je voulais fuir...

... Mahmound, 1960. — *Plus accueillant, pas sauvage
comme les forêts de Kabylie, le bois de Boulogne ne*

ressemblait guère à celles-ci ! J'avais cru que je rencontrerais des sangliers, des singes, des chacals, des lièvres en liberté dans la nature. Je n'y vis, bien sûr, rien de tout cela, mais j'étais heureux, je respirais à pleins poumons. Pourtant, il y avait quelque chose qui me choquait profondément : c'était la quasi-nudité des femmes. Chaque fois que j'en voyais une en short, j'avais si honte que je rougissais et me retournais. Elles me semblaient des diables et si j'avais su leur parler, je leur aurais fait des reproches, je leur aurais dit que ce n'était pas juste de se promener ainsi...

... Toujours courant et après avoir brusquement traversé, elle passe juste sous ma fenêtre, sa tête rousse posée à même sa laiteuse poitrine proéminente et dénudée, au-delà de laquelle, buste effacé, les jambes bleues vont et viennent, mais c'en est déjà fini de ce raccourci d'une seconde. *Puis elle sourit, comme soulagée, en rectifiant le décolleté de sa robe blanche...*

... Ces bonnes femmes, ça ne doute de rien. Je vais plus vite que les bagnoles. C'est commode, les vélos. On se faufile. Pédale, Toto, pédale, tu es un champion, mon gars, tu la gagneras, cette course. Une roue comme la tienne, il n'y en a pas beaucoup. Mettez-vous dans mes collants, les copains. On m'applaudit, on m'encourage. Bordeaux-Paris, tu parles d'une étape. Bientôt le parc des Princes. Vous allez me voir au sprint. Dis donc, Mimounette, tu ne vas pas me doubler, non ?...

— Alors l'acrobate, on veut se faire écraser ? Mon vieux, il a eu de la veine. Ces cyclistes, monsieur, une plaie. Et pour en finir avec les hommes à chapeaux. Vérifiez un peu voir. Si vous avez devant vous une bagnole qui embête tout le monde, coupant les files, n'avançant pas, hésitant, vous serrant, regardez un peu voir en la doublant : c'est toujours, je dis bien toujours, un monsieur à chapeau qui est au volant. Moi qui vous cause, depuis quinze ans que je fais le...

... Il m'embête avec ses chapeaux. La circulation est de plus en plus impossible. Jamais je ne serai à mon rendez-vous. Jamais nous n'y arriverons pour cinq heures et quart. Le temps d'aller jusqu'à la rue de l'Arbre-Sec... Qu'est-ce que je disais : cinq heures dix-huit minutes à cette pendule, là, dehors. HORLOGERIE-BIJOUTERIE-BIJOUX FIX. Perpendiculaire au trottoir, la ronde horloge et son ombre ronde, un peu au-dessous d'elle sur le mur éclatant. Qu'il fait chaud. CHARCU-TERIE. Plaque bleue de cette rue Dauphine que nous allons tout de même finir par prendre. On piétine, on piétine. Et ce lampadaire, bien plus haut, accroché au niveau du second étage avec à sa gauche sur le crépi d'un blanc cru, son ombre élégante et précise, exacte-ment dessinée, me le découvrant de profil dans sa totalité, alors que depuis l'endroit où mon taxi est arrêté, je vois ce projecteur de face réduit à une vague cloche noire. Un air d'accordéon, par bribes étouffées dans le ronronnement des moteurs...

— Avec un caractère comme le mien, hein, il aurait dû prévoir, mais il...

— Alors t'sais, y avait rien à faire !

— Mais si ! T'avais qu'à, t'avais qu'à...

... Et la musique d'une radio exaltant ma course, je vole parmi ces ombres de passants que j'effleure sans les heurter, tant je suis vive et habile. Aussi belle et aussi jeune que la danseuse créole chantée par cet instrument aux cadences qu'il me faut démultiplier pour les mettre au rythme de mon élan. Vite, vite, encore plus vite. Mon train est à six heures. Je l'ai moins traversée, cette rue, que je ne l'ai sautée...

— Non, non, non. Mais attendez, mais attendez, mais attendez. Non...

— Oh ! la, la, ah ! oui, oh ! la, la...

— Ça revient moins cher, pour la bonne raison...

... Par les vitres ouvertes du taxi, des fragments de conversations interrompues, non par un quelconque mouvement de la voiture toujours immobile, mais par le déplacement de ceux qui parlent. Heureux passants, ils en font du chemin. Telle que je connais Mlle Ricot, elle n'aura pas voulu attendre et aura commencé la séance à cinq heures quinze juste, et même, si ça se trouve, une ou deux minutes plus tôt, par méchanceté pure. Rien que pour se donner de l'importance, montrer son pouvoir sur le président et humilier les membres du conseil. Et ce chauffeur qui conduit par à-coups si par chance la voie est libre, en grommelant sans cesse lorsqu'il veut bien s'interrompre un instant de me faire la conversation. Odeur écœurante de crasse et de vieux mégots. J'ai presque envie de descendre et d'aller à pied...

... Jolie rouquemoute en pantalons moulants. Drôlement pressée. La danse de ses roberts à contretemps du rythme de sa course. Pas de soutien-gorge, la blouse déboutonnée, ça travaille sans filet ces poupées. Qu'est-ce qu'il branle Filledieux, qu'est-ce qu'il peut foutre depuis le temps que je fais le sert au zinc de ce bistrot. C'est malsain ici, je ne tiens pas à me faire enchetiber, moi. Si je rapplique sans lui, qu'est-ce qu'ils vont me raconter, les mecs. Il est bon à nib sézigue, qu'ils diront. Tout est prêt pour le recevoir, Filledieux, dans une planque où il sera bien peinard, où il trouvera des fafs et tout. Nous pouvons y être en moins d'une plombe avec la tire. Pourtant quoi, l'insigne du sportingue cleub de son bled, la même que j'ai dans mes fouilles et que je dois lui glisser dans la paluche, et puis en plus une pochette blanche, ça devrait se voir, malgré tout ce trèpe, lorsque l'on est au parfum. En fait de parfum, ça pue l'essence jusque dans ce bistrot et il fait drôlement chaud. Elle s'éloigne si vite, la frangine, que je ne vois plus que son pétard bien moulé dans ses grimpants. Elle est drôlement noitée la môme...

... Écrasant ma cigarette comme on étouffe un oiseau. Plus réconfortant, plus rassurant que Djamila Boupacha, 1960...

... Guibert de Nogent, 1100. — *Hélas, la modesté et l'honneur virginaux ont été misérablement délaissés et l'autorité maternelle affaiblie à la fois en apparence et en fait, si bien que toute leur conduite ne révèle qu'une gaieté indécente, qui ne fait entendre que des moqueries accompagnées de clins d'yeux et de langues qui caquettent, une démarche sans retenue et des façons tout à fait ridicules. La qualité de leurs vêtements les éloigne tant de la réserve d'autrefois que l'élargissement de leurs manches, le resserrement de leurs corsages et leurs souliers en maroquin de Cordoue à pointe retroussée. Bref, toute leur personne ignore la honte. Chacune croit avoir atteint le plus bas échelon de l'infortune si elle est privée d'hommages amoureux et mesure la splendeur de sa noblesse ou de son élégance au nombre croissant de tels prétendants. C'est de cette façon que les temps modernes se corrompent...*

... Oui, je devrais lire plus régulièrement *Les Temps modernes* de préférence aux anodines publications spécialisées où, s'il s'agit de massacre et de torture, c'est de façon inoffensive, dans la nuit des âges, non dans les ténèbres de notre époque...

... Une, deux, une, deux, que l'on est bien sans jupe,

que l'on se sent à l'aise dans des souliers plats, une, deux, une, deux, comme à la Communale pour la leçon de gym, ça me rajeunit. Attention à la dame. Respirer le moins possible pour garder mon souffle. Le ciel est pur, la vie est belle. Il va faire de l'orage mais je serai rentrée avant. Attention en descendant du trottoir et en y revenant d'un bond, hop ! Il peut y aller l'autobus, il ne m'aura pas. Mais le cycliste, un moment immobilisé, me rattrape...

... On se faufile, on se faufile, c'est facile à dire. Je repars à la régulière et je fais la décision. Ce n'est pas aujourd'hui qu'un gars me marchera sur le dos. Et une fille encore moins. Alors ma belle, tu as les genoux pâles ? Tu es à pied, mais pour de rire tu es comme moi sur un vélo. Vas-y, Toto, on l'a. Qu'est-ce qui lui prend à celui-là, de lire dans la rue ? A tes souhaits, mon gars. Tu parles d'un rhume...

... Et voilà que je me mets à éternuer, c'est le bouquet. Ne parlons surtout pas de bouquet ou alors mon rhume des foins va se déchaîner. C'était assez joli cette cour de Rohan. J'ai eu raison d'y faire un saut. Me revoici au carrefour de Buci. Je crois qu'il serait prudent de rentrer à l'hôtel en remettant la Cité à demain. De toute manière, je n'aurais pas eu le temps de faire l'île Saint-Louis ce soir. Qu'est-ce que je disais ! La vraie crise. Il est vrai que chez moi, à Valence, avec toute cette poussière, ce ne serait pas mieux. Oui, je rentre. Ma femme sera peut-être revenue des *Galeries Lafayette.* Si seulement je savais où trouver un taxi. Ceux qui passent sont tous pris. Voyons tout de même, tant qu'à faire d'être là, s'il y a quelque chose de notable rue de l'Ancienne-Comédie. Avec un guide aussi complet c'est hélas à craindre...

... Elle se rapproche de moi qui me suis arrêté pour

mieux la voir venir, cette grande belle rousse en pantalon bleu. Ne songeant qu'à aller le plus vite possible à son rendez-vous, elle ne pense pas à être coquette, elle ne sait même plus qu'elle est une femme. Vingt ans. Les seins libres sous la blouse blanche. Rattrapée par l'autobus qu'elle redépasse...

— Viens un peu la voir cette...

... Mais je suis fou, tant pis, il est trop tard pour reculer et puis il faut éviter qu'elle me soupçonne de prêter attention à ma dactylo...

— ... fille. C'est incroyable ce qu'elle court vite.

— Qui donc ?...

... Cette fois, il ne m'échappera pas. Je ne laisserai plus passer une si belle occasion de le prendre en flagrant délit...

— ... Réponds donc ! Qui court ?

— Tu le sais bien. Une fille. Elle n'est déjà plus dans notre rue. Elle a dépassé le carrefour et file vers le boulevard. Aucun intérêt...

... La fille pressée et qui court, ses cheveux roux agités autour de son visage recueilli, un livre à tranche rouge sous le bras, son sac dans la main gauche. Qui court, qui court comme une petite fille. Mais ce n'est plus un enfant, non ! Ses seins sont jolis, ils sont ronds, ils sont fermes, ils sautent gentiment au même rythme, sous la blouse blanche que je pourrais achever de déboutonner, si seulement j'osais tendre le bras, arrêter la fugitive au vol lorsqu'elle passera dans quelques secondes à ma hauteur et la prendre, là, sur le macadam, femelle appartenant au mâle qui la force. Mais ça, malheureusement, ce serait tout de même trop beau, ce n'est tout de même pas permis. Il faut se contenter, ce n'est déjà pas si mal, et en vérité cela me suffit, moi c'est surtout avec mes yeux que je fais

99

l'amour, c'est plus sûr, on n'a jamais de mauvaise surprise, pas de défaillance à craindre, jamais, je me contente, oui, comme je me contente, c'est déjà tellement beau, tellement bon, de ce que je vois, de ce que je devine et qui me fait un peu mal à force d'être doux...

... Pierre de L'Estoile. — *Le vendredi 14ᵉ du mois de may 1610 ; jour triste & fatal pour la France... M. de Mayenne et M. de Guise* (ont), *ce jour, fort librement & vertueusement parlé à Sa Majesté, conseillé & remontré ce qui estoit du repos public & manutention de l'État, sous l'autorité de ses commandements, pour la conservation de la couronne de son fils : entre autres points qu'il estoit nécessaire d'observer & faire observer exactement toutes les ordonnances et édits du feu Roy, principalement ceux de pacification, sans permettre qu'aucune violence fût faite à ceux de la Religion, lesquels il falloit également traiter & maintenir avec les autres, selon le vouloir & intention de feu Sa Majesté, qui était un grand & excellent pilote & conducteur d'états, duquel suivant l'exemple, on ne pourroit jamais faillir... Conformément à ce conseil, furent établies, ce jour, à Paris, gardes aux portes, qui furent mêlées de l'un & de l'autre. Comme à notre porte de Bucy, les deux avocats qui y commandèrent, Bossan et Gallant, l'un estoit catholique & l'autre huguenot.*

... *plus permis de vous consentir une ristourne. Restant dévoués à vos ordres nous vous prions d'agréer etc.* Attention de ne pas taper *etc.* Ce serait du joli. ... *d'agréer, Messieurs, nos sincères salutations. Le président...* Zut j'ai mis un *p* minuscule à président, M. Taconnet tient à la majuscule. ... *du Conseil d'Administration, Directeur Général, Pierre-Jean Taconnet.* Et voilà. Il n'y a plus qu'à gommer ce petit *p*. Quand je

commence à multiplier ainsi les fautes de frappe c'est
que je suis fatiguée...

— Bien sûr.

... Ces interminables secondes de silence, avant de
me répondre. Il est vrai qu'elle est occupée avec le
linge. Ce n'en est pas moins inquiétant. Ses petits yeux
clignent très vite...

— ... Bien sûr quoi ?

... Comme si tu ne le savais pas, ce que tu regardes
dans la rue dès que j'ai le dos tourné...

— ... Bien sûr, rien.

... Sa table est installée perpendiculairement contre
une des fenêtres de la maison d'en face, de l'autre côté
de la rue Dauphine, pas tout à fait à ma hauteur, si
bien que mon regard plonge dans son bureau, l'été,
avec les croisées ouvertes, c'est agréable. De cette
dactylo si honnête que je vois de profil, j'espère le
moins probable, comme s'il était possible qu'elle pût
avoir soudain un geste imprévisible et fou, autre que
ceux, machinaux, de son métier, tel celui qu'elle a en ce
moment, tirant soudain d'un mouvement sec et précis
en même temps que la page achevée un mince paquet
de doubles, se saisissant de la gomme qu'elle abandonne aussitôt sans l'avoir employée, ô mon appliquée,
ma vertueuse, mon idéale jeune femme...

... Une de plus. A la suivante. Papier. Carbone.
L'ennui c'est que mon petit Gilbert ne sort pas assez.
La cour du jardin d'enfants est si étroite. Il y a si peu
d'air. *Monsieur Poirée, 10 rue Camille Godard, Bordeaux. Monsieur, nous accusons réception de votre lettre
du 8 courant...* M. Taconnet ne veut pas que j'écrive *ct*
comme on le faisait pourtant dans tous les bureaux où
j'ai été, ça perd du temps... *courant et vous retournons
sous ce pli remplies et signées les déclarations de*

101

rémunération nettes perçues l'année dernière. Nous
n'avons pratiquement plus de disponible en...

— Je jurerais qu'elle n'est pas bien vieille, hein ?

... Sa voix soudain changée, altérée. On plaisante, on
y va franchement, sans se méfier. Et puis tout à coup,
attention, danger. Il est juste temps d'éviter...

— ... De qui parles-tu ?

— De ta fille.

— Ma fille ? Quelle fille ?

... Elles sont toutes pareilles, partout. Cette jalousie
permanente. Derrière chacune de ces fenêtre ce doit
être la même chose. Elle croit qu'il s'agit de cette
passante si pressée dont nous n'aurons plus l'occasion
de reparler puisqu'on ne ¹a reverra jamais. Aucune
raison par conséquent de m'inquiéter. Cependant ma
jeune femme, la vraie, celle d'en face, a placé de
nouveaux carbones sur de nouvelles feuilles. Elle tape,
elle tape à toute vitesse la dactylo si convenable dont je
continue follement de guetter un soudain réflexe qui
me la découvrirait une seconde dans sa vérité. Non
certes pas un geste équivoque, le moindre de ses
mouvements inhabituels étant lesté pour moi d'une
puissante charge de bonheur dont son innocence est
encore plus exaltée...

... C'est incroyable, le temps que nous avons perdu.
Non seulement Rachel n'en finissait pas de manger son
gâteau, mais elle a eu besoin de retourner au cabinet
alors qu'il y avait quelques instants à peine nous
avions déjà dû nous arrêter dans un café. Et tout ça,
naturellement, j'aurais pu m'y attendre pour me faire
quelque chose de très, très laid, la pauvre amour. Je
n'aurais pas dû lui donner du chocolat à cette chérie...

— Il était une fois une dame qui courait. Elle courait

102

au marché acheter de la viande froide, avec sur son épaule, pour pas qu'il tombe, un gros poids de salade.

... Dans la pénombre du taxi, cet œil de femme intensément ouvert au coin d'un profil perdu, cet œil qui me regarde, non point tant distrait qu'intéressé, mais par moi, non par l'homme qui penché sur elle, longuement, passionnément, l'embrasse...

... Toujours à m'embrasser, avec son haleine fade, dans la rue, partout, alors comment espérer y échapper dans un taxi ? Si au moins je pouvais changer, offrir mes lèvres à un autre. A ce garçon, par exemple, un jeune homme aux yeux apeurés, fuyants mais qui cependant, avec une sorte de panique et d'avidité, me regarde tandis que notre voiture s'est arrêtée à sa hauteur, au moment où il allait traverser, à la recherche peut-être d'un hôtel, puisqu'il porte une valise...

... Elle s'est un peu dégagée. Il embrasse maintenant sa joue non refusée mais illusoirement présente. Elle se laisse faire, indifférente, si belle, faite comme son compagnon, comme moi (comme moi, mon Dieu) pour l'amour. Me regardant une dernière fois (jamais plus, jamais je ne la reverrai), et dans nos yeux encore confondus, est-ce un péché...

... Sa joue est lisse, elle est douce. Si passive, mais attends un peu que ce taxi se décide à marcher, ça y est il redémarre, attends un peu ma chérie que nous fassions enfin l'amour, dans vingt minutes au plus tard...

... nous fûmes l'éternel espace de quelques secondes totalement unis. Et si nous sommes déjà séparés, tout l'avenir d'une race s'est esquissé dans notre regard avant d'être anéanti. Si je l'avais rencontrée avant ce type, si je lui avais plu, et si ç'avait été moi qui avais été dans ce taxi maintenant disparu, nous aurions eu ensemble, en nous mariant, bien sûr, en nous mariant...

— Taxi ! Taxi !...

... Silhouettes d'amoureux s'embrassant au fond de la voiture. Tous les taxis qui passent sont pris. Ce fragment de quartier consciencieusement visité, petit îlot défriché dans un univers inconnu. Ignorant cette ville où je suis depuis deux jours, je ne puis raccorder les morceaux de rue qui m'entourent. Cette large avenue, avec quelques arbres, là-bas, comment se nomme-t-elle ? Il faudrait voir le plan. J'en ai d'autant moins le courage que cela ne me servirait point. Il y aurait à côté de l'avenue identifiée, tout autour, partout, l'habituel enchevêtrement de tant et de tant d'artères dont les noms ne me diraient rien, rues à jamais mystérieuses puisque, au mieux, je ne ferai que les traverser, mon guide à la main...

— ... Monsieur, s'il vous plaît... Où pourrais-je trouver une station de taxis...

— Boulevard Saint-Germain, là, tout près... Mais à cette heure il est à craindre...

— Merci beaucoup, monsieur...

— Je vous en prie...

... Il en a un accent, celui-là. Il n'est sûrement pas d'ici. Une belle barbe pour ceux qui aiment. Continuons notre petite chasse...

... Boulevard Saint-Germain ? C'est à n'y rien comprendre. Je le croyais très loin d'ici, du côté de la Chambre des Députés, où je jurerais avoir vu hier une plaque portant ce nom. De toute façon, j'aurais bien dû penser qu'il se trouverait une station de taxis dans cette large avenue. J'ai trop marché et sans avoir tenu la méridienne, c'est une folie de n'avoir pas fait ma sieste. Pas étonnant si j'ai la tête vide. Ville étrangère.

Foule non pas hostile, mais indifférente. Il était poli ce vieux monsieur à parapluie. Mais d'une froideur ! Sans doute les gens du quartier voient-ils ces mêmes maisons d'une façon différente. Sans doute ne les voient-ils même plus, tant ce décor leur est familier. Alors que moi, je suis sensible à l'écrasante présence de ces pierres sans mémoire. Le passé historique de ces rues m'appartient aussi bien qu'aux habitants de Paris puisque je suis français, moi aussi. Et serais-je de l'autre Valence, celle d'Espagne, ou américain, il ne s'en agirait pas moins d'un héritage commun. Du reste, je ne suis pas de Valence, si j'y habite. Je suis de Marseille. Je voudrais bien les voir à Marseille, tous ces prétentieux. Ce serait à eux d'être dépaysés. Le noble passé dont je viens de relever les traces grâce à ce guide se surajoute à ces façades sans les humaniser. Univers parallèles. Celui d'autrefois, dont il ne subsiste que de vieilles maisons naufragées. Celui d'aujourd'hui, atrocement anonyme. L'un et l'autre me repoussent, pauvre Méridional perdu. A Marseille, tous tant qu'ils sont, ils ne seraient pas autre chose que des estrangers. Pas des estrangers du dehors, mais tout de même des estrangers. Attention ! Une Panuque ! C'est dégoûtant les chiens. Sans doute est-ce mon rhume des foins qui me démoralise ainsi...

... Bouche desséchée, langue râpeuse, une cigarette encore. Cette fiche sans indication d'origine (je me demande comment j'ai pu commettre un tel oubli) que je sais à sa place parmi des milliers d'autres. C'est un remords pour moi de n'avoir pas encore été la vérifier à sa source. Il s'agit, c'est vrai, d'un Alexandre Dumas difficile à trouver...

... DUMAS. *Roman des* Quarante-cinq. *Description détaillée et précise d'une grande hôtellerie, flanquée de* quatre tourelles, qui aurait été encore située à la fin du XVIe siècle à cent pas de la porte de Bussy. Quarante-cinq gentilshommes gascons y mènent beau tapage et grande vie. Selon Dumas il y aurait eu dans la même rue de Bussy deux autres belles maisons se faisant face. Dans l'une loge Chicot, dissimulé sous de rassurantes apparences bourgeoises ; dans l'autre, l'énigmatique dame de Monsoreau. Ces trois demeures n'ont sans doute existé que dans l'imagination du romancier...

... 51, rue Saint-André-des-Arts. Une plaque que je n'avais pas remarquée en revenant les autres fois de raccompagner Valérie chez elle : MAISON DE L'ÉLÉPHANT. CONSTRUITE PAR COYCTIER, MÉDECIN DE LOUIS XI. 1467. Comme c'est amusant. Je viens justement d'entendre Victor Hugo évoquer cette maison dans *Notre-Dame de Paris* que je suis en train de lire. Le piquant dialogue entre Jacques Coyctier et Claude Frollo, lui reprochant les avantages qu'il a su extraire des maladies du roi...

... — *Où en est votre superbe maison de la rue Saint-André-des-Arcs ? C'est un Louvre. J'aime fort l'abricotier qui est sculpté sur la porte avec ce jeu de mots qui est plaisant :* A L'ABRI-COTIER.

— *Hélas ! maître Claude, toute cette maçonnerie me coûte gros. A mesure que ma maison s'édifie, je me ruine.*

— *Ho ! n'avez-vous pas vos revenus de la Geôle et du bailliage du Palais, et la rente de toutes les maisons, étaux, loges, échoppes de la Clôture ? C'est traire une belle mamelle...*

... Comme il est bien d'être cultivé, de savoir *des choses*. Ces calembours. *Au lion d'or...*

... Présentant leurs seins, leurs nombrils, leurs pubis soyeux. *Tu te délectes. Pubis. Soyeux. Ces mots t'exaltent. T'excitent. Et tu vas voir une jeune fille !* Rien ne me toucha. Le mâle n'était pas attiré. *Heureusement que ce n'est pas vrai ! Et si c'était vrai ?* Écœuré, je quittai la caverne chaude, marchai encore un peu et pris le métro à Strasbourg-Saint-Denis. *La station du péché.* Étant en avance pour mon rendez-vous, je ne descendis pas à Saint-Michel, mais à Saint-Germain-des-Prés où je pouvais espérer voir de jolies filles aux terrasses. *Oui, voilà la vraie raison. Je suis en retard maintenant. Valérie m'attend.* Le même dégoût subsiste. Je me regarde avec mépris. Je suis trop faible. Le carrefour de Buci, enfin. Encore toute la rue Saint-André-des-Arts, ou presque, avant d'arriver rue Séguier. Face à la chaussée, un gosse retenant mal ses larmes au pied d'une borne rouge. Petit garçon semblable à ce que j'étais il y a si peu d'années. Il y a si longtemps. Tirant sur son chandail vert, il ne regarde personne. La grimace de son visage tendu. Ce crâne rasé de près. Cette façon qu'il a de fixer les maisons d'en face, de l'autre côté de la rue...

... OSTOURN. MORI. SALDAMANDO. Qu'est-ce que cela peut vouloir dire ? HÔTEL. Au-dessus de SALDAMANDO, une plaque d'émail blanc : ANCIENNE RUE DES FOSSÉS. SAINT-GERMAIN-DES-PRÉS. Une fenêtre dont la partie droite est entrebâillée, avec un reflet blanc sur l'une des quatre vitres, celle du haut, à droite. Papa est mort. Jamais plus je ne verrai papa. Ce coup de téléphone. Maman ne dit rien. Elle pleure. Au deuxième étage, entre les deux fenêtres, un, deux, trois, quatre, huit : huit petits carreaux chacune, des craquelures sur le crépi du mur. On dirait des fleuves et leurs affluents. OSTOURN. MORI. SALDAMANDO...

... Reslaut arrivant par la rue Saint-André-des-Arts ! Vient-il de la rue Séguier ? Manque de chance. Impossible de l'éviter...

107

... J'adore toujours plus Valérie. Si j'osais le lui dire !
Si j'osais lui dire : « Ma Valérie, tu es tout pour moi.
Mon cœur ne frémit qu'en pensant à toi. Près de toi, je
suis heureux. Loin de tes jolis yeux, je ne pense qu'à
des choses tristes. » Si j'osais lui dire : « Une parole,
un regard de toi me ravissent. Tu es belle. Tu as des
cheveux admirables, de grands yeux dorés, un teint de
fruit d'été. » Si j'osais ! Mais je n'ose pas. Ça alors, ce
n'est pas croyable. Lieuvain. Qu'est-ce qu'il fait rue de
Buci ?...

— Alors, on se balade.

— Dis donc, je viens du bahut, moi. C'est toi qui te
promènes. Tu as été malade ou quoi ?

— Tu sais, le mercredi, on sort à quatre heures et
demie. Ça ne vaut vraiment pas la peine. Et puis il
faisait si beau...

— Pas la peine, la compote de version ? Dis donc, tu
sais où nous sommes, ici ?

— Carrefour de...

— Oui, mais... Avant qu'il se nomme... Le pilori...

— Quel pilori ?

— L'un des piloris de Paris se dressait ici même.
Celui des moines de Saint-Germain-des-Prés. Victor
Hugo l'a décrit : *Le pilori de l'abbé, jolie petite tour
ronde bien coiffée d'un cône de plomb...*

— C'est dans quoi, ça ?

— Dans *Notre-Dame de Paris,* où il est aussi question
du médecin de Louis XI, dont tu verras la maison, là,
sur ta droite. Attention, tu as un lacet défait...

— Il y a mieux que Victor Hugo, dans ce coin-ci,
mon cher.

— Ah ! oui ? Qui ?

— Jean-Baptiste Poquelin... Tu vois cette rue...

— La rue Mazarine ?

— Oui, eh bien ce fut là, un peu plus loin, du côté des numéros pairs sur la droite, que naquit en 1644 *L'Illustre Théâtre*. Ou plutôt en 1643, date de la location par Molière du *Jeu de Paume des Métayers*. La troupe, les quatre Béjart, tu sais bien, logeait juste à côté dans deux corps de bâtiments réunis par un jardin, une des maisons donnant sur la rue Dauphine, l'autre sur la rue Mazarine. Quant au théâtre, le maître paveur du roi dut en hâte arranger la chaussée pour permettre aux carrosses...

— Qui ne vinrent pas très nombreux, si je me souviens bien...

— Tu parles ! Le Boulanger de Chalussay donne ainsi la parole à Molière :

... Jamais le parterre, avec tous ses échos,
Ne fit plus de ah ! ah ! ni plus mal à propos.
Les jours suivants n'étant ni fêtes ni dimanches,
L'argent de nos goussets ne blessa point nos hanches,
Car alors excepté les exempts de payer,
Les parents de la troupe et quelque batelier
Nul animal vivant n'entra dans notre salle...

Enfin tu as, bien sûr, comme tout le monde en mémoire la *Préface* de 1682. De qui est-elle, déjà ?

— De La Grange et de Vivot...

— C'est ça. Écoute un peu, si c'est beau :

... Il tâcha dans ses premières années de s'établir à Paris avec plusieurs enfants de famille, qui, par son exemple, s'engagèrent comme lui dans le parti de la comédie sous le titre de L'Illustre Théâtre. *Mais ce dessein ayant manqué de succès (ce qui arrive à beaucoup de nouveautés) il fut obligé de courir par les provinces du Royaume, où il commença de s'acquérir une fort grande réputation...*

— Joli, oui. Dis donc, ton lacet est...

109

— Merci. Tu permets...

— Quel type, ce Lieuvain !

— Eh bien, au revoir mon vieux.

— A demain. Tu vas par là ?

— Oui, par là. Ciao.

— Ciao...

... Par là. Il va rue Séguier. Il a rendez-vous avec Valérie, c'est sûr. Elle regardait tout le temps sa montre. L'air si pressée. Si j'avais pu penser ! Ce vide, soudain, en moi, cette lassitude. Huit et sept quinze et six vingt et un. C'était trop beau, j'aurais dû me méfier. Je l'ai tout de même eu avec La Grange et Vivot, ce pédant. Il n'empêche que le Boulanger de je ne sais quoi, c'était assez fort...

... Pauvre Reslaut, il en faisait une tête. Qu'est-ce qu'il imagine ? Que Valérie le préfère ? Qu'il a l'exclusivité de la rue Séguier ? Il en venait, c'est certain. En Histoire, il est plus calé que moi, Reslaut, mais pas en Littérature. La Grange et Vivot, je le savais, c'est trop bête. Il a bien dû se douter que si je connaissais le passage par cœur.

... Rue Séguier ! Lieuvain va rue Séguier. 5072. GU. 75. Un si bon numéro ! Sept, trois fois. En un si mauvais moment ! Qu'est-ce que cela peut vouloir dire ? Qu'il y a tout de même de l'espoir ? Foule morne, en un morne carrefour. D'une telle laideur avec ces magasins aux enseignes criardes. Il en sait des choses, Lieuvain. Beaucoup plus que moi. Surtout en Littérature. Moi, ce serait plutôt l'Histoire. Coyctier, ou Coictier, ou Coitier, ou Coythier, je ne me souviens plus. Comines, ou Commines, ou Commynes (ces incertitudes d'écriture m'agacent) : *Ledit Coictier estoit si rude au roi que l'on ne diroit point à un varlet les outraigeuses et rudes parolles qu'il luy disoit.* Cette rencontre, que j'aimerais effacer de ma mémoire, mais je ne le pourrai jamais 3.211. EP. 75. Sept, de nouveau. Deux sept et encore un cinq dont je n'ai rien à faire...

... J'espère que, cette fois-ci, le nœud de mes chaussures va tenir. J'avais l'air malin devant Reslaut. Est-ce ma faute ? Tous les hommes sont-ils ainsi ? Je suis presque un homme. Je ne suis plus un enfant. J'ai horreur de la chair. Horreur des femmes. Et, pourtant, elles m'attirent. Il n'est pas jusqu'à Valérie qui ne me dégoûte un peu, coquette comme elle est avec Reslaut et avec moi. Il est curieux de la voir défaillir quand je l'embrasse. Mystérieux pouvoirs de mes lèvres. Incompréhensible. Elles ne sont vraiment pas difficiles, les filles. Il ne leur en faut vraiment pas beaucoup. Moi ça m'amuse, les premières fois, mais je ne sens rien. Cette langue avide qui cherche ma langue. C'est un peu ridicule et pas très propre. Je suis si éloigné de ces choses, au fond. Est-ce le bouillonnement de mes sens qui donne tant de beauté aux rues de Paris ? Même à cette étroite et populeuse rue Saint-André-des-Arts. Le médecin de Louis XI ? Moi, je veux bien croire ce qu'indique cette plaque. Mais la maison me semble d'un neuf. Elle a été sûrement reconstruite. Je le dirai à Reslaut. Il en faisait une tête...

— J'ai trouvé une jolie petite fleur, la-la-la. Une jolie petite fleur, c'est comme ça, comme ça. Une rose, madame. Vous permettez. Bien sûr, dit la mère Michelle. On aura les ri-lo-ro, jolie fleur, jolie fleur. On aura de la souricé, on aura des pimauros. De la pimaurose, jolie rose...

... Elle chantonne la nouvelle histoire qu'elle se raconte, inventant des mots qui me parviennent par bribes, sa main si douce dans ma main, cette merveille vivante, ma Rachel. Nous sommes encore si proches de la maison de son papa, de mon Bertrand dont je n'arrive point à m'éloigner, comme si inconsciemment je m'arrangeais pour susciter des obstacles afin de rester le plus longtemps possible près de lui qui ne veut plus de nous, de moi. Mais il faut en finir, il faut rentrer, allons...

... Fillette trottinant à côté de sa maman qui s'est mise soudain à marcher beaucoup trop vite pour elle. L'enfant serre une fleur sans queue dans sa main. De cette petite fille-là, quelqu'un qui ne naîtra pas avant de nombreuses années (elle ne sera pas belle à voir, la marquise, en ce temps-là) dira un jour, pas tellement lointain, à une autre petite fille : « Tu ne te souviens pas de ta pauvre grand-mère, non, bien sûr. Elle t'aimait tant ! Figure-toi que vers la fin de sa vie... » Et pas beaucoup plus tard, cette autre petite fille ne sera plus, elle aussi, qu'une morte oubliée, comme toi marquise. Mon vieux visage aperçu par surprise dans une vitrine aqueuse. Elle est fraîche, la marquise, elle a bonne mine ! Elle ferait mieux de rentrer préparer son petit dîner, puis de se coucher, sans plus rêver aux gentils jeunes gens. Ce n'est plus de son âge, les ravissants. Cette habitude que j'ai de me parler à la troisième personne. Ça me tient compagnie. Ça m'oblige à un peu de tenue. Elle est moins seule, la marquise, lorsqu'elle se sent un peu respectée. Attention de ne pas marcher sur les interstices des blocs de granit, le long de ce trottoir où j'avance, c'est idiot à mon âge, en équilibre, mon gros ventre en avant, mais non il ne faut pas exagérer, il est trop gros mon ventre, bien trop gros, mais il n'est pas si gros. Un épais nuage soudain apparu risque de manger le soleil d'ici quelques minutes. Il fait de plus en plus chaud, je n'aurais pas dû sortir si tôt...

— Alors, quel âge elle a, ta coureuse ?

— Plutôt jeune.

— Bien sûr.

— Bien sûr : les vieilles, ça ne court pas.

— Et ça ne t'intéresse pas.

— Pas beaucoup, non.

... Dans ces cas-là, lorsque l'on est déjà engagé trop loin, il vaut mieux y aller carrément. Elle ne répond pas. La voici désarmée. Là-bas, elle ne ralentit pas son allure, la fille rousse, tandis qu'en face ma belle dactylo penche sur sa machine un cou gracile et blanc...

— ... C'est toujours drôle une fille qui...

— Tordant !

— ... qui court. Et pour courir, elle...

... C'est à se demander si je ne fais pas exprès de jouer avec le feu. Il était temps de tout réparer. Lise, pour une fois, m'avait facilité les choses et voilà que je cède au vertige et à propos d'une fille qui, justement, c'est encore une chance, ne m'intéresse pas. Tant pis, allons-y...

... Les feux multicolores des cinémas. PLUS D'ESPOIR. PLUS D'ESPOIR. Tous ces gros titres, partout, à propos de l'avion disparu. Des appareils criards parlant d'amour dans les cafés. Relents frais, bière, chocolat, parfums. Sentant l'homme. La femme, surtout. Terrasses pleines de femmes. Des rues ombreuses et désertes s'ouvrent sur les boulevards grouillants. Dans le second auditorium où j'entrai, *tu y reviens, tu t'y complais,* d'immondes gamines rôdaient près des appareils interdits aux moins de seize ans. Je n'ai pas encore seize ans. Mais on ne s'en aperçoit pas, voilà ma grande

113

découverte de ce jour. Des jeunes gens frémissaient devant les écrans ; oui, je les voyais de dos qui tremblaient doucement sur place...

... Elle m'a trahi, elle me trahit, elle me trahira, elle ne fait que me trahir. Valérie, est-ce possible que tu te sois moquée de moi à ce point-là, toutes ces gentillesses à mon égard auraient donc été autant de pièges ? SAUBOTTE FRUITS ET LÉGUMES. 1696 KN 75.2978 HT 75. Si je me mets à regarder les plaques minéralogiques des autos je suis fichu. Il y a trop de voitures, trop de signes. 835 GV 78. Huit et trois onze et cinq seize. Je suis né un 16 juillet. Septième mois de l'année et précisément G est la septième lettre de l'alphabet. Mais que faire du V ? A moins de le considérer comme un 5 en chiffre romain ? Non, cela ne donne rien. Valérie, Valérie, et si tu étais toute à Lieuvain ? Si tu l'aimais. Il est si beau. Si élégant. Si merveilleusement désinvolte. Même les lunettes qu'il porte depuis quelque temps lui vont bien. Ah ! je ne suis pas jaloux, je ne veux l'être à aucun prix. V est la, voyons un peu... Vingt-deuxième lettre. Cela ferait donc sept, plus vingt-deux, vingt-neuf à ajouter à seize, mes doigts dans ma poche pour que l'on ne voie pas que je compte, quarante-cinq, je mourrai à quarante-cinq ans, c'est peut-être cela le sens. Comme c'est long encore. Tout cet avenir devant moi. Cette souffrance, ce n'est pas de la jalousie. C'est de l'amour. J'estime beaucoup mon rival, si j'ose l'appeler ainsi puisque Valérie ne sait même pas que je l'aime. Ce que je puis avoir mal, lorsque je crois pouvoir compter sur un sourire d'elle et que je la vois qui regarde avec coquetterie et peut-être amour plus loin que moi, derrière. Là où se trouve Lieuvain. Ce que j'ai mal, à cette minute. Je l'aime et je suis laid. Quarante-cinq, mais je me suis peut-être trompé dans mes comptes...

... J'en avais assez d'attendre Gaston. Non, mais pour qui se prend-t-il ? Ma belle robe et hop ! dehors où j'achète *Ring* rue de l'Odéon, sans me douter de rien et qu'est-ce que je vois, je suis trop inquiète, ce coup de tonnerre, ce divorce annoncé, tellement inattendu, incroyable. *A Saint-Tropez, en l'absence de Thierry, on la voyait partout avec Nico Nica : à l'Epi-Plage, au Bowling, à l'Esquinade. C'était la première fois que Gisou s'affichait ainsi depuis son mariage.* Ils rapportent cela comme si c'était passé, fini, alors que c'est en ce moment même que le drame se déroule. Je ne me doutais de rien. Et ce coup au cœur en ouvrant *Ring*. Ils sont si beaux, tous les deux, si heureux avec leur petit Alain. Lui, une admirable tête de penseur, même lorsqu'il n'est pas en train de diriger un de ses films, lunettes noires, jolie mèche en désordre. Elle, sur cette photo qui occupe la première page de *Ring* et où, pour une fois, elle ne porte pas une de ses robes-panthères pareille à celle que j'ai mise aujourd'hui. Ce sera bon, l'amour, tout à l'heure, lorsque je reviendrai et que je le trouverai furieux de m'avoir attendu, c'est bien son tour...

... Le bout incandescent de ma cigarette me brûlant un peu le bout des doigts, impression si agréable. Même d'Artagnan habita ici, tout près. Mais est-ce le vrai, celui qui servit de modèle à Dumas ? J'ai tout à coup un doute. Il est facile de vérifier en consultant le *Dictionnaire des rues de Paris* de Jacques Hillairet — ou plutôt les épreuves qu'il m'a fait l'amitié de me confier avant même la parution du livre et dont les irremplaçables indications m'ont mis sur la voie de tant de bonheurs. Voyons. Quelle chaleur. L'approche d'un

115

énorme cumulus frangé de lumière rend plus vif encore le soleil. Il fait meilleur à l'intérieur. C'est là. J'ai été tout droit au dossier que je consulte si souvent, sur le deuxième rayon de ma bibliothèque de travail, celle des livres que je ne vends pas et qui occupe le mur entourant ma fenêtre de proue, celle qui donne juste sur le carrefour. Voyons, voyons ? Bon. 17, rue de Buci : *Emplacement d'une maison où mourut en 1729, à 79 ans, Joseph de Montesquiou, comte d'Artagnan, cousin du célèbre Mousquetaire.* C'est bien ce que je craignais : ce n'était que le cousin. Quel dommage ! *Comme lui, il avait été enseigne (1673), puis lieutenant aux Gardes du Roi (1680), cornette aux Mousquetaires (1684), maréchal de camp (1696), lieutenant général (1702), puis capitaine commandant la première compagnie des Mousquetaires (1708).* Mais pourquoi les biographies imaginaires n'accéderaient-elles pas au même degré d'historicité que les autres ? Où est mon Alexandre Dumas ? Là, bien sûr, là. Les héros des romans que l'on continue de lire n'ont jamais vécu mais vivent pourtant encore. *Comme il arrivait à la hauteur de la rue Guénégaud...* Rue Guénégaud, c'est un tout petit peu trop loin d'ici, regrettable, bien regrettable, *il vit déboucher,* il c'est d'Artagnan, le vrai cette fois, plus d'erreur possible, *il vit déboucher de la rue Dauphine,* ça c'est bon, c'est excellent la rue Dauphine, *un groupe composé de deux personnes dont l'allure le frappa... La femme avait la tournure de Mme Bonacieux, et l'homme ressemblait à s'y méprendre à Aramis... Il se sentit à l'instant même tous les soupçons de la jalousie qui s'agitaient dans son cœur. Il était doublement trahi et par celle qu'il aimait déjà comme une maîtresse...*

... Valérie, Valérie, Valérie. Je ne pense qu'à toi, Valérie. Valérie, je t'aime toujours davantage, bien que

116

tu sois de plus en plus déroutante et mystérieuse pour moi. 9553 AZ 69. Neuf et cinq quatorze et cinq... M'arracher à cette vaine fascination des chiffres, dix-neuf et trois vingt-deux. Vingt-deux ans ? Ou encore vingt-deux ans à vivre ? Seize et vingt-deux, trente-huit. Une éternité devant moi. Parce que moi je t'aime de toute la force de mon âme. Je t'aime. Que dire de plus qui ne soit pas vaines pensées et mots vides ? Et toi, toi Valérie, tu me mens. Tu donnes des rendez-vous à Lieuvain. Un vieil oncle. Tu as osé me dire que tu allais voir un vieil oncle avec tes parents. Compte sur moi pour te parler de l'oncle Raoul. Mais non, même cela je ne l'oserai pas. Valérie, Valérie, Valérie...

... Images obscènes, filles nues aux seins ballants, aux jambes écartées avec une atroce impudeur. Ils se repaissaient de ces chairs dont la vue me faisait souffrir car je suis pur au fond, très éloigné par esprit et par goût de ces choses équivoques. Un jour comme celui-ci est un accident. Des couples louches, étroitement unis, se donnaient le plaisir facile d'une musique sentimentale. L'homme que j'étais alors, l'homme, un homme, plus un enfant, heureusement c'est fini l'enfance...

— Maman tu l'as vue, la dame, comment qu'elle est habillée... Quelle bête c'est ?

— Ce n'est pas une bête, c'est une étoffe qui ressemble à de la peau de panthère, c'est très joli...

— On l'a tuée avec un fusil, la panthère ?

— Je te dis que ce n'est pas de la fourrure mais...

— On a tué une petite panthère sous un marronnier... Tu veux sentir cette rose, maman ?

— Pas une rose, Rachel, une fleur de capucine.

— Moi j'appelle ça une rose.

— Où as-tu trouvé cette...

117

— Par terre.

— C'est dégoûtant ! Allons, Rachel, jette-moi ça... Tu entends ? Rachel, une dernière fois...

— Pourquoi tu me l'as prise ! Pourquoi tu l'as...

— Ne pleure pas. Celle-là, elle était très sale. Tu en auras une autre.

— Une rose ?

— Oui, une rose, si tu veux.

— Une rose toute pareille.

... Là-bas, au bout de la rue, de l'autre côté de la Seine, les drapeaux jaunes de la *Samaritaine* flottent sur le bleu atténué du ciel. PLUS D'ESPOIR. Comment croire que cette femme-panthère qui feuillette, tout en marchant, le dernier numéro de *Ring*, possède, avec de si beaux seins, une âme immortelle ? Je dois pourtant le croire et qu'elle est unique, irremplaçable, sous Votre regard, ô mon Dieu. Vous les connaissez toutes et tous, Vous les aimez personnellement, ces femmes triomphantes et nulles, ces hommes quelconques. DAUPHINE PRESSING. PEINTURE, NOTRE RÉCLAME : LA DAUPHINE. DAUPHINE-SAVON. *Dauphine-Savon,* là, il faudrait peut-être entrer, présenter mes échantillons, parler, faire l'article, quel métier. Je n'ai encore jamais essayé la rue Dauphine...

— Alors, Mimie, tu ne veux pas me le dire !

— Ce n'est pas que je ne veuille pas te le dire, je voudrais bien te le dire, moi, Lolotte. Mais je ne peux pas. Je ne saurais pas. Comment t'expliquer...

— C'est abstrait ?

— Oui, c'est ça...

— Tu comprends, ce n'est pas un garçon à aller dans le, dans le, dans le...

— Voilà !

... Il est très possible que ce magasin ne soit pas de

118

mon ressort. On verra bien. Mais je ne suis pas pressé. J'ai le temps. Si l'idée de mon propre anéantissement m'est incompréhensible, comme je m'arrange de la mort des autres ! A première vue, l'immortalité de cette femme-panthère ne s'impose pas. Non qu'elle ne soit belle et désirable. Mais justement, justement. En revanche, quelle promesse dans le regard de cette enfant bavarde, dans ces yeux de confiance et d'amour levés sur une mère distraite. Pourquoi sa maman lui a-t-elle pris et a-t-elle jeté la fleur jaune sans tige qu'elle écrasait dans sa petite main ? Ce qu'ils ont à dire, tous, toujours, partout, sans cesser jamais cet inutile bavardage dont je happe au passage des fragments...

— Ou septembre, je ne sais plus...

— Cela fait plus soigné, comment dirais-je, plus...

— Attends voir un peu que je te dise...

— Moi, tu me connais, ce que j'ai sur le cœur...

— Mais ça, mon enfant, ça, c'est du déjà vu...

— D'abord, je ne suis pas votre enfant, je suis votre aînée et puis...

... Non mais, pour qui se prend-il. Parce qu'il ma effleuré la main, au cinéma, qu'il m'a un peu caressé le bras et que je l'ai laissé faire. Espérant qu'il tenterait davantage. Mais non, c'est un gamin. Il n'a même pas osé m'embrasser. Vingt-cinq ans bientôt. Et lui combien, vingt, vingt-deux au plus. Un gosse. Qu'elle est jolie cette petite fille aux cheveux clairs, dans sa robe rose, un peu bouffante. Heureuse maman. Et j'ai bientôt vingt-cinq et je ne suis pas mariée et je perds mon temps avec un jeune homme timide dont la seule ambition est d'aller, un jour, dans très longtemps, lorsqu'il osera, jusqu'à m'embrasser...

— Tu veux que je te raconte encore Bigoudis et Chiffonnette ? Ou alors Chafouine ?

— Bien sûr. Mais marche un peu plus vite. Nous n'arriverons jamais. Moi qui voulais rentrer à... Nous allons prendre l'autobus.

— Il était une fois une petite fille qui s'appelait Chafouine... Le voilà l'autobus, maman.

— Ce n'est pas le nôtre. Au bout de cette rue, il y a un pont. Après le pont...

— Elle est longue, cette rue. Comment qu'elle s'appelle ?

— La rue Dauphine.

— Moi je l'aime beaucoup, beaucoup mon papa. Je suis fafiguée...

... Son papa. On croit qu'elle n'y fait pas attention. Mais si, elle est heureuse de le voir. Et pas seulement parce qu'il lui raconte de belles histoires. A peine vient-elle de le quitter, si on prend garde de ne point la brusquer en l'interrogeant à ce sujet, qu'elle vous en parle avec gêne, pudeur, très vite et comme par hasard, en n'ayant l'air de rien. Et moi, moi ? Je me donne de bonnes raisons : lui mener les enfants le plus souvent possible. Mais ce n'est jamais assez souvent pour moi. Je crois qu'il serait préférable de prendre un taxi. Il y a une station au bout de la rue, près du Pont-Neuf...

— Tu sais qu'est-ce qu'elle faisait Chafouine ?

— Non. Mais je t'ai déjà dit qu'il ne faut pas...

— Eh bien, Chafouine, elle était allée se promener en avion. Henri dit : « Moi, je prends le deuxième wagon. » Tu sais quand on met les chaises à côté des tables ? Maman, je suis fafiguée, je te dis...

— Ne geins pas. Nous allons...

— Ils avaient fait un avion avec des chaises. Henriette elle mangeait une pêche. Mon noyau, c'est un trésor, tu sais qu'est-ce qu'il y a dedans : un bijou.

... La rue de l'Arbre-Sec, au fond, ce n'est pas si loin.

J'irai certainement plus vite à pied. Maintenant le conseil est commencé, quelle malchance...

— ... Chauffeur. Arrêtez-moi ici... Oui, là... Je vous dois ?...

— Mais vous m'aviez dit...

— Je vous dis maintenant : ici. Je ne fais pas du tourisme, moi. Je ne regarde pas le paysage... Là, c'est ça. Tenez. Et gardez la monnaie. Merci et...

— ... Si en plus, ils sont pressés. Quel métier...

... Quelle chance, un taxi libre...

— Hep... Vite Rachel... Nous avons de la... Monte... Quai d'Orléans, s'il vous plaît. Vous prendrez par le pont Louis-Philippe et là je vous...

— Mais je sais, ma bonne dame, je sais, qu'est-ce que vous...

— C'est qu'avec ces sens uniques !

... Toutes les mêmes. C'est que si on se laissait faire, elles vous humilieraient ! Enfin j'ai eu de la veine de retrouver si vite des clients...

— Je suis fafiguée.

— Ah ! non, maintenant que tu es assise, ne geins plus.

— Alors, la dame qui courait, elle avait de grosses cerises attachées au cou. C'est ça qui faisait un collier. Elle était rentrée dans sa petite maison et elle disait : « Je vais faire cuire ma salade. » Elle avait aussi quelque chose à porter pour masquer les gens. La dame, elle construit des masques avec de la viande froide. Elle dit : « Moi, je suis comme tout le monde. » Mais elle n'est pas pareille à tout le monde. Elle est bien plus gentille. Et alors, alors. Je ne sais plus, moi, je suis fafiguée.

— Tu m'ennuies...

... Bertrand, Bertrand, quand donc pourrais-je maintenant aller décemment te voir...

... Tous ces livres des bibliothèques privées ou publiques, des libraires, des bouquinistes retiennent entre leurs feuilles serrées un savoir comprimé qui, parfois, lorsque quelque curieux en parcourt d'aventure les pages, fuse doucement ; mais parfois aussi, au lieu de se disperser et de se perdre, passe dans l'esprit d'un lecteur attentif, l'enrichit, le nourrit et le gave. Sur mes seuls rayons vit en puissance, mais peut ressusciter avec éclat si je le veux, l'histoire entière de mes rues, préférée à celle de la grande ville, de la vaste France, du monde immense et de l'incommensurable univers, parce que j'ai illusion, en limitant ainsi mon intérêt, de mieux réussir à posséder et plus totalement ce temps pourtant irrécupérable, insaisissable, dont je ne puis goûter ni retenir le peu qui m'est à moi-même imparti. Vieillissant inéluctablement sans m'en apercevoir, alors que je ne vois pourtant que cela : l'usure de mon visage, l'avilissement de mon corps. Je fume trop. Mais il ne sert à rien de veiller ou de prendre des précautions. Aucun guet n'est plus vain. Je meurs peu à peu, comme les autres morts, tellement plus nombreux que les éphémères vivants. Morts qui s'ils ne revivent pas grâce à nous accèdent et nous font participer à la seule existence qui ait quelque durée, celle de la collectivité à laquelle nous appartenons. O peuple obstiné et patient de mon Paris, peuple qui depuis des siècles et des siècles traces ces chemins d'insectes, la rue de Buci, la rue Mazarine, la rue Dauphine, la rue Saint-André-des-Arts, la rue de l'Ancienne-Comédie...

— ... Non mais tu crois que je vais faire plus de 102 de tour de.

... Cette Brigitte, quel numéro, ce qu'elle peut être

amusante! Je suis en forme. On me regarde, on me regarde même beaucoup. S'ils croient que je vais ralentir mon allure. Je sais bien qu'une fille ça ne doit pas courir dans la rue. Mais je ne les connais pas, moi, ces gens, ils ne me reverront jamais. Le soleil soudain disparu avalé par quelque nuage. Obscurcissement du monde. Et ces phrases coupées net au passage...

— Le malheur c'est que je ne fais pas souvent de bêtises, mais quand je m'y.

... Ne pas m'emballer : une fausse Gisou Muguet, comme il s'en fabrique tant en ce moment et qui veut se donner à son exemple des allures de jeune fauve. Dépassée par une coureuse rousse, immodeste dans ses pantalons bleu tendre, elle dérive avec noblesse, portant avec fierté son énorme poitrine, ma femme-panthère. Mais à quoi vais-je encore penser, ô mon Dieu et justement aujourd'hui où...

— Eh bien, dis donc !

... La petite femme brune, découvrant elle aussi la fille aux seins superbes qui regarde sa revue illustrée et commentant pour son amie d'une exclamation ce que cette gorge présente à la fois d'anormal et de remarquable, a croisé mes yeux tout en proférant un peu vulgairement mais sur un ton charmant son « Eh bien dis donc », admiratif. Unis dans la même connivence ironique et gentille, nous nous sommes, sans nous connaître, souri et compris...

... Ce jeune homme en a ri avec moi au passage, mais sans méchanceté, je crois même avec une sorte de respect. Quels seins extraordinaires, il est vrai...

— ... Tu les as vus, Berthe, ces nounounes, du nanan.

— Ça fait honte.

— Pas si mal tout de même. Bon, alors moi, j'ai attendu et puis je me suis décidée à écrire.

... Attention, vous autres. Écartez-vous ! Place aux jeunes. Je suis en retard, moi, je n'ai pas le temps de faire des crochets. Droit au but, comme dit mon frère. Si j'avais su que j'aurais ainsi à courir, j'aurais tout de même mis un soutien-gorge...

... C'est ça, faites-la tomber. Cassez-lui le col du fémur, écrasez-la, tant que vous y êtes, elle en sera ravie, la marquise. Ces fillasses effrontées et qui se croient jolies. Les rues sont à elles. Et les hommes. Dire que les garçons sont assez bêtes pour s'y laisser prendre, alors que les personnes d'âge et d'expérience, comme moi... Je suis sûr que cette rousse en pantalons ridicules a ses succès. Rien de plus grotesque que ces seins pointus. Ils s'agitent, masses inertes balancées de haut en bas. Risible déhanchement. Elles arrivent à ce prodige : déshonorer un derrière. Dandinement, les bras servant de balanciers. Et ces pauses d'une seconde, parfois, avant de repartir, les seins derechef agités de bas en haut, du même tressautement...

... Le 20 juin, il devait partir pour Saint-Tropez choisir les extérieurs de son prochain film. Naturellement, il avait désigné Gisou pour en être la vedette. Ne pas prêter à rire, comme cette fille en pantalon (en pantalon, à Paris !). Avec ma poitrine surtout, dont le moins que l'on puisse dire est qu'elle n'est pas comme celle-là du genre piriforme et minable, si je me mettais à courir, même avec un soutien-gorge, ce qu'elle n'a même pas ! Il est vrai que je lis Ring *tout en marchant, cela ne se fait pas non plus. Mais aussi, c'est trop triste, trop émouvant, trop important ce divorce. Dès que j'aurai trouvé* France-Soir-*dernière, je m'arrête dans un café. Ironie, le scénario prévu dont Gilles Bellecroix est l'auteur, raconte l'histoire d'un ménage brisé et l'action en est justement située à Saint-Tropez...*

... En croisant cette grosse dondon à la robe ocellée, il y a quelques secondes, il m'a semblé apercevoir une photo de Gisou Muguet. Pourvu qu'il ne lui soit rien arrivé. Mais non, je l'aurais su ce matin. Du reste il n'y a pas une semaine où on ne les voie dans *Ring*, elle et son Thierry. Je vais acheter ce numéro avant de prendre mon métro. Bref arrêt, juste le temps de souffler et je repars, hop. Il y a trop de monde pour que je puisse vraiment aller vite...

— Ce qu'elle pouvait cavaler, c'est pas croyable.

— C'est ça, va cavaler. Qui t'en empêche ?

— Mais ce n'est pas ce que j'ai...

... Elle ne me laisse même pas m'expliquer...

... Et menteur, avec ça...

— Arrête un peu de repasser, Lise. Viens près de moi au balcon...

... Comme ça, j'ai l'air innocent. Elle croit que je m'occupe de la fille qui courait dans la rue et que je ne vois même plus, que nous ne reverrons jamais. Et je la mets en face de ma douce dactylo, dont elle ne songera pas à se méfier. Il est vrai qu'elle est tellement effacée dans sa discrète, sa pudique et sa grêle beauté...

... *Ils*, ce sont aussi bien les marchands d'autrefois, mes voisins. Ceux de 1292...

... C'EST LA VILLE SAINT-GERMAIN-DES-PRÉS. *Première-ment de la rue de la Boucherie jusques au Pilori.*

Gautier, le bouchier	30 sous
Guillaume Bourgeois	8 —
Pierre Rohez	9 —
Noël, le bouchier	10 —
Jehan, le reclus	4 —
Raoul Gregoire, bouchier	6 —
Guiart, le bouchier	18 —

... Ce beau grand livre au dos de cuir rouge sombre que j'aime frotter pour le rendre plus lisse et plus brillant encore, mon Géraud, *Paris sous Philippe le Bel,* s'est ouvert tout seul à la page 173. M DCCC XXXVII, ce n'est pas si vieux, mais le papier en est déjà jauni, amolli, poreux. Non qu'il ne soit sec, maintenant. Mais on voit bien que l'humidité l'a rendu presque spongieux, dans quelque bibliothèque abandonnée, obscure, avant que je l'achète chez mon ami Raymond Clavreuil, le libraire de la rue Saint-André-des-Arts. Ah ! l'odeur grisante de mes vieux livres. Bien souvent, trop souvent, je les porte ainsi à mes narines, les humant longuement, amoureusement. Ridiculement. Mais je suis seul, qu'importe. Le remettre avec précaution à sa place, en prenant soin de le faire glisser sans qu'il y ait contact entre la reliure et le bois de mon étagère. Là. Cet autre, en deux volumes, plus petit, moins précieux, mais d'un grand prix pour moi. Je n'ai pas l'original, hélas. *Le livre commode des adresses de Paris pour 1692* par Abraham du Pradel, c'est-à-dire Nicolas de Blegny. Curieuse rencontre. Ces irremplaçables nomenclatures portent sur la même année de deux siècles si éloignés l'un de l'autre : 1292, pour le rôle de la taille ; 1692, pour ce livre d'adresses. Grâce à Nicolas de Blegny et aux annotations d'Édouard Fournier dans mon édition de 1878, complétées au crayon, par mes soins, tout est là de ce que je dois connaître, sans que j'aie toujours besoin de me reporter au texte. Cet ouvrage-ci n'est pas assez ancien pour m'enchanter de son parfum. Je n'ai pas envie de l'ouvrir. Son poids, dans ma main trop léger, ne m'apporte pas la satisfaction que me donnent tactilement mes vieux bouquins. Mais tout n'en est pas moins là qui chante en moi, litanie si poétique des beaux noms et des beaux métiers de France...

... Mais, encore une fois, pourquoi se donner tout ce mal ? Un écrivain et un peintre ont tout dit en deux phrases...

... Tels les textes des centaines de volumes bien rangés devant moi, muets mais si parlants, criant en silence leur savoir, si denses de connaissances, le contenu de ces pages n'a pas besoin de moi pour exister à jamais. J'ignore ce que les livres peuvent m'apprendre encore (car je ne les ai pas tous lus), je ne puis avoir présent à l'esprit ce qu'ils me réapprendraient si je les consultais (car ma mémoire n'est pas aussi fidèle que je le souhaiterais) : mais cela me rassure de les savoir, de les voir là. Voici donc, dans ces petits livres de toile rouge, comme en 1292 mais pour 1692, une nouvelle liste des bouchers de ce quartier où il y en eut toujours un grand nombre. (Et un tronçon de la rue des Boucheries, qui a perdu son nom, existe encore, représenté par une façade de quelques maisons, derrière la statue de Danton, là-bas, boulevard Saint-Germain ; et il y a toujours, non loin d'ici, une rue des Petites-Boucheries.) Liste non formulée, puisque je n'éprouve pas en ce moment le besoin de la consulter, mais virtuellemnt présente, comme un disque une fois pour toutes enregistré qu'il suffirait de mettre sur l'électrophone pour lui redonner vie. Ces gestes rapides, précis, satisfaisants, pour la cigarette préparée, roulée, allumée...

... 1692. Ruë de Bussy, petit Marché, Croix rouge et ruë des Boucheries Saint-Germain : dans toutes ces Boucheries, un Boucher seulement vend les jours maigres pour les malades. Le Sieur Chaillou, ruë de l'Arbre sec, de Rere ruë Dauphine, et Regnault au Jeu de Metz, sont

127

renommez pour le bon Chocolat pour le Caffé en graine
et en poudre...

... Sans âge. Fasciné. La main droite dans sa poche,
taciturne, immobile, il guette les femmes, comme s'il
n'était pas rue de l'Ancienne-Comédie, à cinq heures et
quelque de l'après-midi, mais se trouvait seul, au Bois
de Boulogne, caché dans un bosquet. Ne pas vieillir
ainsi. Échapper, mon Dieu, avec Votre aide, à cette
hantise...

... Qu'est-ce qui lui prend de me dévisager, ce jeune
type, l'air niais, avec sa petite valise ? Je ne fais rien de
mal. On ne peut rien voir de louche. Elle n'est déjà plus
là, ma belle coureuse. Regarder, ne pas perdre une
seconde de l'exhibition éphémère d'une fille aux seins
offerts, bien qu'invisibles. Le corsage était moins
ouvert que je n'avais cru. Un collier à gros grains
rouges sautait sur son cou. Je ne vois plus, serrées dans
ses pantalons de toile bleue, que ses petites fesses en
mouvement. Et cette autre jeune femme encore plus
excitante qui, dans une robe tachetée très ajustée,
promène avec respect, presque religieusement, une
gorge monumentale. S'ils pouvaient censurer les poitrines féminines et ces petits derrières adorables, les
effacer, vicieux comme ils sont, ils n'y manqueraient
pas. Une passante comme celle-ci, que j'ai eu si peu le
temps de voir, serait aussitôt arrêtée, en plein élan,
pour attentat à la pudeur. Mais rien à faire, les seins
sont là, ils gonflent les corsages et les blouses ; et dans
les pantalons encore rares, heureusement (mais il en
faut, c'est bien aussi), moulées, obscènes et charman-
tes, spectacle inévitable, gratuit, permanent, avec des
milliers de figurantes sans cesse renouvelées... Mais
qu'a-t-il à me regarder comme ça, ce jeune type à l'air

cafard ? Et cet autre vicieux-là ? Qu'ai-je donc d'extraordinaire ?...

... Le voyeur du quartier, marquise, tu le connais. Un
infâme nabot...

... *Pour Thierry, ce départ, cette absence, ces rencon-*
tres avec Nico Nica étaient un signe : celui de la fêlure.
Elle était décidément bien pressée, cette fille. Ne
jamais courir. Marcher calmement, dans ma belle robe
de soie sauvage, en jeune femme bien élevée. Si près de
la rue de l'Odéon, personne ne me connaît, ou presque
personne : tel est Paris. Ici, c'est déjà un autre monde.
Ce ne sont pas nos commerçants. Aucun danger d'être
reconnue. On ne lit pas dans la rue, je le sais. Si je
m'arrête de temps à autre, pour jeter un coup d'œil sur
Ring que je n'avais pas pensé à acheter ce matin (on se
demande comment des oublis si peu croyables sont
possibles) ; (il est vrai que je ne soupçonnais rien de
cette tragédie) ; (mais tout de même), c'est que les
événements sont graves et que je n'en saurai jamais
assez sur cet invraisemblable divorce. *Quand il avait*
rencontré Gisou, après sa cruelle rupture avec Ivy Luck,
il avait recommencé à faire confiance aux femmes...

... Je croyais préférer Rachel, son poids, sa chaleur,
la douceur de sa petite présence, ce bonheur physique
de la tenir contre moi, serrée, serrée et la violence
même de mon amour l'anéantit. Mais depuis que je le
vois si peu souvent, c'est Jean-Paul qui a pris la
première place et c'est lui qui me manque. Cet appartement est trop bruyant, il est obscur, il est petit, mais
j'y éprouve la seule paix à laquelle je souhaite désormais prétendre...

— Je ne l'aurais pas fait pour n'importe qui...

... Ma pensée... syncopée... ne suit pourtant pas tout à
fait... le rythme de mon... essoufflement. Ma pensée ?...

129

Quelle pensée ?... Vide... Rien... Je ne suis rien que ce corps vide... qui court. Pensant à cette seconde que je ne pense pas... et courant... Mais qui... pressée... haletante... ne pense déjà plus à rien... Un rien enregistré par qui ?... Puisque je suis... un automate... vide et pas assez intelligent... pour prendre, moi... pauvre jeune fille... conscience... de ce que... signifie... ce... défaut... momentané... de conscience...

— Pas trop gros, très tendre, mais bien placé...

... Dieu, la belle fille bondissante et qui rajeunit le monde par sa seule présence, donnant enfin leur signification à l'heure, au jour et à la saison, remplaçant les arbres absents (les arbres, c'est ce qui me manque le plus depuis que je me suis installé dans ce quartier, quittant les peupliers mutilés mais vivants de mon quai d'Orléans) et me donnant envie de sortir. L'heure où je m'accorde la permission de me promener n'est pas encore venue...

... Et dans le métro... bientôt... encore une minute... après avoir retrouvé mon souffle... je reprendrai tranquillement ma lecture... apaisée... rassurée... certaine d'arriver à temps... Pour la gare de l'Est... c'est direct... m'a dit Brigitte... Ne pas oublier... d'acheter *Ring*... pour voir... cette photo... de Gisou...

... Là-bas, du côté de l'Odéon, la blouse blanche de la fille qui s'éloigne en courant, se perd dans la foule et disparaît. Le seul bonheur, oui, dont j'ai maintenant la tentation...

— Allons, viens un peu à la fenêtre. Le soleil s'est caché. Il va faire moins chaud...

— Je n'ai pas le temps. Tu vois bien que je repasse.

— Qu'est-ce qu'on fait ce soir ?

— Qu'est-ce que tu veux que je fasse. Je n'ai pas fini mon raccommodage, moi...

130

— Bon...

... Combien sont-ils émerveillés comme moi à leur fenêtre, dans la rue, les carrefours, partout ? Sans parler des femmes aux imprévisibles nostalgies. En cette morne existence, il n'est d'autre bonheur possible que celui que nous réservent, ô mon énigmatique, ô ma pure dactylo, les âmes de l'autre sexe...

... Et le titre, je n'avais pas vu le titre : Un coup de téléphone comme un coup de tonnerre au paradis de Saint-Tropez. Eux aussi, ils parlent de coup de tonnerre. C'est bien le mot. Je l'avais spontanément employé. Il n'y a pas d'autre expression possible. Mais ils se trompent. Ils disent eux-mêmes dans le texte que ce n'est pas au téléphone mais par la radio que Gisou...

... *Le sieur Huré, marchand de melons, à qui on peut avoir toute confiance en payant un bon melon ce qu'il vaut, a tous les ans sa boutique à l'entrée de la place Dauphine. Letgüyüe, ruë Dauphine, est renommé pour les bons melons... Entre les patissiers renommez pour la patisserie, sont les Sieurs le Coq, ruë de l'Université, quartier saint Germain ; la veuve Langlois, à la Bazoche, ruë Saint-André, et pour ce qui regarde les Biscuits, Macarons, Craquelins, Massepains, Cornets...*

... *Il est sur la terrasse de sa somptueuse villa de Boulogne, celle qu'il acheta pour être le plus près possible des studios.* Sous la photo, le texte est au temps présent, ce qui est mieux. Il lit, étendu sur une chaise longue. Près de lui, il y a une bouteille de Scotch et des verres. Un téléphone blanc. Il a pris l'appareil, il parle, le visage grave. *Il lit* ainsi parlait Zarathoustra, *s'arrête à cette phrase : « Les femmes sont comme les oiseaux et les chats »*, c'est si vrai. *Il décroche son téléphone et appelle son avocat. Mᵉ Berthelot de Shelles :*

131

« *On voit trop en ce moment ma femme Gisou avec Nico Nica. J'ai décidé de demander le divorce...* »

... De nouveau, le choc soudain, sur un autobus, de ce corps de femme. Réduit à ses seules longues et minces jambes nues, il n'en est que plus troublant. Sans doute suis-je le seul rue Dauphine aux yeux de qui cette image banale a perdu son innocence. Hier encore, parce que je ne savais pas que je me déciderais à me confesser et à communier ce matin, je l'aurais regardée sans penser à mal. Le mal c'est notre récompense, à nous autres chrétiens : nos sens retrouvent la vulnérabilité inconnue des cœurs et des corps qui ne se refusent rien. Qu'ai-je osé penser, ô mon Dieu. Merveilleuse, cette femme imaginée grâce à ses seules jambes nues ? Vénéneuse, dangereuse, défendue...

... *La rivière victorieuse qui reçoit tous les petits ruisseaux égarés et en mal d'amour s'appelle une fois de plus Nico Nica.* Coup de tonnerre dans un ciel serein. Qui aurait pu prévoir cela ? Eux ? Eux ! Eux... Thierry et Gisou Muguet dont le bonheur était si consolant. Trahison. On ne peut plus compter sur rien ni sur personne. Ils avaient le devoir de rester ensemble, puisqu'ils étaient beaux, glorieux, riches, prestigieux, HEUREUX. C'est long, deux ans de bonheur pour des amours de cinéma. Mais, eux, Thierry et Gisou, c'était mieux que cela. C'était un grand amour. *Quelques minutes plus tard, Thierry convoquait la presse pour lui annoncer la décision...*

— Il y a vraiment trop de bruit dehors. Ici, là, nous serons bien.

— J'avais dit à Jeanne que je serais sur la terrasse, mais elle nous trouvera bien. Ce qu'elle sera contente de te voir ! Elle ne s'y attend pas, tu penses !

132

— Je n'ai qu'une minute, tu sais. Juste le temps de boire un thé.

— Un thé, ici, ma chérie ? Je ne te conseille vraiment... Tu ne préférerais pas un, je ne sais pas moi, un ... Qu'est-ce que nous allons prendre ?

— Cette idée, aussi, d'avoir choisi ce café ! D'autant plus qu'à la *Samaritaine*...

— Pour les antiquaires du quartier, ce n'est pas si mal, tu sais, c'est central. Et puis Jeanne ne voulait pas du *Flore* ni des *Deux Magots* parce que Claude n'y va jamais, tandis qu'ici...

— Les antiquaires ? Avec Jeanne ?

— Elle a du goût...

— En tout cas pas pour...

— Pour s'habiller, non. Mais en vieux meubles, elle s'y connaît.

— Moi, tu vois, je ne pourrais jamais faire quelque chose de sérieux avec... Les antiquaires, les grands magasins, avec Jeanne, ce n'est pas pensable. Que disais-tu donc à propos de Claude ?

— Qu'ici, elle a des chances de l'apercevoir son Claudius, c'est tout près de chez lui...

— Tu m'en diras tant ! Deux oranges pressées, ça te va ? Mais elle n'a pas encore compris qu'il ne veut pas d'elle ? Quelle idée de tomber amoureuse d'un vieux type comme ça...

... A vomir, décidément, à vomir : une flaque de pipi s'étale sur l'asphalte en poussiéreux ruisselets. Et ce bruit, ces odeurs. La marquise manque de chance. Née cent ans plus tard, elle aurait connu le siècle du silence. Peut-être même celui de la mort non pas vaincue mais retardée. Attention où tu mets tes pieds. Qui aura enfreint l'interdiction absolue d'avoir à Paris un chien, paiera une amende de mille nouveaux francs.

En cas de récidive, la somme sera triplée. Une bande de mouflettes, douze, treize ans et un garçon un peu plus jeune, trop jeune, se racontent avec animation leurs petites histoires. S'arrêtant au milieu du trottoir, gênant les passants qu'elles ne voient même pas, se remettant lentement en marche mais pour quelques mètres seulement. Joues roses, rires fous, coiffées comme des petites femmes déjà ; déjà coquettes. Moi, les gosses je ne les supporte pas plus que les chiens. Comme disait je ne sais plus qui : « On manque d'ogres... »

— C'qu'il est collant ce Jojo...

— C'est vrai ça, va jouer, tu nous ennuies à la fin... C'que j'n'ai jamais pu supporter chez les parents, c'est qu'y s'mêlent tjours...

— Ma mère, ma mère...

— La mienne, tu la cnnais pas ! Si j'ai l'malheur de m'mettre du rouge...

— Les parents, ça comprend rien.

— Le plus marrant, c'est lorsqu'il y a mon père. Alors là, il s'amène, faut voir !

... La pâtisserie de la veuve Langlois, rue Saint-André-des-Arts, à l'enseigne de *la Bazoche,* Furetière l'évoque dans sa *3ᵉ Satire...*

... On m'a fait un présent d'un levreau d'importance
Que j'aurois plus gardé, n'étoit cette occurrence ;
Si je le mangeois seul j'aurois quelque remords ;
Et l'ai fait envoyer exprès à la Bazoche.
Il fait plus de profit en pâte qu'à la broche...

— Alors d'main après-midi, vous vous baladrez ?

— T'occupe pas...

— Toi, Jojo, tu commences à...

— Sont gonflées, les filles, c'tannée...

— Moi, j'en rviens toujours là : les parents...

134

— C'est comme ma mère...
— Je pensais à autre chose, moi encore...
— Ouais, ouais...
— Mais dis donc, t'es fardée toi, Bibiche.
— Bien sûr. Dès que j'sors de l'école...
— Et qu'est-ce qu'elle va dire ta mère ?
— J'm'en fous de c'qu'elle va me...
— La mienne elle fait tjours la tête, alors.
— Elles me verront pas demain, moi j'vous l'dis...
— C'est jeudi, d'main.
— Ça va Jojo, on n'a pas b'soin de toi.

... Cet homme que je suis devenu diffère de celui des jours ordinaires, de celui qui plaît à Valérie, car je lui plais, c'est certain, et elle ne me déplaît pas. Ce fut une lutte terrible entre le jeune homme pur que je suis, *mettons : que tu veux être,* et le démon sexuel qui avait sur place un ami : la puberté. Comme ils me font horreur ces camarades, Couvet, Sircoux, qui arrivent à l'école défigurés par la fatigue et le vice après avoir été chez les filles. Car Sircoux, Couvet vont chez les filles. Heureusement pour moi que l'idée de faire comme eux ne m'a jamais, même cet après-midi, effleuré l'esprit. *Heureusement ?* La rue Séguier n'est plus très loin maintenant...

... Ah ! être il y a combien de temps déjà ? Il y a une demi-heure, lorsque nous marchions encore l'un près de l'autre, c'est à peine croyable, il y aura bientôt une demi-heure que je l'ai quittée, je n'ai jamais marché aussi lentement, comme si, mine de rien, je refusais de m'éloigner des lieux où j'ai été heureux, du carrefour où j'ai souffert. Je suis désespéré. L'incertitude où je me trouve est horrible. A-t-elle donné à Lieuvain ce que l'on appelle *un rendez-vous d'amour ?* Il m'aurait parlé de leur proche rencontre, il ne me l'aurait pas cachée si elle avait dû être innocente. La narration d'après-demain à préparer, qui sait ? Je me suis toujours demandé s'il ne leur arrivait pas de travailler ensemble en cachette. Ils sont tous les deux tellement meilleurs élèves que moi. Ce n'est pas le bachot qui, l'année prochaine, à peu près à la même époque, leur fera comme à moi si peur. Ce bachot qui déjà me hante. Mais Lieuvain a un an de plus que moi, il va avoir seize ans. Ces grandes vacances si proches maintenant, ces longs mois sans Valérie...

— Jojo, cte fois, c'est marre...

— Et si ça continue, j'te préviens, y aura des morts. Tu commences à nous faire suer, toi.

— Ah ! la la, les filles...

— Écoutez un peu la farce que j'ai faite au téléphone avec Lisette hier... Dans un café mes p'tites... On a pris un nom au hasard et, ça nous a porté bonheur, on est tombé sur la dame... Il s'appelait Pierre Janoix, l'abonné... Alors, aussi sec, j'ai pris ma plus belle voix, j'ai fait ma sucrée, quoi, et j'ai demandé Pierre. Il est pas là, qu'elle me fait, qui est à l'appareil ? C'est personnel que je lui réponds, *strictement personnel*...

— Elle était embêtée ?

— Tu parles d'un, d'un, d'une farce épatante. Mais qui est à l'appareil, elle répétait. Faut vous dire que j'avais d'abord oublié d'appuyer sur le bouton. Mais après, elle a pas été plus renseignée. Qui est là ? Mais qui parle ? Il saura bien, allez, madame, pardonnez-moi de vous avoir dérangée, madame. Polie et tout. Ma sucrée, je vous dis. Qu'il me rappelle. Simone, qu'il rappelle son amie Mounette...

— Tu as donné ton vrai nom !

— C'qu'elle est gonflée c'te Mounette...

— Y m'connaissaient pas, alors !

136

... Si jeune et si belle, vue de dos. Mais le visage n'a pas tenu les promesses du corps. En revanche, ces quatre fillettes aux seins naissants qui passent lentement devant moi, bras dessus, bras dessous en se racontant je ne sais quelle histoire de téléphone qui les fait rire comme des folles, ces toutes jeunes filles aux jeunes seins — ceux-ci, surtout, tellement bien formés et gonflés déjà — sont à ce point excitantes que...

... A la fois ravie et honteuse du regard de cet homme sur mes seins. Ils ne sont pas encore si beaux qu'il les voit, sous le soutien-gorge rembourré dont les copines se sont un peu moquées ce matin, mais qu'importe : seul compte le désir des hommes, des hommes qui ne sachant pas admirent de confiance. Et bientôt je n'aurai plus besoin de tricher. Bientôt, quelles inimaginables délices...

— Tu comprends, ce qu'il y a de merveilleux dans *Don Juan*, c'est qu'il n'y a pas une note de trop, pas une.

— En somme ta vie, en ce moment, c'est comme la mienne...

— En ce moment et toujours, oui : musique-musique. Tu me connais. Mais qu'est-ce qu'elle fait, cette Jeanne !

— Il n'y a que les personnes qui n'ont jamais rien à faire pour être ainsi toujours en retard !

... Bonheur qui a seul pour moi quelque prix, sachant sans remords ni regrets Martine moins malheureuse depuis que je ne suis plus là pour la faire souffrir, la voyant de temps à autre comme tout à l'heure avec Rachel et (moins souvent, hélas) avec Jean-Paul, mais les uns et les autres le plus rarement possible pour ne pas risquer d'être distrait de l'œuvre dont la lente et la belle croissance me redonne allégresse et fraîcheur, jeunesse aussi, mais libérée de son poids de malheur, de honte et de détresse (ô ciseaux ouverts de la jeune voyageuse). Ai-je pensé à noter cet autre trait : la dame qui croit, comme Lucienne Osborn, que tous les hommes sont amoureux d'elle ? Il faudra aussi que je me serve de la petite Vasgne pour introduire dans mon livre une de ces toquées de cinéma qui, comme Marie-Ange (qu'est-elle devenue celle-là ?), ne rêvent que d'Hollywood. Sur le trottoir d'en face, quatre petites jeunes filles se tiennent enlacées. Exclu de leurs rires et de leurs secrets, un gosse les suit...

... NOBLES EXERCICES POUR LA BELLE ÉDUCATION, 1692. — *Messieurs le Perche père, ruë de la Harpe ; Liancourt, ruë des Boucheries saint Germain ; de Brie, ruë de Bussy, et du Fay, ruë du Chantre, sont les Maîtres en fait d'armes preposez dans les deux Académies, pour enseigner l'usage de l'Épée. Il y a d'ailleurs en differens quartiers des Maîtres en Fait d'Armes, qui tiennent salles chez eux, et qui sont dans l'approbation publique ; par exemple Messieurs Chardon, ruë de Bussy ; le Perche fils, ruë Mazarine ; Pillart père, ruë Dauphine. Et Messieurs Favier et Du Four, ruë Dauphine y montrent à danser...*

... Favier, de l'Opéra, dont La Bruyère disait : « On sait qu'il est beau danseur », celui-là même à qui Mᵐᵉ de Sévigné comparait...

... Et si je rattrapais ces fillettes ? Leurs sacs d'écolières sous les bras, elles s'éloignent lentement, escortées par un môme. Quelques enjambées rapides et je les ai dépassées, je les regarde venir avec leurs jeunes poitrines pointant sous les chandails. L'une a déjà de gros seins bêtes mais les autres, les autres. Trois d'entre elles déjà plus grandes que moi, à leur âge ce n'est pas juste. Que se racontent-elles en riant ainsi ? Comment,

cette idiote histoire de téléphone, toujours ! On peut
dire qu'il y en a dans ces petites têtes...

— Allô ! Qui est à l'appareil ? Alors, je fais : allô. Qui
est à l'appareil ? Je voudrais causer à Pierre...

— Moi j'écoute, j'dis rien et je coupe. Comme ça un
j'ton m'sert drôlement longtemps.

— C'est pas si amusant...

— Alors j'lui dis comme ça : c'est personnel. J'peux
pas faire la commission ? Ah ! ça m'étonnerait,
madame, ça m'étonnerait. J'ai fait la gourde. Dites-lui
que je l'attendrai comme d'habitude dans notre petit
chez nous. Au revoir, madame...

— Cette Mounette, j'vous jure !

— Non, je ris trop... trop...

... OUVRAGES ET MARCHANDISES DE CHEVEUX. — *Monsieur Binet qui fait les perruques du Roy demeure ruë des
Petits-Champs... Le Bureau des deux cens Barbiers,
Baigneurs, Étuvistes et Perruquiers de Paris, est sur le
quay des Augustins au coin de la rue Git-le-cœur. Les
Prévots Sindics sont Messieurs Broussin ruë de Bussy,
Caquet ruë Dauphine... Entre ceux qui sont renommez
pour faire les Perruques de bon air sont Messieurs Pascal
quay de Nesle, Pelé ruë saint André, M. de la Roze, à
l'entrée de la ruë saint André est renommé pour les
perruques abbatiales...*

— Avoue-le que tu vas aller passer ta soirée au
bistrot à côté.

— Ou plus loin, qui sait. J'oserai peut-être me
risquer jusqu'à Saint-Germain-des-Prés.

— Un salaud, voilà ce que tu es...

... Un salaud oui, et j'ai trente ans déjà et ma
jeunesse se passe et je vieillis auprès de ce type égoïste
qui jamais jamais ne pense à me faire plaisir, qui de

moins en moins souvent me fait l'amour, qui plus jamais ne m'embrasse. C'est trop injuste...

— Tu es d'une mauvaise foi, ma pauvre Lise ! j'aurais juste aimé aller au cinéma avec toi. Tu ne me réponds pas ?...

... Mais aussi j'ai été trop bête. Je voulais aller rejoindre ce soir les copains au Buci et la préparer doucement. On peut dire que je m'y suis bien pris. Elle me.devine, elle sait avant moi, mieux que moi ce que...

— Et, en plus, la lingerie. Je ne sais pas si tu te souviens vaguement : une toute petite lingerie.

— Et avec son mari, comment ça va ?

— Comment veux-tu que ça aille, elle ne pense encore qu'à son Claudius.

— Et puis, quoi, il faut bien le dire : Jeanne, si tu veux mon avis, elle n'est pas intelligente.

— Elle est même plutôt sosotte, la pauvre chérie.

— Léontine elle-même me le disait. Et pour que Léontine...

— Alors, ta vieille Léontine, toujours solide au poste ?

— Toujours aussi folle et aussi désagréable.

— Je te l'envie, moi, cette fille. Ça fait combien de temps qu'elle est à ton service ?

— Huit ans, ma chère.

— Comme le temps passe ! Tu en as une chance ! Moi, avec mon Odile, on ne peut pas dire que je sois secondée. Comme gourde et comme idiote !

... *Les Yeux artificiels se font chez le sieur Lequin, ruë Dauphine. Le sieur Pouilly, ruë Dauphine, a trouvé un secret pour augmenter de beaucoup la vertu de l'Aymant et un Microscope qui grossit extraordinairement les objets...*

... Si laids, si vieux, aussitôt refusés, mais j'en ai trop

140

vu, je ne puis les nier ni les effacer, ils blessent mon regard pris au piège, ces seins plats et mous...

... Il parlait bien, Zara-je-ne-sais-plus-quoi. Des oiseaux que nous sommes, et des chats. Il faudra que je lise ce Zaratata. Je saurais le consoler, Thierry, si seulement je le rencontrais. Mais hélas, je ne fréquente pas encore les milieux du cinéma. C'est très fermé ce monde-là. Mes seins bien en place dans mon soutien-gorge ajusté ne bougent pas. Mes seins immobiles et beaux comme ceux d'une statue. Mon élégance, ce pep, cette poitrine sublime, ça le changerait. Non pas de Gisou qui est bien mignonne, mais de ces filles qui courent après lui, dont il fait des vedettes et qui l'abandonnent, le pauvre cher Thierry, si chic pourtant, si intéressant. Il m'intéresserait, c'est cela. Il m'intéresserait. Une conférence de presse pour annoncer ce genre de nouvelle, ça ne s'était jamais vu...

...d'Administration, Directeur Général, Pierre-Jean Taconnet. Ouf! C'est fini. Pourvu qu'il ne cherche pas la petite bête et signe en vitesse. Je vais être encore en retard au jardin d'enfants. Cette idée aussi de m'avoir envoyée faire une course...

— Au cinéma ou ailleurs. Dis quelque chose, Lise, je t'en prie...

... Plus d'espoir d'éviter la scène. Tant pis. Une de plus, après tout qu'importe...

— ... Mais c'est qu'elle n'a pas l'air contente!

— J'ai des raisons peut-être d'être folle de bonheur! Monsieur regarde les filles par la fenêtre, monsieur me plaque pour aller au cinéma. Dis au moins quelque chose!

... Surtout pas. Le silence est ma dernière chance. La violence de ses coups de fer ponctue sa rage. Elle ne joue plus. Elle est vraiment furieuse. Et pourtant, je

141

n'ai rien fait, rien dit, je suis innocent. Ça y est ma pure dactylo part faire signer son courrier chez ce patron qu'on ne voit jamais. Son bureau doit donner derrière, sur la cour. Je sais par expérience qu'elle en a pour un bon moment. Lise est vraiment impossible. On revient tout content de l'atelier. On bavarde de n'importe quoi, sans y penser, et un aiguillage malencontreux auquel on n'a pas pris garde au passage, une bifurcation inattendue, on parle, on parle, ça va si vite les conversations, on ne peut être toujours sur ses gardes, mais on devrait se méfier, plus ça va bien, plus c'est dangereux, ne jamais tout à fait quitter le frein, y aller doucement, prudemment. Mais un déclic vous engage sur la mauvaise voie. Il a suffi de cette fille qui, toujours courant, a disparu depuis plusieurs minutes dans la direction du boulevard Saint-Germain, son livre sous le bras. Une étudiante qui devait aller au Quartier latin. Intelligente, cultivée, belle. Lisant des bouquins au lieu de coudre et de repasser toute la journée...

— Cette Jeanne, toujours en retard.

— Tu sais, moi, je m'en vais. Je ne peux plus attendre. C'est fou ce que j'ai encore à..., tu ne peux pas te faire une... Et il est déjà, mon Dieu, déjà cinq heures et demie ! Je file...

... Pas avant tout de même qu'elle se décide à me dire un mot de ma ravissante blouse...

— ... Je dois d'abord revoir ces soldes dont je t'ai parlé...

— Moi, je m'y précipiterai dès demain matin...

... Est-ce là qu'elle a trouvé cette petite blouse ? Elle a un certain chic il faut le reconnaître...

— Puis passer chez ma couturière. Et enfin aller embrasser ma fille qui s'est arrangée pour aller habiter un quartier impossible. C'est ce que les gens ne

comprennent jamais, Léontine surtout qui vient pour
un oui et un non me déranger dans ma chambre,
madame par-ci, madame par-là, elle ne peut rien faire
sans moi : je suis une personne très occupée ! Qu'est-ce
que je te disais ? La voilà qui entre...

— Elle en a un genre ! Cette façon de marcher. Ce
n'est pas croyable...

... Ce n'est pas croyable : elle s'est payé un Chanel !...

— Tu ne m'avais pas dit qu'elle avait tellement
vieilli...

... Un Chanel. L'affreuse, elle ne se refuse rien. Elle se
l'est même peut-être fait offrir ? Ah ! ça non, tout de
même pas...

— ... Non, mais regarde-la. Un vrai canard... Ma
chérie ! Nous t'admirions, en te voyant venir !

... Regards vrillants sur mon Chanel. Regards qui
aimeraient lacérer. Que fait ici cette idiote de Louise...

— ... Louise, si je m'attendais à... Bonjour, toi.

— Ma Jeanne ! Tu es en...

— Je partais... Juste le temps de...

— Suis-je vraiment en... Je suis en retard ! Tu
resteras bien une minute.

— Alors une minute. Toujours jeune et jolie, notre
Jeanne.

... Je l'ai vu, à sa fenêtre, mon Claudius, une chance,
un hasard extraordinaires, merveilleux. Il fumait à son
balcon. Mais j'ai à peine osé le regarder de peur qu'il
ne m'aperçoive. Il serait si mécontent. Il croirait que je
le poursuis. Penser qu'il est là, au milieu de ses livres et
de ses vieux papiers, juste au-dessus de ma tête.
Aucune chance de le voir descendre ici, il ne va jamais
dans les cafés, mais je le sais, je le sens, là, si près, à
quelques mètres au-dessus de moi. S'il m'a vue, on ne
sait jamais, j'espère qu'il aura remarqué mon Chanel.

Mais l'élégance, Claudius, mon Claudius, il ne sait pas ce que cela peut être, il n'en a pas la moindre idée...

— Mes enfants, si vous saviez !

— Tu l'as vu !

... Avant toute explication, avant même toute formulation, Henriette a su aux premiers mots ce que j'allais lui dire et qu'elle apprit de moi plus rapidement que si je l'avais proféré. Nous nous connaissons si bien et depuis tellement longtemps, toutes les deux...

— ... Oui, à son balcon. Ça m'a tout de même fait quelque chose...

— Mon pauvre chou... Figure-toi que Louise vient de m'apprendre qu'il y a chez Rémon des soldes sublimes...

... Je continue à lire en elle, bien que ce qu'elle avoue ou qu'elle cache n'a plus pour moi aucun intérêt. Penser qu'elle est folle de ce vieux bonhomme après avoir aimé — et avoir été aimée, chance imméritée — le beau Bernard Freissane, qui, s'il m'a prise moi aussi, ne m'a jamais comprise. L'amour d'un même homme nous a rapprochées, elle et moi, au point que nous n'avons même plus besoin de parler pour converser...

... Fumée légère et bleue, lentement dissipée après avoir imprégné mes poumons. Tous ces hôtels, tous ces bistrots, autour de mon carrefour. Seuls les noms en ont changé depuis Louis XIV, et encore, peut-être pas tous. Voici en 1692, l'*hotel de Beauvais*, rue Dauphine ; l'*hotel d'Orléans*, rue Mazarine ; l'*hotel de Saint-Aggnan*, rue Saint-André...

... *On mange à quinze sols par repas* A la Ville de Marseille *ruë de Bussy, à vingt sols à l'hotel d'Anjou ruë Dauphine, au* Coq hardi *ruë Saint-André. A quinze à* La Ville de Bourdeaux *et à l'*hotel du Mouy *ruë Dauphine, à* La Ville de Stokolm *ruë de Bussy...*

144

... Qu'est-ce qu'ils font les clients, aujourd'hui ? Pour une fois que je fais un remplacement, je ne suis pas gâtée. L'avantage est que j'ai le temps de lire *Confie-toi*. Enfin, tout de même, ce n'est pas trop tôt...

... Tiens, la marchande de journaux a changé. Une vieille, très fardée. Qu'est-ce qu'il attend, ce petit garçon planté là, le nez en l'air, et qui ne se dérangerait, bien sûr, à aucun prix. Quelle génération ! Vite, que je sache les...

— ... Et je prends aussi *Paris-Presse*. Voici...

— Merci, madame...

... J'aime bien les clients qui achètent les deux journaux. C'est du sérieux. Qu'est-ce qu'elle attend encore ? Elle a sa monnaie. Ne va tout de même pas imaginer, ce serait trop beau, qu'elle va te prendre aussi...

— ... *Le Monde,* madame ?

— Non, merci...

... C'est inutile, après tout, on n'y parle jamais des événements importants. Voyons *France-Soir.* PLUS D'ESPOIR. *Les recherches de l'avion naufragé ont été abandonnées.* Ce n'est pas cela. *Inquiétudes à Washington à la suite de...* Aucun intérêt. Ah ! Voici. LE DIVORCE. Ce café, là-bas, parfait. Je retraverse, je choisis une place bien tranquille et...

... De l'autre côté, elles sont beaucoup moins bien, les inscriptions. Pauvre papa qui est mort. MORT. Ce qu'elle m'agace, cette affiche : ORANGINA, ORANGINA. N.O.N.A.I.R.T. T.I.T.E.P. Non plus verticalement mais horizontalement : DU. Et, ça recommence. Pourquoi est-ce que je lis et que je relis ainsi à l'envers ? L.E.T.O.H. La maison des VÊTEMENTS MICHEL n'est pas dans l'alignement ; il y a un décroché, elle est en retrait et on lit sur l'étroite tranche avancée de l'immeuble voisin, au-dessus des deux affiches de l'Orangina, de bas en haut, mais non, de haut en bas : Hotel du petit Trianon. Bon-papa m'a permis de rester dehors. C'est même lui qui m'a demandé de sortir un peu, une petite heure. Il m'a dit d'aller une petite heure jouer dans la rue pour ne pas toujours rester dans ses jambes, *avec son chagrin*. Son chagrin ! Et le mien alors ! Comme si j'avais envie de jouer. Tiens, voilà Jojo. Qu'est-ce qu'il fait avec toutes ces filles ?...

— Alors, la Panthère. On va au mâle ?...

... Je la prendrais bien derrière moi. Ma moto me donne le courage d'interpeller les filles et de me moquer d'elles. Même des plus belles et des mieux fringuées comme cette superbe Gisou, aux seins bien plus beaux que ceux de la vraie Gisou...

... Grossier personnage. Elle n'est pas pour toi, la Panthère. Elle est pour Gaston. Tiens, je l'avais oublié, Gaston. J'aurai vite fait d'obtenir mon pardon. En voilà un malpoli. Faire semblant de ne pas l'avoir entendu. Au mâle et puis quoi encore ! Il a ralenti et continue à me regarder en tournant à demi la tête. Même pas jeune, ce motard. Un de ces culots. Et ridicule, avec son petit bonnet vert. Voyons les titres de *Paris-Presse*. Ils sont perdus. Ah ! voilà. Au moins c'est bien placé. *Nico Nica : Arrêtez la musique...*

... Un journal sous le bras, un autre qu'elle lit en traversant, ce n'est pas prudent. Mais quoi, sans y penser (ne pensant qu'à cela) je l'ai suivie, pardonnez-moi mon Dieu. Mon travail. Tout ce temps déjà perdu. Cette femme vêtue de peau de bête. Ma communion de ce matin. La pureté. Propreté physique et morale. Cette croupe luisante d'animal. Une belle panthère qui est une femme. Ma petite valise d'échantillons, non pas tellement lourde, mais si embarrassante. Une femmejaguar. Un joli léopard à peine sauvage. Une grosse chatte apprivoisée si facilement ronronnante. Non, non. Revenir sur mes pas. Faire la rue Dauphine, comme c'était mon projet. Commencer par *Dauphine-Savon,* on ne sait jamais. Où va-t-elle ? Je la suis encore un peu ? Oui ? Non ? Oui ? Non ! D'un seul mouvement, j'ai fait volte-face. Est-ce cela que l'on appelle la volonté ? Girouette vivante mais passive que des vents contraires se disputaient, mon corps, soudain orienté dans un sens précis, entraîne mon âme dans la bonne direction. Après la rue de Buci, je traverse la rue Mazarine et je suis dans le droit fil du salut, du devoir. Mais je ne puis honnêtement me féliciter de n'avoir pas cédé plus longtemps à la tentation. Indétermination à laquelle un subtil changement d'équilibre a mis fin, quelques infimes raisons à moi-même obscures ayant ajouté à la balance indécise le poids qui l'a enfin fait pencher. Un peu en avant de moi, nettement sur ma droite, elle a franchi le carrefour, indifférente à ce que lui crie, en passant, et que je n'entends pas, un motocycliste quinquagénaire et goguenard au curieux petit calot vert. Puis, après avoir hésité un moment à la terrasse du *Buci,* elle pénètre dans le café. Je ne la vois plus, ma femme panthère. Tant pis. Tant mieux puisque c'était décidé : j'avais renoncé à m'occuper d'elle plus longtemps...

... Ce n'est pas grand. Mais il reste de la place. Là, non loin de ces trois bonnes femmes, près de ce type qui lit *L'Auvergnat de Paris...*

— Comment ose-t-elle s'habiller ainsi ?

— On n'en peut plus, ça alors, de ce tissu. Mais dans un genre un peu semblable j'ai tout de même vu l'autre jour chez Rémon. Écoute un peu que je te raconte. Des soldes, mais des soldes...

... Voilà, je suis bien installée et tranquille. Je ne suis jamais venue ici. On ne doit pas m'y connaître. Mais la table est dégoûtante. Vite : *Nico Nica nous a déclaré :* « *On ne peut plus se marier ou divorcer en France sans que je sois aussitôt mêlé à l'affaire. Ça ne peut plus durer.* » Non, ça ne peut plus durer...

— ... Hein ? Quoi ?

— Je vous demande ce que vous prendrez ?

... Ce que je prendrai ? Quelle familiarité ! Autrefois, lorsque j'étais petite et que mon père m'emmenait avec lui au café, les garçons vous parlaient à la troisième personne. C'était tout de même plus confortable. Quelles bavardes, là-bas, ces trois-là...

— ... Une tomate... C'est ça : une tomate...

... J'en ai bien besoin. Après toutes ces émotions. Et je te parle sans écouter ce que tu me dis, et je te réponds sans faire attention à tes paroles, et nous pérorons à trois voix, ensemble, non mais quelle frivolité, quelle bêtise que ces femmes. Il y a des fois où l'on a un peu honte d'appartenir au même sexe. « ... *Ça ne peut plus durer.* » *Voir la suite en page 8 sous le titre :* L'imbroglio Thierry-Gisou-Nico-Nica. Ça, alors, ce n'est pas croyable. Quelle déception ! Mais non, voyons, quelle joie ! Quel soulagement : *Dernière minute :* LE DIVORCE N'EST PLUS SÛR. Quel bonheur, quel dommage, ils nous en auront fait une peur...

... Mais non, mademoiselle, ce n'est pas une tomate que vous voulez, heureusement que Paulo est là pour vous comprendre : un jus de tomate, c'est pas une tomate. Une tomate, mademoiselle, c'est du Pernod avec de la grenadine. Il n'y a plus de connaisseurs. Du tout venant. Voilà ce que l'on a comme clientèle aujourd'hui. Tu en ferais une tête, ma poupée, si je t'apportais un Pernod-grenadine. C'est pourtant ce que tu m'as demandé et ce que je devrais t'offrir si je ne savais pas prendre des initiatives. Ça te rendrait peut-être plus avenante, un pastis. Gracieuse comme tu es. Avant la guerre, elles étaient autrement gentilles les mignonnes. Toujours un mot aimable pour le garçon. Ce n'est pas comme aujourd'hui. Mauvaises qu'elles sont toutes. Ne comprenant plus la plaisanterie. Pas de mentalité. Et ignorantes ! C'est comme pour les glaces. Autrefois, lorsque l'on demandait une glace chocolat-vanille, c'était une glace chocolat-vanille, pas une glace vanille-chocolat. Il y avait plus de chocolat que de vanille. Mais qui sait cela maintenant ? Même les collègues l'ignorent ! Alors ! Il se perd le métier, il se perd...

— Hep ! Garçon, s'il vous plaît... Voyez. C'est dégoûtant. Un petit coup de cachemire, voulez-vous...

... Alors là, elle m'épate. Personne ne dit plus ça depuis longtemps. A Nîmes, lorsque j'ai débuté, les clients du *Café des Sports* ne demandaient jamais au garçon de passer un coup de serviette, non, ils disaient, eux aussi : *Un petit coup de cachemire*. C'est bien, cela. Les traditions ne se perdent pas autant que je le craignais...

... Pourquoi ai-je parlé de cachemire ? Cela me revient de si loin. Lorsque mon oncle Stéphane, il y a si longtemps, me menait les dimanches d'été, à Aix, au café des *Deux Garçons*. Quelle drôle d'expression. Voyons voir un peu si oui ou non ils divorcent, ces deux-là...

... J'aurais pu entrer au café, m'asseoir à côté d'elle. Ç'aurait été une bonne occasion de lui parler. Mais mon corps a pris ma décision. Ne revenons pas là-dessus. Il me faut rattraper le temps perdu et faire les parfumeries et les coiffeurs de la rue Dauphine...

... Des soldes, quelle frivolité alors que je parle de Claude Desprez. Je saurais les obliger à s'intéresser au seul sujet qui mérite que l'on s'en préoccupe : Claudius, mon Claudius. Sa façon de tenir sa cigarette le plus près possible de la braise. Ses beaux longs doigts jaunis de nicotine. Ses traits un peu creusés mais si nobles. Sa distraction perpétuelle. Quand j'ai vu que Catherine voulait savoir ce que je pensais de son projet, comme si je pouvais l'approuver, moi, d'aller justement acheter des autographes à Claude (alors que je ne le vois plus et qu'elle pourrait trouver comme les autres années, elle en sait quelque chose, aussi bien ailleurs pour la collection de son mari, à qui elle fait toujours pour son anniversaire un cadeau de ce genre ; et que justement elle se gardait bien d'être la cliente de Claudius à l'époque où cela m'aurait fait plaisir), quand j'ai vu...

— ... Quand j'ai vu... Quand j'ai vu... Quand j'ai vu... Écoutez !

... Trois. Aucune de nous ne prête la moindre attention à ce qu'elle veut dire. Quatre. Elle tâte même à tout hasard du regard une dame inconnue assise non loin de nous (n'importe qui, elle se contenterait de n'importe quelle oreille complaisante) mais dont les yeux se dérobent...

— Quand j'ai vu... Quand j'ai vu... Oui, quand j'ai vu...

... Cinq, six. Six fois, elle a répété son petit bout inutile de phrase avant de capter, d'investir et de retenir par la supplication et par la force n'importe quel regard, le mien, pauvre Henriette toujours trop bonne, si bien que je ne puis plus éviter, moi, de feindre au moins l'intérêt en ayant l'air d'écouter son inintéressante histoire. Avec elle, avec moi, cela se termine toujours ainsi, dans mes yeux, tous autres regards refusés. Et elle doit s'en contenter. Et il me faut l'accepter...

— Quand j'ai vu qu'elle voulait absolument mon avis, je lui ai dit : « Qu'est-ce que tu veux, puisque tu me le demandes, je sais, c'est très, très ennuyeux, mais, moi, je ne peux pas, tu comprendras que je ne peux vraiment pas... »

... Déjà je n'écoute plus, mais je continue à faire semblant, mes yeux dans ses yeux, l'air passionné, alors que je ne sais même pas de qui elle me parle, ni à propos de quoi, pauvre Jeanne, toujours aussi ennuyeuse et avec qui aucune vraie communication, jamais, n'est possible, parce qu'elle ne vous écoute pas, reprenant son propre récit là où elle a dû le laisser, sans tenir le moindre compte de votre intervention. Mais j'ai compris, je n'interromps plus que pour la forme le long monologue à quoi se réduit pour elle la conversation...

... Elle m'ennuie, cette bavarde ; elle m'empêche de lire mon journal avec l'attention souhaitable. Elle va même, c'est un comble (lorsque distraite par sa faute, je lève les yeux), jusqu'à essayer d'attraper mon regard au vol, pour me forcer à l'écouter, moi aussi, tentant de me prendre, en plus de ses amies, à témoin. Mais voyons à en finir avec ce pauvre Thierry. Cette Gisou, tout de même...

— Dis donc, c'est Juliette qui a été... Vous vous souvenez ! Jojo, va-t'en... Tu es vraiment trop...

— C'est vrai ça, il laisse toujours traîner ses grandes oreilles...

— V'sen faites pas les gamines, j'me tire. Y a justement Ludo, d'laut' côté d'la rue... Il m'attend... On avait rendez-vous...

— C'est pas trop tôt. Alors, les filles, Juliette, vous vous raplez !

... Il y a plusieurs Marchands renommez pour les fins Vins et pour la belle Viande, par exemple du Monchel au Soleil d'or rue saint André. On peut aussi boire et manger proprement et agréablement à la porte saint Germain rue des Cordeliers, à la Reine de Suède rue de Seine...

... Et tous ces jolis noms de maisons retrouvés dans diverses archives. Celles du duc de Bourgogne, de la Reine de France, de la Couronne d'Or pour la Grande rue de Buci où des titres de 1631 et de 1650 signalent encore l'hôtel de Venise et le château du sieur de Metz. Quant à la rue Mazarine, voici les maisons du château Saint-Germain, de l'Huître, du Petit Saint-Antoine, de la Petite Bastille, les Jeux de paume du Roi d'Angleterre et de la Place Royale. Pour la rue Dauphine, les maisons de l'Ile d'Amour et du Saint-Esprit, l'hôtel de Limoges, l'hôtellerie d'Anjou, des maisons de vin aux enseignes du Merle Blanc et du Tambour. Le café Belhomme se trouvait rue Saint-André-des-Arts, ainsi que la Chasse Royale, la Croix Blanche, l'hôtel de Provence, l'hôtellerie de Rennes. Que de documents. Comptes de la Boucherie du Carême, concernant M. Ferrein, médecin demeurant rue Saint-André, 1746. Papiers du comte d'Egmont Pignatelli, émigré, concernant la vente d'une maison, sise à Paris, rue Saint-André-des-Arts. Attention tout de même à ne pas trop me brûler les doigts...

... Voyons, gambergeons un brin. Ils m'ont bien dit, au zinc du café, pas celui de Buci, le tout petit qu'est en face, rue Dauphine. A partir de cinq plombes pétantes. Tout doit se faire avant la demie. Mais tu restes plus longtemps s'il le faut. Vlà qu'il est la demie. Exactement cinq heures trente et une. Faut pas qu'on vous remarque, ni qu'on vous voie ensemble, qu'ils m'ont dit. Dès qu'il t'aura reconnu, Filledieux, après que tu lui auras demandé du feu et que tu lui auras glissé l'insigne dans la pogne, tu les mets et il te suit jusqu'à la tire. Je me croutonne, moi, je me fais du mourron. Pas de soutien-gorge qu'elle avait, la môme qui courait. Je les aime bien, moi, les nénés, lorsqu'ils volent sans parachutes...

— Vous en reprendrez une goutte ?

— Non, merci, je me barre... Merci encore.

... En vlà des veinards qui peuvent mettre les bouts...

... Elles préféreraient crever plutôt que de me parler de mon Chanel...

— ... Que pensez-vous de mon petit Chanel ?

... Elle n'a pu y résister. Et comme nous n'y prêtions pas attention...

— Un tailleur de Chanel, ma chère. Je n'avais pas vu. Tu ne te refuses rien !

... Tu n'avais pas vu. A d'autres. Et puis on ne dit pas un tailleur, on dit un costume de Chanel. Quelle ignorante cette Louise...

— Allons, je me sauve, je te laisse à Henriette. Vous devez en avoir, des choses à vous dire !

— Tu imagines. Nous allons faire les antiquaires. Mais il faut nous voir, nous deux.

— C'est vrai. On ne se voit ja... Tu m'appelles un de ces matins...

— C'est ça, on s'appelle. A bientôt.

— Ça m'a fait plaisir de revoir Louise. Elle a pris un sacré coup de vieux. Et regarde-moi, ce genre. Elle n'a jamais su s'habiller. Où a-t-elle trouvé cette blouse ? Bien portée, elle ne serait pas si...

— Justement, je voulais le lui demander au moment où tu es arrivée, et puis ça m'est sorti de la...

— C'est ça, dis-moi que je vous ai dérangées ! C'est avec moi que tu avais rendez-vous, non ? Moi, ça m'est égal...

... Elle aime Louise plus que moi, elle l'a toujours aimée plus que moi...

— ... Vous vous voyez souvent, toutes les deux ?

— Le moins possible, tu penses. Mais à force de...

... Je mens. Elle ment. Elle sait que je mens. Elle sait que je sais qu'elle ment...

... J'ai été lâche. J'ai craint que cette femme trop élégante ne m'éclate de rire au nez. J'ai eu peur de la suivre dans ce café où je serais, il est vrai, resté silencieusement à la regarder. La probité et le courage auraient été de me solidariser avec mon désir au lieu de fuir. Qu'est-ce que c'est que cette histoire de pureté avec laquelle on nous terrorise depuis l'enfance ? Mon corps a ses devoirs, lui aussi. Femme démagnétisée, étendue, rose, tout le long de ce nouvel autobus vert. Image d'un corps nu désormais sans pouvoir. Je suis délivré. Je suis sauvé. L'univers a retrouvé son innocence d'avant le péché. Le péché, ce péché-là n'existe pas. Ce soir, tant pis, ce soir même, j'irai derrière la Madeleine, je choisirai une fille, il y en aura peut-être une vêtue d'une robe imitation panthère et je ferai l'amour. Non, ce magasin n'est pas pour moi. Aucune chance. Voyons plus loin. Elles n'auront pas marché bien fort, les affaires, aujourd'hui...

... Traversant seul, quelle imprudence, un autre petit garçon, un peu plus jeune, rejoint l'enfant toujours en attente au pied de sa borne rouge. Ils se parlent avec sérieux... Quelle leçon à la frivolité des grandes personnes ! (Moi, au moins, je suis délivré des femmes, fini les femmes du genre de cette idiote qui m'appelait Claudius et voulait m'empêcher de fumer)...

154

— Bjour.

— Bjour.

— Qu'est que tu fais là, pote ? On va jouer ?

— Non. T'as pas honte de traîner toujours avec les filles. Si tu crois que j'tai pas vu !

— J'avais rien d'aut à faire, alors !... Allons, viens, on va jouer...

— J'ai dit non.

— Mais pourquoi Ludo, pourquoi...

— Mon papa il est mort.

— Ton papa il est mort, quand ça ?

— Aujourd'hui, ce matin, on nous a téléphoné...

— Alors, je m'tire, Ludo, j'me tire. J'pouvais pas savoir...

— Ya pas de mal, Jojo.

— A bientôt, tout de même...

— Sûr...

... Il peut pas comprendre, Jojo. Lui de papa, il n'en a jamais eu qu'un qui n'était pas le vrai...

... (M'appeler Claudius, non quelle idiote !)... et presque aussitôt se séparent. Je suis sûr qu'à l'école l'Histoire de France les passionne ces gosses...

... Mon déshabillé rose. Ivy Luck avait le même, ou presque le même, mais pas déchiré, dans un ancien numéro de *Paris-Cinéma*. A son âge, c'est dégoûtant. Je ne peux pas raccommoder le mien, il est brûlé. J'y tiens parce qu'il me rappelle Jean, le vrai Jean, celui de l'année dernière qui ne m'écrit plus depuis qu'il est au régiment. En Algérie, où il m'a oubliée. Je ne suis pas comme Ivy Luck. Je suis jeune, moi, je suis jeune. Ma poitrine est douce et ronde et tiède et si belle, si belle ô mon Jean. Et l'autre Jean de derrière la cloison, et Jean Callotz, tous les Jean de Paris et d'ailleurs, Harry Fyl, Max Tern, Louis Flayant, tous les hommes enfin

155

présents, l'Homme. Et M. Biceps que voici sur *Paris-Cinéma*, pas grandeur nature, tout de même pas, mais ça ne fait rien, ce n'est déjà pas si mal, avec ses beaux yeux tendres, son air intelligent et fin, son cou puissant, sa poitrine nue qui s'anime, tremble, une vraie poitrine d'homme vivant, un vrai plaisir, ça y est ; non : ça va y être, ça y est dans l'éclatement d'un tumulte dont je ne sais plus s'il vient de moi-même ou de la mer soudain furieuse. Une moto s'éloigne et ses détonations se font de plus en plus sourdes. Bruit d'eau. Le lavabo, pas le bidet, je les connais les bruyanteries de la maison. Une chaise est déplacée. Ils se lèvent. Ils parlent. Cet autre robinet, bon, naturellement...

— Comment, pas pour moi ? Ah ! ça alors ! Pourquoi me dis-tu cela, Minouche ?

— Je ne sais pas. J'ai eu l'impression.

— Mais c'était merveilleux, voyons. C'était comme si...

... Comme si quoi ? Je ne le saurai jamais. Cette fois, quel tapage. Un camion manœuvre. Des automobilistes impatients appuient sur leurs accélérateurs faute de pouvoir klaxonner. Allons, debout ma petite fille. Si seulement cette Minouche pouvait s'endormir. (Après l'amour, ce ne serait pas impossible.) Et, lui, venir me voir. Mais il ne sait pas que je suis si près de lui. A moins qu'il ne me sente de loin, sans me voir ni m'entendre, comme je le sens, lui, bien qu'il soit de l'autre côté de la cloison et de cette porte verrouillée. Je t'appelle, Jean, Jean. Mon corps t'appelle. M'entends-tu. Entends-tu mon corps ?...

— Où vas-tu...

— Tu m'excuseras, mais...

— Avec un peu de chance, tu trouveras ta belle rôdant dans les couloirs...

— Quelle belle ?

— Comme si tu ne le savais pas !

— Encore !

— Avoue que tu as pensé à elle, tout à l'heure tandis que...

... Bien sûr qu'il pensait à moi, tandis que je pensais à lui. Oui, je pensais à toi, dans le plaisir que tu me donnais en même temps qu'à une autre. Faut-il qu'elle m'ait trouvé jolie, la Minouche, pour parler ainsi de moi, et après l'amour, encore. C'est peut-être vrai, après tout, que ça a raté, et pas seulement pour lui, comme elle le disait, pour elle aussi. Ce serait bien fait. Il ne faudrait tout de même pas que ce soit toujours les mêmes...

— Si tu crois que je ne te vois pas, lorsque tu te fais du cinéma.

— Je me fais du cinéma, moi ! Alors ça ! Du reste comment le saurais-tu ?

— Je sais tout, figure-toi, je t'entends penser. Ce que tu éprouves, je le sens là...

... Ils font du cinéma. Elle l'a dit. Je ne l'ai pas rêvé. Beaux et riches comme ils sont, j'aurais pu y penser. Mais alors j'aurais dû les identifier. Ce serait bien la première fois. Pourtant je ne vois vraiment pas. Lui, à la rigueur, dans le genre Harry Fyl. Mais ce n'est pas Harry Fyl. D'abord, il est français. Peut-être un metteur en scène et sa vedette ? Une débutante alors, puisque je ne sais pas son nom. Si seulement ils avaient rempli leurs fiches...

... *Les Comediens François qui ont leur Hotel rue des fossez saint Germain des prez, représentent tous les jours alternativement des Tragedies et des Comedies.* Oui, depuis qu'ils ont été chassés, le 20 juin 1687, de l'ancien *Jeu de Paume de la Bouteille*, rue Guénégaud. Mais ils ont eu du mal à trouver cette nouvelle salle...

... Louis Racine à Boileau, Paris, ce 8 août (1687) : *La nouvelle qui fait ici le plus de bruit, c'est l'embarras des comédiens qui sont obligés de déloger de la rue de Guénégaud, à cause que Messieurs de Sorbonne, en acceptant le collège des Quatre-Nations, ont demandé, pour première condition qu'on les éloignât de ce collège. Ils ont déjà marchandé des places dans cinq ou six endroits ; mais partout où ils vont, c'est merveille d'entendre comme les curés crient. Le curé de Saint-Germain de l'Auxerrois a déjà obtenu qu'ils ne seroient point à l'hôtel de Sourdis, parce que de leur théâtre on auroit entendu tout à plein les orgues, et de l'église on auroit entendu parfaitement bien les violons. Enfin ils en sont à la rue de Savoie, dans la paroisse Saint-André. Le curé a été aussi au Roi pour lui présenter qu'il n'y a bientôt plus dans sa paroisse que des auberges et des coquetiers ; si les comédiens y viennent, que son église sera déserte. Les grands Augustins ont été aussi au Roi, et le P. Lembrochons, provincial, a porté la parole. Mais on dit que les comédiens ont dit à S. M. que ces mêmes Augustins qui ne veulent point les avoir pour voisins sont fort assidus spectateurs de la comédie...*

— On y a été, il n'y a rien de bien.

... Évidemment, lorsqu'elle était avec Gilbert, la marquise se sentait moins seule. Cinq ans de bonheur, nous deux, Gilbert et moi, et tout de même de liberté. Il me semble que je commence à recevoir moins d'invitations. Dans mes vacances, j'ai un trou entre le 30 juillet et le 15 août. Aucun château, pas la moindre petite maison de campagne. C'est bien la première fois que la marquise en sera réduite à se payer l'hôtel. Mais le

14 juillet c'est sacré, intangible, je serai comme chaque année chez Grüther où je retrouverai Roland Soulaires, Gigi, tous les amis. Fin août, début septembre, Lala. Puis le cap Martin, et probablement Saint-Moritz, ce n'est tout de même pas si mal...

— Moi, j'étais pour y aller...

... Une idée, une tentation. Impossible. Trop tard. Cette rue de Buci, écœurante avec toutes ces mangeailles. MARÉE. Marée de dégoût, oui, et de douleur. Plus de soleil. Mais ce n'est pas seulement pour cela que le monde est si terne. Décoloré. Désenchanté. Ah ! personne au monde n'a pu aimer comme j'aime. Je souffre. Je sens un grand vide en moi. Espérer encore. Espérer, espérer toujours. Pour revivre cette journée, qui fut si merveilleuse avant la rencontre de Lieuvain, je donnerais n'importe quoi. Mais que faire ? Mon destin est de souffrir. Et ces grandes vacances auxquelles je ne pensais plus. Mais non, il n'est pas trop tard. En courant je puis essayer de le rejoindre, pour vérifier s'il va ou non chez Valérie...

... Il faut voir ces saintes nitouches, Valérie comme les autres. Ce petit papier que je leur ai subtilisé et que Reslaut a réussi à me reprendre. Mais j'ai eu le temps de le lire. *Disparition dans la chambre nuptiale. Prière de ne pas regarder par le trou de la serrure.* C'était l'écriture de Marcelle. Mais qui, un peu plus haut, parlait de *cabinet particulier,* et *avec Reslaut ?* Avec Reslaut, c'est un comble ! Qui ? Valérie ! Nuptiale. Elles ne pensent qu'à ça, les mignonnes. Tiens, une librairie d'ouvrages anciens. Tant pis, je m'arrête. Valérie m'attendra. Au fond, je n'ai aucune envie de la voir...

... *Du nombre des Vingt Cinq Cabaretiers sont Moricault le jeune rue des Boucheries saint Germain, Forel*

159

joignant la Comédie Françoise... Forel qui tenait rue des Fossés-Saint-Germain le cabaret de *L'Alliance* cité dans quelques pièces du répertoire italien pour les débauches qui y avaient lieu. Notamment si j'en crois mes fiches, dans *La Cause des femmes, Pasquin et Marforino, Les Aventures des Champs-Élysées.* Mais je n'ai pas encore eu le temps de consulter les textes. C'est à la porte de *L'Alliance* que mourut subitement l'époux de la Champmeslé...

... François et Claude Parfaict. — *Le lundi matin 22 août 1701, Champmeslé alla aux Cordeliers et donna une pièce de 30 sols au sacristain, en le priant de faire dire une messe de* requiem *pour sa mère et une autre pour sa femme. Le sacristain voulant lui rendre 10 sols, Champmeslé ajouta : « La troisième sera pour moi et je vais l'entendre. » Au sortir de la messe, Champmeslé prit le chemin de la Comédie; et comme tous les acteurs n'étoient pas encore arrivés pour l'assemblée, il alla s'asseoir sur un banc, à la porte de* L'Alliance, *cabaret qui étoit alors à côté de l'hôtel des comédiens. Il y causa avec Sallé, Roselis, Beaubourg, Desmares, frère de sa femme et quelques autres de ses camarades, qu'il avoit prié à dîner, dans le dessein de raccommoder Sallé et le jeune Baron qui s'étoient brouillés à l'occasion de quelques rôles. Il répéta plusieurs fois : « Sallé, nous dînerons ensemble. » Ensuite, il prit sa tête entre ses deux mains, et tomba, tout étendu, le visage contre le pavé. On courut chercher le chirurgien qui demeuroit à deux portes de là; mais ce fut inutilement : il le trouva mort...*

— Cqu'on peut s'marrer toutes les quatre !

— Mais c'est pas tout, Mounette mon chou. Demain, j'sors avec toi. D'accord ?

— Compris. Pas besoin d'un dessin. Jeannot ?

— Tu penses, Jeannot ! C'est fini, lui et moi. Mais
non, voyons, Robert... Alors si tu rencontres ma mère...

— Compris j'tai dit, compris.

... Et, hop, je suis encore agile malgré toutes mes
misères. Me voici descendu au hasard de l'autobus
qu'au hasard j'avais pris pour tuer le temps, me tuer de
fatigue, échapper à mes ondes, les distancer afin de
respirer un peu. Ces ondes acharnées à me rejoindre, et
qui, toutes à la fois convergeant des quatre horizons, se
posent sur moi, se reposent en moi transformé douloureusement en accumulateur. Rue de Buci ? Rue Mazarine ? Connais pas. Triste carrefour. Un de ces endroits
déshérités de Paris, sans un arbre, ni rien qui parle à
l'imagination. Lieux dépourvus de la moindre poésie.
Rues qui ne sont point faites pour les souvenirs.
Exactement ce qu'il me faut si je veux dépister mes
ondes au moins durant quelques minutes. Un enfant,
posté là, exprès, au coin du carrefour pour me faire
honte. Ce train, mon Dieu, ce train. Lucette, mon seul
bonheur...

... Le *Tabou* d'aujourd'hui fut installé dans les caves
du *Laurent* d'autrefois. Car j'allais oublier le fameux
café de la rue Dauphine, dont un de ses habitués, Jean-
Baptiste Rousseau, accusait les clients de monter des
cabales contre lui. Il les ridiculisa dans des couplets
qui firent un tel scandale qu'il dut fuir le *Laurent* et se
réfugier au *Procope*. Le Sicilien François Procope qui
avait ouvert à la foire Saint-Germain le premier
établissement où l'on dégustait du café, fondé en 1689,
rue des Fossés-Saint-Germain, l'établissement qui
porte encore son nom. Ce *Procope* réunit à lui seul tant
et tant de souvenirs et si connus que j'en suis un peu
jaloux pour mon carrefour dont les fastes plus secrets
me sont autrement chers...

161

... Charles Duclos, 1726. — *Un jour, avant d'entrer à la Comédie, que je suivais plus que les écoles, je m'arrêtai au café de Procope, où l'on dissertait sur la pièce qui se donnait alors. Quelques bonnes observations que j'y entendis me donnèrent envie d'y revenir... Boindin, l'abbé Terrasson, Fréret et quelques artistes s'étaient adonnés au café de Procope, et s'y rendaient assidûment, indépendamment de ceux qui y venaient de temps en temps, tels que Piron, l'abbé des Fontaines, La Faye et autres... J'étais donc arrivé au café au plus fort de la discussion métaphysique. Après avoir entendu quelque temps les deux auteurs (Fréret et Boindin), je hasardai sur la question quelques mots qui attirèrent leur attention. L'auditoire parut surpris qu'un jeune homme osât se mesurer avec de tels athlètes. Cependant ils me firent accueil l'un et l'autre, et m'invitèrent à revenir. Je n'y manquai pas, et comme j'y trouvais toujours Boindin, je devins bientôt son antagoniste, et partageais avec lui l'attention de l'auditoire qui m'affectionnait de préférence parce que Boindin avait la contradiction dure, et que je l'avais gaie...*

... Butant contre ce mur, non, traversant ce mur qui m'écorche, blessé, n'en pouvant plus, essayant encore et encore. C'est lequel celui que je cherche ? Ils sont là au moins cent types contre ce mur, encore un mur sur lequel je fonce. Cette fois, je suis fichu, écrasé, mort. Mais non, le mur s'abat au moment où je le heurte. Ce n'étaient pas des hommes, ce sont des rats, des centaines de rats. Je cours sur le mur renversé au milieu d'un pullulement de rats. Un autre mur, des murs de tous les côtés. Boîte gigantesque dans laquelle je suis enfermé avec des milliers de rats. O fille nue couverte de cristaux de glace qu'un Chinois nu me désigne. Je me couche sur toi, je te pénètre, j'entre en toi, je suis

162

tout entier en toi, disparu dans ton corps immense.
Sauvé ! Non, les rats m'ont suivi, ils sont enfermés avec
moi dans cette banquise aux translucides et vertes
parois. Avec moi, pauvre Filledieux. Ne pas dormir.
Attention. Mais si, j'ai tout le temps, mon rencart n'est
que demain à cinq heures...

... La semaine prochaine, si ça se trouve, je verrai
leurs photos sur *Paris-Cinéma*. Le grand cinéaste Un
tel avec sa nouvelle interprète. Les cinéastes, c'est pas
mon fort. Ma spécialité, c'est les étoiles, les stars, quoi.
J'aurais avantage à me tenir plus au courant...

— Quelle idée j'ai eue de venir ici. C'est vraiment
trop moche...

— Il ne fallait pas te recoucher...

— Tu me connais. Après, je n'ai pas envie de
bouger... Et puis ça t'arrange plutôt, non ?

— Enfin quoi, c'est toi qui as choisi cet hôtel, tu
viens de l'avouer, je ne te l'ai pas fait dire.

— Et moi je te ferai bien dire pourquoi tu n'es pas si
mécontent en défini...

— Pourquoi quoi ? Je te jure...

— C'est ça, fait l'inn...

... C'était pourtant intéressant, mais on ne peut avoir
la paix deux minutes. Elle va peut-être s'assoupir. Ils
ne sont pas pressés, c'est visible. Il s'absentera et, au
retour, la trouvera endormie. Mais pas tout de suite,
car, dans l'intervalle, je l'aurai attiré ici. S'il est pressé,
il n'aura qu'à se servir du lavabo. Mais que je suis bête,
ce bruit d'eau, tout à l'heure, le sagouin ! Ah ! mais
alors, quel sagouin...

... Mes familiers, ce sont aussi les clients du traiteur
Landelle dont le *Caveau* était installé à ce carrefour
même, plus précisément au n° 4 de la rue de Buci. De
1729 à 1739 s'y réunissaient le premier dimanche de

chaque mois Boucher, les deux Crébillon, Duclos, Gresset, Helvétius, Rameau que les créateurs de la Société du Caveau — Collé, Panard et Piron — avaient appelé à être des leurs. On y chantait, on y faisait des lectures, on y lançait des épigrammes, la seule faute, sanctionnée par l'obligation de boire un verre d'eau, étant de ne point avoir d'esprit. Noir sale des façades. Tache rouge vif agitée. Bref éclat d'une vitre. Le ciel. *Chez Landelle, marchand de vin traiteur au carrefour de Bussy, tout en mangeant et buvant bien, nos joyeux auteurs se livraient à la vive saillie...*

... Que de livres et tous si intéressants. Tel que je me connais, j'en ai pour un moment. Tant pis, Valérie m'attendra. Il me faut obtenir de moi-même le pardon de mon avilissant après-midi. J'achèterais bien ce bouquin-là, si j'avais assez d'argent. Le plan de Truschet et d'Hoyau qui s'y trouve joint, s'il date déjà du XVIᵉ siècle, n'en permet pas moins de se faire une idée de ce qu'était le vieux Paris. Attention de le déplier sans l'abîmer ; le papier en est sec, brûlé. Voici la porte de Buci, bien dessinée, avec ses tours moins imposantes que celles flanquant un peu plus loin, et de chaque côté, les remparts. Reslaut s'est-il trompé tout à l'heure ? Le pilori apparaît situé plus près de l'Abbaye qu'il ne le disait. Maisons encore médiévales, pressées, tassées, désordonnées. Mais le plan de Turgot aussi, avec ses nobles façades, fait rêver. Le carrefour de Buci y est démesuré, comme du reste toutes les rues reproduites bien plus larges qu'elles ne sont...

... J'ai rebroussé chemin. Je marche très vite. Je cours. Ce n'est pas élégant, ce que je fais là. Mais elle est si décevante. Ce jeu des petits papiers, ce matin. J'ai pu arracher un des feuillets à Lieuvain qui le leur avait pris. Valérie avait écrit la première et la quatrième ligne. Élyane et Marcelle les autres. Déplié, cela donnait, c'est horrible, vraiment dégoûtant...

... M. Patrice Reslaut.

Mademoiselle Valérie Le Malthois.

Sous les Arcades des Champs-Élysées.

Monsieur dit...

... Ça, c'était de nouveau l'écriture de Valérie. De ma pure Valérie, comment le croire...

... Monsieur dit : — Je vous attends à l'entracte. Nous irons ensemble au cabinet particulier. Vous savez pourquoi.

— O mon chéri, viens, embrasse-moi sur les lèvres, je t'aime tant.

Disparition dans la chambre confortable. Prière de ne pas regarder par le trou de la serrure...

... Une chambre confortable ! Pas de Lieuvain à l'horizon. Et ce sont des jeunes filles qui, sans s'être donné le mot, puisque aucune ne voyait ce que les autres avaient griffonné, ce sont des jeunes filles qui ont écrit cela, toutes les trois ayant évoqué les mêmes pauvres choses. Et c'est Valérie, ma Valérie qui...

... Et pour les femmes, ayant désormais la sagesse de me contenter d'une seule à la fois, n'importe laquelle, celle qui me donne le moins de mal à trouver, juste pour ne plus avoir à y penser. En ce moment, et depuis trois jours déjà, Rose, la petite vendeuse du marchand de légumes d'à côté. Rose. Avais-je déjà eu une fille de ce nom ? Pas tout à fait idiote, mais un peu dérangée. J'aimerais la mettre dans mon livre, mais alors il faut que je change de sujet, la marquise ne peut la connaître. Ce carrefour, mon carrefour, en voilà un beau thème et que m'importe la marquise, je renonce à la marquise, mais j'introduirai Rose, avec mes autres voisins, dans mon roman...

> *... Pour voir gentille fillette*
> *Sitôt qu'on l'appellera,*
> *Pour percer une feuillette*
> *Dès qu'on la demandera,*
> *Et lon lon la*
> *Landellirette*
> *Et lon lon la*
> *Landelle ira...*

... Ces chansons du XVIIIe siècle, comme du vin éventé...

> *... Sur le plan du vieux Caveau*
> *Fondons un Caveau nouveau ;*
> *Là qu'une ivresse unanime*
> *Un jour par mois nous anime.*
> *Chantons le verre à la main,*
> *Et nous danserons demain...*

... Ainsi bouffonnait, bien plus tard, M. de Piis au *Nouveau Caveau du Rocher de Cancale*. Chansonniers aussi frivoles mais plus bêtes que ceux d'aujourd'hui. Ou bien est-ce seulement que nous sommes habitués à la sottise de notre époque ? Et au *Rocher de Cancale*, encore, un certain Armand-Gouffé...

> *... Buvons ! Buvons disait Collé*
> *Et Gallet son confrère*
> *Et Piron toujours accolé*
> *Aux vrais amis du verre.*
> *A leurs bons mots chacun sourit :*
> *Or, la chose est notoire,*
> *Messieurs, ce qui nourrit*
> *Leur esprit,*
> *C'est la chanson à boire...*

... O niaiserie. Après tant et tant et tant d'années, elle fait honte. Chantez le verre à la main et vous mourrez de demain. Rue Montorgueil viendront bientôt, à la suite de Balzac, ces autres familiers du *Rocher de Cancale* que sont Rastignac et Rubempré, plus vivants que ces morts n'ont jamais été. Vêtue de blanc, une femme nettoie ses vitres, rue de l'Ancienne-Comédie, à gauche, debout au-dessus du vide...

Pierre Laujon. — *Un jour, chez Landelle, Duclos demanda à Crébillon père quel était le meilleur de ses ouvrages ?* — La question est embarrassante, *répondit Crébillon père,* mais voici le plus mauvais, *ajouta-t-il en montrant son fils, qui lui répondit :* Pas tant d'orgueil, s'il vous plaît, Monsieur ! Attendez qu'il soit prouvé que tous ces ouvrages soient de vous ! *La Société ordonna le verre d'eau pour tous deux. Crébillon fils but le sien ; mais son père (dont la calomnie attribuait les ouvrages à un chartreux), outré de cette allusion, leva le siège, regarda son fils d'un œil menaçant, quitta brusquement la société ; et, depuis ce moment, rien ne put le déterminer à y retourner...*

... Rémission. Paix. Depuis que je suis descendu de cet autobus, je communie avec la foule humaine. Mêlé à ce peuple sage qui revient du travail, je me donne comme lui l'illusion d'être libre — mais mon esclavage est pire que le sien. Je redécouvre la multiplicité des visages, l'existence de ces vies innombrables qui côtoient la mienne, de ces vies *contemporaines* de ma propre vie, c'est-à-dire nourries des mêmes réalités, spectatrices et actrices des mêmes drames, coupables des mêmes crimes, ça y est, je suis de nouveau perdu et ce ne sont pas mes ondes cette fois, c'est bien pire. Fraternité reconnue. Humble mais si violente. Des femmes font leurs emplettes aux étalages des marchands de légumes. Elles sont affairées et rassurantes. Pourquoi faut-il que j'aie déjà perdu ma paix ?...

— Tu sais bien qu'à peine j'aurai fait semblant de dormir, tu iras la rejoindre.

— Je te jure que...

— Et que je fermerai les yeux, c'est le cas de le dire. C'est drôle qu'il faille toujours t'apprendre ce que tu as décidé de faire.

— Minouche, je...

— Non, tout de même, ne prends pas cet air malheureux. C'est de ton plaisir qu'il s'agit, ce n'est pas si triste. Je suis habituée, tu sais, il a bien fallu que je m'habitue, hein. Et puis quoi, cela ne me fait pas autant de peine que tu pourrais croire. Ça m'est presque égal maintenant. Allons, va, va... Il faut bien avouer que ses yeux...

— Ah ! N'est-ce pas ?

— Va la rejoindre, ta poulette. Elle ne doit pas être si loin.

— Ce n'est pas sûr.

— Mais si, je vous ai vus : vous vous êtes entendus au premier regard.

— On s'imagine comme cela des choses. J'y suis le premier pris, et puis il arrive qu'on...

— A Berlin, tu te rappelles ? Tu étais tombé sur une...

— Tu vois.

— Mais ce n'était pas de jeu ! Une femme qui n'aimait pas les hommes !

— Et à Brest, Minouche, tu te souviens, j'avais bonne mine.

— Je dois dire qu'à Brest. Là, c'est vrai, tu m'as déçue. Et puis quoi, tu commences à m'agacer. Tu ne voudrais tout de même pas que je me lève pour aller arranger la chose entre elle et toi ? S'il n'y avait aucun risque, où serait le plaisir ? Allons, Lulu, va, va vite.

— Puisque tu...

... L'occasion de ta vie, Ida. Il paraît qu'elle est d'accord. Nous n'aurons même pas besoin de nous cacher. Est-il sorti ? Je n'ai rien entendu. Il n'y a qu'à aller vérifier...

— ... Monsieur ! Hep ! Vous cherchez quelque chose ?

— On peut entrer ?

— Une seconde seulement, alors...

— Mais dis-moi, mon petit, elle est déchirée ta robe de chambre. Non... Tais-toi... Je préfère que tu ne parles pas... Tu es bien faite, dis-moi, jolie comme un cœur. Tu permets. Là, ne dis rien.

... Ça y est. Mes prévisions les plus pessimistes sont dépassées. Les voilà déjà ensemble. Et dans la pièce d'à côté, c'est un comble. En effet, elle n'était pas loin, je ne croyais pas si bien dire. Je ne les entends plus. Et pourtant il n'y a aucun bruit dans la rue en ce moment. Plus une voiture. Un silence total. Un silence terrible. Il la caresse avec cet air préoccupé, absent, un peu fou que je lui connais. Mais parlez donc. Dis quelque chose, Lulu, mon chéri. Une cloison. Une porte de communication. Tirer le verrou, entrer, les surprendre. Mais ça doit être fermé de l'autre côté. Et puis ce serait être mauvaise joueuse...

... Bien me garder de déboucher sur ce large boulevard, là-bas, au bout de cette rue. De cette rue de. De l'Ancienne-Comédie. Connais pas, connais pas. Cet enfant, pourtant, ce petit garçon, pas de chance. Lucette, heureusement. Lucette qui n'est même pas à moi. Attention aussi à cette bonne femme au chiffon rouge, là-haut. Le rouge c'est leur couleur. Ce peut être pour elles un dernier relais avant de s'abattre sur moi toutes ensemble, en pleine rue, comme cela m'est encore arrivé ce matin, j'en suis encore brisé. Que je sois persécuté chez moi, j'ai fini par l'admettre, il l'a bien fallu. Mais au moins qu'une chance me soit laissée lorsque je suis dehors...

— Oui, ils se retrouvaient chez Landelle, *et lon lon la, Landelle ira*, Duclos, Gentil-Bernard, Labruère, Moncrif, le noble Helvétius, les deux Crébillon (et le fils, *auteur d'ouvrages de mérite mais d'une licence excessive*, s'appelait Claude). Tard dans la nuit, je les y rencontre lorsque je m'arrache à mon lit pour redécouvrir, toute circulation disparue, le Paris d'autrefois. Alors, dans les luminescentes ténèbres, au bout de la rue de Buci qui vient y buter, cette maison avec son long toit incliné de grange haute, et sur la rue de Seine deux seules fenêtres au cinquième étage, juste sous les combles, cette maison d'un autre âge, couverte de tuiles brunes que je ne distingue pas à cette heure — et point davantage, en bas, l'inscription MARÉE, POISSONNERIE, prend un aspect moyenâgeux...

— Dites donc, y s'fait tard, il faudrait peut-être bien... Visez un peu les amoureux là-bas...

— Moi, ma chère, avec Robert ! Tu peux pas savoir !

... Toi et moi, moi en toi, nous deux, tes jambes, ton ventre tiède, ta langue un peu trop mouillée, frénétique...

... Ta langue, toi, toi mon amour, ta langue vivace et cet ardent plaisir, toi mon amour unique, et ton sexe, ton sexe...

— Allons, allons, il faut se...

— N'oublie pas ma mère, hein ? D'accord ?

— D'accord. Elle va se casser la figure, cette boniche, là-haut...

— Personnel, strictement personnel ? Imagine un peu sa tête.

— Marrant.

170

— Annie ! Allons, viens...

— 'voir les copines...

— R'voir.

... Dire qu'elles en étaient encore à cette idiote histoire de farce au téléphone ! Ce goût qu'elles ont toutes de se répéter indéfiniment, comme s'il fallait redire et redire les mêmes phrases pour être compris. Comme si elles n'en revenaient pas elles-mêmes de ce qu'elles racontent. Elles se séparent, mes gamines. J'en suivrais bien une ; ou plutôt ces deux-là. Mais il y a ces amoureux de l'autre côté de la rue. Si je pouvais au moins voir si elle est jolie et bien faite cette grande diablesse de fille...

... Et voici Mme Pâquerette, la clocharde du coin, avec le manteau de fourrure qu'elle ne quitte jamais, même par les temps les plus chauds...

— ... Et les filles, visez un peu la Pâquerette...

— ... Hello, Pâquerette ! Comment vont les amours ?

— Dis donc la môme, t'pourrais m'appeler madame Pâquerette, comme tout le monde, ça n't'arracherait pas la bouche. Et j'te souhaite d'avoir autant d'amants que moi !

... Encore une vieille. Un vieux. Une vieille. Une vieille. Deux vieux. Un vieux. Ah ! tout de même deux jeunes. Mme Pâquerette interpelle les passants...

... Jean de Boschère, — LA POIVROTE DU CARREFOUR DE BUCI. *Une mèche de cheveux blancs hésite sur son front jaune ; d'autres mèches trouvent refuge sur sa nuque qui est pâle comme le cou des poules entrevues au fond d'un soupirail...*

... Et celui-là, jeune ou vieux ? Vieux, bien sûr, au moins trente ans...

... Dangereusement dressée sur le vide, une femme de ménage frotte les carreaux extérieurs de sa fenêtre

171

béante. Qu'ils sont ridicules, hein, marquise, ces amoureux. Ils s'embrassent en pleine rue, comme si personne, jamais n'avait aimé, comme si aucun couple, jamais ne s'était embrassé avant eux. Croyant, les malheureux, à leur unique, à leur irremplaçable amour, alors qu'ils ont été projetés l'un vers l'autre par une attraction purement animale, physique, n'importe quel mâle avec n'importe quelle femelle...

... Ces amoureux qui s'embrassent, quelle merveille. Vivement que je retrouve mon bonhomme, là-haut. Plus de clients, depuis quelques minutes. Enfin le temps de souffler un peu...

— Mais si voyons, mais si...

— Alors jure-moi que tu seras raisonnable, que tu...

... Avalés par la porte d'un hôtel, ils ont disparu, je ne la verrai plus ma grande bougresse. Plus rien à espérer de ce côté...

... Piron, Boucher, Helvétius, mais aussi bien le moins connu de tous les inconnus de Paris, venu discrètement souper chez Landelle, le premier dimanche de mai 1732, non pour vingt-quatre livres, comme ces brillants convives dont il entend de loin les éclats de rire, mais pour cinq, si ce n'est même trois livres. Ou encore, le dernier des marmitons ayant aidé, ce soir-là, à la cuisine et qui, sortant tard, sa journée faite, croise la *gentille fillette* déjà rejetée à la rue, lui sourit et lève à ses côtés les yeux sur le ciel, dans l'entaille de la rue de Buci, pour y regarder les mêmes étoiles que, cette nuit, j'irai voir, lorsque je serai seul éveillé, au milieu de mon carrefour délivré de ses indignes vivants et rendu à ses morts. Avec, enfin audibles, les cloches d'autrefois...

... Dans du Pomard je mets du vin de Brie,
Dit à confesse un traiteur, un paillard

172

Nommé Landel. Le confesseur s'écrie :
Empoisonneur ! Tu mérites la hart.
Landel, au même, exprès ou par hasard,
L'an révolu, dit, toute honte bue,
Que dans du Brie, il mettait du Pomard :
Bon pour ceci, *dit l'autre ;...* continue...

... Dans la mesure où je lui donne unité, signification, beauté, je crée le monde que je vois de mon balcon, attribuant une identité et des passions au voisin inconnu qui cherche à mon exemple et aussi vainement un peu d'air à sa fenêtre du carrefour. Je n'aime pas que l'écrivain reste en dehors de son œuvre ou qu'il y apparaisse masqué. Ni qu'il soit comme le peintre devant sa toile, puis loin d'elle lorsqu'elle a quitté son atelier. Il me plaît de le reconnaître modestement figuré dans un coin de sa composition. L'auteur se situera lui-même dans son livre parmi ses héros. Livre auquel il infuse la vie de l'intérieur. Héros qu'il côtoie mais qui sont pour lui des frères plus lointains que naguère, car il les crée moins qu'il ne les observe, se donnant pour règle d'inventer au minimum, de *citer* le plus possible. Décrivant de là où il est ce qu'il voit comme il le voit. Prenant au vol et notant les vivantes paroles. Depuis ma fenêtre, je regarde ainsi mon livre se faire sous mes yeux au rythme du chiffon dont une femme de ménage attardée frotte ses carreaux. Rougeoyantes ondulations. Vitres mates. Éclats. Et je piégerai les paroles des passants lorsque je descendrai dans la rue. Ce nuage, toujours, et cette chaleur de plus en plus lourde...

... Mauvaise joueuse et maladroite. Il y a longtemps que tu m'aurais plaquée, mon Lulu, si je ne te laissais pas la bride sur le cou. Mais là, tu vas un peu fort, tu ne trouves pas ? Que font-ils donc, cette fille et lui ? Pas si

173

horrible que cela pour l'avoir rencontrée dans un hôtel aussi miteux. Jeune ? Plus jeune que moi. Bien faite ? Des seins pas mal. Pas mal gros. Gentiment habillée. Toutes les femmes ont une sorte de chic aujourd'hui. Il n'y a plus de filles fagotées depuis qu'elles lisent toutes les mêmes magazines, qu'elles voient toutes les mêmes films...

... C'est fatigant d'être dans la rue de dix heures du matin à dix heures du soir. Mais le moyen de faire autrement avec mes ondes ? L'hiver il y a le métro, les bonnes stations, celles des lignes bien aérées et pourtant réchauffantes. Les chères vieilles lignes tempérées. A la condition de prendre à la bonne heure la bonne direction. Par exemple, à cinq-six heures, d'aller dans le sens Nation-Étoile, et pas dans l'autre. L'été, je préfère les autobus. Connaissant moins bien les lignes, j'ai comme aujourd'hui des surprises. Mais les enfants, comment éviter les enfants ? Ce petit garçon comme lié à ce poteau rouge. Près de ma nièce le bonheur l'emporte pourtant sur l'angoisse...

... Que je regrette cette rencontre du carrefour de Buci ! L'illusion est une si douce chose ! Mais je ne sais encore rien. Je ne suis même pas sûr que Valérie l'attende. C'est peut-être par hasard qu'il était dans le quartier. Ou alors il va rôder sous ses fenêtres en amoureux tra-.si. C'est moi qui suis transi. Glacé jusqu'au fond de l'âme malgré la chaleur du jour et celle de la course. Mon Dieu, que j'ai le cœur lourd, la tête pesante. Tout m'est indifférent en ce monde. Je pourrais être accusé de meurtre, condamné. Rien ne viendrait distraire mon cœur plein d'amour et de chagrin. Je suis perdu. C'était fatal. PLUS D'ESPOIR. Mais non, mon Dieu, il faut espérer, espérer, ESPÉRER. Mais où est-il ? J'aurais dû le rattraper...

... Tout un livre sur la rue de Buci, c'est énorme ! Si j'avais seulement pu le consulter avant de rencontrer Reslaut !...

— Attention à mon Fromageot, jeune homme, il est très rare. Tiré à cent exemplaires seulement en 1904...

... Qu'est-ce qu'il croit, ce vieux libraire : que je n'ai jamais tenu un bouquin ? Elles sont jolies avec leurs vignettes ces réclames du XVIIIe siècle reproduites dans *son* Fromageot...

... AU GRIFFON RUE DE BUSSY LA SIXIÈME BOUTIQUE AU-DESSUS DE LA RUE DE SEINE FAUBOURG ST GERMAIN A PARIS. *Cabaret. Marchand. Vend de très beau Papier batu, lavé, Glacé d'Holande de toutes grandeurs, coupé, doré et verny pour bien écrire, toutes sortes de papier pour la Musique et pour dessiner, d'excellentes Plumes d'Holande des mieux taillées, de la plus belle Cire d'Espagne, des Canifs, des registres, des PortesFeüilles de maroquin fermant à Clef, Écritoires de Poche, de table de Malte, Tablettes garnies d'argent à secret, toutes sortes de livres de compte et de matematiq ? de musiq ? et autres. Encre double et luisante, et toutes sortes de marchandises des plus nouvelles, le tout à juste prix...*

... A l'IMAGE N.DAME. *Rue de Bussy vis-à-vis l'Hotel Imperial, Faubourg S. Germain,* A PARIS. JOLLIVET, *Marchand ordinaire du Roy et de Madame la Dauphine, vend de très beau papier, batu, lavé, coupé, d'Oré...*

... QUENTIN, *succesr de Mr Jolivet l'aîné, Md à Paris, rue de Bussy, près celle du Château Bourbon à l'Image Ste Geneviève, Vend de très beau Papier battu et lavé de France et d'Hollande de toutes grandeurs pour dessiner, Papier à lettre fin, Papier à Vignettes et verni pour les Écrivains...*

... Comment aurais-je imaginé qu'il s'était passé tant de choses rue de Buci ! Je l'aurais épaté, Reslaut, si

175

j'avais eu un peu plus tôt ce livre entre les mains. De l'historien de Paris Sauval à Catherine Arouet, sœur de Voltaire, la table des matières indique des dizaines et des dizaines d'habitants, célèbres ou non, domiciliés dans la suite des siècles rue de Buci. Favart y joue sa première pièce au *Jeu de Paume de l'Étoile.* Trois Anglais y fondent en 1725 la première loge maçonnique de Paris, dite *loge de Bussy.* Un *café de Buci* y concurrence le *Procope* que nous avions tout simplement oublié. Et tous ces magasins aux belles enseignes : A la Salamandre, A la Providence, A la Bonne Foi, Au Mortier d'Or, Au Grand Turc...

... Valérie, Valérie, tu es maintenant avec Lieuvain, tu l'appelles Raoul, il sent tes cheveux sur ses joues. Mais non, il n'a pu encore avoir eu le temps d'arriver rue Séguier, à moins qu'il ne se soit mis comme moi à courir, ce qui est improbable. Je peux encore le rejoindre. S'il y a quelqu'un de pitoyable au monde, si un homme souffre en ce moment, s'il se trouve un seul être pour endurer mille tourments, c'est bien moi, hélas ! Je n'aurais jamais cru que l'on pût être si malheureux pour une femme. Ça alors. Ça alors. Il est là. En train de consulter tranquillement des bouquins à l'intérieur de cette librairie. Attention, il ne faut pas qu'il me voie. Ce n'est pas très bien ce que je fais là, cela m'étonne de moi-même. Quel bonheur, quelle délivrance, il n'est pas allé rue Séguier. Je n'ai qu'à l'attendre patiemment et à faire semblant de tomber de nouveau sur lui par hasard lorsqu'il sortira, pour être bien sûr...

... Ces ondes, on ne peut pas savoir comme elles sont chinoises. On ne ruse jamais assez avec elles. Et pourtant, je suis né malin. J'ai appris à l'être plus encore. C'est si terrible lorsque, toutes à la fois et de tous les côtés, elles se propagent vers moi où elles se concentrent comme sur un pylône central, se fondant les unes dans les autres, se confondant, me prenant jusqu'à mes dernières forces. Après tant et tant d'autres gosses, rien à faire, où que j'aille, il y a des enfants. Heureusement, mais c'est dur. Lucette sauve tout, pardonne tout. Ce petit garçon en chandail vert semble me dire...

— On est vachement... Écoute : on est vachement... Et puis, ça n'est pas plus dégueulasse que...

— Tout le monde me connaît, tu sais, je suis très connue...

... Ces fragments de phrases saisies au passage. Jolie fille, mais idiote et trop contente d'elle. Frangé de lumière, ce gros cumulus va, d'un instant à l'autre, laisser réapparaître le soleil. Où étais-je quand ces voix, quand ce visage m'ont réveillé ? Perdu, mais non dans mes pensées. Sans pensée. J'ai eu Dieu dans mon cœur, dans mon corps ce matin. Comment ne se serait-il pas éloigné, puisque je me suis quitté moi-même ? Et si je reviens à moi, après cette absence totale, c'est qu'une passante, une fille, encore et toujours les filles, le péché, toujours et partout. Comme un 14 juillet d'Utrillo. Ce doit être ce drapeau, quelque part, mais où ?...

— ... Alors, il faut des plis, pour que tu puisses...

— Maud m'a dit que c'est impossible. J'ai une grosse tête et j'ai soixante...

... semble me dire : Tu nous as laissé arrêter, séparer de nos parents, déporter, massacrer. Quel savant traquera ces ondes maléfiques, pour les dénoncer enfin et les détruire, si bien que je puisse vivre comme tout le monde, au lieu d'être obligé de fuir tous les jours, tout le jour, de rue en rue, telle une bête traquée ? Il est

177

encore heureux que j'aie de quoi vivre sans travailler, petitement certes mais suffisamment. Pris au piège dans un bureau, à leur merci aux heures fixes de présence, ce serait beau à voir. Il est vrai que je n'y survivrais pas. Lucette, aimée à en crier...

... Tablier bleu, robe blanche, chiffon rouge. Et le mouvement vif d'un travail bien fait. Le voilà, mon drapeau que je ne retrouvais plus...

... Mon nouveau sujet, si beau, si riche. Les vraies bonnes idées sont immédiates. Données. Pour ce nouveau livre, je me soucierai moins encore de l'identité de mes personnages. Les noms, les caractères n'ont aucune importance. La biographie des passantes rencontrées dans la rue et avec lesquelles j'ai de brefs et parfois d'intenses dialogues muets m'est-elle connue ? Seul leur *charme* agit sur moi qui est d'abord mais qui n'est pas seulement celui de leur âge ou de leur beauté. Je suis moi-même aussi ignorant de ma propre personnalité dont je ne sais plus rien dans le courant de ces secondes où, distrait, attentif, préoccupé, je suis confisqué par autre chose que moi-même à quoi moi-même se réduit pourtant. Voici qui est bien : aux radios du carrefour, après une interruption due peut-être à ma seule inattention, l'air des *Femmes fatales* a succédé à celui de *La Danseuse est créole.* La dernière fois que j'ai entendu cette musique captivante, capiteuse qui joue depuis des années un rôle si étrange dans ma vie (ô campagnarde abandonnée, voyageuse solitaire, taillant un crayon avec une lame de ses ciseaux en croix), c'était encore quai d'Orléans, au cours d'un dîner donné avec Martine. Penser que c'est là, sous ma fenêtre, que se déroule un des passages de *Manon Lescaut.* Si je suis venu m'installer ici, n'est-ce pas obscurément en souvenir de cet épisode d'une telle poésie, aussi réel que s'il avait vraiment existé? *Je devais me trouver avec un fiacre à l'entrée de la rue Saint-André-des-Arcs, et l'y laisser vers les sept heures, pour m'avancer dans l'obscurité à la porte de la comédie...*

... André-François Prévost d'Exiles, ancien bénédictin de Saint-Germain-des-Prés, 1731. — *J'allai me morfondre le reste de l'après-midi dans le café de Feré au Pont-Saint-Michel. J'y demeurai jusqu'à la nuit. J'en sortis pour aller prendre un fiacre, que je postai, suivant notre projet, à l'entrée de la rue Saint-André-des-Arcs; ensuite je gagnai à pied la porte de la comédie. Je fus surpris de ne pas y trouver Marcel, qui devait être à m'attendre. Je pris patience pendant une heure, confondu dans une troupe de laquais, et l'œil ouvert sur tous les passants. Enfin sept heures étant sonnées sans que j'eusse rien aperçu qui eût rapport avec nos desseins, je pris un billet de parterre pour aller voir si je découvrirais Manon et G... M... dans les loges. Ils n'y étaient ni l'un ni l'autre. Je retournai à la porte où je passai encore un quart d'heure, transporté d'impatience et d'inquiétude. N'ayant rien vu paraître, je rejoignis mon fiacre sans pouvoir m'arrêter à la moindre résolution. Le cocher m'ayant aperçu, vint quelques pas au devant de moi, pour me dire d'un air mystérieux qu'une jolie demoiselle m'attendait depuis une heure dans le carrosse; qu'elle m'avait demandé à des signes s'il avait bien reconnus, et qu'ayant appris que je devais revenir, elle avait dit qu'elle ne s'impatienterait pas à m'attendre. Je me figurai aussitôt que c'était Manon. J'approchai. Mais je vis un joli visage qui n'était pas le sien: c'était une étrangère, qui me demanda d'abord si elle avait l'honneur de parler à M. le chevalier des Grieux. Je lui dis que c'était mon nom. J'ai une lettre à vous rendre,*

reprit-elle, qui vous instruira du sujet qui m'amène, et
par quel rapport j'ai l'avantage de connaître votre nom.
Je la priai de me donner le temps de la lire dans un
cabaret voisin. Elle voulut me suivre, et elle me conseilla
de demander une chambre à part. De qui vient cette
lettre ? lui dis-je en montant ; elle me remit à la lecture. Je
reconnus la main de Manon...

... Lucette, qui n'est même pas ma fille. Je n'ai point
d'enfant, seulement cette adorable nièce de quatre ans
et demi, Lucette. Je n'ai pas le droit de la voir aussi
souvent et aussi longtemps que je le voudrais. Mon
jeune frère, je ne sais pourquoi, se méfie de moi.
Pourtant, je gâte sa petite fille, elle est heureuse en ma
compagnie. Et lorsque je suis auprès d'elle, mes ondes
ne peuvent plus m'atteindre. C'est à peine si elles
m'effleurent. Quand je souffre alors, c'est d'un excès
d'amour et parce que la vie fragile de cette enfant
m'est une angoisse et un remords...

... De ce rade, on n'a plus le blair sur la placarde. On
esgourde mieux encore le potin qu'elles font, les
bagnoles, moteurs au ralenti s'emballant soudain,
coups d'accélérateurs, vrombissements. Y viendra plus
Filledieux, y viendra plus...

... Qu'apprenait-elle à des Grieux, Manon, dans cette
lettre qu'il lut auprès d'une jolie fille dans le cabinet
particulier d'un cabaret de ma rue ? Histoire imagi-
naire, non moins vraie que l'autre et qui m'émeut
davantage. Ma marquise, si je lui donne vie, sera plus
réelle que cet agent aux gestes mécaniques, que ces
passants pressés, que ce triste enfant solitaire. A moins
que je ne les introduise, eux aussi, dans mon livre, avec
celui de mes personnages qui évoquera *Manon*...

... Je reconnus la main de Manon. Voici à peu près ce
qu'elle me marquait : « G...M... l'avait reçue avec une

180

politesse et une magnificence au-delà de toutes ses idées. Il l'avait comblée de présents. Il lui faisait envisager un sort de reine. Elle m'assurait néanmoins qu'elle ne m'oubliait pas dans cette nouvelle splendeur ; mais que n'ayant pu faire consentir G... M... à la mener ce soir à la comédie, elle remettait à un autre jour le plaisir de me voir ; et que, pour me consoler un peu de la peine qu'elle prévoyait que cette nouvelle pouvait me causer, elle avait trouvé le moyen de me procurer une des plus jolies filles de Paris, qui serait la porteuse de son billet. Signé : votre fidèle amante, Manon Lescaut. » Il y avait quelque chose de si cruel et de si insultant pour moi dans cette lettre, que, demeurant suspendu quelque temps entre la colère et la douleur, j'entrepris de faire un effort pour oublier éternellement mon ingrate et parjure maîtresse. Je jetai les yeux sur la fille qui était devant moi. Elle était extrêmement jolie, et j'aurais souhaité qu'elle l'eût été assez pour me rendre parjure et infidèle à mon tour ; mais je n'y trouvai point ces yeux fins et languissants, ce port divin, ce teint de la composition de l'amour, enfin ce fonds inépuisable de charmes que la nature avait prodigués à la perfide Manon... Oui, approche, continuai-je, en voyant qu'elle faisait vers moi quelques pas timides et incertains. Viens essuyer mes larmes ; viens rendre la paix à mon cœur, viens me dire que tu m'aimes, afin que je m'accoutume à l'être d'une autre que de mon infidèle. Tu es jolie, je pourrai peut-être t'aimer à mon tour. Cette pauvre enfant, qui n'avait pas seize ou dix-sept ans, et qui paraissait avoir plus de pudeur que ses pareilles, était extraordinairement surprise d'une si étrange scène. Elle s'approcha néanmoins pour me faire quelques caresses ; mais je l'écartai aussitôt en la repoussant de mes mains. Que veux-tu de moi ? lui dis-je. Ah ! tu es une femme, tu es d'un sexe que je déteste et que je ne puis plus souffrir...

... Tabac. Dans ces résurrections qui nient le temps et le détruisent, la chronologie importe peu. Papier. Pourquoi me préoccupais-je de dater un tel épisode, me demandant si je dois le situer vers 1717-1719, années de l'action ? Salive. Ou un peu plus tard, en 1731 lorsque parut *Manon Lescaut* dans le tome VII des *Mémoires d'un homme de qualité qui s'est retiré du monde* ?... Elle est bien ronde, bien jolie cette cigarette-là. Particulièrement réussie. Feu...

... Edmond-Jean-François Barbier. Avocat au Parlement de Paris. Décembre 1738. — *Lundi 15 de ce mois de décembre... on a décollé le sieur Mauriat, gentilhomme de Franche-Comté, âgé de vingt-huit à trente ans. L'exécution a été faite dans le carrefour de la Comédie, à six heures du soir, aux flambeaux. Il a été conduit dans la charrette en robe de chambre, avec un bonnet de nuit sur la tête ; il y avait six douzaines de flambeaux. La tête a été tranchée du premier coup... Le lundi 27 octobre, après-midi, il avait assassiné une femme qui demeuroit dans la rue de la Comédie, nommée madame Destours. C'étoit une femme de vingt-cinq à vingt-six ans, jolie et bien faite, dont le mari étoit en commission, qui ne vivoit point avec lui et qui étoit dans la débauche. Elle avoit été entretenue quelque temps par un peintre âgé, qui à sa mort lui a laissé quelque chose... Mauriat voulait aller chez elle, malgré elle, et il n'y avoit qu'un mois qu'elle avoit rendu une plainte contre lui chez le commissaire Lecomte, demeurant dans la rue de la Comédie, vis à vis de chez elle et il alloit chez cette femme plutôt suivant les apparences, pour l'escroquer que pour autre chose ; car il est certain qu'il avoit pour maîtresse une fille nommée Joinville, à qui il a écrit une lettre, avant de partir pour l'échafaud, pleine de sentiments de religion pour la conversion de cette fille...*

... Parmi mes voisins, il y eut encore, pas très longtemps après ce sieur Mauriat (qui fut tué ici après y avoir tué), la plus rassurante Mlle Clairon. Elle fut pourtant témoin en ces lieux, vers 1743, d'assez étranges événements...

... Claire-Joseph Léris, dite Clairon. — *M. de S... me fit prier d'accorder à ses derniers moments la douceur de me voir encore : mes entours m'empêchèrent de faire cette démarche. Il habitait alors sur le Rempart, près de la Chaussée d'Antin, où l'on commençait à bâtir ; moi rue de Bussy, près de la rue de Seine et l'abbaye de Saint-Germain. Les soupers de ce temps étaient plus gais, si petits qu'ils fussent, que les plus belles fêtes ne l'ont été depuis quarante ans. Je venais de chanter de fort jolies moutonades, dont mes amis étaient dans le ravissement, lorsqu'au coup de onze heures succéda le cri le plus aigu. Sa sombre modulation et sa longueur étonnèrent tout le monde ; je me sentis défaillir et je fus près d'un quart d'heure sans connaissance. L'intendant des Menus-Plaisirs était amoureux et jaloux : il me dit avec beaucoup d'humeur, lorsque je revins à moi, que les signaux de mes rendez-vous étaient trop bruyans. Ma réponse fut : Maîtresse de recevoir à toute heure qui bon me semblera, les signaux me sont inutiles ; et ce que vous nommez ainsi est trop déchirant pour être l'annonce de doux momens que je pourrais désirer. Ma pâleur, le trouble qui me restait, quelques larmes qui coulaient malgré moi et mes prières pour qu'on restât une partie de la nuit, prouvèrent que j'ignorais ce que ce pouvait être. On raisonna beaucoup sur le genre de ce cri et l'on convint de tenir des espions dans la rue pour savoir, au cas qu'il se fît encore entendre, quels étaient sa cause et son auteur...*

... Me revoilà enfin avec mon foie de veau. J'ai été plus longue à revenir que je n'avais cru. Heureusement que nous avons une cheminée. C'est rare dans cette sacrée ville. J'y accroche mon bout de viande et le laisse dessécher. Du feu en cette saison ? Qu'en pensera Saubotte ? Il faudra sans doute le mettre dans le secret, mais sans dramatiser, en minimisant le danger, à cause de son cœur. A minuit, nous ferons les gestes et dirons les mots que le sorcier de Saint-François nous a appris. Après quoi, il n'y aura plus qu'à attendre la mort de celui dont le mauvais sort est venu. Ce n'est peut-être pas ce garçon, si fier au volant de sa camionnette. Nous verrons bien. Sainte Vierge ! M'appeler la mère Machin et devant Mme Miron encore ! Saubotte et Jérôme ne sont pas bretons, ils ne peuvent pas savoir. Argelouse, je vous demande un peu, la Gironde, du côté des Landes. Ils sont drôlement superstitieux dans ce coin-là. Il n'empêche qu'on ne sait jamais. Je ne risquerais rien, après tout, en allant brûler avec Jérôme cette chose au carrefour de Buci...

... *Mademoiselle Clairon. — Tous nos gens, nos amis, nos voisins, la police même, ont entendu ce même cri, toujours à la même heure, toujours partant sous mes fenêtres, et ne paraissant sortir que du vague de l'air. Il ne me fut pas permis de penser qu'il fût pour d'autres que pour moi. Je soupais rarement en ville ; mais les jours que j'y soupais, on n'entendait rien... Une fois, le président B..., chez lequel j'avais soupé, voulut me reconduire pour s'assurer qu'il ne m'était rien arrivé en chemin. Comme il me souhaitait le bonsoir à ma porte, le cri partit entre lui et moi. Ainsi que tout Paris, il savait cette histoire : cependant on le remit dans sa voiture plus mort que vivant...*

... *Le cri ayant été remplacé à la même heure par un coup de fusil, tiré dans une des fenêtres, sans dommage apparent...*

... on vint tout de suite visiter les maisons vis-à-vis de la mienne. Les jours suivants, elles furent gardées de haut en bas ; on visita toute la mienne ; la rue fut remplie par tous les espions possibles ; mais quelque soin qu'on prît, ce coup pendant trois mois entiers fut entendu, vu, frappant toujours à la même heure, dans le même carreau de vitre, sans que personne ait jamais pu savoir de quel endroit il partait. Ce fait a été constaté sur les registres de la police. Accoutumée à mon revenant, que je trouvais assez bon diable, puisqu'il s'en tenait à des tours de passe-passe, ne prenant pas garde à l'heure qu'il était, ayant fort chaud, j'ouvris la fenêtre consacrée et, l'intendant et moi, nous nous appuyâmes au balcon. Onze heures sonnent ; le coup part, et nous jette tous les deux au milieu de la chambre où nous tombons comme morts. Revenus à nous-mêmes, sentant que nous n'avions rien, nous regardant, nous avouant que nous avions reçu lui sur la joue gauche, moi sur la joue droite, le plus terrible soufflet qui se soit jamais appliqué, nous nous mîmes à rire comme deux fous...

— Alors tout s'est bien passé ? Le patron n'est pas revenu ?...

— Non, Mme Saubotte... Il y a eu quelques clients... Pas grand monde. Mais dites-moi, j'y songeais en vous attendant, des fleurs de laine, vous n'en avez pas trouvé, au moins ?

— Des quoi ?

— C'est très mauvais aussi. Et partie comme vous l'êtes...

— Dites-moi, vous allez finir par me...

— Figurez-vous qu'il se forme parfois dans les matelas, on ne sait comment, des espèces de figurines en laine — ou en plume — faites d'éléments symétriques si vous voyez ce que je veux dire...

— Comme des cristaux de neige ?

— Si vous voulez. Ça aussi, c'est dangereux. Moi, tel que vous me voyez, je ne coucherais jamais sur un matelas bourré d'une matière vivante, laine ou plume. A aucun prix, vous m'entendez bien, Mme Saubotte ? Je ne le dirais qu'à vous. Je vous sais avertie, sérieuse, je sais que je peux compter sur votre discrétion. Ce n'est pas vous, n'est-ce pas, qui vous moqueriez de moi...

— Vous pensez !

— Eh bien, c'est encore un truc par lequel les sorciers...

— Vos sorciers, qu'est-ce que c'est, des sortes d'esprits ?

— Ils sont invisibles, impalpables, menaçants et laissent parfois, comme je vous disais, des traces de leur passage...

— A votre âge, mon pauvre Jérôme, gentil et intelligent comme vous êtes, instruit, voyons tout de même ! Je ne me moque pas, mais enfin, quoi, il faut que vous sachiez : les sorciers, ce n'est pas ça du tout, mais *pas du tout.* C'est même le contraire, si vous voulez que je vous dise. J'en connais un, moi qui vous parle, et pas n'importe lequel, celui de Saint-François s'il vous plaît. C'est grâce à lui que, Dieu nous bénisse, nous nous en sommes toujours tirés, Saubotte et moi. Car pour les mauvais sorts, hein, on est encore mieux chez nous en Bretagne qu'à Paris ou chez vous. Moi, j'ai un moyen sûr...

... C'est pas que j'y croie à ces bêtises. Mais venant après tout ce que je sais, c'est tout de même la preuve qu'il n'y a plus une nuit à perdre...

... Mes ondes, elles existent, je suis payé pour le savoir, n'étant pas le moins du monde malade ; pas même dérangé : un peu nerveux, peut-être, tout au plus. La preuve que je suis normal, c'est que je ne prends pas ces ondes pour des forces occultes. Invisibles, certes, mais telles les ondes hertziennes. Encore inconnues des savants, elles m'auront à l'usure si l'excès même de leur concentration ne me grille pas sur la place publique, quelque jour, au coin d'un restaurant ou d'un café comme celui-ci. Le *Procope*. Tiens, il existe toujours, le *Procope,* il est là, le *Procope.* Des centaines de milliers d'enfants ont été massacrés, d'autres meurent de faim à cette minute même, et le *Procope* est toujours là. Plus j'aime Lucette, plus je la gâte, plus me torture...

... Un soir que Mlle Clairon passait par hasard devant la maison où était mort M. de S...

... ce même coup de fusil en partit qui me poursuivait ; il traversa notre voiture ; le cocher doubla le train, se croyant attaqué par des voleurs ; nous, nous arrivâmes au rendez-vous ayant à peine repris nos sens et, pour ma part, pénétrée d'une terreur que j'ai gardé long-tems, je l'avoue ; mais cet exploit fut le dernier des armes à feu...

... Après quoi vinrent des claquements de mains...

... bruit auquel les bontés du public m'avaient accoutumée. Comme ce bruit n'avait rien de terrible, je ne conservai point la date de sa durée ; je ne fis pas plus d'attention aux sons mélodieux qui se firent entendre après ; il semblait qu'une voix céleste donnait le canevas de l'air noble et touchant qu'elle allait chanter ; cette voix commençait au carrefour Bussy, et finissait à ma porte ; et, comme il avait été de tous les précédens on suivait, on entendait et on ne voyait rien. Enfin tout cessa après plus de deux ans et demi...

... Plus tard, Mlle Clairon devait apprendre que les derniers mots de M. de S... avaient été...

« ... *La barbare !... elle n'y gagnera rien ; je la poursui-vrai autant après ma mort que je l'ai poursuivie pendant ma vie !* » *Je crois, mon ami, n'avoir pas besoin de vous dire l'effet que ces dernières paroles firent sur moi ; l'analogie qu'elles avaient avec toutes mes apparitions me pénétra de terreur ; je crus que toutes les puissances infernales et terrestres allaient se réunir pour tourmenter ma malheureuse vie.*

... *Par la suite...*

... *quelque retour sur moi-même, qui ne me trouvais ni pis ni mieux de tout ce qui m'était arrivé d'extraordi-naire, me fit tout attribuer au hasard...*

... Mlle Clairon avait vingt ans et elle jouait *Phèdre* à la proche Comédie lors des événements qu'elle rap-porte ainsi dans ses *Mémoires*. Ce qu'elle ne dit pas c'est qu'on la nommait alors *l'altière Frétillon*, tout au moins dans un pamphlet en vers où on l'accusait d'éloigner par ses galanteries les grands seigneurs de l'hôtel de La Paris, dite Bonne-Maman, *qui a été putain dans sa jeunesse et maquerelle ensuite* nous apprend Barbier : « Elle a loué une grande maison rue de Bagneux, faubourg Saint-Germain, où elle a douze jeunes filles depuis seize jusqu'à vingt ans, dont la plupart jolies, pour recevoir et amuser les honnêtes gens... » REQUÊTE de La Paris, maquerelle, à M. de Marville, lieutenant général de police, 1743...

... *L'altière Frétillon en ce jour de débauche,*
Enseignes, lieutenans, majors, tous la chevauchent.
La garce les poursuit jusque dans leurs foyers...
Fais surtout à Cléron éprouver ta rigueur ;
Sauve à mon régiment un reste de vigueur,
Et de cette héroïne à mes dépens trop fière
Termine le roman à la Salpétrière.
Puisse son châtiment à jamais effrayer

188

Quiconque en monopole érige le métier !
Frétillon gobe tout et jamais ne recule...

... Espérance insensée. Je ne renonce à donner un coup de pouce là que pour mieux pétrir ici ma matière. Sans artifice l'art n'existe plus...

... Et en fumant ma cigarette, je croise aussi la nuit, dans ces ténèbres effaceuses de temps, mes voisins de demain, ceux dont les trisaïeuls ne seront pas encore nés dans cent ans et pour qui Claude Desprez, si jamais mon nom parvenait jusqu'à eux, appartiendrait au même monde englouti que Claude de L'Estoile, Claude Crébillon ou ce Mauriat dont le nom ne me plaît pas. Ils n'en seront pas moins des nôtres, aimant comme nous et pour les mêmes raisons notre carrefour. Et, s'il ne subsiste plus, célébrant sa place virtuelle au centre d'une esplanade nivelée ou dans un parc aux arbres centenaires. A moins que ne le recouvrent les fondations d'un gratte-ciel. Que de fois le carrefour de Buci faillit déjà être modifié. Rond et entouré d'une colonnade...

... Bibliothèque de l'Arsenal, 1749. — *Mémoire sur la place projetée au carrefour Bussy et projet d'érection d'une statue du roi au même carrefour...*

... Edmond-Jean-François Barbier, août 1749. — *Dans la Gazette du 23, on a déclaré que le Roi a déterminé la place où il permet à la Ville de Paris de lui faire ériger une statue, entre la rue de Seine, le carrefour de Bussy et la rue des Grands-Augustins, du côté de la rue Saint-André et le quai qui donne sur la rivière, depuis la rue de Seine jusqu'à celle des Grands-Augustins. Ce n'est pas à dire, cependant, qu'on prendra absolument tout ce terrain ; car on abattroit le collège des Quatre-Nations, tout le quai Conti, la rue Guénégaud, la rue Mazarine, la rue Dauphine et les Grands-*

189

Augustins, ce qui feroit un furieux fracas dans ce quartier...

... Et s'il n'y avait eu que leur mort physique. Ce que l'on a tué en chacun de ces petits êtres, ce fut d'abord la confiance, la tendresse, l'innocence. Ce fut leur âme qui fut lentement étouffée. Comment oublier ces centaines de milliers de cœurs meurtris dans de maigres corps affamés ? Encore suis-je relativement tranquille la nuit, grâce à mes deux sommeils. C'est comme un bouton que je tournerais. Un, deux. A deux, la machine fonctionne, je suis hors d'atteinte. Mais le jour, dans la rue, il serait dangereux de mettre toute la force. Dieu sait où je me réveillerais. Alors, quand vraiment je n'en puis plus de fuir, je m'assois sur un banc, dans le métro, n'importe où, je tourne à demi le bouton et je dors de ce premier sommeil, restant éveillé à côté de moi-même endormi. Les ondes surviennent-elles alors, qu'elles sont moins à craindre. Si elles me tourmentent, c'est comme en rêve. Je me dis : « Je ne suis plus là, ce n'est pas moi qu'elles torturent. » Lucette. L'amour compense mais ne rachète pas. Le constant, le terrible remords de son bonheur...

... Car il n'y a d'autre rapport que de condition (je ne dis plus de convention) entre les êtres qui se croisent à mon carrefour : la condition humaine. Des passants ne forment jamais une société. A peine les avons-nous entr'aperçus que nous les perdons de vue. Ils sont mes semblables pourtant. Mes interchangeables, mes irremplaçables frères...

... Edmond-Jean-François Barbier. Juillet 1750... *Il y a eu samedi, 11 de ce mois, une autre exécution dans Paris, moins terrible et plus divertissante. La nommée Jeanne Moyon, m... publique, a eu le fouet et la fleur de lys, et a été conduite depuis le grand Châtelet jusqu'à la*

190

porte Saint-Michel, où s'est faite l'exécution au fer chaud, sur un âne, avec un chapeau de paille, la tête tournée vers la queue avec écriteau : m... publique. Elle n'a point été fouettée dans les différents marchés, mais seulement en sortant du grand Châtelet d'où elle a été conduite à la porte Saint-Michel qui étoit son quartier, par le Pont-Neuf, la rue de la Comédie et les Fossés de Monsieur-le-Prince. On dit que dans la marche elle avoit le visage couvert d'un mouchoir, ainsi que ses complices qui l'accompagnoient, ce qui se souffre par grâce, et après avoir eu la fleur de lys à la porte Saint-Michel, elle a été mise dans un fiacre, pour être conduite hors de Paris, à cause du bannissement. Ordinairement ces sortes de femmes sortent de Paris par une porte, y rentrent par une autre, changent de quartier et continuent leur commerce. Cette exécution a beaucoup diverti le peuple. Cette femme a été condamnée pour avoir enlevé et voulu débaucher une petite fille de dix ans...

... Tous ces crimes, toutes ces misérables choses qui se sont accomplies, s'accomplissent et s'accompliront, ici comme autre part, leur concentration en un si petit espace fait peur, puisqu'il s'agit de n'importe quel carrefour, n'importe quand...

... On dit que sur ce qu'un homme comme il faut, chevalier de Saint-Louis, dit-on, lui avoit demandé à voir une petite fille de dix ans environ, cette femme a été à Saint-Germain-l'Auxerrois au catéchisme, qui ayant aperçu une petite fille assez jolie dont elle avoit entendu le nom, qu'elle a donné parole à son homme à certain jour, qu'elle est retournée à Saint-Germain, qu'elle a demandé une telle fille, qu'elle venoit chercher de la part de sa mère, qu'on lui a confiée tout simplement, qu'elle l'a mise dans un fiacre et conduite chez elle ; elle l'a déshabillée en chemise et fait passer dans la chambre où

191

étoit l'homme et l'a engagée et déterminée à faire ce qu'il vouloit. Cependant l'histoire dit qu'il ne s'est rien passé de trop..., qu'elle l'a ensuite remise dans son fiacre et ramenée dans son quartier ; la petite fille arrivée a conté tout à sa mère, laquelle a rendu plainte. Sur l'indication qu'elle a donnée, à peu près, du quartier où elle avoit été menée, on l'y a promenée, on a fait des perquisitions ; on a découvert la dame Moyon près de la porte Saint-Michel, qu'on a arrêtée etc. Cet exemple, comme l'on voit, étoit d'une conséquence infinie, et il n'y avoit aucune sûreté pour les jeunes filles des gens du commun qui vont et viennent seules soit au catéchisme soit dans les rues...

... FRANCE-SOIR, vendredi 20 janvier 1961. L'ODIEUX PERSONNAGE TOMBE DANS LE PIÈGE TENDU PAR LES PARENTS. MAIS IL EST REMIS EN LIBERTÉ PAR LA POLICE. Élégant, distingué, un homme aux cheveux blancs fait peur aux familles de la rue Guénégaud (VIᵉ). Plusieurs fillettes ont déjà été victimes de ses répugnantes entreprises. Au moment où elle regagnait l'appartement familial, rue Guénégaud, le 9 janvier dernier, Dominique B..., 9 ans, qui venait de promener son chien, croisa dans l'escalier un inconnu vêtu d'un pardessus beige :

— Comment t'appelles-tu ? demanda l'homme.

— Dominique.

— Où vas-tu à l'école ?

— Rue Saint-Benoît.

— Je travaille pour toi, je suis professeur de gymnastique, affirma l'inconnu.

Quelques instants plus tard, il quittait la fillette en disant :

— Ne dis rien à personne, je reviendrai demain.

A Paulette G..., 10 ans et demi, interpellée elle aussi dans un escalier, il tint le même langage. L'enfant alerta sa grand-mère qui trouva l'homme sur le trottoir. Mais

192

celui-ci ne se troubla nullement et la pauvre femme n'osa
pas l'aborder. Chez Françoise M..., 10 ans, le sadique se
fit passer pour agent d'assurances et tenta d'aborder
l'enfant dans le couloir. La concierge, sortant de sa loge,
le mit en fuite. Les parents des fillettes décidèrent de
tendre un piège au personnage. M. Bordas, ouvrier
tourneur, organisa, le 10 janvier, une mise en scène pour
l'arrêter. Dominique descendit promener son chien à
l'heure habituelle.

— Fais semblant de ne pas me voir, lui avait recom-
mandé son père.

La petite fille fit un signe quand elle aperçut l'homme à
cheveux blancs, et rentra dans l'immeuble. L'inconnu
suivit l'enfant.

M. Bordas se précipita sur lui :

— Je n'ai rien fait... c'est un malentendu, cria-t-il.

Il se débattit et réussit à s'échapper. Une poursuite
s'engagea et un boulanger, M. Raymond, réussit à le
rejoindre rue de Nevers. Deux agents appelés en renfort
ramenèrent l'homme rue Guénégaud, où il fut formelle-
ment reconnu, puis le conduisirent au commissariat de
la rue de l'Abbaye. Les parents pensaient être débarrassés
de l'odieux personnage, mais, à leur surprise indignée, ils
apprirent bientôt que l'agresseur de leurs fillettes avait
été remis en liberté, et le revirent rôdant rue Guénégaud...

... Dans le présent comme dans le passé, les anecdotes à quoi se réduiront mon essai romanesque n'auront
aucune importance. Elles n'en seront pas moins mon
seul bien assuré. Je tricherais si je les étirais jusqu'à en
faire de cohérentes et jolies histoires dont le lecteur
attendrait la suite avec impatience. Il n'y a jamais de
dénouement qu'arbitraire. La mort elle-même n'est
pas une fin. Nos petites personnes ne sont presque rien
et nos personnages moins encore...

... Rapport de la Dhosmont, recopié par le premier secrétaire Duval et transmis à M. Berryer de Renonville, lieutenant général de police. Du 15 janvier 1751. — *Il me souvient de m'être trompée sur l'adresse de la D^{lle} Brezé, j'ai omis aussi de dire qu'elle avoit demeuré rue Mazarine, ensuite rue des Fossés Saint-Germain, chez un papetier au 3e étage, endroit où M. Helvetius fait quelquefois des parties...* Le 11 février 1751. — *A 7 heures, M. Seguier, qui est venu chercher deux demoiselles pour aller souper avec deux de ses amis. Je lui ai donné Mlle de Bonnevaux... Il y a environ un mois qu'un nommé Dupré, laquais d'étranger, me l'a amenée après avoir passé la journée avec elle, et la tenoit d'un autre laquais. Ce Dupré, demeure rue de Bussy, dans la maison d'un chapelier, au premier, sur le derrière. Cette fille est blonde et peut avoir 18 ans...* Rapport de l'inspecteur de police Durocher, 24 novembre 1752. — *La D^{lle} Prouvé, dite Dassigny a la réputation de mentir comme un laquais, celle d'une fourbe et d'une impertinente et avec cela putain comme sainte Nicole ; avec un tel caractère qu'elle ne pourra s'empêcher de dévoiler, il y a apparence que le marquis de Montmorin ne la gardera pas longtemps...* 8 décembre 1752. — *Le Sr Rousselet, chez qui la Prouvé d'Assigny s'étoit retirée en sortant d'avec le marquis de Montmorin, l'a abandonnée, ne la trouvant jamais dans le logement qu'il lui avoit procuré rue Mazarine, vis-à-vis chez lui, ayant appris en outre qu'un domestique lui faisoit la cour...*

... Des matrones, des maquerelles, des maisons de débauche, il y en eut à toutes les époques dans le quartier comme ailleurs. Au XVIIIe siècle, rue Mazarine, la Préville, *femme du monde, chez laquelle des dames de condition viennent faire des passades,* note l'officier de police Marais. La Lapierre, la Millet, la Mouton exercent dans la même rue Mazarine. La Dupré, la Loiseu rue Saint-André-des-Arts. Et rue des Fossés-Saint-Germain-des-Prés, la Guy. Un rapport signale en 1742 que *jamais on n'a tant vu de filles obligeantes que dans la rue de la Comédie. Elles sont aussi importunes que les pauvres, et tiennent des discours qui feroient renier tous les moines du royaume.* Ce n'est plus dans mon secteur et c'est postérieur mais comment chasser de mon esprit cette indication trouvée en 1790 dans un guide, LES BORDELS DE PARIS : *Mme Pranqué, rue Basse-des-Ursins, quartier de la Cité, N° 7, prix 3 et 6 livres. Ce petit bordel est recommandable par les petites ouvrières de tous les états et on peut y aller sans crainte, s'adresser à l'abesse du lieu...*

... De cette négation du romanesque d'hier naît le roman d'aujourd'hui...

... Personne, jamais, ne me remarque. Je me promène, je vais, je viens, je fuis, je suis, comme si j'étais invisible. C'est bien commode. Si pour mes ondes aussi j'étais comme si je n'étais pas, je serais sauvé. Sans Lucette, la démence m'aurait depuis longtemps englouti. L'agonie du ghetto de Varsovie. Ces gosses affamés auxquels leurs bourreaux volaient quelques rutabagas, mal cachés sous leurs chemises en loques. Lucette...

... Nicolas-Sébastien Roch, dit de Chamfort. — *M. Helvétius dans sa jeunesse étoit beau comme l'Amour. Un soir qu'il étoit assis dans le foyer et fort tranquille, quoique auprès de mademoiselle Gaussin, un célèbre financier vint dire à l'oreille de cette actrice, assez haut pour qu'Helvétius l'entendît : « Mademoiselle, vous seroit-il agréable d'accepter six cents louis en échange de quelque complaisance ?*

— Monsieur, répondit-elle assez haut pour être enten-

195

due aussi, et en montrant Helvétius, je vous en donnerai
deux cents si vous voulez venir demain matin chez moi
avec cette figure-là...

... Puisqu'ils y ont été joués, ils sont tous passés par
ce carrefour, les auteurs de la Comédie des années
1689-1770, Voltaire, Diderot, Regnard, Piron, Marivaux, Le Sage, Gresset, Dancourt. Et Chamfort lui-
même qui, s'il y rencontra Helvétius et la créatrice de
Zaïre, Mlle Gaussin, y fit aussi représenter sa comédie
en un acte et en vers *La Jeune Indienne*...

... Je crains que dans ces lieux ton sort ne soit à
plaindre.
Tu m'aimes, il suffit : que puis-je avoir à craindre ?
Non, il ne suffit pas. Il faut, pour être heureux,
Quelque chose de plus...
Que faut-il en ces lieux ?
La richesse...

... Le père du général Dumouriez, François Dumouriez du Perrier, sociétaire de la Comédie-Française,
créa rue Mazarine le corps des Pompiers de Paris, les
comédiens du Roi étant encore représentés dans cette
rue par Mlle Dubois et par Mlle Hus. L'Opéra de Paris,
qui porte encore sur son rideau la date de cette
création, naquit rue Mazarine en 1669 ou 1671, je ne
sais plus, il faudra vérifier...

... Que si, renonçant à ce carrefour, je choisissais de
situer mon action non point aux alentours de l'Ancienne-Comédie disparue mais à l'intérieur de l'actuel
Théâtre-Français, un soir de spectacle, je disposerais,
outre des quelques dizaines de contemporains anonymes dont je ne puis me passer, et pour un cadre encore
plus restreint, d'autant de documents grâce auxquels
se réanimeraient un aussi grand nombre de personnages, morts il est vrai depuis moins longtemps, la

première représentation dans la salle d'aujourd'hui ayant eu lieu le 30 mai 1799, mais eux aussi redevenus vivants. L'âge de ces souvenirs compte moins que leur mystère. De telle sorte qu'à une Comédie-Française aussi prestigieuse mais présente, je préférerais de toute façon, même si elle était plus récente et parce qu'elle provoque mieux au rêve du fait de sa disparition même, celle dont il ne subsiste dans ma rue qu'un fragment de façade avilie. Ainsi sommes-nous faits, que deux tiens valant moins à nos yeux qu'un tu ne l'auras jamais, ce que nous possédons, par exemple la coque rouge et or d'un théâtre dans sa gangue de pierre, se désenchante du fait de son existence même, alors que ce qui n'est plus et plus jamais ne sera, par exemple cette Ancienne Comédie usée par les siècles et déjà presque effacée, nous est moins irréelle que la réalité même...

... Rapport de l'inspecteur Durocher, 3 novembre 1752. — *La Baudoin a retiré de Bicêtre la fille de l'afficheur de la Comédie-Française, qui vient d'y passer les grands remèdes. Cette fille n'a que quinze ans, elle est assez grande, faite à peindre, le tour du visage joli avec de beaux yeux, elle est blanche et paraît avoir la gorge bien placée et naissante. Elle va l'habiller et la tient en qualité de pensionnaire et compte ne la produire que dans quinze jours, temps qu'il lui faut pour paraître avec sa première fraîcheur... 12 janvier 1753. — Depuis le retour de la petite Moncan, fille de l'afficheur de la Comédie Française chez la Baudoin, cette dernière n'a encore pu lui procurer d'entreteneur ; elle l'accompagna au dernier bal de l'Opéra, dans le dessein d'y rencontrer quelqu'un de ses anciens amis pour leur faire voir, mais elle n'a pu voir aucun d'assez cossu pour cela... Le 23 février 1753. — Le baron Dandelo était de la partie, il est âgé de 30 ans environ et de taille 5 pieds 6 à 7 pouces, les cheveux blonds et les yeux louches. Logé à l'hôtel d'Espagne, rue Dauphine ; ils menèrent la Baudoin ainsi que la petite Moncan vers les onze heures du soir, rue des Mauvais-Garçons, faubourg Saint-Germain... M. Pleinchamps emmena coucher chez lui la petite Moncan à qui il promit beaucoup sans lui donner un sol. Elle revint le dimanche à midi, à ce qu'il parut fort peu satisfaite...*

... Le temps de passer devant la porte ouverte de ce bistrot ténébreux dont le soleil soudain réapparu éclaire vivement le seuil et un peu plus loin encore le début du comptoir — Le Carrefour, Chez Jean, Café Extra, Noilly Prat, Noilly Prat — juste après l'horloge qui marquait six heures moins vingt-cinq (je n'ai pas le temps de vérifier si l'autre pendule entr'aperçue au fond du café donne la même heure), et j'ai la chance (cela n'arrive presque jamais) de voir une cliente solitaire debout devant le zinc mais lui tournant le dos, se baisser tout à coup, plonger, on ne sait pourquoi, pour rien, pour mon plaisir, car elle ne ramasse pas son sac posé à ses pieds, et m'offrir en leur nudité défendue, juste au moment où je suis là (ce sont des hasards admirables), dans le corsage ombreux, ses seins frais et blancs, ses seins oblongs, un court instant lourdement et merveilleusement présents mais déjà disparus...

... Et puis il m'a juré, mon bonhomme, que si j'étais très, très gentille, il me ferait voyager. Et que là où il me conduirait, j'aurais des belles robes, et de l'argent et tout. Rien à faire, ou pas grand-chose. Au revoir, Mᵐᵉ Frivole, ou plutôt adieu et dans pas longtemps. J'en ai eu de la chance d'être tombée sur mon bonhomme...

... Au retour de l'expédition périlleuse de la faim,

198

fouillés, découverts et devant abandonner la provende des cinq rutabagas qu'ils serraient contre leurs cœurs, ils lèvent sur ces soldats qui les persécutent un regard plus lointain que le désespoir et plus profond que la révolte, un triste et neutre regard à peine étonné, qui ne juge pas et qui nous juge. Enfants privés d'enfance. Affamés, mais plus encore de tendresse et de justice. Enfants qui ne savent plus jouer. Et le seul toboggan qu'ils auront connu sera celui sur lequel, déjà squelettiques, nous les voyons glisser les uns après les autres dans la fosse commune du ghetto de Varsovie...

... RAPPORT de l'inspecteur Meusnier, le 24 avril 1754. — *Quinson, actrice à l'Opéra-Comique, demeure rue des Boucheries, faubourg Saint-Germain... Environ deux ans, la Quinson résolut de se mettre à travailler à ses frais ; pour cet effet elle vint demeurer rue Saint-André-des-Arts, à l'hôtel de Bretagne, et de là, rue de la Comédie-Française, chez un nommé Gallois. C'est dans ce dernier domicile que faisant des vacations en ville, elle fit la connaissance du Sr Schmitt, allemand, jeune homme de 25 à 26 ans, logé rue Dauphine, à l'hôtel des Flandres, qui lui donne 300 livres par mois...*

... Lettre-rapport de la Lafosse maquerelle, à l'inspecteur Meusnier, 6 may 1754. — *Lundy six de May get fourny a M. Curis, trésorier des menue plaisir et a M. de Mondorge 2 fille qui ont ettez souper ha leur petite maison a cote la petite pologne Me Quinson chanteuse de laupera comique rue des bourchers faubour Saint-Gairmins elle â voit une robe blanche a fleur tout en argans elle a prix avec elle une grosse fille qui loge a coter M. le Comiser ches not je ne sais pas son nom sa sœur a etter aretée par le Guex a ce quelle ma dit July a etter les conduir on la fait rester cette Quinson et la grosse on ettez priér de ce mette tout nue come la main*

ensuite on les â fait passer dans le foutoir tout en glace la
Quison nen â pas été efreiez mais la grosse cherchoit à
cent fuir en crians comme une folle elle a ut si peur
quelle â panser ce trouver malle M. Cury et Mondorge se
sont donner une fason a coter lun de lautre debout la
grosse entre eux deux Mondorge sur le cue et Cury sur le
vante cette fille ettet bégner de saloprit...

... 1756. Projet de remplacement des maisons d'en-
coignures par des fontaines, le carrefour de Buci sur
lequel auraient donné des balcons prenant le nom de
place la Française...

... Poncet de La Grave, avocat au Parlement, 1756. —
De toutes les situations que Paris offre pour former une
Place digne de renfermer dans son enceinte la Statue
équestre du Roi régnant, aucune ne m'a paru plus propre
à en remplir l'objet que le Carrefour de Bussy. Le
majestueux, le beau, le grand, tout concourt dans ce
quartier à déterminer ceux qui auront la direction de
l'ouvrage, à produire un chef-d'œuvre qui surpasse tout
ce que Rome a de magnifique. Il faut d'abord abattre les
deux côtés de la rue Dauphine, jusqu'à la rue Contres-
carpe, celle de Saint-André-des-Arts jusque vis-à-vis
l'ancienne Porte de Bussy, celle de la Comédie-Française
des deux côtés jusques et inclus l'Hôtel des Comédiens,
celle des Mauvais-Garçons, jusques et vis-à-vis l'Ensei-
gne du Griffon d'Or dans la rue de Bussy, enfin, cette
dernière, avec la rue Mazarine, jusqu'à l'alignement de la
rue Contrescarpe dans la rue Dauphine, de façon à
former sur le terrain un cercle parfait, d'une étendue
assez considérable pour en faire une belle place...

... Mon bonhomme doit roupiller, là-haut. Ce sera
bien de voyager tous les deux. En attendant, vivement
qu'il tienne sa promesse et me fasse venir chez lui à
Montmartre où je n'aurai paraît-il rien à faire que

200

l'amour avec lui et, lorsqu'il ne sera pas là, de parler aux clients dans le bar d'un de ses copains. Vivement que je quitte cette rue de l'Ancienne-Comédie et la boutique de la mère Frivole...

... Giovanni-Giacomo Casanova de Seingalt, 1757. Mais aussi, hélas, l'adaptateur Jean Laforgue. — *Le 28 mars, jour du martyre de Damiens, nous nous rendîmes à la place de Grève... Les trois dames, se serrant tant qu'elles purent, se placèrent de leur mieux sur le devant de la fenêtre, se tenant inclinées, en s'appuyant sur leurs bras pour ne pas nous empêcher de voir par-dessus leurs têtes... Nous eûmes la constance de rester quatre heures à cet horrible spectacle... Pendant le supplice de cette victime des jésuites, je fus forcé de détourner la vue et de me boucher les oreilles quand j'entendis ses cris déchirants, n'ayant plus que la moitié de son corps ; mais la Lambertini et la grosse tante ne firent pas le moindre mouvement ; était-ce un effet de la cruauté de leur cœur ? Je dus faire semblant de les croire, lorsqu'elles me dirent que l'horreur que leur inspirait l'attentat de ce monstre les avait empêchées de sentir la pitié que devait nécessairement exciter la vue des tourments inouïs qu'on lui fit souffrir. Le fait est que Tiretta tint la dévote tante singulièrement occupée pendant tout le temps de l'exécution ; et peut-être fut-il la cause que cette vertueuse dame n'osa faire aucun mouvement, ni même détourner sa tête. Se trouvant placé derrière elle, il avait eu la précaution de retrousser sa robe pour ne point y mettre les pieds dessus... J'entendis des froissements pendant deux heures de suite, et trouvant la chose fort plaisante, j'eus la constance de ne point bouger pendant tout le temps. J'admirai en moi-même plus encore le bon appétit que la hardiesse de Tiretta ; mais j'admirai encore davantage la belle résignation de la dévote tante. Quand, à la fin de* cette longue séance, je vis Mme *** se tourner, je me retournai aussi, et fixant Tiretta, je le vis frais, gai et tranquille comme si de rien n'était ; mais la chère tante me parut pensive et plus sérieuse que d'ordinaire... Nous partîmes, et ayant descendu la nièce du pape à sa porte, je la priai de me céder Tiretta pour quelques heures, et je conduisis Mme *** à sa demeure, rue Saint-André-des-Arts, où elle me pria de l'aller voir, le lendemain matin, ayant quelque chose à me communiquer. Je remarquai qu'en nous quittant elle ne salua pas mon ami. Nous allâmes dîner chez Landelle, à l'hôtel de Buci, où l'on faisait excellente chère à six francs par tête ; je pensai que mon fou devait avoir grand besoin de réparer ses forces.

— Qu'as-tu fait derrière Mme *** ? lui dis-je.

— Je suis sûr que tu n'as rien vu, ni personne.

— Ni personne, c'est possible ; mais moi ayant vu le commencement de tes manœuvres, et prévoyant ce qui allait s'ensuivre, je me suis placé de façon que vous ne pussiez être découverts ni de la Lambertini, ni de la jolie nièce. Je devine où tu t'es arrêté et je t'avoue que j'admire ton gros appétit. Mais il paraît que la pauvre victime est courroucée.

— Oh ! mon ami, minauderie de femme surannée. Elle peut bien faire semblant d'être fâchée, mais puisqu'elle s'est tenue parfaitement tranquille pendant deux heures que la séance a duré, je suis persuadé qu'elle est prête à recommencer.

— Au fond, je le crois aussi ; mais son amour-propre peut lui faire croire que tu lui as manqué de respect, et effectivement.

— Du respect, mon ami ? mais ne faut-il pas toujours manquer de respect aux femmes quand on veut en venir là ?

— *Je sais bien mais seuls, tête à tête, ou exposés comme vous l'étiez, c'est bien différent.*

— *Oui, mais l'acte étant consommé à quatre reprises différentes, et sans opposition, ne dois-je pas préjuger d'un consentement parfait ?... Si le jeu n'avait pas été de son goût, elle n'aurait eu qu'à me donner un coup de pied qui m'aurait fait tomber à la renverse.*

— *Mais alors elle aurait découvert la tentative.*

— *Eh bien ! le moindre mouvement ne suffisait-il pas pour la rendre nulle ! mais douce comme un mouton, et se prêtant à merveille, jamais rien de plus aisé.*

— *L'affaire est tout à fait risible...*

Nous nous séparâmes après avoir bien dîné et sablé du sillery délicieux...

... J'ai l'impression d'avoir encore dormi. Il faudrait tout de même se lever. Quand mon affaire sera écrasée, je m'occuperai sérieusement de la môme Rose. Gironde et vicelarde comme elle est, elle fera une bonne gagneuse. Vivement que je quitte cette planque. Il leur en faut du temps pour m'aider à me casser. Mais demain, c'est demain. Rien à faire qu'à attendre l'heure de notre rendez-vous...

... Jugement du Châtelet du 28 avril 1760. — *Emmanuel-Jean de la Coste convaincu d'avoir formé et exécuté un plan de Loterie, sous le titre de* LOTERIE DE LA HAUTE ET LIBRE SEIGNEURIE DE GEMONT *au moyen de quoi il en a imposé au public, de la confiance duquel il a abusé, et dont il a tiré une somme d'argent considérable qu'il s'est appropriée... est condamné à être attaché pendant trois jours consécutifs au carcan, à un poteau qui sera planté à cet effet le premier jour dans la place de Grève, le second dans le carrefour de Bussy, et le troisième sur la place du Palais-Royal, puis flétri d'un fer chaud en formes de lettres* G A L *sur l'épaule droite par l'exécuteur de la haute justice; ce fait, conduit à la chaîne pour y être attaché et servir le roi comme forçat dans ses galères, à perpétuité...*

... Bibliothèque Nationale, 1761. — Dossier concernant une *émeute survenue dans la rue de Bussy au sujet de Marie Paulet condamnée à être pendue pour vol domestique...*

... Moins tolérable peut-être encore que la souffrance de ces enfants, celle des parents, hantés par l'angoisse à la pensée des gosses qui leur ont été arrachés et dont ils ne savent plus rien, pauvre oncle sans nouvelles. Voici une maman dans un camp. On lui a ôté, comme à ses compagnes, tous ses vêtements. Elle serre contre elle son dernier-né, nu lui aussi. O dos émouvant, cou gracile, tête confiante de ce bébé condamné, maternité telle qu'aucun artiste n'en peignit jamais. Ainsi, cette femme nue au milieu de ses camarades nues va-t-elle, avec son enfant dans les bras, à la salle de douche où elle sait (ou peut-être ne sait pas, cela dépendait des camps) que ce n'est point l'eau qui jaillira, mais le gaz, mais la mort...

... Soutiens-gorge portés par des mannequins sans têtes. Guêpière de dentelle noire, longue, d'un seul tenant, gonflée sur le vide, plus suggestive toutefois que si elle était portée puisqu'elle dessine, crée, impose le corps invisible mais présent d'une femme. Ici, dans cette vitrine, la tromperie s'avoue. Je n'en ai pas moins été exalté. Mon trouble et ma déception furent de même nature, comme si j'avais vraiment vu dans cette guêpière de dentelle noire une femme vivante. Et d'abord, je ne suis pas si petit...

... Ah! les grossesses heureuses, les joyeuses naissances de 1939 dans le quartier juif de Varsovie et dans tant d'autres villes européennes que la persécution nazie n'avait pas encore atteintes. Ah! ces mamans comblées, ces oncles qui se réjouissaient dans leurs cœurs. Et moi, moi, j'étais vivant alors, ces mêmes poumons respiraient dont le patient travail me maintient en vie, à près de cinquante ans, clochard luxueux qui fuit de rue en rue son remords, tandis qu'en ce moment même au Kassaï d'autres petites filles, d'autres gosses meurent de faim...

... Archives de mon carrefour, documents si nombreux qu'il a fallu des années de travail à des chercheurs différents, se succédant de génération en génération et de siècle en siècle, pour les recenser, sans qu'aucun ait pu espérer les découvrir tous. L'insuffisance de nos moyens ne doit pas nous tourmenter. C'est moi qui suis défaillant, non le réel foisonnant où prennent rang à leur place chronologique, mais aussi dans la simultanéité du révolu, les faits dont l'ensemble défie le temps et l'annule. Et c'est le présent perpétuel d'une ville changeant et mourant à un rythme plus lent que les citoyens qui d'époque en époque la composent. Moins de trois quarts d'heure à ma fenêtre, où me revoici. Quelques embryons de souvenirs venus à l'esprit plutôt que d'autres. Leur part faite à l'oubli et à mon ignorance. Une humilité, une disponibilité totales. Un sage abandon aux forces qui me dépassent. La certitude que tout est là, sans moi ; que je ne dois pas me croire indispensable à ces résurrections, puisque je suis presque mort déjà et qu'ils sont encore presque vivants les morts dont javais la prétention de faire réapparaître les cœurs sinon les corps ; que mes rares notes prises sur ce quartier de Paris (rares en comparaison de toutes celles qui existent ou qui pourraient exister) s'ajouteront à d'innombrables autres, seules ayant une valeur celles que mes successeurs pourront dire de première main, par exemple, mes souvenirs, bien modestes, sur ce que fut la Libération de Paris, carrefour de Buci, en août 1944. Si j'étais un artiste, ce serait autre chose : une chance me serait donnée de créer du neuf à l'aide de matériaux anciens...

... Ce qui est beau et bon, cela arrive encore assez souvent, c'est de passer devant un magasin au moment où une jeune étalagiste accroupie offre au regard, dans la vitrine où elle est exposée vivante, ses pieds gainés de soie. Spectacle encore plus excitant mais, bien sûr, plus rare, lorsqu'il s'agit d'une boutique comme celle où je vis tout à l'heure cette guêpière de dentelle noire...

... En voilà une façon spectaculaire de repasser. La table n'y résistera pas...

... Les slips de Monsieur. Monsieur en salit un par jour. Jamais il ne penserait à en laver un seul. Ce serait pourtant vite fait. Il lui suffirait d'en prendre l'habitude avant de se coucher. Non, bien sûr, la petite Lise est là pour ça. Pauvre chou, les hommes ça n'est pas fait pour la lessive, ni pour la tendresse...

... Quelques notes, oui. Toutes ces références, parfois inventoriées, le plus souvent dispersées et qu'il faut patiemment réunir, contrôler, enregistrer, elles n'ont jamais été et ne pourront jamais être entièrement orchestrées. Et pourtant, elle existe virtuellement, cette belle symphonie non jouée et pour toujours inachevée dont je déchiffre quelques passages. Musique qui chante en moi et que (artiste à ma manière) je compose plus que je ne lis. Musique rêvée. Sans plus songer à un inconcevable recensement ou à une mise en ordre moins possible encore (tel l'homme si riche qu'il ne peut en un seul regard intérieur couvrir l'ensemble de sa fortune), je sens en moi et autour de moi l'invisible mais indubitable présence de mes trésors. Témoignages se suffisant à eux-mêmes, criant en silence leurs secrets, sans que personne n'ait à intervenir pour les faire réentendre puisqu'ils reposent dans les dossiers et dans les livres sans nombre où il suffit de ce petit mot magique, écrit ou imprimé, *Bussy, Buci,* pour que se fasse virtuellement, mais de façon mécanique, sûre et précise, la ventilation puis la coagulation nécessaires, ce qui concerne mon carrefour n'ayant rien de commun, ou presque rien (je ne me le répéterai jamais assez) avec ce qui intéresse le Pont-Neuf ou la cour de Rohan...

... Ainsi pense mon historien, mon passionné, mon maniaque. Ainsi sera justifiée en ce livre, dont la durée romanesque sera si brève et la durée historique si longue, l'insertion de documents bruts, leur reproduction textuelle évitant de faire aussi peu que ce soit ressembler mon essai à cette abomination d'entre les abominations : le roman historique. Il est évident que ce mot de *roman* a trop servi et qu'il importe de toute urgence d'en trouver un autre. J'emploierai de nouveau ma méthode artisanale. Celle du cinéaste que j'aurais pu être si je n'avais préféré à tout la littérature. Je travaillerai à mon habitude sans ordre chronologique, par plans séparés, d'après un découpage préalable, l'essentiel devant une fois encore résider dans le montage minutieux et précis, pièce à pièce...

... La douleur indéfiniment millénaire et toujours recommencée de l'innocence, c'est lorsque des enfants en sont les victimes que nous en mesurons l'horreur. Buchenwald. Varsovie. Hiroshima. Budapest. Sakiet. Je vis encore, moi, je respire encore, alors que je vivais, que je respirais déjà en ces années où mouraient par millions, c'étaient presque encore des enfants, des gosses de vingt ans ; puis, juste le temps de refaire d'autres gosses de vingt ans, cette nouvelle génération de soldats encore, par centaines de milliers ; et par millions des hommes, des femmes, des enfants (des enfants) méthodiquement anéantis. Quelques malaises métaphysiques ; des ondes désagréables mais qui ne tuent pas, ce n'est point payer le prix. J'ai eu trop de chance, seule la mort effacera, parce que ce train, tout de même ce train sous mes yeux, avec des visages d'enfants derrière les minces ouvertures des wagons de marchandises, ce train dans une station française, gardé par des gendarmes français, sous mes yeux de Français, c'est impardonnable...

... Je ne peux plus tolérer le bruit, il est vrai moins hostile, de ce fer. Ni ce silence, pourtant d'une qualité meilleure. Soyons franc : elle s'est calmée. Tout n'est au contraire devenu que trop supportable. J'avais une si belle occasion de sortir en claquant la porte. Allons-y. Il est juste temps. Et puisque ma botticellienne dactylo s'attarde chez son patron...

— ... Je vais faire un tour.

— Tu ne m'embrasses pas ?

... Elle me regarde en souriant, son fer en l'air. Les yeux si tendres, soudain. Trop tard. Tant pis et tant mieux...

— ... Ma chérie.

— Mon coco...

— Ma Lisou...

— Tu ne rentreras pas trop tard ?

— Mais je reste, Lisou, je reste. Arrête un peu de travailler, viens près de moi...

— Encore cinq minutes, mon chéri, et je suis toute à toi...

... La revoilà avec ses parapheurs. Le temps de
mettre ses lettres sous enveloppe, de les cacheter, et
elle s'en ira, ma jolie, ma pure...

... Il n'a pas été trop chinois, pour une fois, je finis
presque à l'heure. Cette lessive, quel ennui. Et le
raccommodage. Et mon petit à qui il faudra lire au
moins deux de ses albums avant qu'il consente à
s'endormir. Ne pas oublier demain matin en arrivant
au bureau de téléphoner aux Entreprises Bourdelin,
comme M. Taconnet vient de me le demander. Je le
note en vitesse, là, bien en vue sur ma machine. Six
heures moins vingt. Dix minutes seulement de retard.
Rien à dire...

... Lise repasse de nouveau, mais avec douceur,
paisiblement. Tout est bien qui finit bien. Seulement,
je ne pourrai la quitter ce soir, je dois renoncer à sortir.
Il est sûrement dans les cinq heures et demie, à moins
qu'elle ne se soit mise en retard, ce qui lui arrive
souvent. Déjà vêtue de son habituel imperméable
écarlate qu'elle met par tous les temps (ce soir, il se
pourrait bien qu'il lui serve), elle range ses petites
affaires, recouvre sa machine à écrire, pose dessus une
feuille de papier sur laquelle elle place une petite boîte
ronde, ferme sa fenêtre dont les reflets la recouvrent de
taches lumineuses qui enrichissent de dessins géomé-
triques le rouge uni de son manteau de pluie. Bientôt
elle ne sera plus là, ma dactylo, que je retrouverai
demain soir à la même place en rentrant de mon
travail. C'est une chance de finir plus tôt qu'elle. Mais
il faut voir aussi à quelle heure je commence le matin.
Le formage plastique, j'aurais tout de même mérité
mieux. Désarticulée puis diluée dans le miroitement
des vitres, la tache rutilante une dernière fois change
de forme puis s'efface dans l'ombre...

... Nue, oui, nue dans ses bras. Un verre tremble sur la toilette. Mais pourquoi ne parlent-ils pas ? Que font-ils ? Comme si je ne le savais pas ! Me lever. Regarder dans la rue. Interrompre l'engourdissement heureux de mon corps. De mon corps qui ne sait pas ce qui lui arrive. Qui est toujours dans le bonheur. On dit que les lits grincent, dans ces cas-là. Non ? non. Et que les femmes crient. Il ne faut pas croire que cela arrive comme cela la première fois avec n'importe qui. Ce serait tout de même trop facile. Trop injuste...

... Guêpière n'était pas le nom exact de cette lingerie d'un seul tenant. Guêpière de dentelle noire. Corselet eût mieux convenu. Corselet de dentelle noire. Ou plus exactement, mais le mot est décevant, trop technique : combiné. Combiné de dentelle noire. Étant donné ma taille...

... Mes ongles dans ma paume. Il m'arrive de me surprendre ainsi, serrant les poings de rage. Jamais, jamais, je ne m'y ferai. Jamais je n'accepterai. PLUS D'ESPOIR. Comment pouvons-nous trouver cette iniquité naturelle, tous tant que nous sommes : d'un côté, ceux qui ont tout, à qui tout est permis ; de l'autre, nous, les damnés de la terre, l'expression est tout de même un peu forte en ce qui me concerne (ajusteur P 3 à 4 N. F. 60 l'heure et n'ayant pas à fournir mes bleus, ça peut encore aller), mais elle est exacte pour bien des copains. L'injustice, c'est la damnation. C'est nous les damnés de la terre, nous qui nous levons à six heures pour qu'à dix on leur serve le petit déjeuner au lit. C'est aussi simple que cela. PLUS D'ESPOIR. Et je me demande pourquoi le Parti a renoncé à le chanter, à le hurler. Enfin, ma journée est finie, l'usine est loin, la maison proche que cette scierie de la rue Mazarine m'annonce, chaque soir à la même heure, au rythme artisanal et paisible de son travail sans cesse interrompu et sans cesse repris. Je vais avoir le temps de bouquiner, d'*apprendre* avant de dîner. Mais il faudrait tout de même que je me décide à acheter des souliers neufs...

... Pourvu que Cricri n'oublie pas mes tomates. Il ne va plus tarder maintenant. C'est long, long ces journées. C'est long, long la vie. Ça n'en finit plus la vieillesse. Si ce n'était pas si cher les cerises...

— J'ai deux clients en main, alors je ne suis pas Napoléon, moi ! Vous permettez ! Une livre et demie. Cent quatre-vingt-huit. Ici, soixante. Soixante et quarante, cent. Combien ? De quoi ? Des tomates ? J'en ai pour cent trente-cinq francs là, et même un peu plus... Mais tu paieras demain, toi. Ah ! mais alors, cette espèce de crâneuse ! Qu'est-ce que j'ai dit là ? Cent trente-cinq. Huit et cinq, treize. Cent trente. Mes belles fraises qui veut mes belles fraises...

... Et dire que je vais trouver cette vieille, là-haut, dans notre minuscule chambre de la rue Saint-André-des-Arts. Pauvre maman Ginette. Si elle ne m'avait pas ! On se marie et voilà ce qu'il vous reste, après cinq ans, femme disparue avec un Chinetoque, pas une nouvelle, rien : la belle-mère. Si vieille. Faisant peu de bruit. Se traînant dehors lorsque j'ai une visite. Mais elle a de plus en plus mal à remonter, la pauvre. Je ne peux pourtant aller toujours au bistrot. Dire qu'il y a tant de pièces vides, dans tant de beaux appartements avec ascenseurs. L'enseigne de la *Parfumerie Mazarine* s'éteignant, s'allumant, s'éteignant, s'allu... Une bonne odeur de frites. Ce magasin de chaussures, c'est ce qu'il me faut. Tiens, des tomates. Maman Ginette m'a justement demandé d'en rapporter...

— ... Un kilo, grand-père, ça suffira.

— Elles sont belles, hein, mes tomates. On siffle, on est joyeux, c'est bien, cela.

— Alors, il paraît qu'on ne veut plus de vous, les marchands des quatre-saisons ?

— Par extinction, qu'ils ont dit qu'ils nous auraient. Ils ne donneront plus de licences. Mais avec moi, mon grand, ils en ont pour un bout de temps, fais-moi confiance. Je me porte bien, moi, je suis solide...

— Touchez du bois, grand-père, touchez du... Merci. Tenez, le compte est juste...

— Merci mon gars. Et la mémée, toujours en...

— Il n'y a pas à se plaindre, mais elle se fait...

— C'est encombrant les vieux, je le... Mais moi, tel que tu me vois, mon grand, je ne suis à la charge de personne... Du reste, ce serait difficile : je n'ai personne...

... Mon fils, mon fils, parti on ne sait où, plus une nouvelle, comme sa femme, au grand, à ce qu'on dit. Des fois qu'ils se seraient envolés ensemble ! Mais non, ça ne concorde pas comme dates et du reste il paraît que c'est avec un Vietnamien...

— Enfin quoi, grand-père, vous ne les gênez pas avec vos petites voitures. Et notre rue Mazarine sans vous, elle sera bien triste.

— Ce n'est pas pour demain, fiston, je t'en fiche mon billet, pas pour demain. Des belles tomates, madame ? Elles ne sont pas chères... Mademoiselle, un petit coup d'œil sur mes belles...

— Allons, je me tire. La journée est morte, hein !

— Pas pour moi, mon gars, pas pour moi ! Mais oui, ma petite dame, mais oui, je suis à vous... Les quatre scaroles à un franc. Un franc les quatre laitues.

— C'est pour moi toute seule...

— Si vous êtes seule, ma petite dame, c'est bien

212

assez comme ça. La solitude, je connais. Cinquante les deux petites, 0 fr. 50, c'est donné... Merci, voilà cinquante balles. On s'y fera jamais à ces nouveaux francs... Eh bien mesdames, allez-y. Ce n'est pas cher. Un petit coup d'œil en passant...

... Vous tous, mes contemporains, petites fourmis de ma fourmilière. Foule dont je ne connais que les visages mais dont les usages aussi sont les miens. Rien ne nous rapproche ? Nous ne nous sommes jamais parlé ? Pourtant nous appartenons à la même ville, à la même vie. Nous parcourons les mêmes heures éphémères, présents en cet endroit de l'espace et du temps, vous, mademoiselle à l'imperméable d'un rouge vif, insolite par ce beau temps, qui venez par hasard de lever les yeux et de me voir, moi à mon balcon...

... Il prend le frais à sa fenêtre, ce vieux bonhomme. Ce n'est pas M. Taconnet qui perdrait ainsi son temps. Son bureau donne sur une cour. Jamais il ne daigne entrer dans la pièce plus bruyante où je tape. J'ai bien toutes mes lettres, au moins. Ce serait du beau si celle à M. Poirée n'était pas postée dès ce soir...

... Oui, je vous connais de vue, petite dactylo qui travaillez quelque part dans le quartier. Lorsque je descends acheter mes paquets de gris, au tabac de la rue Dauphine ou à celui de la rue Saint-André-des-Arts, le soir, vers cette heure-ci, je vous croise souvent et je vous salue amicalement des yeux. Vous vous détournez comme si je vous voulais du mal, alors que je vous regarde gentiment, presque tendrement comme la fille que je n'ai pas eue et qui aurait votre âge. Nous apercevant en ce même carrefour, vous et moi, mademoiselle, en l'an 1012 (était-ce déjà un carrefour ?), ou en 2012 (en sera-ce encore un ?), quelle serait notre connivence, combien profonde notre complicité. Que de souvenirs et de secrets nous aurions en commun...

... Femme vivante, trahie et livrée presque nue à mon regard, en pleine rue, dans sa guêpière de dentelle noire. Les seins légèrement soulevés vus en transparence, le ventre plat et sur les jambes aux bas de soie que je vois, ce n'est pas une illusion, les jarretelles que je ne vois pas, c'est une illusion. Lingerie admirée il y a quelques instants et dont, en vertu d'un télescopage mystérieux, j'ai revêtu cette jeune personne, ce qui était une façon de la dévêtir au passage. Illusion dont l'évidence durant quelques dixièmes de seconde ne m'apparut pas, si bien que la jolie grande fille en léger manteau rouge me fut offerte dans l'intimité de ce sous-vêtement frivole...

... Regard qui m'a vraiment, il y a des occasions où il faut prendre de telles expressions au pied de la lettre, oui, très exactement déshabillée. L'air buté et hagard de ce nabot dégoûte et fait peur. Si seulement M. Taconnet m'avait, au moins une fois, dévisagée comme cela...

... La voilà dehors dans son imperméable de nylon au rouge glorieux, se hâtant, son paquet d'enveloppes serré contre elle. Ne pas signaler son départ à Lise. Il suffit pour aujourd'hui de ma gaffe de tout à l'heure. Bonsoir, ma jolie secrétaire, mon Botticelli, mon cygne, à demain...

... Parachutés tous les deux en un autre siècle, mon petit Chaperon rouge. Nous y retrouvant comme sur une île non pas déserte mais étrangère. Pensées idiotes, telles qu'il en vient à l'esprit vagabond. Absurdités éclairantes puisqu'elles nous révèlent des mystères que nous ne soupçonnions point, par exemple cette frater-

214

nité d'inconnus à inconnus, en n'importe quel carrefour de n'importe quelle cité, n'importe quand...

... Arrêt de la Cour des Monnaies du 27 juillet 1775, *condamnant Jean-Baptiste Chanson, faux-monnayeur, coupable d'avoir fabriqué et distribué des écus de six livres à faire amende honorable au-devant de la porte principale de la Monnaie, et ensuite à être conduit en la place du carrefour de Bussy pour y être pendu et étranglé, jusqu'à ce que mort s'ensuive, à une potence qui pour cet effet sera plantée par l'exécuteur de la haute justice...*

... Hardy rapporte dans son journal que Duvaux, marchand-limonadier de la rue Saint-André-des-Arts, convaincu d'assassinat, par arrêt du 9 juin 1780, fut le jour même conduit au carrefour de Bussy pour y être *rompu vif*. Il fut mis à la roue, poussa des cris affreux que l'on entendit dans tout le quartier, puis étranglé. Cette fois, je n'ai plus de tabac. Si pourtant en raclant bien le fond de...

... A peine lisibles ces photos si chères parmi les chers bibelots de ma commode : papa, maman, et ma fille dont je ne sais plus rien. Lucienne le jour de sa première communion. Et le matin de son mariage au bras de Cricri, celle-ci bien nette encore, pas jaunie du tout. Papa, maman. La grand-mère Brangeon. Et derrière, là, je vois mal, c'est presque effacé, ma vue baisse il est vrai, mais elles sont si vieilles ces photos, là le cousin Joseph, Joseph si beau alors, ce baiser un soir au Luxembourg, au printemps 1901, Joseph que j'ai tant aimé, dont je suis seule au monde à garder le souvenir et après moi, plus personne jamais ne saura qu'il a existé et ce cliché si précieux, la seule photo que j'ai de lui sera jetée par Cricri à qui je n'ose pas demander de la conserver. Peut-être la retrouvera-t-on dans la caisse d'un brocanteur, mais qui pourra-t-elle

215

intéresser? Si nous avions pu nous marier. Si. Si. Cette douleur sourde au côté. J'en ai assez de la vieillesse...

... Sujet donné? Je n'avais pas seize ans (je m'en avise seulement en me rappelant soudain telle page d'un journal de cette année lointaine) que, déjà hanté par le passé, je sentais obscurément que ma vocation était de rendre sensible l'actualité du révolu. Il m'aura fallu plus de trente ans pour que je le sache de façon claire : le temps d'apprendre le métier rendant enfin possible, par les moyens d'un art peu à peu conquis, l'œuvre la mieux faite dont je sois capable. Il y a aussi cette affaire Helvétius qui me tracasse...

... Que savons-nous aujourd'hui de Boindin? Voltaire disait d'un de ses pareils : *Il se croit un personnage parce qu'il va chez* PROCOPE. On raconte, j'ignore la source, que c'est à une table de ce café que D'Alembert et Diderot conçurent l'Encyclopédie. A une autre qu'aurait patienté Beaumarchais le mardi 27 avril 1784, tandis que se déroulait sur la scène du proche Odéon, nouvelle salle des Comédiens français, la première et triomphale représentation du *Mariage de Figaro*...

... Comme le plancher est rugueux. Même pas de tapis, à l'exception de cette descente de lit répugnante. Non, pas cette porte, pas cette porte, le plus loin possible de cette porte. La fenêtre. Pourquoi me suis-je levée? Et comment? Je me suis retrouvée debout, loin du lit, entre le rideau et la croisée. Vitre fraîche sur mon front. Du soleil encore, je ne l'aurais jamais cru, du soleil plein la rue de Buci. Avec ces rideaux épais, on ne se rendait plus compte de l'heure. Mais quel salaud, ce Lucien, de faire l'amour dans l'après-midi. A gauche, de l'autre côté de la rue, au coin du carrefour, un enfant immobile, une marchande de journaux et un

216

peu plus loin au milieu de la chaussée, un agent. Leurs voix. Cette fille, cette fille, ne pas l'entendre...

— Pas ça, non, pas ça, je vous en sup...

— De quoi as-tu peur ? Il faut bien que... Tu as des...

— Qu'est-ce que j'ai ? Qu'est-ce que vous dites ? Je vais crier. Je vous jure que je vais...

— Personne ne t'entendra. Ma chérie...

... Tu l'as appelée ta chérie, cette fille. Ta chérie. Et en sachant que j'étais si près. Mais il l'a oublié, il ne sait même plus que j'existe. Qu'invente-t-il encore ? Comme si on pouvait indéfiniment découvrir du nouveau, ce serait trop beau, je les connais, elles sont jolies ses inventions. Nous avons tout essayé, nous deux, depuis le temps. Et tout à l'heure encore, ô terrible douceur, sur ce lit où me revoici étendue...

... Mon Dieu, je suis fichu, je me reconnais, c'est le boulevard Saint-Germain où je suis particulièrement vulnérable comme dans tout endroit familier. Au fond, j'ai toujours su où j'étais puisque j'avais repéré derrière moi la coupole de l'Institut. Mais enfin j'avais des doutes sur les lieux précis. Tandis que maintenant, inutile de feindre plus longtemps et de me donner à moi-même le change pour mieux tromper mes ondes. Une seule solution. Bondir dans le premier autobus qui passera. J'ai peut-être une chance de m'échapper encore, en faisant vite... Mais à quoi bon ? Au fond, ce que je fuis vainement depuis presque vingt années déjà, c'est la honte...

... J'aurais dû acheter mes chaussures avant de prendre ces tomates si embarrassantes. Tant pis. Voyons un peu ? 35 nouveaux francs. Cela fait 3 500. C'est cher, mais ça a l'air bien. Non, je ne l'accepterai jamais, cette séparation entre deux espèces humaines, celle des êtres qui végètent pauvrement, petitement, en

217

ne cessant de travailler que pour dormir, tellement grande est la fatigue. Et ceux qui vivent largement, richement du travail des autres. Un jour proche, camarades, écoutez-moi bien, cela semblera plus incroyable qu'aujourd'hui l'esclavage ou le colonialisme. Soudain réveillés, vous aurez honte. Vous vous demanderez comment vous avez pu être aveuglés à ce point. Mais il sera trop tard. La révolution vous écrasera. C'est aussi simple que cela...

... Portant maladroitement un sac de tomates, un homme regarde la vitrine des chaussures *Roger*. Sifflant l'air suranné des *Femmes fatales,* il paraît à la fois très en colère et très heureux. Il est jeune ? Pas assez pour la marquise qui est devenue difficile. Prenant brusquement sa décision, il entre dans le magasin. Ceinture et baudrier blancs, face à la rue Saint-André-des-Arts, son bâton agité dans la main droite, le bout dirigé vers en bas, telle une sorte de balancier, mon agent blondinet...

— On vous sert, monsieur ?...

... Un homme. Ce sera précis et rapide...

— Ce serait pour les souliers noirs qui sont en vitrine... Je vais vous montrer... Vous permettez.

... L'air de la rue, ça fait du bien cette bouffée non pas fraîche, ni pure mais qui change tout de même de l'atmosphère confinée du magasin. Un vieux monsieur en guêtres blanches. L'agent du carrefour, le dos à la rue de Buci, les deux bras le long de son corps, puisque, pour le moment, aucune voiture ne vient par la rue Saint-André-des-Arts et qu'il peut se contenter de laisser passer celles de la rue de l'Ancienne-Comédie. Quel bruit, tout de même, et quelle puanteur. Ah ! celles-là, bon, ce n'est pas si mal choisi pour le prix...

— Parfait, monsieur. Et quelle est votre...

— Du 42.

— Une seconde, je vous prie.

... Qu'on en finisse. Ces magasins sont intolérables.
Gentille petite. Ça non plus ce n'est pas un métier. Au
moins dix cartons ouverts autour de cette maigre
personne à l'air dubitatif perplexe et dégoûté. Elle a un
foulard jaune sur la tête, mais un foulard de prix et
qu'elle porte comme une dame. Tu verras qu'elle finira
par s'en aller sans rien acheter, laissant sur le tapis
derrière elle, papiers de soie et souliers à hauts talons
de toutes sortes...

— Voici, monsieur, vous permettez...

— Je préfère les mettre seul. Merci mademoiselle.
Ils me vont très bien. L'autre. Parfait. Je les garde. Si
vous aviez la gentillesse...

— Mais bien sûr, monsieur.

— Et cela fait ?

— Trente-cinq nouveaux francs. Caisse ! Trente-cinq
francs pour monsieur. Je vous fais votre paquet...

... Voilà comme j'aime les clients. Regard de détresse
de la pauvre Gisèle accroupie devant sa cliente. Cet air
mauvais qu'elles ont lorsqu'elles ne trouvent pas l'article désiré...

— Et celles-ci, mon petit ?

... Son petit ! La distance mise par ce mot en
apparence anodin et plutôt aimable entre cette jeune
fille et elle. Comme si elles n'étaient pas de la même
espèce et ne relevaient pas des mêmes lois, elle, bien
sûr, cette momie, appartenant de droit divin à la race
des seigneurs. Ils me font un peu mal, mais ça se fera...

— ... Merci, madame. Et encore merci, mademoiselle. Au plaisir. Au revoir, messieurs-dames.

— Je ne vous dis pas celles-là, mon petit, voyons, je
vous dis celles-ci...

— Ce genre-là, madame, vous l'avez déjà essayé... Je ne vois vraiment plus...

— Qu'est-ce que vous m'avez montré, comme autre couleur ?

— Bleu foncé.

— Tant pis, que voulez-vous, j'irai voir ailleurs.

— Au revoir, madame, merci, à votre service...

... Et crève, que je ne te revoie plus. C'est encore à moi de dire merci, un comble. Et j'ai si mal, si mal au dos. A mon âge, ce n'est pas normal...

... Ce qu'elles peuvent être désagréables, ces petites vendeuses. On dirait toujours qu'on les dérange...

... Une mince dame enturbannée sort de chez le marchand de chaussures d'en face. Ce reste de tabac tout friable, de la poussière plus que du tabac, coule de ma cigarette déjà vidée. Il serait temps tout de même de me remettre à mon catalogue. Mais avant, je dois descendre acheter deux paquets de gris. J'en profiterai pour faire quelques pas, si l'orage qui menace n'éclate pas. Le ciel s'est recouvert et il fait de plus en plus chaud. Il faut tout de même prendre un peu l'air. Il y a toujours eu dans le quartier beaucoup de boutiques semblables. *1292 : Henri le çavetier. Guillaume, le çavetier. Estienne le çavetier. Jehan le çavetier. Robert, le çavetier.* Rien que dans les alentours immédiats du Pilori, c'est-à-dire ici même. *1692 : Le Poitevin, ruë Mazarine, fait de très beaux et bons souliers à la cavalière qui résistent à l'eau et qu'il vend un demi-louis d'or... Il y a plusieurs Marchands Cordonniers qui vendent des souliers tous faits ruë Dauphine, ruë de Bussy. Entre les fameux Cordonniers pour hommes qui servent un grand nombre de personnes de considération sont Raverdy ruë saint André, Chiroir sur les fossez saint Michel, Malbeau ruë de la Harpe, le Breton ruë Dau-*

220

phine, Poirée ruë des Nonandières, Soyer porte saint Germain, Parent et le Basque ruë de Bussy, Loziers ruë de Seine. Entre les Cordonniers pour femmes qui se font distinguer par la propreté de leurs ouvrages, sont les sieurs Vernon, Gaborry et Couteaux ruë des fossez saint-Germain, Bisbot ruë Dauphine. Il y a au bout de la ruë Dauphine un Marchand Chaussetier qui fait des bas de toiles pour hommes. Chaussures *Roger.* Chaussures *Roger.* Il n'empêche qu'il existe plus de documents sur le XVIIIe siècle — qui est *mon* siècle — que sur tous les précédents réunis. Ces morts sont moins morts que les autres. Ce siècle, presque présent encore, et parfois même moins lointain, semble-t-il, que celui qui lui succède, auquel a succédé le nôtre...

... Louis-Sébastien Mercier, 1788. — *Chambre des Communes. Elle est à l'ancien café de Procope, vis-à-vis l'ancienne Comédie-Francoise ; on l'appelle ainsi par dérision, parce que c'est le lieu où l'on fronde le plus les opérations de la Cour ; ainsi on parodie le sanctuaire de la liberté angloise...*

... Ce lit qui garde encore son odeur, l'odeur de l'amour. Mon corps, loin de souffrir, éprouve les commencements d'un redoutable plaisir. J'aime que tu me bafoues ainsi. J'aime que tu aimes ailleurs, tout près. Si seulement je pouvais t'entendre encore, mon Lulu. Non pas te voir, tu sais. Cette porte de communication, même si elle était sans verrou, je ne l'ouvrirais pas...

... A quoi bon, à quoi bon puisqu'il existe deux phrases clefs...

— Tu comprends, n'étant pas technicien, je ne peux faire des affaires que sur le plan psychologique.

... Ces passants, Frelatoux, mon ami, ils parlent de drôles de choses. Et impossible de suivre une conversation. M. le Principal Piedelièvre m'a dit : « Frelatoux, mon ami, tu te posteras là, devant le n° 8 de la rue de l'Ancienne-Comédie et tu n'en bougeras pas tant que tu n'auras pas repéré Filledieux. » Donc je reste à côté du libraire, devant le n° 8 de la rue de l'Ancienne-Comédie. Deux hommes qui n'ont pas l'air de se connaître sont à leurs balcons depuis plus d'une heure et demie, il y en a qui n'ont vraiment rien à faire. L'un, au quatrième de l'immeuble faisant le coin des rues Dauphine et Mazarine, en sa partie avancée, si étroite qu'il n'y a de place que pour une fenêtre par étage. L'autre, un vieux lui aussi, pas loin de la cinquantaine, au-dessus de moi, un peu sur la droite, deuxième étage. Sont-ils des leurs ? Des nôtres ? Ils ne sont en tout cas pas venus avec nous et M. le Principal ne nous a rien dit à leur sujet. Raton a plus de chance que moi. Sa place est au zinc du bistrot *Le Carrefour*. Et voici deux jeunes gens qui s'arrêtent juste à côté de moi pour regarder, en voilà une drôle d'idée, les livres exposés...

... Il est chic, Fred, il fait ce qu'il peut pour me consoler. Mais à quoi bon ! Nicolette n'est pas là. Nicolette ne sera plus jamais là. Tous ces bouquins, à quoi ça peut servir ? S'il y avait au moins dans un de ces livres le remède à mon mal...

— ... Qu'est-ce que ça fait, les livres ? Ça donne l'intelligence, la malice ?

— Ça instruit toujours, ça dépend de ce que tu lis.

... Et si ces deux-là, des intellectuels à en juger par ce qu'ils disent, étaient des leurs ? Et ce vieux qui essaye d'attirer leur regard, suspect, lui aussi, très suspect. Il a justement une pochette, comme ça se trouve. Mais pas d'insigne. Vigilance, vigilance...

... Des intellectuels, c'est une idée amusante. Je la note. Il est curieux de penser que ces mots à peine lisibles, que je griffonne sur mon carnet, seront un jour imprimés à de nombreux exemplaires dont certains se trouveront chez le libraire d'en bas, ce cher M. Lafaye qui s'est spécialisé, je me demande bien pourquoi, dans Kierkegaard...

... S'il pouvait au moins s'intéresser aux livres, ce serait bon pour lui, ça le distrairait de son chagrin. Tant souffrir pour une fille si ordinaire. J'ai justement lu un roman là-dessus. Et moi, son copain, je ne puis rien pour lui, rien que lui parler, lui parler des heures durant, avant, pendant et après le boulot. Nous allons être en retard si nous nous arrêtons ainsi tout le temps. Qu'est-ce qu'il nous veut, ce vieux beau ? Un peu le genre des clients de notre bar, les vêtements très corrects, légèrement fatigués. Une pochette, un parapluie, des guêtres...

... Ces deux jeunots-là, ça n'a pas la figure à regarder des livres autrement que pour se donner une contenance. J'ai peut-être ma chance. Si vite, ce serait trop beau, car il n'y a même pas trois quarts d'heure que je suis sorti. Et, comme dit Jef, là où il n'y a pas de gêne, il n'y a pas de. Tentacules liquides d'un pipi de chien tout récent. L'odeur empoussiérée, fraîche et fade des trottoirs parisiens du côté de l'ombre. Ballonné, gonflé, bedonnant, c'est dégoûtant ce gros ventre, je ne le supporterai pas un jour de plus. Régime, exercices et tout. Souffrir pour être beau. Une ascèse s'il le faut. Attention, attention, il t'observe, marquise de mon cœur, ce joli môme...

... Oui, tout le monde est gentil pour moi, même les inconnus, même ce vieux monsieur élégant mais aux vêtements un peu usés qui, je ne sais pourquoi, s'est arrêté derrière nous, et me regarde avec douceur tout en agitant nerveusement son parapluie. Immobile

223

dans la vitrine (seul bouge le bras qui tient le parapluie appuyé sur le sol et dont il fait tourner le manche) sa silhouette apparaît, comme le reste de la rue et comme nos propres reflets, faite de livres multicolores. La sueur dégouline dans mon col. Je n'aurais pas dû changer de chemise avant d'arriver au bar...

... Ce n'est même pas de la clientèle de passage. Tout au plus des badauds. De toute manière personne ne me demande jamais les seuls ouvrages que j'aimerais vendre. Les deux admirables essais de Johannes Hohlenberg, ce serait au moins ça, mais il n'y faut pas compter. Inutile d'espérer l'impossible. Je me demande pourquoi mon voisin Carnéjoux m'a dit l'autre jour : « Si vous vous intéressiez à Helvétius au lieu de vous passionner pour Kierkegaard, cela ferait bien mon affaire. Vraiment, monsieur Lafaye, vous ne vous occupez jamais d'Helvétius ? » Voilà ce que m'a demandé Bertrand Carnéjoux, auteur qui se vend plus que Kierkegaard, c'est une honte...

— Allons, Riri, viens. Nous devons aller. On va se faire eng...

— Pas envie de...

— Je sais bien que tu... Mais si tu veux que je te dise, il...

— Je m'en fous. Je me fous de tout.

... Là voilà bien la jeunesse d'aujourd'hui : elle se fout de tout. Même de la police, à ce qu'on dit. Jolie mentalité. Le patron, au volant de sa tire, les regarde venir à lui. Attention au signal possible...

... Pas pour nous ces deux-là non plus qui s'amènent en traînant la jambe. Il commence à faire étouffant dans cette voiture. Mais si on avait le temps de s'amuser, le vieux cochon qui après les avoir observés de loin les a rejoints devant la librairie et leur a

224

emboîté à distance le pas, ce serait un bon petit gibier, histoire de rigoler un peu, si on n'avait rien d'autre à faire qu'à surveiller les tasses. L'air bourgeois, mais peu fortuné. Un parapluie, des guêtres blanches. Ne doit pas avoir de protections dans la maison...

... Tiens, M. Zerbanian est en chasse dans le quartier. Je ne l'avais pas vu derrière la vitrine avec ces deux jeunes gens. Un bon client lui, s'il avait plus d'argent, mais de toute façon jamais à cette heure-ci. Le matin, seulement, le matin juste avant déjeuner. Du reste, il se fait sur les mœurs de Sören les idées les plus irrévérencieuses et les plus fausses...

... C'est ici même, carrefour de Buci, que fut installé au début de septembre 1792 le premier bureau d'enrôlements volontaires de Paris. *Procès-Verbal de la Commune, séance du 3 septembre au matin. Les enrôlements se feront dans les sections et sur les théâtres placés actuellement sur les places publiques.* Ici que furent arrêtées les quatre voitures transportant à la prison de l'Abbaye vingt et un ecclésiastiques dont l'égorgement commença les massacres. L'un des seuls rescapés, l'abbé Sicard...

... L'abbé Sicard. Dimanche 2 septembre 1792. — *Qu'on imagine combien le canon d'alarme, la nouvelle de la prise de Verdun et ces discours provocateurs durent exciter le caractère naturellement irascible d'une populace égarée à laquelle on nous dénonçait comme ses plus cruels ennemis. Cette multitude effrénée grossissait de la manière la plus effrayante, à mesure que nous avancions vers l'Abbaye par le Pont-Neuf, la rue Dauphine et le carrefour de Bussy. Nous voulûmes fermer les portières de la voiture ; on nous força de les laisser ouvertes pour avoir le plaisir de nous outrager. Un de mes camarades reçut un coup de sabre sur l'épaule ; un autre fut blessé à*

la joue ; un autre au-dessus du nez. J'occupais une des
places dans le fond ; mes compagnons recevaient les
coups qu'on dirigeait contre moi...

— Monsieur l'Agent, s'il vous plaît, un petit renseignement.

... Profitant d'un répit de la circulation, un de ces
vides soudains et des plus éphémères qui se produisent
on ne sait comment, mes deux petits bonshommes qui
s'étaient enfin résolus à s'éloigner de la vitrine du
libraire (ce bon M. Lafaye, je vous les ai dites, moi, les
vraies raisons des ruptures des fiançailles de votre
Sören) s'engagent brusquement sur la chaussée et
traversent, très vite, eux qui semblaient peu pressés.
Heureusement que l'agent ne nous voit pas prendre
tous les trois le carrefour en biais, hors des passages
cloutés. Il donne un renseignement à une sorte de
squelette sans âge coiffé d'un foulard jaune, pas une
femme du peuple, une dame plutôt élégante...

— Vous remontez la rue de l'Ancienne-Comédie,
celle-ci, vous voyez. Traversez le boulevard Saint-
Germain, juste en face, là-bas, et, de l'autre côté du
carrefour de l'Odéon, vous trouvez la rue de Condé.
Vous me suivez ?

... L'air bien poli, joli garçon en plus, ce qui ne gâte
rien, cet amour de petit flic. Un ange, avec sa jolie
moustache blonde bien épaisse. Et ces bâtons blancs,
ce que ça peut être seyant. Mais attention de ne pas
perdre mes deux lascars. Oh ! il est bien joli ce petit
ouvrier à ce zinc...

— Mais par la rue de l'Odéon, ça serait aussi court,
non ?

— Ça dépend du numéro auquel...

— Merci, monsieur l'agent. Au revoir, monsieur
l'agent...

226

— A votre service, madame...

... En voilà une cinglée. Me demander un chemin qu'elle connaît. Ilot de chaleur méphitique d'où je ne puis sortir. Enfin, je suis payé pour. Un nouveau flot de voitures arrive par la rue de l'Ancienne-Comédie, la rue Saint-André-des-Arts restant dégagée, à l'exception de cette Ferrari rouge qui s'impatiente. Son clignotant indique qu'elle va tourner rue Dauphine. Un air de radio me parvient entre les coups d'accélérateur. Le feu du boulevard Saint-Germain est au vert. Encore une heure dix-huit minutes à attendre avant d'être relevé. Le soleil est revenu. A cette heure, je le reçois en plein sur la nuque par la rue de Buci, une malchance. Il y a de l'ombre à trois pas, mais non, il faut que je reste là. Quand donc se décideront-ils à nous faire des tenues d'été ? Si seulement on touchait un casque de toile au lieu de ce képi. Heureusement qu'il commence à y avoir pas mal de nuages. Toi, mon bonhomme, tu es bien pressé avec ta belle voiture rouge...

... Alors, monsieur l'agent, j'y va-t-y ou j'y va-t-y-pas ??? VROOP. VROOP. Quoi ??? ROAAR ! PFFT. Ooooooooh ! C'est long...

... Allons bon, revoici mon emmerdeuse, son foulard canari sur les cheveux, l'air sournois...

— ... Attention, madame, vous voyez bien que...

... Un 58, Porte-de-Vanves-République, prend la rue Dauphine. Dans l'autre direction, encore un 58, service partiel, Châtelet-Porte-de-Vanves, attend rue Maza-rine...

— ... Qu'est-ce qu'il y a pour votre service ?

— Dites-moi, monsieur l'agent, un tout dernier renseignement. Ce petit garçon, là,...

— Oui, eh bien ? Allons, circulez, circulez...

... Ces mouvements avec mon bâton, ça me donne

chaud. La remplaçante de l'habituelle marchande de journaux se farde avec soin, comme si elle n'avait pas déjà assez de rouge. Le 75, Grenelle-Porte-de-Pantin, s'engage dans la rue Dauphine derrière le 58...

— Vous ne croyez pas qu'il est perdu ?

— Mais non, madame, je le connais, il est du quartier.

— On ne sait jamais, vous comprenez. Il a l'air si malheureux...

... Trahi, dupé une fois de plus. J'étais déjà saisi de vertige. Mais avant d'admirer les seins, vus d'en dessous, car elle est grande, la bougresse, j'aurais dû vérifier le visage : celui d'une vieille femme coiffée de jaune. Et très maigre, avec cela très maigre, un comble...

... Au fond, j'aurais peut-être dû les prendre, ces escarpins bordeaux avec ce petit laçage. Ils seraient bien allés avec mon sac de voyage Hermès. Aucun cœur tous ces gens. *Petit visage errant d'enfant inconsolable.* Supervielle, ils ne connaissent pas. Je pense toujours à lui dans ce quartier où je venais souvent, pendant l'Occupation, voir Robert Desnos qui habitait rue Mazarine, le pauvre. C'est là, qu'on l'a arrêté, comme c'est à quelques minutes d'ici, rue des Grands-Augustins, que Léon-Paul Fargue a eu son attaque. La première fois, lorsqu'il arriva au cher Léon-Paul qui s'était baissé un peu trop longuement sous une table de chez Lipp, *quelque chose* qu'il ne comprit pas, Picasso lui dit : *Ton visage n'est plus dans le calque...*

> *... Tous les siècles français*
> *Si bien pris dans la pierre*
> *Vont-ils pas nous quitter*
> *Dans leur grande colère ?...*

... C'est beau, Supervielle. Mes poèmes à moi, on les ignore. Même ce libraire ne doit pas les avoir en

228

magasin. Mieux vaut ne point vérifier. Il est préférable d'aller une fois de plus prendre directement des nouvelles au *Mercure de France*. La rue de Condé, si je connais ! Mais je voulais un prétexte pour être rassurée au sujet de ce gosse. Petits escarpins avec un beau laçage. Un reste d'humidité dans le caniveau. Fillette portant un pain rompu sous le bras. Jolie image pour un poème. Fragment sali de lettre déchirée sur l'asphalte gris. Envie de le ramasser et de le lire. *Il y a peut-être là un secret.* Cette pâtisserie révélée quelques dixièmes de seconde dans l'éclairage de l'enfance. Comment exprimer cela en vers aussi simples et péremptoires que cette vision ? L'inscription en lettres blanches sur la vitrine. Gâteaux multicolores, vernissés, glacés. Si proches et pourtant inaccessibles. Mon Dieu, tant pis pour mon foie, *c'est ma dernière faiblesse* (et au moins, moi, je n'ai pas à me préoccuper de ma ligne), j'entre et je me paye un éclair au chocolat. Non par gourmandise. Par fidélité à la petite fille que je fus à Bordeaux et qui, après être allée chercher le pain, en grignotait elle aussi sournoisement, délicieusement, au retour, le bout craquant et doré...

... Un jus de tomate ? Et pourquoi pas de la limonade ? Mais ce garçon avait l'air si désagréable et tellement sûr de lui, je n'ai rien osé dire. D'autant plus que j'ai toujours un peu honte lorsque je commande mon Pernod. Ce que je peux avoir le goût peuple, moi, une femme si chic. Thierry Muguet, lui, boit du scotch, comme tout le monde. Mais j'ai eu beau me forcer, je n'ai jamais pu m'y faire. Beaucoup de bruit pour rien. Il est sûr maintenant qu'il a voulu lui faire peur en annonçant son divorce à la presse avant même de l'avertir, elle. A la réunion de conciliation devant le juge, dans quelques semaines, ils apparaîtront heureux comme des jeunes mariés. Allons, je rentre. Gaston doit commencer à s'impatienter...

... Ils me font mal ces souliers, mais je m'y habituerai. O jolie femme inabordable, dans cet univers interdit que nous pouvons seulement regarder de loin, en en demeurant à jamais exclus. Beau léopard que je n'aurai jamais le droit de dompter. Petit fauve n'acceptant l'approche que des carnassiers de son espèce. Je n'appartiens pas à son univers. C'est aussi simple que cela. Elle ne me voit même pas. Tiens, la mémaigre de tout à l'heure, celle qui faisait sortir pour rien tous les cartons de chaussures du magasin. Elle s'envoie des gâteaux, la mère Gandhi. Elle s'empiffre, comme si elle espérait grossir un peu...

... Alors, monsieur l'agent, on se décide ? Sortant d'un café, passant devant ma voiture et marquant un bref temps d'arrêt, cette femme si quelconque dans sa robe simili-panthère, comme elles en portent toutes à l'imitation de la Muguet, HOUMFF ! ! ces idiotes. Comme dit Tintin : *Te voilà, espèce de bulldozer à réaction, je vais te transformer en descente de lit !* C'est à mourir de rire, dans *Chik Bill le Cow-boy !* BEUHEU-HEUHEUU ! Des avantages comme on dit, mais qui ajoutent à sa vulgarité. Est-elle vulgaire, commune ou ordinaire ? Commune, c'est cela. Commune. Elle me regarde au passage, admirant ma voiture. Quoi ? TRIIIT. Ça y est. AHHAHA ! Il a sifflé, adieu les copains, ZOOF. WROOP. ROAW. WROOOOH. Mon auto ne peut, hélas, donner sa mesure en démarrant en fusée sous son nez, c'est ça qui serait bien. *Le Circuit de la peur :* WROOAPP. VROOP. ROOAAR. Tout pareil : WROUAR. VROOM. Mais il me faut tourner et m'engager dans cette rue encombrée. Ah ! le bruit soyeux de ma Ferrari sur la route, iiiiiiiiii, vzzzzzz. Mais à Paris, je dois sans cesse la retenir, l'empêcher de bondir, alors que j'aimerais tellement la suivre dans son élan exactement contrôlé et faire corps avec elle, au double rythme de son moteur et d'un bon air de jazz...

... Jolie auto. Joli jeune homme. Voilà ce qu'il me faudrait, à la place de Gaston et de sa Peugeot. Contrairement aux postes des concierges du quartier, sa radio de bord diffuse du jazz. Ma jeunesse, tant de beauté, de charme, d'élégance perdus. Et bientôt il sera trop tard. Ma vendeuse de journaux se met avec application du rouge sur les lèvres. Ces vieilles, tout de même, ça n'a pas de pudeur. Le petit garçon est toujours là, le nez en l'air. On n'a jamais vu ça un gosse qui reste si longtemps sans bouger...

... De profil au milieu du carrefour, le ventre un peu en avant (taches blanches du ceinturon, de la gaine-revolver, du baudrier et du bâton), l'agent ouvre le chemin à une voiture rouge vrombissante. Les onomatopées des journaux d'enfants, *Tintin* et autres, seule littérature exacte et précise. Car comment exprimer dans un livre le *tftfff* de Pilou, lorsque Rachel ayant fait une bêtise, elle s'écrie, l'air à la fois ennuyée et ravie : « Elle est terrible ?... »

... Helvétius, il ne faudrait pas croire que par amour de Sören je méconnaisse son importance ou alors je ne serais pas un bon libraire. Seulement je ne vois pas en quoi ce précurseur du socialisme scientifique peut intéresser mon client et voisin Carnéjoux. A vrai dire, je ne sais d'Helvétius que ce qu'en affirment les manuels : qu'il ne reconnaît entre l'homme et la brute d'autre différence que celle de certains organes ; qu'il veut prouver par là que l'homme, quoi qu'il pense, qu'il dise ou qu'il fasse, n'est conduit que par l'intérêt personnel. Kierkegaard, c'est tout de même autre chose, et je ne l'ai point préféré à Marx pour m'occuper d'Helvétius...

... Atmosphère viciée par les tuyaux d'échappement dont stagnent les effluves nocifs. Ce qu'elle s'exprime bien la marquise, elle fait mon admiration. Je retiens mon souffle, le temps que s'éloigne l'autobus. La grimace que je n'ai pu éviter au contact de cette rafale de bruit et de puanteur ne doit guère aller à mon genre de beauté. Son verre est vide. Il ne restera plus longtemps à ce zinc à moins que...

... Merde alors, j'en ai marre de mater mon chrono, ça devient drôlement mochard, quelle pestouille ! Bientôt six plombes moins l'quart, tu parles s'il est à la bourre. Qu'est-ce qu'elle branle dehors à me zieuter, cette tante ? Il en a un pétoulet, ce pédoque. Il faut que je rebiberonne, autrement je vais me faire remarquer. Et ma petite santé, alors, ils s'en foutent de ma petite santé...

— ... Remettez-moi ça...

... Pas bavard, le loufiat, j'aime mieux. Je suis pas causant quand je bosse...

... Le voilà ton petit vin rouge mon gars. Ils sont pas bézeff, les clients, aujourd'hui. Si seulement ce vieux qui hésite, dehors, se décidait...

... Il vient de commander une autre consommation. On est là pour un moment nous deux et adieu mes deux gentils. Il me plairait assez avec son air de petit ouvrier bien propre. J'entre dans le bistrot où je reste à le regarder de loin, ce ravissant ? Son reflet dans une glace me le montre de face alors que, appuyé au comptoir, il me tourne le dos. Adieu, oui, adieu mes deux amours. Je ne sais plus où donner de la tête. Du regard. Vieilles crottes sèches et blanchâtres. Elles ont au moins quinze jours. Quelle ville ! Et sur les quais, avec les clochards, c'est encore pire. Fessue, mafflue, mamelue, ça c'est la marquise. Une grosse mémère, la marquise. Marquer le point d'arrêt où je vais vraiment devenir affreux. Un peu d'embonpoint, c'est seyant, si on aime. Mais la bedaine, le bedon, mais ces ballonnements désagréables. Attendez un peu qu'elle maigrisse, la marquise, et que vous la retrouviez comme dans son beau temps...

... Non pas le luxe : la justice. Si les femmes élégantes me font envie (pourquoi pas moi ?), je ne désire aucunement cette Ferrari rouge. Huit millions au moins que ça coûte, une bagnole comme ça. Deux par mois qu'ils en sortent au plus. Non : seulement travailler un peu moins longtemps pour un peu plus d'argent. Ces souliers neufs me font tout de même un peu mal. Ne pas demeurer les seuls à nous lever si tôt, à travailler si tard. Que tous participent à cet inévitable et grandiose travail collectif, afin d'en avoir chacun notre exacte part, que nous puissions en être fiers sans arrière-pensées. Surtout, surtout, que le fruit de notre peine n'aille pas aux oisifs du genre de ce gigolo dont la belle voiture impatiente se fraie un chemin dans la rue Dauphine. Lui, le veinard, il a autant de loisirs qu'il en veut pour lire, s'instruire, se cultiver...

... HELLO BOY ! AAA HHH ! *La foule suit avec angoisse le duel acharné.* VROOOAAAAARR. ROOWAAAAAA. *La Vaillante augmente toujours son avance. Oh ! La* VROOOM. Fouchtra, mille sabords. Hahaha ! Gnxrppumbl. Floutch. Nff. Pom. Tuut. J'en ai de la conversation, quand je suis seul avec moi-même dans ma belle Ferrari. VROOAW. Pas mal, la môme au caniche bien cadrée dans mon rétroviseur...

... Dans sa jolie voiture immobilisée, une jolie fille

enlace son chien et l'embrasse, *par provocation.* Une jolie fille qui sait que je la regarde, une jolie fille qui, elle non plus, ne sera jamais à moi. C'est aussi simple que cela, aussi simple...

... Il est long Cricri. Il va oublier mes tomates. Mort à Verdun, Joseph. Mais déjà il était trop tard, j'étais déjà mariée. La belle barbe de Georges. Lui aussi, il mourra définitivement, totalement le jour de ma mort. Lui aussi il a été tué, tout à la fin, en octobre 18. Elle ne compte plus notre longue douleur. Ça leur paraît naturel aux jeunes cette tuerie. Et la grand-mère Grangeon quand est-elle morte déjà ? 92 ou 93. Je ne sais même plus. Elle était si âgée. Moins que moi aujourd'hui pourtant. Ce n'est pas gai, la vieillesse. Et encore, j'ai Cricri. Je vais lui préparer de bonnes tomates farcies avec le reste de la viande d'hier. Pourvu qu'il ait pensé à m'en rapporter...

Méhée de Latouche, 2 septembre 1792. — *On s'ameute, les cris redoublent : un des prisonniers, sans doute aliéné, échauffé par ces murmures, passe son bras à travers la portière et donne un coup de canne sur la tête d'un des fédérés qui accompagnaient ; celui-ci, furieux, tire son sabre, monte sur le marchepied et le plonge à trois reprises dans le cœur de son agresseur. J'ai vu jaillir le sang à gros bouillons. « Il faut les tuer tous, ce sont des scélérats, des aristocrates », s'écrient les assistants ; tous les fédérés mettent le sabre à la main et égorgent à l'instant trois compagnons de celui qui venait d'être immolé. Cette voiture, qui était la dernière, ne conduisait plus que des cadavres...*

... Autour de l'estrade des enrôlements volontaires, la foule était dense, carrefour de Buci, et particulièrement sensibilisée. Il ne semble donc pas que le premier coup soit venu d'un des fédérés de Marseille et d'Avi-

234

gnon escortant les voitures. Dire que tout cela se déroula ici même, à ce carrefour où me voici descendu me dégourdir un peu les jambes et acheter du tabac avant de me remettre à mon catalogue...

... Ainsi cette devanture surgit-elle un bref instant tout à l'heure dans la lumière transfiguratrice de l'enfance, telle que je voyais alors toutes les pâtisseries. La gourmandise n'avait aucune part à cette exaltation de la réalité. Bien au contraire s'agissait-il d'une purification extrême des volumes et des lignes. Les lettres blanches sur la vitrine avaient un autre sens que celui des spécialités annoncées. Elle ne présentaient même de véritable signification que graphique : la beauté, l'élégance, le relief de leur dessin suffisait à me combler. Et c'est cela que j'ai revu un court moment, avant d'entrer manger cet éclair : une pâtisserie aussi peu ressemblante à une vraie pâtisserie que si elle avait été peinte avec naïveté et précision sur une toile et qui, telle qu'elle m'apparut, si plate, si pimpante, si gaie, avec son air d'opérette, n'en était pas moins plus vraie que la vérité. Ce petit laçage, tout de même, ce petit laçage...

... Tiens, le soleil avait de nouveau disparu sans que je m'en rende compte. Le revoici, illuminant le haut des maisons d'en face, rendant moins obscure ma chambre qui est du côté de l'ombre. Et voilà éclairé à neuf, égayé, le carrefour que je me propose follement de peindre, avec ses dizaines de passants qui s'ignorent et, derrière les trous noirs des croisées, tous ces inconnus invisibles, menant petitement leurs petites vies...

... De même que j'ai vu lors des jours d'août 1944 les habituels pêcheurs à la ligne, le long de la Seine, et des mamans avec leurs enfants dans les squares, des

235

Parisiens étaient allés tranquillement passer le dimanche 2 septembre 1792 à la campagne. Ainsi un jeune homme de seize ans, Philippe Morice, clerc chez Me Denis de Villières, dont l'étude se trouvait à l'angle de la rue des Saints-Pères et la rue de Grenelle, en rentrant avec un ami à son domicile, proche de Saint-Germain-des-Prés, par la place de Grève et le Pont-Neuf, remarque bien quelques mouvements dans le quartier, à l'heure même des massacres, mais...

... *comme ce jour était un jour férié, nous l'attribuâmes à la gaieté un peu turbulente des habitants du faubourg, et nous continuâmes notre route. L'obscurité était déjà profonde lorsque nous arrivâmes au carrefour Bucy. J'étais à peine arrivé à la rue de Seine que je commençai à remarquer une lueur extraordinaire du côté de la rue Sainte-Marguerite...*

... La rue Sainte-Marguerite-Saint-Germain, au n° 10 de laquelle se trouvait la prison de l'Abbaye, commence (ou plutôt commençait) 45-46 rue de Buci pour finir au carrefour Saint-Benoît vers lequel je me dirige. J'ai le choix entre plusieurs bureaux de tabac, l'essentiel est que je marche un peu...

... Éviter le style sketch, à la Gilles Bellecroix : ici, une naissance ; dans la maison d'en face, une agonie ; et une première communion, un mariage, pourquoi pas ; un accordéoniste au carrefour, bien sûr ! Coup de frein brutal du côté de la rue Dauphine. Lorsque j'aurai fermé ma fenêtre du côté de la rue Dauphine. Lorsque j'aurai fermé ma fenêtre pour me mettre au travail et ne plus entendre le bruit de la rue, ma vitre matérialisera la distance séparant le romancier de son univers. Cette recrudescence de la lumière, soudain avivée, aiguë, blessante, annonçait la proximité de nouveaux nuages qui bientôt...

... Depuis des siècles et des siècles, cette même foule n'a cessé de passer ici, dans ces rues, échappées par hasard aux pioches d'Haussmann. La foule, la foule toujours recommencée. Avec les seules relatives interruptions des brefs et partiels répits nocturnes. Foule semblable à elle-même d'un jour à l'autre, d'année en année si peu modifiée. Mais insensiblement, inéluctablement, indéfiniment renouvelée de Philippe le Hardi à Henri IV et de Louis XIII à de Gaulle, devenue de manière toute provisoire telle que je la vois, sans qu'il y ait eu une seule minute solution de continuité, les vivants s'étant avec fidélité relayés pour remplacer les disparus dont personne jamais ne remarqua l'absence, ô départs discrets, les coutumes ayant aussi lentement, aussi totalement changé que les costumes. Ici, depuis des siècles, il y a toujours eu des vivants et il y en aura sans doute pendant des siècles encore. Lorsque je descends me mêler à elle, j'appartiens, moi aussi, dans mon uniforme d'aujourd'hui à cette cohue sans âge. Même aux heures où ils sont tous dans la rue, les gens de mon quartier, comme ils sont peu nombreux. Si je m'ouvre difficilement un passage, c'est dans la foule des morts. Ils me pressent, m'étouffent, m'appellent de toutes parts, moi leur voisin, leur ami et leur frère. Ces morts me consolent de mourir. Je serai bientôt des leurs. C'est tout...

... une lueur extraordinaire du côté de la rue Sainte-Marguerite et à entendre une grande clameur qui semblait partir de cette rue. Je m'approchai d'un groupe de femmes du peuple rassemblées au coin de celle de Bourbon-le-Château....

... Si la rue Sainte-Marguerite et le carrefour Saint-Benoît n'existent plus, la rue Bourbon-le-Château est toujours là, j'y serai dans une minute, le temps de traverser la rue de Seine...

... au coin de celle de Bourbon-le-Château, et je demandai la cause de cette clameur. « Tiens, celui-là, dit l'une d'elles à sa voisine, d'où vient-il donc ? Eh bien, quoi ? Vous ne savez pas qu'on travaille la marchandise aux prisons ? Regardez donc le ruisseau. » Le ruisseau était rouge, il n'y coulait que du sang. Ce sang était celui des malheureux qu'on égorgeait à l'Abbaye. A leurs cris se mêlaient les cris féroces de leurs bourreaux, et la lueur que j'avais entrevue de la rue de Seine était produite par les torches dont s'étaient munis les égorgeurs...

... Sur les façades noirâtres, blancs éclats des vitres où glissent, au rythme lent de mon pas, les mouvants reflets des maisons le long desquelles je marche : clairs miroitements des fenêtres d'en face, rondes courtes cheminées roses trapues, ciel. Impressions simultanées, aiguës, vertigineuses d'éphémère et d'éternité...

— Mon petit Ludovic, que fais-tu là au pied de cette borne des pompiers ? Nous avons bien pensé à toi, tu sais. Ton pauvre papa, nous l'aimions bien... Et nous imaginons ce que tu... Ton grand-père est chez lui ?

— Bon-papa, il sort presque jamais.

— Il a dû être bien remué par ce nouveau... Et ta chère maman, elle est là-bas, bien sûr ?

— Elle n'a pas voulu que j'aille à... C'est pourquoi elle m'a confié à...

— Je comprends, je comprends. Un en..., à ton âge... Allons, au revoir Ludovic... Je... je vais aller faire une petite visite à ton grand-père...

... Celui-là, un peu plus il allait m'embrasser. Je ne me souviens même plus de son nom. Papa mort, comme ça, brusquement, alors qu'il était loin de nous. Qu'est-ce qu'il pouvait faire à Lyon ? Papa. Cette

238

enseigne tour à tour éteinte, allumée, éteinte, allumée, sans cesse, en plein jour. Papa, mon petit papa. OSTOURN. MORI. SALDAMANDO. Mots de passe. Formule magique. SIXIÈME ARR. RUE DE L'ANCIENNE-COMÉDIE. I. Le numéro un. Et après la première fenêtre, cette plaque d'émail blanc avec, écrit en majuscules sur trois lignes : ANCIENNE RUE. DES FOSSÉS. St GERMAIN-DES-PRÉS. Une fenêtre entrebâillée et son blanc reflet carré. La porte de l'HÔTEL. Pas d'autre nom. Simplement : HÔTEL. Au-dessus, sur le badigeon de la maison voisine, celle du magasin de Mme Frivole, une large tache blanche. On dirait l'avant d'un bateau de guerre. Un porte-avions. Papa s'y connaissait en aviation. Il est mort. Je ne le verrai plus jamais. Sauf au ciel. Peut-être. Mais peut-être. OSTOURN, MORI, SALDAMANDO...

... Le Club des Cordeliers fut domicilié pour quelques semaines rue Dauphine en 1791. Le 27 octobre 1792 (je suis sûr d'octobre, de 27, de 1792), elle prit le nom de rue de Thionville par une décision du Conseil général de la Commune. C'est par la rue Dauphine, le carrefour de Buci et la rue de l'Ancienne-Comédie que Charlotte Corday se rendit chez Marat le 13 juillet 1793...

... Cet éclat de bourguignon en plein dans les châsses. Un bref et lointain grincement de freins. J'étais dans la vape encore une fois. Sans avoir rien picté ni pris, c'est un comble. Roupiller, que faire d'autre ? Mais c'est fatigant, à la longue, la dorme. Et ces murs, tous ces murs. Ils sont gonflés, les gars avec leur favouillette. Ça se trouve pas comme ça une pochette. Heureusement que ma souris m'a donné un linge qui fera l'affaire. Drôlette qu'elle est ma greluche. Se faisant bien calecer, ah ça, oui. Et pour la bouffe, pardon, rien à dire. Mais elle cause, elle cause, elle dit des choses. Meringuée, la môme. Une folingue, ça peut être dange-

239

reux. Pourquoi ne pas m'avoir donné ce rencart aujour-
d'hui ? Enfin demain à cinq heures, je me tire et je suis
relativement peinard d'ici là, avec les toits pour filer si
jamais on essaye de forcer la lourde. Il faudrait que
j'aille tirer le rideau, le soleil me gêne...

... ILS SONT PERDUS. Variantes de *Paris-Presse* sur cet
accident d'avion. Pouvoir donner à ces générations
anciennes quelques détails sur les écrits de Méhée de
La Touche mais pas le moindre sur ceux d'Einstein, la
belle affaire. Ne rien savoir, ce qui s'appelle rien, des
progrès de la médecine et de la chirurgie. Sur les
vaccins, peut-être pourrais-je apporter quelques
vagues indications. Mettre sur la voie ces question-
neurs avides. Ils auraient beau me faire subir toutes les
tortures de leur temps et du mien, je ne pourrais
parler. Je ne sais rien, messires, je vous le jure.
L'aviation, bien sûr. Voilà à quoi ça ressemblera un
avion. Seulement je suis incapable de donner, ne
serait-ce que des indications approximatives sur la
construction, le fonctionnement et même l'aspect extérieur d'un moteur. Alors l'énergie atomique, les voyages interplanétaires, vous pensez ! La bicyclette, ah ! je
n'y songeais pas, je vous apprendrai la bicyclette. Et
aussi l'Amérique. Laissez-moi, mes bons messieurs, ne
me faites plus souffrir, je vous ai dit tout ce que je
savais. Obscurcissement brutal de la rue, une couche
épaisse de nuages ayant caché le soleil et, cette fois-ci,
pour un assez long moment semble-t-il. Il commence
vraiment à faire intolérablement chaud. Où en étais-je
dans mon jeu solitaire des suppositions imbéciles ? Le
pétrole ? Que pourrais-je vous apprendre au sujet du
pétrole ? Il me serait tout juste possible de vous fournir
l'idée de la lampe. Dire que notre rue Dauphine, qui
me paraît si étroite, fut longtemps la plus large de

Paris, si bien que M. de Sartines la choisit pour y faire installer les premiers réverbères : lanternes à réflecteurs où l'huile remplaçait la chandelle...

— Mon pauvre monsieur Loubert... Ce nouveau malheur... Je voulais vous dire... Ma femme hélas est souffrante. Elle n'a pu...

— Que voulez-vous... J'avais toujours pensé qu'il ne ferait pas de vieux os... Irène est partie là-bas. A Lyon. Je vous demande un peu ! A Lyon. J'ai hérité provisoirement du gosse... Avec si peu de place... Et pour ainsi dire pas de service... Avec mon chagrin...

— Il a beaucoup souffert ?

— Je ne sais pas. Vous savez comme est Irène... Elle est partie comme une folle, me laissant Ludovic... Enfin, les grands-pères c'est fait pour ça. Avec mon chagrin...

— Cette pauvre Mme Loubert... Un malheur n'arrive jamais seul...

— Après une catastrophe comme celle-là, il n'y a plus d'autre malheur possible. Il y a deux mois que c'est... et il me semble que c'était hier, hier. Cette pauvre Mathilde chérie, il faut que je vous raconte. Nous étions si unis. Presque jusqu'à la fin, nous avons couché ensemble.

... L'égoïsme de ce vieux bonhomme. Ces deux vieillards dans le même lit. Et Ludovic qu'il laisse traîner dehors...

... Déclarations des témoins de l'arrestation de Georges. Palais de justice, Paris, le dix-huit ventôse an douze de la République. — *Nous étions aux environs du carrefour Bussy lorsque nous entendîmes beaucoup de bruit, et annoncer l'arrestation de Georges. Nous nous sommes réunis aux officiers de paix, et les avons accompagnés jusqu'à la préfecture de police où Georges Cadou-*

dal a été conduit. Premier interrogatoire de Georges. — *Que veniez-vous faire à Paris ? — Je venais pour attaquer le premier Consul. — Quels étaient vos moyens pour attaquer le premier Consul ? — J'en avais encore bien peu ; mais je comptais en réunir. — En quel lieu avez-vous été arrêté aujourd'hui à Paris ? — Je ne sais à quel endroit ; je sais seulement qu'on a dit que c'était près de l'Odéon... Et de suite est comparu Jean Brousse, âgé de quarante-deux ans, propriétaire, demeurant rue des Fossés-Saint-Germain-des-Prés, numéro seize. A dit : Je descendais la rue de l'Égalité, pour aller chercher une feuille de papier blanc dont j'avais besoin, lorsque, le dix-huit du présent mois vers les sept heures du soir, j'entendis tirer un coup de pistolet, qui parut sortir d'un cabriolet, puisqu'au même moment j'en entendis un second. Je courus. La personne qui paraissait avoir tiré était déjà saisie par plusieurs autres, et notamment par un commis de buraliste qui criait : — C'est Georges ! Je l'ai saisi par derrière, et aidé à le conduire à la préfecture... Et de suite est comparu le citoyen Jean-Pierre Coquelin, âgé de quarante et un ans, marchand bottier, demeurant rue de Thionville, numéro dix-sept-cent quatre-vingt-quatre. A dit : Le dix-huit ventôse présent mois, entre sept et huit heures du soir, montant la rue de l'Ancienne Comédie française, j'entendis tirer un coup de pistolet. Arrivé presque au bout de ladite rue, j'entendis tirer un second coup, et crier : — Au meurtre ! A l'assassin ! Je vis un particulier tenu par les citoyens Petit et Destavigny, ainsi que par le citoyen Thomas, chapelier, et le commis de buraliste. J'aidai à conduire à la préfecture ce particulier, que j'avais appris être Georges... Est comparu Henri Petit âgé de trente-six ans, officier de paix de la commune de Paris, demeurant rue des Canettes, numéro quatre-cent-soixante-quinze, a dit :*

Aujourd'hui à sept heures du soir, je vis monter dans un cabriolet, étant dans la rue de la Montagne-Sainte-Geneviève, aboutissant à celle du Puits-Certain, deux individus dont l'un me parut Georges. J'ai suivi ce cabriolet jusqu'au bout de la rue du Théâtre-Français, près celle des Quatre-Vents. Le citoyen Buffet, inspecteur, était avec moi, ainsi que plusieurs autres, notamment le citoyen Carriot, aussi inspecteur de police. Buffet s'est jeté à la tête du cheval, et à l'instant un coup de pistolet a été tiré par Georges qui était à la droite. Georges est sauté au bas du cabriolet pour s'évader ; j'ai passé par-dessus le corps de Buffet pour courir après. Georges a tiré un second coup à gauche, dont Carriot a été atteint et grièvement blessé. Ayant sauté sur la personne présente, elle m'a dit : Je suis Georges, ne me fais aucun mal. Georges Cadoudal n'a fait aucune résistance... Et de suite est comparu le citoyen Pierre-François Marmet, âgé de quarante-deux ans, inspecteur de police, demeurant rue des Boucheries-Saint-Germain, l'an douze de la république, le 19 ventôse, minuit et demi. A dit : J'étais en ma qualité à la découverte de Georges ; je me jetais sur sa voiture à gauche, près de la rue des Quatre-Vents. Il tira un coup de pistolet à droite, et tua Buffet, mon camarade...

... Quel habitant de la rue de Thionville, c'est-à-dire de la rue Dauphine, avait des chances d'intervenir, sinon un marchand bottier ! Quant à la rue des Quatre-Vents, la plus souvent nommée avec le carrefour de Buci, dans les procès-verbaux de cette affaire, c'est celle du *Bocal aux Grands-Hommes* où, à peu près à la même époque, Balzac a fait vivre Desplein misérablement puis Horace Bianchon et d'Arthez. Mais, là, je sort absurdement, impardonnablement de mon domaine. Je n'ai pas d'excuses, sauf que tout se tient à

Paris et que Paris me tient. N'ai-je vraiment pas d'excuses ? Je crois même avoir des raisons...

... *Soit, dit d'Arthez. Je demeure rue des Quatre-Vents, dans une maison où l'un des hommes les plus illustres, un des plus beaux génies de notre temps, un phénomène dans la science, Desplein, le plus grand chirurgien connu, souffrit son premier martyre en se débattant avec les premières difficultés de la vie et de la gloire à Paris... Il était alors neuf heures. Lucien imita l'action secrète de son futur ami en lui offrant à dîner chez Edon où il dépensa douze francs... Dans le désert de Paris, Lucien trouva donc une oasis rue des Quatre-Vents...*

... Édon, ou Hédon était un restaurant situé 18, rue des Fossés-Saint-Germain-des-Prés, en face du *Procope*. Ce *Procope* dont Zoppi avait pris la direction. Desplein, évoquant lui-même sa difficile jeunesse, disait : « Je ne buvais que de l'eau, j'avais le plus grand respect pour les cafés. Zoppi m'apparaissait comme une terre promise où les Lucullus du pays latin avaient seuls droit de présence. — Pourrais-je jamais, me disais-je parfois, y prendre une tasse de café à la crème, y jouer une partie de dominos ? Enfin, je portais dans mes travaux la rage que m'inspirait la misère... »

... ALMANACH DES PLAISIRS DE PARIS. — *Au bout de trois ou quatre séances, les vieux habitués de Zoppi vous ont appris combien de pas et de gestes faisait Lekain avant de commencer son monologue, à quelle époque M*me *la Chassaigne s'est retirée du théâtre, à quel âge M*lle *Raucourt a débuté dans le monde...*

... C'est rue Mazarine, au 28, que Champollion découvrit le secret des hiéroglyphes, un matin de septembre 1822. En allant annoncer à son frère la grande nouvelle, il tomba en léthargie au milieu de la rue, de la rue Mazarine bien sûr, et resta cinq jours

244

dans le coma. J'ai l'angoissante impression d'oublier pour la rue Mazarine le principal. Le collège des Quatre-Nations ? De la Champmeslé à Marcelin Berthelot, elle eut bien des habitants illustres, mais ce n'est pas suffisant, il y a autre chose, quoi ? Quels trous, quels manques, comment supporter cela. C'est le besoin de tabac, sûrement. Mais il n'est pas mauvais, de temps à autre, d'arrêter un peu de fumer. Au même numéro de la rue des Fossés-Saint-Germain-des-Prés, devenue rue de l'Ancienne-Comédie par une décision ministérielle du 21 mai 1834 signée Adolphe Thiers, le successeur d'Édon fut Pinson. Il conserva les prix modérés et la bonne réputation de ce restaurant, où, sous Louis-Philippe, d'autres personnages de Balzac, ceux des *Petits-Bourgeois*...

... Quant aux projets que ces deux hommes firent devant un feu de cotrets, l'un enveloppé de la couverture de son hôtesse, l'autre de son infamie, il est inutile de les rapporter. Le lendemain, Cérizet, qui dans la matinée avait rencontré Dutocq, apportait un pantalon, un gilet, un habit, un chapeau, des bottes, achetés au Temple, et il emmena Théodose pour lui donner à dîner. Le Provençal mangea, chez Pinson, rue de l'Ancienne-Comédie la moitié d'un dîner qui coûta quarante-sept francs...

... Goethe à Eckermann, jeudi 3 mai 1827. — Maintenant, imaginez une ville comme Paris, où les meilleurs cerveaux d'un grand royaume sont réunis sur un seul point et s'instruisent et s'exaltent réciproquement par un contact, une lutte, une émulation de tous les jours ; où l'on a constamment sous les yeux ce qu'il y a de plus remarquable dans tous les domaines de la nature et de l'art ; songez à cette cité universelle, où chaque rue aboutissant à un pont ou à une place évoque un grand

*souvenir du passé; où chaque coin de rue a vu se
dérouler un fragment d'histoire...*

... Comme un poiscaille réapparaissant et replongeant au sommet des vagues, je passe de la demi-veille au demi-sommeil. Jetant un petit coup de châsse sur ma piaule, puis...

... Soleil, brûlant mes épaules, mon ventre, mes jambes. Notre chambre de la rue Mazarine. Les pigeons juste au-dessus de notre tête. C'est le moment où d'habitude nous rentrons tous les deux du travail, nous retrouvant enfin, faisant enfin l'amour. Si nous étions mariés, nous aurions pu prendre, comme tout le monde, vos vacances ensemble. Mais cette année, ça ne s'est pas arrangé, il a fallu que je parte en juin...

... C'est bien, la journée continue, on rentre tôt. Mais sans elle, je n'ai envie de rien. Lui écrire. Dormir. Penser à elle comme elle pense à moi. Que fait-elle, seule, au Trayas, toute la journée, toute la nuit ? Toutes ces nuits, toutes ces journées. Un des gars accrochés à notre façade récemment ravalée et qui repeignent les volets (moi je n'ai même pas de rideaux à mon vasistas) chante la rue de notre amour. Il entre par l'étroite fenêtre, il éclaire la photo où elle me sourit, le soleil encore haut de cinq heures quarante-cinq...

> *C'est la rue de notre amour,*
> *C'est la rue de...*

— Mais oui, mon gars, on le sait. Tu l'as déjà dit que c'est la rue de tes... Change un peu de disque.

— Tu ne crois pas si bien dire : c'était un disque que nous entendions à dix pas de là où nous sommes, en bas, à droite, en 42. Elle était chouette, si tu savais, la môme qui me cachait. Ça m'a fait tout drôle de la revoir cette rue Mazarine...

— Cause toujours, pendant ce temps-là au moins tu

ne me casses pas les oreilles. Mais voilà qu'elle recommence, cette fichue scierie...

— *C'est la rue de notre amour, c'est...* Dis donc, j'avais raison, on va en manquer...

— Je te répète que non. Dans cinq minutes, c'est marre, on se tire. Tu me les scies menu avec ta chanson.

... Ce goût tiède et salé de ma peau, sous mes lèvres. Les pigeons sur notre toit. Le clapotis de l'eau, le long de ce radeau. Cette scierie, juste derrière chez nous. Les cris des enfants jouant au ballon sur la plage. Le 58 ébranlant notre plancher. Ce radeau qui bouge doucement sous moi. Et, si près, ce grand type nu, encore ruisselant, qui me regarde, nue et brûlante. Sûr que, d'une seconde à l'autre, il va me parler. Je ne l'avais pas encore remarqué ce beau gars...

... Lorsqu'elle est là, j'ai parfois envie d'être seul, de sortir sans elle, de voir des filles. Mais quand elle est ainsi loin de moi, je me sens moins libre encore. Parce que ce serait vraiment trop facile, trop moche. Qu'elle ne mérite pas cela, ma Simone. Qu'elle est une fille trop bien pour être ridiculisée, bafouée, trahie, même si elle l'ignore, justement parce qu'elle l'ignore. La petite scierie qui est dans notre cour vient de reprendre sa chanson campagnarde. De sa belle voix, le peintre invisible chante maintenant un vieil air d'Édith Piaf...

    ... *C'est lui qu'mon cœur a choisi,*
    Et quand je m'serre contre lui,
    J'sens mon cœur qui fout le camp,
    C'est bon, c'est épatant...

— J'en connais un qui va se tirer et sans regret. Ce dernier bout de persiennes et...

— Dis-moi, c'est là qu'ils crèchent ?

— Qui donc ?

247

— Les académiciens, là-bas, sous cette espèce de dôme.

— Ils y crèchent pas, Ils y bossent.

— Ah. Et qu'est-ce qu'ils fichent, là-dedans ?

— Le *Petit Larousse,* mon cher. Ils écrivent le *Petit Larousse.*

— Tu parles d'un boulot. *C'est lui qu'mon cœur a choisi...*

... Si belle, elle était cette fille, si généreuse et si simple. Mais personne peut comprendre, personne. J'avais souvent voulu y revenir, rue Mazarine. Mais j'osais pas. Une superstition ou quelque chose comme ça...

... Le voilà qui repense à ses anciennes amours, l'ami. Ne le dérangeons pas. Quelques derniers coups de pinceau et...

... Je n'ai pas la force de m'arracher pour plonger et regagner la plage. De toute façon, il me suivrait, on ne s'en débarrasse pas comme cela lorsqu'on leur plaît aux garçons, faut pas croire. Poitrine mince, bras grêles de mon Gilbert. A cette heure, son travail au garage est fini, il doit se changer rue Mazarine avant de sortir prendre un peu de bon temps, je le lui ai permis, à condition, bien sûr, qu'il n'en profite pas trop...

... J'écris ma lettre quotidienne à Simone, je me fais deux œufs sur le plat et je me couche. Non, ce sera encore trop tôt. Il faudrait aller au cinéma. Mais ça coûte cher le cinéma tous les soirs et ça ne m'amuse même pas. Sauf Gisou, mais je les ai tous vus ses films. Il paraît qu'elle flirte avec Nico Nica. Il y a de ces filles, non tout de même !

... Ça y est. Contact. Il s'est doucement approché. C'est à peine si de son bras il effleure le mien, comme par hasard. Il n'en faut pas plus. Nous sommes là, tous

248

les deux, couchés dans la même chaleur du soleil et de notre désir. Trop tard, trop tard, je suis prise, si merveilleusement, si terriblement prise...

... Que fait-elle, en ce moment ? Elle pense à moi, la chérie, elle ne voulait pas me quitter, j'ai dû insister, presque la forcer : après un an d'atelier dans cette arrière-cour elle ne l'a pas volé son air pur, sa mer et son soleil. Lorsque ce sera à mon tour de prendre mes vacances, en septembre, je resterai à Paris pour continuer à la voir chaque soir, chaque nuit, ma Simone.

... Avec Gilbert, il y a longtemps que ce genre d'approches ne m'électrise plus. Délices des premières caresses ébauchées. Mais après, lorsque nous en viendrons aux choses sérieuses, ce sera du pareil au même qu'avec Gilbert. Il m'écrit de bien jolies lettres ce pauvre chéri...

... C'est loin, le Trayas, très loin et pourtant, il me semble qu'elle est là, tout près, ma pauvre chérie. Jamais si présente, en un certain sens, qu'absente. Nous communiquons. Je sens au moment même ce qu'elle sent ; elle n'ignore rien de moi : il faut que je lui écrive, qu'elle sache que je sais, moi aussi, que nous ne sommes jamais vraiment séparés...

— La Croix-du-Sud, c'est parce que tu es nouveau dans ce bled que tu y fais attention. Remarque, moi à Paris, j'aimais bien la Grande Ourse et elle me manque figure-toi, je la regrette. La France, tu connais pas, tu peux pas savoir. Alors comment t'expliquer Paris, mon bistrot de la rue Dauphine par exemple, est-ce qu'il existe encore seulement après tant d'années. Et ce merveilleux carrefour, paisible, silencieux, ce carrefour de... c'est rageant tout de même, j'ai toujours l'impression d'avoir son nom au bout de la langue, mais non, je n'arrive pas à le retrouver...

— Et comme, dans les derniers temps, je ne parvenais presque plus à dormir, près d'elle, elle bougeait beaucoup, vous savez ce que c'est, j'avais fini par me décider à aller coucher dans ce petit lit, ça m'a été dur, mais je m'y étais résolu, vous voyez, non loin d'elle qui était là, dans le nôtre... Ici, vous voyez. Je préfère désormais me tenir dans cette chambre plutôt qu'au salon, il me semble que je suis plus près d'elle. De toute façon, c'est petit ici, si petit. Mais que voulez-vous, cela faisait cinquante-cinq ans que nous y vivions. Mathilde aimait le quartier, elle n'a jamais voulu que nous déménagions et ce n'est pas maintenant qu'elle m'a quitté que...

... Cette traversée de la rue de Seine, quels souvenirs ! Les Allemands la commandaient du Sénat et elle était parfois prise en enfilade. Il fallait passer le plus vite possible, telle une bête qui saute d'un bond une allée forestière. Comme j'étais jeune, alors, trente ans. Lorsqu'une tardive barricade fut élevée, rue de l'Ancienne-Comédie, juste sous mes fenêtres, que je regarde du carrefour où me voici revenu après avoir rebroussé chemin (l'essentiel est de prendre l'air et de gagner un peu de temps avant de refumer, il m'importe peu d'aller ici ou là, il y a des bureaux de tabac partout et je n'avais vraiment rien à faire rue Bourbon-le-Château), je fus de ceux, le 25 août 1944, qui l'édifièrent, le Pont-Neuf n'étant plus menacé ; de ceux aussi qui la défendirent, ou plutôt qui l'auraient défendue si elle avait été attaquée, le Sénat où les Allemands étaient retranchés n'étant pas loin. Quand je regarde ma barricade disparue (car elle est toujours là pour moi, en cet endroit repavé de la rue de l'Ancienne-Comédie, qui de nombreuses années après la Libération en conservait encore la trace sur la chaussée plus claire), je la vois, mais je vois en même temps et aussi bien d'autres barricades élevées non loin d'ici dans la suite des siècles...

— Or donc, plusieurs fois par nuit, elle tombait de son lit, je ne pouvais la relever seul, c'était le, le, la difficulté, elle restait entre son lit et le piano, elle ne s'apercevait de rien, elle ne savait même pas qu'elle était par terre. Un voisin, un homme admirable, M. Germinier, j'aimerais vous le faire connaître, cela vous intéresserait, mais à cette heure-ci il est encore à son travail, ce bon M. Germinier venait à mon secours, il la prenait dans ses bras et la remettait dans son lit, mais il lui fallait, il lui faut partir très tôt le matin, j'avais scrupule à cogner sur le mur trop souvent, car c'est comme cela que je l'appelais, il y a même une marque sur la tenture, c'est bien ennuyeux, voyez. Avec ma canne. Mais où elle est ma canne ? Où l'ai-je encore mise ? Donc le jeudi, j'avais déjà dû réveiller M. Germinier à deux heures du matin, et voilà que Mathilde sur le coup de trois heures retombe devant le piano. Enfin entre le piano et le lit, il n'y a pas beaucoup de place, vous pouvez vous rendre compte vous-même. Je n'osais plus appeler M. Germinier et d'autant que je savais qu'il devait aller à la première messe avant de... C'était donc un vendredi, pas un jeudi, le premier vendredi du mois. M. Germinier est très simple, c'est un homme simple, mais quelqu'un de tout à fait bien, de très pieux. Heureusement il m'avait promis de repasser voir avant de partir si tout allait comme je voulais...

... Et me voici à la fois plus ambitieux et plus modeste qu'aux temps de ma jeunesse finissante, n'ayant pas la prétention de croire que la littérature et ses problèmes sont nés avec les quelques écrivains

251

actuels, dont la neuve exigence aurait tout renouvelé. J'ai lu récemment sur ce sujet dans un livre de Thomas Mann, voyons, ce volume ne doit pas être loin...

— Et alors, en attendant M. Germinier, puisqu'il m'avait promis de repasser, j'ai entouré Mathilde de coussins, je l'ai bien couverte et j'ai attendu. Elle était là — là, entre le piano et le lit — ne se doutant même pas de l'endroit où elle se trouvait. Et je l'entendis qui priait. Elle parlait à haute voix. Elle disait : « Alors, mon Dieu, je vais aller vous trouver ? Le moment est déjà venu de quitter mon cher mari. Je l'accepte, mon Dieu, je l'accepte, puisqu'il le faut. Je vais donc aller auprès de vous, mon Dieu. » Alors, le matin suivant, c'était donc le samedi — était-ce le samedi, voyons, je ne suis plus sûr. C'était peut-être un autre jour...

— Ça ne fait rien, monsieur Loubert, ne vous tracassez pas, ça ne fait rien...

— Mais si, c'est très important. Il ne faut pas mettre avant ce qui était après. Je ne sais plus, moi. Je finis par m'y perdre. En tout cas, Mme Callivet m'a dit, Mme Callivet c'est une voisine, pas celle du palier, celle-là c'est une égoïste, une pas grand-chose, désagréable et tout, non, ma voisine d'au-dessus, une femme étonnante, elle a été passer quelques jours chez sa fille à Lille, autrement je vous aurais présentés, une personne tout à fait comme il faut et telle que l'on n'en fait plus, Mme Callivet m'a dit que je ferais peut-être bien de redormir avec ma pauvre chérie. Elle n'était pas malade, je veux dire : avant cette grippe. Non : un peu fatiguée. Il y avait un petit quelque chose qui ne fonctionnait plus comme il aurait fallu dans son cerveau. Presque rien. Mme Callivet m'a dit que cela lui ferait du bien, que ça la rassurerait de sentir à nouveau ma tiédeur.

252

... Sa tiédeur, à ce vieux...

... Pierre de l'Estoile, Le Jeudy 12 May 1588. — *Toute cette nuit le peuple fut en alarme, & par deux fois en ladite nuit vint le comte de Brissac l'animer & encourager de poursuivre sa pointe, lui tenant le secours des écoliers qu'il avoit fait armer, prêt au carrefour Saint-Séverin, pour le faire marcher quand besoin seroit. Et pour ce que, le jeudi des barricades, toutes les portes de Paris avoient été tenues fermées, fors la porte Saint-Honoré, qui seule avoit été ouverte, le lendemain qui était le vendredy 13 may, les portes Saint-Jacques, Saint-Marceau, la porte de Buci et celle de Saint-Antoine furent ouvertes et gardées par les bourgeois de la Ligue qui n'y voulurent souffrir les gardes des Suisses & soldats françois que le Roy y vouloit envoyer, si bien qu'à ce pauvre Roy ne demeura que la fausse-porte du Louvre, par laquelle il pût se sauver (ce qu'il fit) la nécessité le pressant...*

... Ma chambre, tout en profondeur, paraît encore plus ténébreuse lorsqu'on est ainsi resté longtemps à la fenêtre, dont je me rapproche, ce livre à la main. J'ai noté la page. Voici, c'est superbe. Goethe déclarant que *le commencement et la fin de toute activité littéraire est la reproduction du monde qui m'entoure au moyen du monde qui est en moi* (admirable, définitive formule), *reproduction par laquelle tout* (*tout*, petit mot essentiel), *tout se trouve saisi, mis en rapports, recréé, pétri et reconstruit sous une forme personnelle et originale.* Et Thomas Mann précisant que la vocation de l'écrivain étant d'allier la connaissance à une forme, notre ambition doit être (ceci aussi est capital) *d'atteindre dans la beauté à l'exactitude. Exactitude :* mot clef. (Mais ce ne sont pourtant pas les deux petites phrases qui disent le grand secret.) De Goethe à Thomas Mann,

253

puis aux écrivains d'aujourd'hui, il y a eu, il y a et il y aura autant de nombreux romans que de romanciers nouveaux venus...

... Ils étaient décevants, mes éclairs au chocolat. Décevante est ma pâtisserie, revue en sortant dans la banalité du quotidien. La fraîcheur et la surprise de l'enfance, un très bref instant retrouvées, me l'avaient découverte si belle, isolée du décor d'aujourd'hui sur lequel elle avait l'air dessinée, peinte, sans rien perdre de son relief et de sa vérité malgré la poésie violente de ses couleurs et de ses volumes. Plus présente que la présence. Dans un autre monde qui aurait été le seul réel. Qu'a-t-elle, cette clocharde couverte de fourrures (par cette chaleur !) à me dévisager ainsi ? Elle me fait peur. Je ne vais pas pouvoir l'éviter, elle va me parler, ça y est...

— Salope !

... Une rien du tout, une clocharde. Brutalement fardée de rouge et de blanc à même sa crasse, une vraie mounaque. Elle est folle, elle m'injurie, moi. Elle me dit un gros mot, comme ça, pour rien. Heureusement, elle me dépasse sans tourner la tête. Une salope, moi, un si noble cœur ! N'y plus faire attention, c'est trop bête. Penser à ma pâtisserie, seule sauvée et pour quelques secondes en un univers dont la rédemption devrait être pareillement possible. Une salope ? Dessinée, peinte, comme sur un verre de lanterne magique. Et pourtant lourde, lestée, intensément présente, seule présente et maintenant désenchantée, ma pâtisserie qui sera évoquée dans mon prochain poème de salope. Qu'est-ce qui me prend ? Si moi aussi je m'injurie ! Elle s'est arrêtée devant une vitrine, le dos tourné à la rue, heureusement. Elle regarde des antiquités. Je ne crois pas qu'elle me guette. Salope, c'est trop injuste. Elle m'a oubliée, le cou dans ses fourrures. Fardée à faire peur. Le danger est passé, ma salope. Mais non, attention ! Elle se retourne brusquement à ton passage de salope. Trop tard pour fuir, c'est un déluge d'immon...

— Traînée ! Merdeuse ! Vieille momie ! Saloperie ! Connasse ! Vioque déterrée ! Salope !

... dices. Momie. Elle a dit que j'étais une vieille momie. Mais qu'est-ce que je lui ai fait, à cette femme, moi, une poétesse, rien que des pensées élevées. Une disciple de Supervielle. Habillée si discrètement. Coiffée d'un simple foulard de chez *Lanvin.* Cette idée aussi d'avoir espéré trouver des chaussures convenables dans ce quartier...

... Elle t'emmerde avec ton chiffon jaune, Mme Pâquerette, l'élégante de Buci. Invulnérable, inaccessible sous ses riches fourrures, bien au chaud, au chaud, au chaud...

... Ce terrible visage dans la lumière terrible de la pâtisserie, tout à l'heure. La jeunesse m'est due. Il ne peut se faire, il n'est pas pensable, il n'est point admissible que je vieillisse, moi. Moi ? ce serait un comble. Je suis sûre que la première glace venue me rassurera. Dans cette vitrine du libraire, tout à l'heure, n'étais-je pas jeune et jolie, à peine un peu desséchée ? Presque jeune. Toujours jolie. Et il vaut mieux, à mon âge, être trop maigre que trop grosse...

... Lors des journées de juillet 1830, le carrefour de Buci et ses abords furent transformés en forteresse grâce à un ensemble de barricades dont il existe un plan détaillé au Cabinet des Estampes. Les gardes nationaux de la IIe Légion, qui venaient de s'emparer sans coup férir des postes de l'Abbaye, allèrent se désaltérer dans un bistrot de la rue de Buci avec leurs

255

prisonniers et les deux déserteurs qu'ils avaient délivrés. Offrirent-ils à boire à leurs prisonniers ? Voilà le genre de détail capital que les chroniqueurs oublient presque toujours de rapporter. Quoi qu'il en soit, les défenseurs de ces barricades n'eurent pas à en éprouver l'efficacité, l'occasion de se battre ne leur ayant pas été donnée. J'ai connu cela, au même endroit. Le 26 mars 1831, le choléra fait à Paris ses premières victimes dont l'une habite rue Mazarine. Cinq jours après, il y a déjà des centaines de morts. Quelques semaines plus tard, c'est tout près du carrefour, au 20 de la rue Saint-André-des-Arts, que les *Amis du Peuple* font sauter les scellés mis sur la porte de leur siège social. Trente et un d'entre eux sont arrêtés, prodromes de l'insurrection de juin 1831...

— Et alors j'ai repris ma place dans notre lit, seulement en me mettant du côté du piano, ce piano il n'y a jamais eu de place au salon pour... Il nous aura bien gêné... C'était, depuis toujours, son bord à elle seulement, il fallait éviter que. Mais alors, c'est de l'autre côté, là, qu'elle tombait. Un soir, elle était sur le flanc, me tournant le dos et je lui ai dit : « Comment, Mathilde, tu vas t'endormir et tu ne m'embrasses pas... »

... Je lui ai même dit : « Comment, Mathilde, tu ne me moumounes pas, un mot à nous, si doux, que nous nous sommes dit chaque soir pendant cinquante-cinq ans. Tu vas t'endormir sans me moumouner. Ce serait bien la première fois...

— ... Et elle a dit : « Oh ! si ! » et elle s'est retournée et elle m'a embrassé...

... m'a moumouné...

— ... Comme nous l'avions toujours fait. Moi je trouve que, moi ça m'a considérablement ému la façon

256

dont elle a dit : « Oh ! si ! » Après quoi elle s'est retournée de nouveau et elle s'est endormie. Nous étions toujours aussi heureux, après cinquante-cinq ans de mariage, cinquante-cinq ans dans le même appartement. Nous l'avons vu changer notre rue de Buci ! Croyez-vous que dans les débuts de notre mariage ils ont détruit toutes les maisons d'en face, celles du côté des numéros impairs ? En revanche, sur notre rive, rien que de vieux immeubles. Nous n'avons pas eu de chance, nous aurions pu être beaucoup mieux logés sur l'autre trottoir...

... Cette tête-là, tout de même, c'était la mienne. Je ne remettrai plus jamais ce foulard jaune. Des joues creuses, blafardes ; ces yeux cernés ; cette presque vieille femme : moi. Moi qui suis si jeune. Éluard m'appelait sa jeune amie ; Desnos me nommait son enfant. Étaient-ce mes vers qu'ils aimaient ? Ou ma jeunesse ? Mes vers, voyons. *Ma jeunesse*. Ce visage, mon visage, ce n'est pas possible, ça ne durera pas, ça va s'arranger tôt ou tard, bientôt...

... Et je vois une autre barricade encore, dressée ici même le 22 février 1848 et d'où s'élevèrent les premiers vivats célébrant la République. Comme j'aimerais avoir dans ma collection cette lettre déplaisante de Jules Buisson à Eugène Crépet, une des pièces capitales des archives de mon carrefour. Bel autographe qui vit en moi comme s'il était à moi...

... *En 1848, le 24 février au soir, je rencontrai Baudelaire au carrefour de Buci, au milieu d'une foule qui venait de piller une boutique d'armurier. Il portait un beau fusil à deux coups, luisant et vierge, et une superbe cartouchière de cuir jaune tout aussi immaculée ; je le hélai, il vint à moi, simulant une grande animation : « Je viens de faire le coup de fusil ! » me dit-*

il. Et comme je souriais, regardant son artillerie, tout
brillant neuve : « Pas pour la République, par exem-
ple ! » Il ne me répondait pas, criait beaucoup ; et
toujours son refrain : il fallait faire fusiller le général
Aupick...

... Charles Toubin, plus bienveillant, confirme dans
ses *Souvenirs* qu'à ce même endroit, le même jour, il
trouve *Baudelaire et Barthet armés de fusils de chasse et*
prêts à faire feu derrière une barricade qui ne les couvre
encore que jusqu'à la ceinture. Dans ce quartier, Baudelaire est partout chez lui. Il fréquentait avec
Jeanne Duval un cabaret de la rue Saint-André-des-
Arts...

... Jamais. Ça ne s'arrangera jamais. *Ça ne peut pas*
s'arranger. Tout ne fera au contraire qu'empirer, jusqu'au jour où je serai tout à fait vieille. Vieille, moi ?
Inadmissible. Tout, mais pas ça ; pas moi...

— Et tout a commencé par une petite grippe... Ça
n'a jamais été bien dangereux, une petite grippe,
surtout en cette saison, il n'y avait aucun motif de
s'inquiéter n'est-ce pas ? Le surlendemain, voyons,
était-ce le surlendemain, je ne sais plus, il est possible
que je mette avant ce qui était après, toujours est-il,
oui, c'était un vendredi que... C'était par conséquent le
dimanche qu'il... Donc le mardi...

— Peu importe M. Loubert, ce n'est pas ça qui, peu
importe, je vous assure...

— ... Donc le mardi, elle allait tellement mieux, à
vrai dire elle allait tout à fait bien, j'ai dit : il n'y a
qu'a, il n'y a qu'a, il n'y a pas de raison de ne pas, de ne
pas la lever. On l'a installée dans son fauteuil, devant
la fenêtre. Elle a écouté les enfants qui jouaient dans la
rue, c'était un dimanche matin, il n'y avait pas beaucoup de monde dehors, presque personne à vrai dire.

Mais alors, si c'était un dimanche, j'ai tout mêlé, c'est le vendredi de la semaine d'avant que M. Germinier... En tout cas, c'était un dimanche matin, j'en suis sûr et certain. Donc elle s'est amusée à écouter les enfants jouer dans la rue. Vous permettez que je fume ma pipe ? Ça ne vous gêne pas ? Ça l'a un peu distraite. De notre entresol, vous voyez on est aux premières loges. Tiens, ne serait-ce pas Ludovic ? Qu'est-ce qu'il fait, là, au coin du carrefour...

— Si, c'est lui, c'est votre petit-fils, je l'ai rencontré en venant ici et justement...

— Ah ! bon. Donc des enfants jouaient là, dans la rue de Buci. Elle ne les voyait pas bien, avec ses pauvres yeux, vous pensez, mais elle les entendait. Une petite fille, en apprenant que Mme Loubert allait mieux, tout se sait dans le quartier, en apprenant qu'elle était même levée, est montée lui dire bonjour, elle est montée et Mathilde lui a dit quelques mots gentils, elle était si bonne la pauvre chère, vous la connaissiez assez pour... Ce n'est pas à vous que je vais... Où en étais-je ? Voyons ?...

... C'est encore Toubin qui raconte (tout cela se présente en moi non pas textuellement, avec des mots et en détail, mais globalement, en une sorte de totalité immédiate, aussi précise et plus rapide qu'une citation)...

... *Tenant plus que Chamfleury et moi au succès de ce second numéro du* Salut Public, *Baudelaire revêtit une de ses blouses blanches et ainsi costumé vendit bravement le soir notre production dans la rue Saint-André-des-Arts...*

... Dans la rue Saint-André-des-Arts où, au témoignage de Jules Levallois...

... *quand il avait composé une nouvelle pièce de vers, Baudelaire nous réunissait dans quelque crémerie, à moins que ce ne fût dans quelque modeste café de la rue Dauphine...*

... Cette rue Dauphine et cette rue Saint-André-des-Arts qui sont là, devant moi, *du gris que l'on prend dans ses doigts,* si peu changées en dépit de la circulation et sur lesquelles hésite mon regard, voyant moins ce qui est que ce qui fut. Le patient enfant au chandail vert, *et qu'on roule,* attend toujours, sans bouger, le visage un peu levé, et j'ai observé au passage sa nuque bien tondue. *C'est bon, c'est âcre comme du bois,* certaines de ces maisons du carrefour de Buci étaient là, avec les mêmes balcons, lors des *journées* d'autrefois, *ça vous saoule.* N'en subsisterait que l'emplacement, son décor de pierres et ces coulées de ciel que le mystère demeurerait. Il est bien laid, mon carrefour d'aujourd'hui. On ne juge pas ce que l'on aime. Mais si je le regarde tel qu'il apparaît objectivement, il est bien laid, oui. Déshonoré par plusieurs maisons récentes, avec des magasins aux affiches bariolées (où sont les modestes et nobles enseignes d'autrefois ?) et ces lettres immenses éclairées en plein jour au néon : VÊTEMENTS MICHEL, CRÉDIT GRATUIT. ENTRÉE LIBRE. VESTES ET PANTALONS. CHAUSSURES ROGER...

... Vieille. Elle a dit, dans son affreux argot, que j'étais vieille. Et justement, quelques minutes plus tôt, ces miroirs révélateurs, ces glaces menteuses. Comment mon exaltation aurait-elle pu survivre à cette confrontation de moi-même avec moi ? Cruauté du néon. Du néant. Un jour, comme Mme de Noailles, je serai morte, moi. *Et moi, je serai morte, je serai morte, moi...*

... CHAUSSURES ROGER. VESTES ET PANTALONS, CRÉDIT SANS FRAIS, SANS FORMALITÉ. ENTRÉE LIBRE. PARFUMERIE MAZARINE. Paris change de maisons, comme nous de peau, en restant semblable à ce qu'il fut, à ce que nous fûmes toujours. Événements qui passent, hommes qui trépassent sont les illusoires jalons d'une durée étale. Tel blessé de 1848 demeure là, à côté de celui que j'y vis en 1944, de même que ces prêtres tournés en dérision coexistent à jamais avec la femme rasée, devant moi-même, là, ignoblement bafouée, la seconde que je voyais, car il y en avait eu, la veille, une autre devant le Palais de Justice. L'infirmité d'être empêche seule que nous nous heurtions au coin des rues Dauphine et Saint-André-des-Arts. Ils vivent toujours et nous ne vivons déjà plus. Le 2 septembre 1792 était aussi, était surtout, un grand jour pour la France : l'ennemi approchait, face à la jeune nation rassemblée. La honte et le crime demeuraient inséparables de la gloire et de l'honneur. Lorsqu'ici même, derrière notre barricade inutile, apparurent les premiers tanks de la division Leclerc, quelle joie purificatrice ! La plus violente émotion de ma vie. Ces regards, ces sourires d'amour entre ces garçons et nous. Ils vivaient, alors, comme ils vivaient les morts de mon quartier ! Combien de fois ai-je songé à ces enfants rieurs, debout sur leurs chars, vers lesquels nos mains se tendaient. Certains étaient à la veille de trouver la mort, et déjà dans les proches combats du Bourget, sans oublier ceux qui allaient tomber à Paris le jour même, devant le ministère des Affaires étrangères, par exemple, et que j'avais peut-être vus passer quelques minutes plus tôt. Enfants oubliés, sauf de leurs mères, de leurs pères vieillis et à jamais blessés, comment de telles horreurs sont-elles tolérables, comment ne nous révoltons-nous pas. Me voici presque aussi figé que l'enfant qui me fait pendant, de l'autre côté du carrefour. Je n'ai jamais vu un gosse demeurer si longtemps immobile. Allons, je n'ai pas quitté mon balcon pour rester sans bouger dans la rue...

... Il n'y a que nous deux pour savoir éprouver ce plaisir effrayant. Un pas dans le couloir. Le sien peut-être. Peut-être revient-il. Mais non, ils continuent de parler...

— Maintenant, c'est assez, je t'en sup...

— Tu me tutoies enfin, ce n'est pas trop tôt !

— Vous êtes fâché ?

... Eh bien ! en voilà du nouveau. Je rentre à temps. Impossible de s'absenter, même pour aller boire un verre rue de Seine avec l'ami Saubotte. Que peut faire Ida dans cette chambre, et avec un homme encore, un type qui lui dit des cochonneries. Parfait, j'ai compris. Claire serait là qu'elle en ferait un tintouin et elle aurait raison. Pas pour le gars, elle en serait au contraire trop contente, Claire. Pour la belle chambre aux lilas où Ida n'a pas à aller. Heureusement qu'elle ne peut plus quitter son lit, la vieille. Cette fois Ida passe les bornes, elle se croit tout permis. Qui cela peut-il être ? Qu'est-ce que je fais, je me renseigne auprès du père Fronton ou je...

— Et ce jour-là, le dimanche où la petite fille est montée la voir, elle s'est recouchée à la fin de la matinée et elle a beaucoup dormi. Ma belle-sœur Simone, vous l'avez rencontrée, c'est celle qui habite Viroflay, est venue lui faire une visite. Était-ce ce jour-là où le lendemain ? Oui, je je je crois, je ne suis pas sûr. Ce devait plutôt être le lundi. Un des matins précédents, Simone que je n'avais pas entendue venir, arriva soudain dans le salon où je me trouvais, c'est là que je me tiens, ou plutôt que je me tenais toujours, car maintenant, n'est-ce pas, ça n'a plus d'importance, que je me tenais lorsque je voulais fumer ma pipe. Elle était entrée directement par la porte qui donne sur le couloir. Il faut vous dire que comme je suis un peu dur d'oreille, je n'entends pas toujours la sonnette et que j'avais laissé la porte du palier entrouverte car le docteur devait venir. Donc, elle entra au salon et me demanda, avec inquiétude : « Mais où est Mathilde ? — Elle est là, dans notre chambre, où voulez-vous qu'elle soit. — Eh bien, elle n'y est pas. » Elle y était, bien sûr, où aurait-elle pu être la pauvre chérie ? Elle s'était levée toute seule et s'était installée dans son fauteuil où elle s'était assoupie, juste derrière la porte que Simone avait rabattue sur elle sans la voir...

... Carrefour fatal aux femmes, si on se souvient de la demoiselle Baptiste, de la servante d'Aubert ou de cette Mme Destours que tua le sieur Mauriat. Le 23 décembre 1850 furent assassinées dans la maison portant le n° 1 de la rue Bourbon-le-Château et faisant, si je me souviens bien, le coin de la rue de Buci, deux personnes du sexe dont Mlle Ribault, dessinatrice de mode au *Petit Courrier des dames*. Avant d'expirer, cette demoiselle eut le courage d'écrire sur un paravent avec son index trempé dans son propre sang : « L'assassin, c'est le commis de M. Thi. » Quelques heures plus tard, le criminel, un nommé Laforcade, était arrêté. Je ne me rappelle plus ce qu'il advint de lui...

— Si, je t'assure, il y a quelqu'un derrière la porte...

— Mais, non. Monsieur est sorti, je le connais, il en a pour un moment. Son premier verre de la soirée, vous pensez.

— Chut. Ma femme ?

— Mais non, voyons, puisqu'elle vous a permis.

— Elle m'a... Ça, alors...

— Et puis qu'importe. Monsieur, il ne me fait pas peur.

... Ah ! Monsieur ne te fait pas peur ? Eh bien, tu vas voir ce que tu vas voir. Au moins pour la forme, pour le principe. Tu lui en fais du mal, à ton pauvre Monsieur chéri. Lui qui a déjà tellement de difficultés avec sa vieille femme malade...

... Ad. Perreau, 1860. — *Tandis que M. Coquille, le rédacteur du* MONDE, *lisait ou réfléchissait au café Procope, il pouvait être troublé parfois, dans ses méditations, par la voix accentuée d'un jeune homme qui entrait, continuant fougueusement une conversation entamée à la table d'une pension voisine, parlant de tout, discutant tout, répliquant à tout avec une volubilité, un feu, une énergie vibrante qui entraînait, échauffait, remuait les plus indifférents autour de lui. On l'appelait Gambetta, sans soupçonner toute la portée que ce nom devait avoir dans un avenir prochain... La bohème littéraire, assez nombreuse alors, montait de temps à autre, les jours d'opulence ou de crédit audacieux, l'escalier de Procope et s'attablait dans la petite salle du premier étage. Vallès, les cheveux et la barbe incultes, la lèvre inférieure épaisse d'amertume, présidait ce cercle de réfractaires, comme il les a appelés avec sa voix d'orgue et sa mine de bouledogue hargneux...*

— Et donc, ce lundi-là, où était-ce encore le dimanche ? Simone est revenue. Mathilde dormait. Ou plutôt, non, avant ma belle-sœur, Mme Collinet, la voisine dont je vous ai parlé, une femme extraordinaire, qui a été déportée et tout et tout, après avoir fait de la résistance, vous voyez ce que je veux dire, de la résistance, pas rue de Buci, non, tout de même pas, mais pas loin, rue Garancière, au 1 ou au 1 *bis*, juste derrière Saint-Sulpice, le plus fort c'est qu'elle était, c'est qu'elle est toujours Juive, la pauvre femme, mais avec son nom, on ne l'a jamais su, enfin quelqu'un de tout à fait bien. Mme Collinet était donc venue, elle passait souvent comme ça, pour voir si je n'avais besoin de rien. Elle a regardé Mathilde, avec un drôle d'air, et elle m'a dit : « Mais, monsieur Loubert, votre femme est dans le coma. » Je crois pour ma part, je crois pour ma part, c'est cela même, c'est cela même qui a peut-être trompé Mme Collinet, que Mathilde était seulement évanouie. Pas dans le coma : évanouie, ce n'est pas la même chose, non, ce n'est pas du tout la même chose. « Dans le coma ? Je ne sais pas ce que vous entendez par là, Mme Collinet. » Alors elle me dit, elle me dit, mais il faut d'abord que je vous raconte...

... A la hauteur de l'ancienne porte de Buci, me voici au coin de la rue Mazet, autrefois rue de la Basoche, puis rue de la Contrescarpe-Dauphine (et aussi, en un temps, rue de la Contrescarpe-Saint-André). La tête de lignes des diligences pour Tours, Bordeaux, La Rochelle s'y trouvait sous Louis XIV et pendant tout le XVIIIe siècle. Dans les années 1850-1860, il y avait ici le Café-Concert des *Folies-Dauphine*, dit pour la première fois *Le Beuglant*, appellation qui connut la fortune...

... Pierre Véron, 1862. — *Les cafés chantant d'hiver ne différant des autres que parce qu'aux chances d'intoxication, ils unissent les risques d'asphyxie, je fuis. Mais il est un établissement qui mérite une mention spéciale, c'est* Le Bleuglant. *Le ténor qui n'a jamais percé... que ses coudes, soupire le* Lac *de Niédermeyer. Les détonations d'un tir au pistolet, et les roulements des billes d'un billard anglais, — on en a mis partout ! — mouvementent cet accompagnement en vrai-bourdon d'une façon non moins imprévue que désagréable.*

LE TÉNOR *(la main sur le cœur, le regard levé sur le ciel de zinc)* :

Un soir, t'en souviens-tu, nous voguions en silence...

Une jeune Grâce qui dans l'intimité se plaît à répondre au sobriquet de Canichette, s'adressant au blond cendré qui l'abreuve de chopes :

— *Polyphène, passe-moi le maryland que j'en roule une...*

... Vivement un bureau de tabac que je puisse fumer. Il y en a un au coin des rues Saint-André-des-Arts et des Grands-Augustins. Esprit évaporé et dont il ne reste rien dans ce *Paris s'amuse* de Pierre Véron, sinon cette plaisanterie que retrouva Alphonse Allais (à moins que ce ne soit Courteline, je ne me souviens plus)...

... LE GARÇON. — *Monsieur, c'est deux francs.*

CANICHETTE. — *Pour deux francs, on a un chapeau dans la rue Soufflot...*

... Plus tard, il devait y avoir un autre café dans ces parages, l'*Eden Buci*, dans la rue du même nom. Ici, rue de la Contrescarpe-Dauphine, Magny acheta en 1842 le restaurant qui devait être si célèbre sous son nom. Il n'en reste hélas que l'emplacement, là, au nº 9 de la rue Mazet. Sainte-Beuve, Gavarni et les frères Goncourt y inaugurèrent, le 22 novembre 1862, leur fameux dîner du samedi...

— Et il faut, oui que je vous dise que la veille, ou l'avant-veille, j'aurais dû noter tout cela, mais on n'y pense pas, on a autre chose dans la tête à ces moments-là, Mme Collinet, toute Juive qu'elle est, m'avait dit : « Ne croyez-vous pas qu'il serait bon, que ce serait le moment de de de faire venir un prêtre ? — Mais, madame Collinet, madame Collinet, voyons, ma femme n'en est pas là, tout de même pas ! » Donc ma belle-sœur est revenue, de Viroflay, c'est un voyage, pour ça il n'y a rien à dire, elle a été très bien. Et puis juste une minute après arrive le médecin qui n'était pas repassé depuis deux ou trois jours, une petite grippe, vous imaginez, il n'y avait vraiment pas de quoi s'alarmer. Mathilde est vraiment dans le coma, le docteur le dit, alors bon, il n'y a rien à répondre. Elle respire très fort, il est de fait qu'elle respire très fort, comme cela. Elle ne voit, elle n'entend rien, ça c'est sûr. En partant, Simone m'a embrassé, ce qu'elle n'avait jamais fait depuis plus de cinquante ans que je la connaissais. Alors, comment vous dire, j'ai été impressionné...

... Mais, quel oubli, Sainte-Beuve avait précisément habité de 1831 à 1841, tout près d'ici, cet *Hôtel de Rouen* qui existe toujours, à gauche, en entrant, dans l'ancienne cour du Commerce, au n° 2 de l'actuel passage du Commerce-Saint-André. Insoumis (mais oui, il ne voulait à aucun prix servir dans la garde nationale !), il se cacha dans cet hôtel sous le nom de Charles Delorme. Ses quatre issues le lui avaient fait choisir : rue Saint-André-des-Arts, rue de l'Ancienne-Comédie, cour de Rohan, rue de l'École-de-Médecine (aujourd'hui boulevard Saint-Germain dont le percement a fait sauter la maison de Danton et celle où fut assassiné Marat). C'est à l'*Hôtel de Rouen* que Sainte-Beuve écrivit *Volupté*, la seule grande œuvre dont mon carrefour, ou tout au moins son immédiat voisinage, puisse se glorifier. (C'est moi qui le glorifie, mais ça tourne à la folie, ma tête va éclater, que je fume, au moins, que je puisse fumer !) C'est là, mais peu souvent, ce genre de visite y étant mal vu, qu'il recevait Adèle Hugo. Il y a des moments où je n'y suffis vraiment plus, dans ma tentative désespérée d'inventaire exhaustif. Et d'autant moins que ces alentours de

mon carrefour, dont j'avais décidé de ne pas me
préoccuper (les proches cours du Commerce et de
Rohan par exemple), s'imposent à ma mémoire, à mon
cœur, qui doivent de gré ou de force en tenir compte.
De gré, bien sûr, de bon gré, car ne serait-il pas
démentiel de renoncer à *Volupté* et à Adèle Hugo ? La
cour du Commerce par où Danton entrait en voisin au
Procope, et au n° 8 de laquelle Marat composait et
tirait *L'Ami du Peuple* après avoir été chassé de sa
première imprimerie qui était, elle, incontestablement
de mon ressort puisqu'elle se trouvait rue de Buci où
Brissot faisait aussi, mais dans un autre immeuble, son
Courrier français. Brissot qui dans cette cour du
Commerce laissa à sa veuve une si belle bibliothèque
qu'elle put y ouvrir un cabinet de lecture que, précisément, Sainte-Beuve fréquentait encore. Tandis que
juste à côté, là où se trouve aujourd'hui (et où je me
trouve sans savoir comment j'y suis venu, mais je n'ai
eu que la rue Saint-André-des-Arts à traverser) le n° 9
du passage du Commerce-Saint-André, l'Allemand
Schmidt expérimenta sur des moutons vivants la
première guillotine. Étant du reste de mes voisins, il
est donc de toute façon de mes ressortissants ce
Schmidt...

... Bibliothèque de Rouen, 1791-1792. — *Recueil de
pièces relatives à l'invention de la machine à décapiter
du sieur Jean Tobie Schmidt, facteur de clavecins,
demeurant rue Dauphine, au Musée, faubourg Saint-
Germain...*

... Les clavecins dans le même atelier se transforment
en guillotines. Nous avons changé d'époque sinon encore
de siècle. Et précisément, je n'en puis plus, c'est trop, le
docteur Guillotin et Marat habitèrent eux-mêmes un
certain temps rue de l'Ancienne-Comédie, qui, elle aussi,

est indiscutablement sur mon terrain de chasse. Sans oublier Cambacérès. Mais j'en oublie, j'en oublie, c'est une impression affreuse. Ces maisons existent toujours : les n°s 21, 16, 5 de la rue de l'Ancienne-Comédie. Le café *Baptiste*. Le terrain de jeu de *Manus*. Le restaurant *Dagneau* dont Murger était un habitué. Barbaroux, Horace Vernet, tant d'autres habitaient la rue Mazarine. Un *Théâtre des Jeunes Artistes* signalé en 1804 rue Dauphine. Le nommé Michelot cachant rue de Buci les complices de Cadoudal. Pouce. Je ne joue plus. La chronologie me refuse de plus en plus ses rassurants points de repère. Les années interfèrent, les révolutions se confondent, je suis perdu : je ne contrôle plus mon domaine. Comme dans certains films subtils, des retours en arrière se produisent au sein même de premiers retours en arrière, flash-back jaillis de flash-back antérieurs. Il devrait être réconfortant (mais cela ne suffit pas en ce moment à me donner le repos) de se dire que tout cela existe sans moi dans les bibliothèques et dans les archives. Je n'ai qu'à faire confiance au savoir accumulé, à la sûre mémoire potentielle des documents et des livres. Ces charges de connaissance éclateront où et quand il faudra, lorsque quelqu'un, moi peut-être, aura besoin de tel ou tel détail précis, mais pas maintenant, à quoi bon, repos. Repos. Détente. Tout reste à dire, tout reste indéfiniment à dire sur l'inaccessible et belle étoile formée par mes cinq rues que je m'étonne toujours de trouver si mornes : coquille vide qui n'est même pas belle. Plus je réunis de détails à leur sujet, plus je laisse fuir l'essentiel. Non point seulement ce qui, n'ayant pas été recueilli, a disparu pour jamais, mais d'innombrables documents enregistrés que je n'ai pu encore retrouver, dont certains échapperont toujours à mes recherches.

O folie, il est encore trop vaste, mon carrefour. J'espérais que, dans un espace ainsi défini et restreint, je pourrais épuiser la réalité, mais je n'y suffis plus. O quête démentielle, mon pauvre esprit gavé se dérange. Trop de noms et de dates se mêlent dans ma tête. Il fait si lourd, tout à coup, si chaud. Je voudrais ne plus rien entendre, ne plus rien savoir, mais je ne puis échapper à ces bribes de souvenirs. Coexistant sans ordre, ils affleurent, les uns après les autres, à ma claire mémoire — et pourquoi celui-ci plutôt que celui-là ? Dans ces dîners Magny, par exemple, quelles conversations...

— ... *La prostitution est l'état ordinaire de la femme, je l'ai dit.*

— *Mais on veut donc tuer tous les commerces de luxe !*

— *Alors, nous revenons à Malthus !*

— *Mais il me semble qu'on ne doit mettre au monde des enfants que quand on est sûr de leur assurer...*

— *Comment ! C'est de la dernière immoralité ! Vous voulez limiter... Eh bien ! si les enfants meurent, ils meurent ; mais il faut en faire...*

— *C'est de l'égoïsme ?*

— *Comment, de l'égoïsme ? De ne pas décharger !*

— *Oui !*

— *Votre maîtresse est stérile ?*

— *Oui !*

— *Mon Dieu, c'est la nature, c'est le grand Pan !*

— *Et la nature se venge, quand...*

Ici, *Sainte-Beuve se pend des cerises aux oreilles. Tableau !*...

... Cette conversation ni plus bête, ni plus graveleuse, ni plus ignoble que tant d'autres, tenues, depuis tant de siècles, en l'une ou l'autre quelconque maison de ces cinq rues, se déroulait au dîner Magny du 22 juin 1863 entre Théophile Gautier, Taine, Saint-Victor et Sainte-

270

Beuve. Écoutons-les encore, le 20 juillet de la même année, chez Magny, toujours...

— ... J'admire Jésus-Christ complètement, dit Renan.

— Ma.s enfin, dit Sainte-Beuve, il y a dans ces Évangiles un tas de choses stupides : « Bienheureux les doux, parce qu'ils auront le monde. » Ça n'a pas de sens, ça n'est pas vrai !

— Et Çakia-Mouni ? dit Gautier. Si on buvait un peu à la santé de Çakia-Mouni ?

— Et Confucius ? dit quelqu'un.

— Oh ! il est assommant !

— Mais qu'est-ce qu'il y a de plus bête que le Coran ?

— Ah ! me dit Sainte-Beuve en se penchant vers moi. Il faut avoir fait le tour de tout et ne croire à rien. Il n'y a rien de vrai qu'une femme... La sagesse, mon Dieu, c'est la sagesse de Sénac de Meilhan, qu'il a formulée dans L'ÉMIGRÉ.

— Évidemment, lui dis-je, un aimable scepticisme, c'est encore le summum humain... Ne croire à rien, pas même à ses doutes... Toute conviction est bête... comme un pape !

— Moi, dit pendant ce temps Gautier au docteur Veyne, je n'ai jamais eu aucun désir violent de cette gymnastique intime. Ce n'est pas que je sois moins bien constitué qu'un autre. Je suis un homme, j'ai fait dix-sept enfants et tous assez beaux : on peut voir les échantillons... J'ai travaillé sur commande. On m'a offert dix mille francs pour en faire un... Mais baiser une fois par an, je vous assure que c'est suffisant...

... Les frères Goncourt écoutaient mieux qu'ils n'entendaient. Du moins ont-ils tant bien que mal sauvé — et plutôt moins mal qu'il n'est coutume de le dire — quelques-unes des innombrables conversations entendues ici dans la suite des jours, qui, presque toutes, se sont à mesure évanouies et dont je regrette les plus anodines, tant m'obsède l'anéantissement indéfini de ce qui témoigne éphémèrement des fugitives existences humaines. C'est pour nous, qu'en toute connaissance de cause, c'est pour moi que travaillaient Edmond et Jules de Goncourt. Dès le premier dîner Magny...

— ... *C'est terrible* (dit Sainte-Beuve), *toutes ces choses qui se perdent d'un temps, les mots, les conversations !... Tenez, comme ça en apprend sur un temps, une conversation comme celle du général Lasalle ! Vous rappelez-vous ? Ce n'était pourtant pas un homme bien intelligent que ce Rœderer, mais il s'imagine d'écrire à sa femme cette conversation sur le moment, sur le vif — et c'est un document précieux... Ah oui ! que de choses perdues ! Et il s'est tu un instant : il pensait sans doute à ce qu'il sauverait, lui, de son temps, de l'accent fugitif et instantané des hommes et des choses, du bruit de la causerie, des indiscrétions, des anecdotes, des mœurs, des vices, des caractères. Sans doute, il caressait de la pensée ses causeries d'outre-tombe, ses critiques posthumes, ses mémoires qu'il doit laisser et qu'il laissera, m'a-t-on dit. Et moi je pensais que j'allais écrire pour l'avenir, aussi, ce qu'il me disait là et ce qu'il croyait tomber dans le vide, dans le néant, dans l'oubli, dans une oreille et non dans un livre...*

... Puis dans cet autre livre, le mien, où plus que pour l'avenir je travaillerai, moi, pour le passé, étudié dans l'espoir fou de le ranimer en ses fragmentaires apparences, sinon en son irrécupérable intégrité, des textes authentiques de chaque époque étant choisis sans qu'aucune addition n'en altère l'irremplaçable ton. Me bien garder, donc, de commenter aussi peu que ce soit mes citations. De la sottise, du sang, de l'infamie. De la

272

grandeur aussi. De la pitié. Et tout cela ensemble devant former non pas tant un roman qu'une symphonie, un poème et un film...

... Je n'ose entrer, j'ai même peur de frapper à cette porte pour au moins les obliger à taire, quelle lâcheté, je ne savais pas que je tenais tellement à cette fille. Quel ennui, le père Fronton. Je le croyais en bas, il descend du... Essoufflé, décomposé...

— ... Mais qu'est-ce qu'il y a, vous êtes tout...

— Monsieur, Monsieur, Madame est morte.

— Comment cela, Madame est morte ?

— Oui, morte là-haut dans son lit. Je monte lui dire un petit bonsoir et qu'est-ce que je... Oh ! je l'ai bien vu tout de suite, allez, qu'elle était morte. Pauvre Mme Claire...

— Et j'ai été impressionné, vous comprenez, j'ai commencé à me dire : Mais qu'est-ce qui arrive, qu'est-ce qui arrive ? Mme Collinet avait parlé de faire chercher le prêtre, elle, une Juive, une personne de tout premier ordre mais une Juive si vous voyez ce que je veux dire. Je ne répéterai jamais assez ce que Mme Collinet et M. Germinier ont été pour moi. Il y a vraiment du bon monde. Et maintenant, voilà que ma belle-sœur m'embrassait. Elle m'embrassait, Simone, pensez un peu ! Je commençais à être, euh, car c'était tout de même, enfin c'était inhabituel, c'était même tout à fait extraordinaire, je ne sais pas comment dire, imaginez un peu, j'étais, euh, troublé, oui, impressionné. C'est alors que j'ai commencé à me faire vraiment du souci.

— Mon pauvre ami, je... Et si ma femme avait pu venir, ne doutez pas qu'elle...

— Le lendemain, son visage avait changé, elle respirait moins fort, mais avec un drôle de petit bruit. Comme cela. Non, comme ça. Ou plutôt non : comme

273

cela, enfin vous voyez. Mme Collinet m'a dit : « Je vous ai dit hier une chose, je vous ai dit qu'il faudrait, selon moi, faire chercher un prêtre. Si M. Germinier était là, il vous dirait la même chose. Je suis Israélite, Monsieur, mais si j'étais vous, maintenant, je n'hésiterais plus. » Je me suis dit que si M. Germinier... Et d'autant plus, que, c'était certain, Mathilde, la pauvre chérie, n'allait pas mieux, elle n'allait même pas bien du tout.

... Je me suis levé trop vite, ma tête tourne. Encore toute une nuit et tout un jour à poireauter. Les vaches ! C'est sûrement qu'ils n'auront pu faire autrement. Je n'aurai qu'à traverser le carrefour, demain, à cinq heures pile. Une pochette blanche et puis quoi encore, ils auraient pu trouver autre chose, de qui aurai-je l'air ? Le nommé Jules Raton sera là, dans le bistrot d'en face, un gars que j'ai jamais vu, mais c'est plus prudent. Il me refile l'insigne du club. Et si on se fait pas alpaguer à ce moment-là, si j'ai pas été balancé, si les sorties de Paris ne sont pas surveillées, à moi le bon temps. En attendant, je baiserais bien la Rose. Elle ne pense qu'à ça. Mais là encore il faut attendre, elle a son boulot, c'est pas l'heure. Pourvu qu'elle ne bavarde pas trop, cinglée comme elle est...

... Cette densité du passé en un si petit espace. La mort effacée par ces morts. Anonymement et sans qu'il en subsiste trace, ils ont *tous* un jour ou l'autre traversé ce carrefour les Parisiens d'autrefois et de toujours, Voltaire, Bonaparte, Hugo...

... Victor, Hugo, Hauteville House, mai 1867 : *Entrez dans cette légende, descendez-y, errez-y. Tout dans cette ville, si longtemps en mal de révolution, a un sens. La première maison venue en sait long. Le sous-sol de Paris est un receleur ; il crache l'histoire. Si les ruisseaux des rues entraient en aveu, que de choses ils diraient !... Si*

trouble et si épaisse que soit l'histoire, elle a des
transparences, regardez-y. Tout ce qui est mort comme
fait est vivant comme enseignement. Et surtout ne triez
pas. Contemplez au hasard...

... Impossibilité de recenser, ne serait-ce que de façon
superficielle, les richesses qu'offre en si peu de minutes
un si petit coin de la terre. Cet autobus au toit blanc et
aux vertes parois vitrées qui disparaît là-bas, vers le
Pont-Neuf, après avoir mis plusieurs minutes pour
traverser le carrefour, serait à lui seul, avec sa cargai-
son de corps, de cœurs et d'âmes, un sujet dans mon
sujet. Mais je renonce à l'autobus, je le supprime du
paysage. Unité de lieu, unité de temps, multiplicité des
actions : entreprise vouée à l'échec et d'autant plus
que l'unité du temps actuel serait entourée, pénétrée,
absorbée dans mon roman par l'infini pullulement des
innombrables minutes écoulées. Si je me désintéresse
de cet autobus d'aujourd'hui six heures moins dix,
puis-je oublier tous les transports en commun de tous
les autrefois du carrefour ?...

— Donc, j'ai envoyé chercher l'abbé Troncbert. On a
été assez long à le trouver. Lorsqu'il est enfin arrivé,
c'était à peu près à la même heure qu'en ce moment, le
mercredi, un peu avant six heures il m'a dit : « Mais
monsieur, votre femme est dans le coma ! » Alors je lui
ai dit : « Eh ! oui, monsieur l'abbé, vous voyez. » Alors
il m'a posé des questions. Je lui ai dit que nous avions
fait tous les deux nos pâques, dès notre arrivée à Saint-
Loubens, car nous y avons passé encore trois semaines
à Pâques dans notre petite maison. Alors il m'a dit :
« Monsieur, dans ces conditions, dans ces conditions
monsieur Loubert, il n'y a pas une hésitation à avoir,
pas une hésitation... » Et il lui a donné l'extrême-
onction.

— Elle ne s'est rendu compte de rien ?

— De rien, vous pensez, elle n'a même pas vu le prêtre entrer, heureusement, la pauvre chérie...

... Edmond de Goncourt, lundi 20 juin 1870, 9 heures, 40 minutes. — *Le dîner Magny a été fondé par Gavarni, Sainte-Beuve et nous. Gavarni est mort. Sainte-Beuve est mort. Mon frère est mort. La mort se contentera-t-elle d'une moitié de nous deux ou m'emportera-t-elle bientôt ? Je suis prêt.* 9 heures, 40 minutes, lundi 20 juin 1870...

... Parmi ces cafés disparus, il en fut un devant la place béante duquel je suis passé rue de Buci, il y a quelques instants, au coin de la rue Grégoire-de-Tours, anciennement rue des Mauvais-Garçons : le *Mauguin*, du nom de son tenancier, à qui appartenait l'immeuble. Au-dessus du zinc une lithographie portait cette dédicace : *Au modèle des propriétaires.* Avant ce locataire satisfait, Théodore de Banville avait habité cette maison. C'est là en 1872 qu'il logea Rimbaud à la demande de Verlaine...

... Paul Verlaine. — *D'autres excentricités de ce genre, d'autres encore, ces dernières entachées (je le crains) de quelque malice sournoise et pince-sans-rire, donnèrent à réfléchir à ma belle-mère, la meilleure et la plus intelligemment tolérante des femmes pourtant, et il fut convenu qu'au moment de la rentrée de mon beau-père — en ce moment à la chasse, — homme, lui, bourgeoisissime et qui ne supporterait pas un instant un tel* intrus *dans sa* maison, « mossieu » ! — *on prierait quelques-uns de mes amis qui avaient adhéré et aidé à la venue de Rimbaud à Paris, de le loger à leur tour et de l'héberger, sans pour cela, moi, me désintéresser de l'œuvre le moins du monde, bien entendu...*

... Donc André Gill d'abord, puis Banville accueillirent Rimbaud, ce dernier dans une mansarde de la rue

276

de Buci que Mme de Banville tint à meubler elle-même et dont Arthur, assure-t-on, ne respecta point la propreté...

... J'ai, parmi mes livres, un *Paris guide* de 1867 où je puis relever les itinéraires des omnibus de l'époque. Le O (Ménilmontant-Chaussée-du-Maine) passait — et il passera encore dans mon roman — rue Dauphine et rue de l'Ancienne-Comédie. L'AD (Château-d'Eau-Pont-de-l'Alma) prend, à cette époque, le Pont-Neuf, remonte la rue Dauphine, tourne au carrefour, emprunte la rue de Buci. J'ai là toutes les indications souhaitables sur les lignes et les correspondances. Je découvre même avec surprise que l'autobus de mon enfance AB (Passy-Bourse) fut précédé, sous le même indicatif et avec le même parcours, par un omnibus qui existait déjà en 1867. En 1867, ma grand-mère qui est toujours vivante à près de cent ans était déjà une petite fille raisonnable, qui voyait, elle me le raconta souvent, passer Napoléon III en calèche dans les jardins des Tuileries. Une de ses grand-tantes qui l'embrassa, lui fit des cadeaux, la promena, était née, cela donne le vertige, à la fin du règne de Louis XV. C'est parce que nous sommes éphémères que le passé prend à nos yeux ces profondes perspectives. En fait, comme elles sont proches ces dynasties et ces révolutions...

... Pierre Arnoult. — *En 1882, tandis que Gill rédigeait ses souvenirs :* Vingt années à Paris, *Champsaur lui rendit visite. On parla d'Arthur : « Et de plus, il était voleur, l'aventurier ! »* L'Arriviste *débutant se fit bassement l'écho des rancunes amusées du dessinateur. Hélas, si l'adolescent avait eu, très humblement, les mains furtives, ce n'était pas pour se procurer de l'argent de poche, mais du pain. Car Verlaine finit par le rencontrer,*

277

errant misérablement le long des ruisseaux du carrefour
Buci, pâli et rendu un peu hagard par les privations...

... Même si cela n'exista point ailleurs que dans l'imagination d'un auteur de vie romancée, car je n'ai pu trouver la source, le fait, tout inventé qu'il est, appartient aux mystères de mon carrefour. A propos de Rimbaud, Étiemble a écrit, dans un livre où il consacra cinq cents pages à démontrer cette thèse, *que la recherche de la vérité n'intéresse presque personne et que d'un écrivain nous n'acceptons que les images légendaires.* C'est que la Légende, au bout d'un certain temps, fait, elle aussi, à sa manière, partie de l'Histoire...

... Son visage ruisselle, il s'éponge avec un énorme mouchoir mauve. L'air est irrespirable, ici, on étouffe, pourquoi n'ouvre-t-il pas la...

— Vous ne croyez pas que...

— Non, rassurez-vous, je tiens à vous rassurer, elle n'a même pas vu le prêtre entrer. Et puis alors, et puis alors, elle a respiré de moins en moins fort. Dites-moi, vous avez entendu ce coup de tonnerre ? Il va faire de l'orage, c'est sûr. Alors Mme Collinet m'a dit : « Monsieur Loubert, rapprochez-vous d'elle. » Alors j'ai approché mon visage du sien. Et tout à coup, elle a poussé un soupir, elle s'est retournée et elle n'a plus bougé. « Mais qu'est-ce qu'elle a, qu'est-ce qu'elle a ? » Je ne comprenais pas ce qu'elle avait, vous pouvez l'imaginer. « Mais monsieur Loubert, votre femme est morte ! — Mais voyons, madame, ce n'est pas possible. J'ai vu mourir ma mère et j'ai vu mourir mon... Ce n'est pas comme cela que l'on meurt, voyons, madame. » Alors, elle m'a dit : « Monsieur Loubert, votre femme vient de mourir. Mais elle a eu, elle a seulement eu ce que l'on appelle une mort douce. Une douce mort. Si je vous ai demandé tout à l'heure de vous rapprocher, c'était pour que vous receviez, pour que vous puissiez recueillir son dernier soupir. » N'était-ce pas, de la part de cette dame, d'une grande délicatesse ? Elle m'a dit : « Si je vous ai demandé de vous rapprocher d'elle, c'était pour que vous receviez son dernier souffle. » Voilà ce que m'a dit Mme Collinet. N'est-ce pas que c'était délicat ?

— Mon pauvre M. Loubert, en somme c'est tout de même une consolation, elle qui avait tellement peur de la mort...

— Si peur, oui. Eh bien, elle ne s'est pas vue partir, non.

... Si le gosse reste dehors il va se faire mouiller. Le ciel s'est obscurci, il fait presque noir dans cette chambre à la fade odeur de vieillard. Quelle éloquence, chez ce vieux bonhomme, et quel amour...

... Depuis mon adolescence, j'achète au hasard de mes trouvailles sur les quais et chez les bouquinistes des livres sur Paris. (Là-bas...) Je les collectionne sans aucune intention précise (...loin...) pour la seule délectation de mes soirées (...un roulement...). Et voilà qu'ils vont m'être utiles pour mon roman (...assourdi...). Voici que je vais enfin pouvoir combler grâce à eux (...mais puissant...) un de mes souhaits les plus anciens, jusqu'à ce jour à moi-même obscur (...et très long...) : faire revivre les siècles passés, non point dans un roman historique, genre haïssable (...de tonnerre...) mais dans un roman où l'histoire aura sans adultération aucune, sans le moindre trucage ni le plus petit arrangement, sa part, l'une des plus importantes, la première même, car les Parisiens que je vois se croiser dans mes rues et mes rues elles-mêmes n'existeraient pas si...

... Edmond de Goncourt, mercredi 6 mai 1885. — *Dîner d'*HENRIETTE MARÉCHAL *avec les ménages Daudet,*

Zola, Charpentier, Frantz Jourdain et Huysmans, Céard, Gustave Geffroy. *Nous dînons dans cette salle où, du temps du vieux Magny, je dînais avec Gautier, Sainte-Beuve, Gavarni, cette salle où il a été dit des choses si éloquentes, si originales. Aujourd'hui, on ne sait pourquoi, Zola se livre à une sortie des plus brutales contre les hommes politiques, contre Clemenceau, qu'il déclare un de nos ennemis intimes. ...Là-dessus, Daudet nous raconte une scène qu'il a eue avec le musicien Colonne, qu'il a maltraité de paroles. Puis les hommes se mettent à causer de prostitution dans un coin, les femmes toilettes dans un autre, et il est minuit un quart quand on s'en va...*

... Léon-Paul Fargue. — *C'était vers 1895. Nous venions de fonder le Centaure, nous c'est-à-dire Henri Albert, Régnier, Valéry, Gide, Tinan, Lebey et moi-même... Nous nous retrouvions souvent dans un café proche de la rue Saint-André-des-Arts qui portait le nom charmant du Nègre agile. Nous étions là tout un petit groupe d'étudiants : après avoir discuté durant plusieurs heures de Bergson, de Verlaine et des leaders socialistes, il nous arrivait souvent de passer le pont Saint-Michel et d'aller voir se lever le jour aux Halles... si nous ne nous attardions pas sur la rive gauche au d'Harcourt ou au Procope, où je contemplais Verlaine et Gauguin... Le Procope est resté célèbre dans la mémoire des têtes vivantes par les stages réguliers et prolongés qu'y faisait Paul Verlaine...*

... Commission Municipale du Vieux Paris. Séance du 10 février 1906. Rapport de M. Félix Hébert, concernant les maisons de la rue de Buci numérotées de 7 à 39, appelées à disparaître lors de l'exécution des grandes opérations de voirie dotées sur l'emprunt départemental de 200 millions. — *N° 7. Angle rue*

Grégoire de Tours. Le peintre Detaille dans son admirable tableau LES VICTIMES DU DEVOIR, *l'a pris pour modèle comme type de ces habitations encombrées où un incendie peut exercer de terribles ravages... En résumé, le groupe des maisons de la rue de Buci que nous venons de passer en revue ne présente, à notre avis, à l'intérieur aucun souvenir digne d'être sauvé, à l'extérieur aucun aspect qui vaille la peine d'être conservé, à l'exception de la façade de la maison du N° 15 dont je propose de prendre une photographie...*

... Une mansarde ayant été habitée par Rimbaud, ce n'était donc pas un souvenir digne d'être sauvé ? En 1936 faillit être appliqué un plan aberrant de destruction des alentours de Saint-Germain-des-Prés. Il y était proposé d'élargir sur les deux bords au profit de boulevards anonymes la plupart des rues du quartier, dont celles de Buci (où le mal était déjà fait pour un des côtés), Mazarine, Dauphine, Saint-André-des-Arts et de l'Ancienne-Comédie. Encadrée à gauche d'une de mes fenêtres, je regarderai une fois de plus tout à l'heure en rentrant cette vieille photo, si précieuse pour moi, parce que justement on y voit la partie anéantie de la rue de Buci, dont la maison de Rimbaud et le café *Mauguin* que devaient illustrer Apollinaire et ses amis. *Entrée de la rue de Buci. Hélio. Fortier & Marotte. Paris, 1907...*

... André Salmon. — *Dans* TENDRES CANAILLES, *en 1912 ne me suis-je pas attendri sur les vieilles maisons du carrefour ? Qu'elle était belle ma Buci ! La rue Grégoire-de-Tours abondante en bordels et où les camelots, marchands de journaux du soir, types différents de ceux d'à présent : barbus dépenaillés, chaussés d'espadrilles perdant leur corde, attendaient le fiacre transportant la provende à se partager, et, pour ainsi attendre,*

*passant, si gueux qu'ils fussent, d'un bistrot à l'autre...
Ah! les bistrots de la Buci... Il y eut au coin de la rue
Grégoire-de-Tours et de ma rue de Buci, maintenant c'est
démoli, une sorte de chais populacier fleurant dur de je
ne sais combien de tonneaux de vin bleu et dont la grasse
patronne tirait directement la boisson au litre, ou au
verre, plus rarement. C'est là que Jarry dépensa en une
semaine les mille francs de son* MOUTARDIER DU PAPE.
*Avec Chevrier on se retrouvait au bar de l'Habitué. Un
soldeur occupe aujourd'hui sa place. A côté, c'était le
long comptoir de Mauguin dont les élèves des Beaux-Arts
vantaient l'excellence et le bon marché du café, aussi
bien que le kummel...*

... Initié par Salmon au mystère peu connu de ces
quelques rues, Georges Cain s'écria : « Regarde,
André, c'est d'endroits pareils que partent les révolutions. » Voici, sauvé par cette photo, « le chais populacier » : CAFÉ, 10 c. ABSINTHE, 15 c. L'absinthe de
Rimbaud et de Verlaine. Et voici, faisant l'autre coin
de la rue Grégoire-de-Tours dont il porte le nº 2, le café
Mauguin. En face, de l'autre côté de la rue de Buci, au-
dessus d'un réverbère, une pancarte perpendiculaire
au trottoir : ACHAT DE RECONNAISSANCES DU MONT-DE-
PIÉTÉ. Un léger mouvement de la loupe que j'avais
prise l'autre jour me découvrit une pendule marquant
trois heures vingt (il est six heures moins huit) quel
jour oublié de 1907 ? André Salmon se trompe : la
curieuse petite maison à deux étages où se trouvait le
café de Jarry existe toujours, je l'ai encore vue en
passant tout à l'heure, telle qu'elle est sur l'héliogra-
vure, à ceci près qu'un fruitier l'occupe maintenant.
Des échoppes basses ont pris la place du café *Mauguin...*

... A la fin des fins, il sort son portefeuille, paye sans

282

marchander un petit livre, s'en va. Voilà presque une demi-heure que je l'attendais, mais sans hâte : moins il semblait pressé, plus j'étais rassuré. S'il avait eu rendez-vous avec Valérie, il n'aurait pas perdu ainsi plus de vingt-cinq minutes. Je peux maintenant me montrer en ayant l'air le plus naturel possible...

... J'ai tout de même fini par trouver un bouquin dans mes prix. Il y a si longtemps que je voulais le lire. Tiens, Reslaut. Qu'est-ce qu'il fait encore à traîner dans le quartier, celui-là...

— ... Qu'est-ce que tu...

— Tu vois, je me... Qu'est-ce que c'est que ce...

— *Le Flâneur des deux rives*, mon cher. Apollinaire tu connais ?

... Quelle affectation. Mais il n'est pas allé voir Valérie, elle ne l'attendait pas. Un peu prétentieux mais gentil, au fond, ce Lieuvain. Je l'aime bien. J'éprouve à son égard comme de l'affection. C'est ça : une vraie tendresse...

— ... Et alors ?

— Et alors écoute un peu. Voyons, j'ai corné la page. Ah ! voici :

> *Chantons je vous prie,*
> *Noël hautement*
> *D'une voix jolie*
> *En solennisant*
> *De Marie pucelle*
> *La Conception*
> *Sans originelle*
> *Maculation...*

— Toujours dégoûtant, ce Lieuvain...

— Dégoûtant, un cantique de Noël ! Mon cher, nous avions oublié tout à l'heure l'essentiel des fastes du quartier. Il y a dans ce petit livre un charmant chapitre intitulé *Les Noëls de la rue de Buci*. Mais laisse-moi te lire... Tu as une minute ?

— Bien sûr, tout le temps que tu voudras. Tu ne les sais pas par cœur ?

— Pardon, madame, je vous en prie, monsieur. Ma parole, ils se croient chez eux, ces passants... Et toi, ne te fous pas de moi...

... Avant la guerre, c'était la nuit du 24 au 25 Décembre qu'il fallait aller voir la rue de Buci, si chère aux poètes de ma génération. Une fois, dans un caveau voisin, nous réveillonnâmes, André Salmon, Maurice Cremnitz, René Dalize et moi. Nous entendîmes chanter des Noëls. J'en sténographiai les paroles. Il y en avait de différentes régions de la France... Le premier que je notai dans ce caveau de la rue de Buci était chanté par un garçon coiffeur né à Bourg-en-Bresse...

— ... Né à Bourg-en-Bresse !

— Maurice quoi ?

— Quel Maurice ?... Ah ! Maurice Cremnitz ? Tu n'as jamais entendu parler de... Tu permets ?...

... Il feuillette rapidement son petit Apollinaire, avec élégance, désinvolture, l'œil allumé, tout à sa trouvaille, heureux, ne pensant pas le moins du monde (comme j'avais tort de m'inquiéter) à Valérie...

— *Dans la « sombre maison du carrefour Buci », habite encore M. Maurice Cremnitz.* C'est une allusion d'Apollinaire à des vers de Fernand Fleuret, auxquels il ne reproche, c'est tordant, tu vas voir, qu'un peu d'archaïsme...

... Si tu translates, voire un Boëce chanci
Dans ta sombre maison du carrefour Buci
Que peuplent des bouquins et des pots de la Chine...

— ... Bon, eh bien, je crois qu'il est l'heure de...

— On marche ensemble... ?

284

— Non, je rejoins le boulevard Saint-Germain... J'ai mon métro...

— Eh bien ! au revoir, mon vieux Lieuvain.

— Au revoir. Ciao.

... Il prend la rue de l'Eperon. Parfait. Plus de danger. Je rentre. Sept et six treize et quatre...

... Au fond, après avoir attendu que Reslaut se soit éloigné je vais tout de même aller rue Séguier. Pourquoi pas, après tout ? Je l'ai promis à Valérie. Cela ne lui aura pas fait du mal de m'attendre un peu. Les filles ça se dresse. Mais celle-là, celle-là est bien charmante... *Un jour qu'un groupe d'étudiants passaient rue Saint-André-des-Arts en chantant la chanson du père Dupanloup...* Dommage que je n'aie pas vu ceci plus tôt. Reslaut se choque si facilement ! J'ai manqué là une belle occasion. Revoici la rue Saint-André-des-Arts. Plus de Reslaut. Disparu Reslaut. La voie est libre. C'est là, un peu plus loin dans cette rue que le libraire d'Anatole France avait sa boutique. Peut-être était-ce celle d'où je viens et que revoici...

... Guillaume Apollinaire, 1918. — *M. Lehec le libraire, aimait ses livres au point de ne pouvoir les vendre qu'aux rares personnes qu'il jugeait dignes de les acquérir. Du temps où il avait sa librairie rue Saint-André-des-Arts, j'allais souvent causer avec lui dans sa boutique. Depuis, il a cédé son fonds de bons livres et, devenu presque aveugle, le libraire de Victorien Sardou et de M. Anatole France se tient à l'écart... Paul Birault mourut dans le courant de 1918, tandis que les Berthas et les Gothas menaient sinistre bruit...*

... Dans le courant de 1918, comme Apollinaire qui écrivait cette phrase émouvante et terrible. *M. Georges Braque, accordéoniste célèbre.* Que c'est drôle ! Mais je lirai *Le Flâneur des deux rives* lorsque je serai rentré à

285

la maison. Valérie doit être furieuse, cette fois, il faut vraiment y aller. Va-t-elle tout de même m'embrasser ? Je ne sais pourquoi, mais ses baisers me font peur...

... Elles me serrent le cœur, sur mon cliché, ces passantes aux robes démodées. *Dans deux minutes...* Promenade d'un moment de leurs vies, sauvée par chance du néant, arrachée à l'oubli pourtant définitif, à chaque pas consommé. Ces femmes et ces hommes venaient de chez eux, comme moi. *Enfin...* Comme moi ils allaient quelque part, avec leurs inquiétudes, leurs désirs et leurs joies. Immobilisés par hasard, figés dans leur mouvement au centième de seconde, simplement parce qu'ils se trouvaient là, rue de Buci, lorsqu'un photographe opérait. *Je m'en roule une.* Mais il n'y a point, en ce moment ni jamais rue Saint-André-des-Arts, de reporter pour me prendre en photo, me prendre, comme l'expression est juste, me piéger non pas tout à fait vivant, ni mort tout à fait pourtant...

— Après, cela a été horrible. Je l'ai embrassée, embrassée. D'abord, il y avait sur son front un peu de sueur, que j'ai essuyée avec mon mouchoir. Et puis je l'ai sentie, elle était...

... Mais qu'il en finisse, ce n'est plus supportable. Et puis il fait d'un noir dans cette chambre. Elle était quoi ? Morte, je le sais. Bon, qu'on en finisse et qu'on allume l'électricité. Ce silence...

— Tiède d'abord, c'est cela : tiède. Et puis je l'ai sentie, je ne sais pas comment dire, euh, elle est devenue de plus en plus froide. Glacée, oui : glacée, la pauvre chérie. Après plus de cinquante ans de mariage, ce n'était pas possible, pas possible. « Mais regardez-la, qu'est-ce qui lui arrive ! » Mme Collinet m'avait dit : « Mais monsieur, votre femme est morte, elle est morte, vous voyez bien. » Depuis je ne savais plus ce que je faisais, où j'en étais, qui j'étais !

... Il n'est pas encore six heures. Trop tôt pour que commence, au ras des toits, la ronde vespérale des martinets. Mais ils crieront tout à l'heure, bientôt, la joie de vivre, mes martinets, la joie des jeunesses heureuses, qui ne connaissent pas la mort. (Rassurées sur la mort ?) La seule existence certaine de mon bonheur d'autrefois est ce souvenir qui le crée. Descendez vite, ô mes martinets, des hauteurs où, invisibles, vous planez encore. Remontez des lointains de mon passé, lorsque, non loin d'ici, autour du clocher sacré, secret de Saint-Germain-des-Prés, vous saluiez de vos rafales stridentes, l'irremplaçable, définitive révélation, inoubliable et tout à la fois oubliée, car si je sais la vérité que vous m'aviez enseignée, je ne la sens plus. C'est mon vrai quartier ici. Non seulement j'y ai vécu rue de l'Abbaye, avant la guerre, mais j'y ai encore éprouvé, en soulevant un matin d'août le vasistas d'une chambre minuscule, j'y ai appris, quoi d'aussi important, presque rien si on l'exprime en mots. Après ce bref et lointain grondement de tonnerre, légères fissures d'un petit vent frais. Il a déjà dû pleuvoir, pas très loin, sur la campagne d'où vient soudain une fraîche et délicieuse odeur de feuillages et de terre mouillée...

— Il y avait à deux maisons de là, rue Dauphine, je te dis, une rue comme tu peux pas imaginer en voyant les gratte-ciel et les cahutes d'ici, une fille, *la petite voisine*, comme ma mère l'appelait, une fille telle que j'en ai jamais plus vu de pareilles, je ne te dis que ça. Des Françaises, tu en as connu, ici, sur le port, mais ce ne peut être la même chose, forcément. Une jeune fille française, c'est tout différent, tu peux me croire. Alors,

287

nous deux, le soir, on allait sur le Pont-Neuf. Neuf, il
l'avait été des siècles et des siècles plus tôt, t'y trompes
pas. Paris, ce n'est pas comme ici, tu peux pas te faire
une idée. Par exemple, il fait déjà jour, en ce moment, à
Paris. Je ne dis pas qu'il fait encore jour, si tu vois la
nuance. Donc sur le Pont-Neuf, il y avait, je te parle d'il
y a longtemps, mais il doit y avoir toujours, car pour
quelles raisons cela aurait-il changé je te le demande, il
y avait une sorte d'escalier, un escalier comme tous les
escaliers à vrai dire, qui menait à un square où nous
nous asseyions, elle et moi, sous un arbre très, très
vieux. Je dis : très. Il avait été planté sous Louis XIII, si
ça te dit quelque chose. J'espère qu'il est toujours là et
que je ne mourrai pas sans l'avoir revu, cet arbre.
Parce que, si tu veux mon avis, les palmiers d'ici, ça n'a
rien à voir, mais rien du tout, ce qui s'appelle rien et je
te demande bien pardon si je te vexe...

— Lorsqu'elle a été dans son cercueil, avec... enfin,
recouverte d'un linge, un joli linge, avec de la dentelle,
comme on fait dans ces cas-là, ma fille va voir ce que
c'est à Lyon, ce n'est pas drôle, chacun son tour, et, loin
de chez soi ce doit être encore plus terrible, avant que
l'on ferme la... le, j'ai dit aux hommes qui étaient là :
« Êtes-vous sûrs au moins qu'elle soit morte ? — Oh !
oui, monsieur, oh ! oui. » Alors, tout de même, comme
je voulais être tout à fait certain, j'ai soulevé le linge,
j'ai embrassé ma pauvre chérie... J'ai touché sa main.
Elle était rigide, rigide. Glacée, il n'y a pas d'autre mot,
il n'y a pas d'autre mot. Et les doigts, c'était horrible,
les doigts comme collés. Alors j'ai dit, j'ai été rassuré,
j'ai dit : « Cette fois, il n'y a pas de doute, elle est bien
morte. » Il est clair qu'elle était morte, j'ai été
content...

288

— Mon pauvre cher... Roland. Vous permettez, monsieur Loubert, que je vous appelle Roland ?

— Et me voilà comme perdu. Ma raison d'être c'était elle. Il y a bien ma fille, mais ce n'est pas grand-chose, une fille, ça a sa vie. Elle m'a confié son gosse, comme si j'étais en état, dans mon grand chagrin de...

... Son pain sous le bras, ma femme de ménage Mme Prioux entre chez l'épicier d'en face. Plus mystérieusement mais d'une façon plus décisive encore, me fut, une certaine nuit brésilienne, éphémèrement, merveilleusement livré le secret des secrets, oublié depuis, mais dont mon œuvre portera néanmoins témoignage. A force d'être jeune, je suis devenu drôlement vieux...

— Me revoilà, Mme Frivole. Je me suis attardée avec mes...

— C'est si gentil ces petites bêtes, Mme Prioux.

— Gentils ? Délicieux ! Des Siamois, vous pensez. Ce qu'il y a, la Toutoune me suit comme un chien. Merci, Rose.

... Ce n'était pas la peine d'être si pressée il y a une heure. Ces vieilles, tout de même...

— Quel drôle de temps, hein. Vlà qu'il y a comme un petit vent frisquet.

— Il faudrait mieux une chaleur franche, ce serait préférable.

— Chaud, pour faire chaud, Mme Frivole... Mais ce qu'il y a, on ne s'y retrouve plus. Il n'y a plus de saisons avec ces bombes atomiques. En tout cas, il va tomber de l'eau et pas plus tard que d'un moment à l'autre, c'est sûr. J'ai juste le temps de rentrer. Je vous paierai une autre fois...

— Je n'en dormirai pas, Mme Prioux !

— ...

— Vous pensez si je vais être inquiète pour mes sous. J'attends après !

— Vous me ferez toujours rire...

— Allez, on est de revue. Mais c'est vrai qu'il fait noir, sauvez-vous vite !

— Allons, au revoir...

— Eh ! là, vous oubliez votre pain.

— Je suis folle ! Souventefois je me le dis : je suis folle !

... N'est pas folle : vieille, ça ne vaut pas mieux. C'est moi qui suis un peu chabraque, à ce qu'ils prétendent. Folle de mon corps, qu'ils disent. Lui, là-haut, il assure, mon bonhomme, que je suis givrée sur les bords. Possible, mais dedans, je brûle. L'amour, ça vous rend toute chose. Et lorsque ça s'arrête, l'amour (l'amour, la vraie, ça devrait jamais s'arrêter), alors, oui, on devient un peu folle. N'en finit plus, cette journée. Vont bouger ou quoi ces aiguilles de malheur... Cette autre traduction de Goethe, peut-être préférable. Jeudi, 3 mai 1827. — *Imaginez-vous maintenant une ville comme Paris, où les meilleures têtes d'un grand empire sont toutes réunies dans un même espace, et par des relations, des luttes, par l'émulation de chaque jour, s'instruisent et s'élèvent mutuellement ; où ce que tous les règnes de la nature, ce que l'art de toutes les parties de la terre peuvent offrir de plus remarquable est accessible chaque jour à l'étude ; imaginez-vous cette ville universelle, où chaque pas sur un pont, sur une place rappelle un grand passé, où à chaque coin de rue s'est déroulé un fragment d'histoire.* Minuit un quart, le jeudi 7 mai 1885. Et puis un autre jeudi, près de cent ans plus tard : *Alors, mon Dieu, je vais aller vous retrouver ? Le moment est venu ? Déjà, mon Dieu. Je l'accepte, je l'accepte, puisqu'il le faut. Je vais donc aller auprès de vous, mon Dieu. Ce* n'est pas une raison parce que mon papa est mort qu'il faut rester ainsi à ne pas bouger et d'autant moins qu'il ne va plus tarder à pleuvoir. Alors moi, je sais bien où je vais aller : retrouver mon copain et prendre rendez-vous avec lui pour demain jeudi. *Cette pauvre enfant qui n'avait pas seize ou dix-sept ans ; douze jeunes filles depuis seize jusqu'à vingt ans pour amuser les honnêtes gens ; cette fille n'a que quinze ans.* La fille de l'afficheur trouva difficilement preneur. Un homme comme il faut, chevalier de Saint-Louis, vous pensez, et une petite fille de onze ans. Leur canipani brodimaujoin. Toutes ces ignominies, de siècles en siècles, ces enfants avilies, ces innocents bafoués, ces jeunes gens massacrés. Que de crimes, que de meurtres, que d'infamies en un si petit espace. Les deux Schmidt du quartier dont l'un faisait la vie, l'autre la mort. Tordant ! Idiot. *L'œil ouvert sur tous les passants.* Un écrivain et un peintre, vraiment ? Une valse à toutes les radios des quartiers, de Paris, de la France. Mais pas n'importe quelle valse. *On peut avoir cent impressions différentes de la vieille rue de Buci. Je les donne toutes pour celles que j'y ai éprouvées en entendant chanter ces* Noëls, *une nuit de réveillon, peu d'années avant la guerre.* Cher Apollinaire. Et pourquoi j'entrerais pas, moi aussi, voir un de ces strip-tease ? *Nico Nica, mis au pied du mur, avoue :* « *Gisou est mariée mais j'attends qu'elle soit libre.* » GN 58 78, voyons voir si c'est un bon numéro et quel sens il peut présenter pour moi. Cinq et huit treize et sept vingt et huit vingt-huit. Le numéro de Valérie, rue Séguier. *Ma petite Simone chérie, je m'ennuie bien de toi, si tu savais. Pourtant je suis content de te savoir en vacances. C'est du reste un peu comme si tu ne m'avais pas quitté et pas seulement parce que la scierie, les pigeons et l'habituelle rumeur du carrefour me rappel-*

lent ta présence. J'ai une telle confiance en toi. Y a un avaro, c'est sûr et certain, autrement y serait là, Filledieux. L'heure est maintenant vachement dépassée. Pour ce genre de rencart, faut pas être à la bourre. *Ce qui semble confirmer, malgré certains bruits de réconciliation, le divorce de Thierry Muguet et de sa femme. M. Beauté s'occupe actuellement de Gisou. Ce n'est pour Nico Nica qu'une victime de plus. Les maisons closes au XVIIIᵉ siècle.* Bibliothèque du Vieux Paris, 1903. Par Gaston Capon. *A propos de M. Helvetinz on tient de lui-même que lorsqu'il s'acquitte vis-à-vis de son épouse du devoir conjugal, une femme de chambre de madame lui fait pendant l'action la même opération qu'il se fait faire lorsqu'il s'amuse chez les autres femmes.* Ces archives de la Bastille, conservées à l'Arsenal, personne, sans doute, n'en avait jamais délié les liasses. Et voici qu'un érudit du début de ce siècle, Gaston Capon, trouve et publie avec bien d'autres les rapports de police concernant Helvétius. *Lundy July a été chez M. Delvestinsse et lui a donné randé vous aujourd'hui une heure elle lui a donné le foit jus cau san en lui fesans demander par donc a genous.* On peut être ailleurs, très loin dans le temps et l'espace, et se trouver là, présent, par la pensée, n'ayant jamais tout à fait quitté la rue où l'on est né, y revivant sans cesse par le souvenir sa vraie vie. La Grande Ourse, c'est tellement mieux, tu peux pas te faire une idée. Et si c'était pas aujourd'hui, notre rembour ? Si c'était hier qu'il nous attendait, Filledieux ? Et la rue de Seine, est-ce excusable, la rue de Seine entièrement négligée. Roland Soulaires, fille nue, peur, rue Saint-André-des-Arts. Rue Saint-Andry-des-Arcs. Rue Saint-Andrieu-des-Arcs. *Des filles aussi importunes que des pauvres. Elles feroient renier les moines du royaume.* Et Barbier, toujours : *Du même jour, samedi 12 février 1757. Le sieur Lefébure, huissier à la Cour des Aides depuis quatre ans, janséniste outré, qui tenoit même des propos très vifs dans le café de Procope, devant la comédie, s'est avisé d'aller trouver M. le comte de Saint-Florentin, ministre de Paris, et lui dire qu'il le supplioit de lui faire parler au Roi, qu'il avoit des choses importantes à lui dire... Le ministre apercevant dans cet homme un air égaré, sur son refus opiniâtre le fit arrêter et conduire à la geôle de Versailles... Il avoit dans sa poche un mémoire (qui) est, dit-on, dans les termes les plus forts et les plus séditieux, à le faire regarder comme un fanatique, à faire un autre Damiens... Il y a apparence qu'il restera longtemps enfermé, s'il ne lui arrive rien.* Ysabiau, la mirgesse. Jehan le porteur d'yaue. Dame Ameline Chief-de-Fer. Richart Gros-Cul. Lorence, la pignesse. PLUS D'ESPOIR. STRIP-TEASE PERMANENT. Ce Séguier, dont nous savons qu'il venait souvent chez la Dhosmont, n'est pas celui qui a donné son nom à la rue (presque une de *mes* rues, pas tout à fait) mais son père, membre de l'Académie française et grand adversaire des Encyclopédistes. Ce qui ne l'empêchait point de partager avec Helvétius le goût des filles. En 1588 déjà, une Mme Séguier faisait ses pâques en l'église Saint-André-des-Arts. Jean Bussy-Leclerc, le ligueur ? Seul Perrinet Leclerc m'intéresse. Alors le Buci dont Mme de Sévigné disait qu'il faisait aller joliment son moulin à parole ? Pas davantage, naturellement. Bussy d'Amboise ? Bussy-Castelnau ? Rabutin de Bussy ? Mais non, le Buci de mon carrefour n'est même pas dans les dictionnaires : Simon de Bucy, premier président au Parlement de Paris, XIVe siècle. *Grand putier et blasphémateur. Madame, la vie humaine est un point indivisible.* Il faut que je marche pour m'habituer, mais c'est dur. Et les

assurances sont toujours pas arrivées. Premier, Lesbazeilles. Second, Bergson. Troisième, Jaurès. Et Bau-
drillart ? Impardonnable injustice de ces morts préma-
turées, Lesbazeilles, Philippe Borrell. *Ah ! Manon, infidèle et parjure Manon !* La valse de Ravel. Il ne les a pas
oubliées, Cricri, mes tomates. Tu recommences, avec
ton fer, tu cognes de nouveau bien fort. Que me
reproches-tu encore ? Pauvre Mme Claire, elle était tout
de même plus malade qu'on ne croyait. *Presque tous de
la populace et meurtriers. Vous ne savez pas que l'on
travaille la marchandise aux prisons ? Regarde, André,
c'est d'endroits pareils que partent les révolutions. Presque tous brigands et autres gens des communes.* Le
lendemain de l'exécution de Damiens, Casanova
retourne comme il l'avait promis rue Saint-André-des-
Arts chez Mme ***.

— *Est-ce de Tiretta, Madame, dont vous vous plaignez ?*

— *Oui, de lui-même.*

— *Et de quoi s'est-il rendu coupable à votre égard ?*

— *C'est un scélérat qui m'a fait un affront qui n'a pas
d'exemple.*

— *Je ne l'en aurais pas cru capable.*

— *Je le crois, parce que vous avez de bonnes mœurs.*

— *Mais de quelle espèce est l'affront dont vous vous
plaignez ? Comptez sur moi, Madame.*

— *Monsieur, je ne vous le dirai pas, la chose n'est pas
possible, mais j'espère que vous le devinerez. Hier, au
supplice de ce maudit Damiens, il a, pendant deux heures
de suite, étrangement abusé de la position dans laquelle
il se trouvait derrière moi.*

— *J'entends ; je devine ce qu'il a pu faire, et vous
pouvez vous dispenser de m'en dire davantage... Réflé-
chissez, Madame, que Tiretta est un homme, et par*

conséquent sujet à toutes les faiblesses de l'humanité.
Songez aussi que vous êtes coupable.

— Moi, Monsieur ?

— Oui, Madame, mais innocemment ; car vous n'êtes
point directement la cause que vos charmes aient égaré
ses sens...

Gageons qu'il se trouvera un critique (il ne m'aura
pas lu jusqu'ici) pour dire que le meilleur, dans mon
livre, ce sont les citations, en quoi il n'aura pas tort.
Nous retrouvons Casanova rue Saint-André-des-Arts
à l'hôtel de Bretagne chez son amie vénitienne Anna
Wynne qui logea aussi, dans la même rue, à l'hôtel de
Hollande. Peu de belles demeures autour de ce carrefour plébéien. Donc peu de grandes dames. Peu de
marquises. Dessin obscène à la craie sur un mur
écaillé, rue Mazarine. Un autre, presque abstrait et très
beau, rue du Jardinet, à la sortie de la cour de Rohan,
où sous Louis XIV, la marquise de Garennes habita cet
hôtel. Il me fallait au moins une vraie marquise.
Laënnec logea rue du Jardinet. Saint-Saëns y naquit
dans sa partie qu'effaça la percée du boulevard Saint-
Germain. Ciseaux ouverts. Rouges tourbillons d'angoisse. Il y avait longtemps que je n'avais coulé ainsi à
pic dans les profondeurs de la vie prénatale. Vivement
qu'elle s'amène, qu'elle se déloque, que je la baise, la
Rose. Crayon. Gare de Valromé. Mᵉ Denis de Villières ?
Mᵉ Berthelot de Schelles ? Lequel est l'avocat de
Thierry Muguet ? Robert Poire-Mole, Jehannot Biau-
Niez. Dame Typhainne. Et d'abord, je ne suis pas si
petit. *Sous les Arcades des Champs-Élysées. Disparition*
dans la chambre confortable. Confortable. La mort de
Thomas me rendit l'amour de Marie-Prune. Mais qu'ai-
je fait de Marie-Prune ? Pluvieuse nuit au bois de
Boulogne. Nabuchodonosor. Tante Edwige, presque

vieille dame que je fuis. Zerbanian, cher complice de
ma jeunesse, cette singulière tendresse éprouvée pour
lui malgré ses ridicules. *Abre-Alas, Vagalume, Saca-
Rôlha.* Confortable ? Elle va chez son gentil petit
coiffeur, la marquise. Elle en a bien besoin car elle va
demain dans le monde. Mon été est *presque* entièrement assuré. Ils seraient bien surpris, mes amis, s'ils
savaient que je m'appelle la marquise lorsque je me
fais la conversation. *C'est la rue de notre amour. Plus
tard, le général Mallet prépara au* Procope *sa conspiration.* Alors, quoi, le précédent de Georges ne les avait
pas instruits ! Ils ne savaient donc pas que les conspi-
rations ça se passait dans ce quartier ? Ce que je peux
être bête par moments. *On devait y rencontrer ensuite
Balzac, Gautier et George Sand. Si vous avez du cœur,
leur cria-t-il, approchez, je vous attends.* Il n'a même
pas remarqué que je m'étais faite belle pour lui,
M. Taconnet. Hôtel de Beauvais. Hôtel Murat. Hôtel
d'Orléans. Hôtel de Dieppe. La justice, seulement la
justice. Et le respect. La dignité. Plus d'espoir. Petite
gare de campagne. Chute dans la nuit rouge de l'angoisse. D'où surgit-elle Ghislaine ? Et la petite fiancée
de New York dont j'ai oublié le nom ? Ma Lucette à
moi, la mienne, pas l'autre, ne risquait rien. *Il y a
quelquefois dans le cours de la vie de si chers plaisirs et
de si tendres engagements que l'on nous défend, qu'il est
naturel de désirer au moins qu'ils fussent permis : de si
grands charmes ne peuvent être surpassés que par celui
de savoir y renoncer par vertu.* Mais ce n'est littérale-
ment plus supportable, cette exhibition de seins et de
jambes, je n'en peux plus, moi, j'ai envie de caresser,
de déchirer, de faire mal, de hurler. Juvenal ou Jou-
venet ? Jehan Fout-en-Paille. Gallant. Reslaut. Ri-
chard Trace-d'Ouë. Nico Nica. Amelihna. Franqueite,

la chardonnière, Marie-Ange. Raoul le poulaillier. Mahmoud. Marie-Prune. Huitace, la harengière. Ça y est. J'ai fait le trou, dans ma roue, les copains. *Nous nous permettons d'attirer votre attention sur le fait que nous facturons toujours au prix en vigueur au moment de l'expédition.* Il est à nous, l'autobus, maman ? Elle frappe à petits coups, en serrant très fort les dents. C'est ce que son papa appelle « ses accès de passion sauvage ». Perrinet Leclerc lança aux assaillants bourguignons du haut de la porte de Buci les clefs de la ville qu'il venait de dérober sous le chevet de son père pendant son sommeil. On en apprend des choses, dans mon quartier : en argot d'aujourd'hui, le bourguignon, c'est le soleil. *Je ne porte qu'Éva. Éva supprime les bourrelets de la taille et aux cuisses en évitant la fameuse coupure.* Ça ne me concerne pas, les bourrelets, les bourrelets. La fameuse coupure, lorsque la poésie ne passe plus. Quand LA pâtisserie redevient une pâtisserie. Mes ondes ont été plus douces aujourd'hui. Mon remords n'en a été que plus douloureux. O ma Lucette à moi qui n'est pas à moi. *France-Soir,* demandez *France-Soir.* Il va finir par se méfier, le loufiat. Et Bossan, l'autre avocat de garde. *T'ai-je dit qu'après la façade, ce sont maintenant les volets qu'ils repeignent ? Tu me répondras que ce n'était pas de luxe, mais tout de même, ça fait plaisir.* De combien est le prix pour la quantité commandée ? Je ne me souviens plus. Pourvu que je ne me sois pas trompée. M. Taconnet a peut-être signé sans voir l'erreur. Ce serait du propre. Mais non, j'ai sûrement bien pris ce qu'il m'a dicté. N'y plus penser jusqu'à demain. Me détendre. Pouvoir m'étendre. Mais j'ai tant à faire encore. *Vagalume, Ah ! le petit vin blanc, Toutes les femmes sont fatales. J'sens mon cœur qui fout le camp. La servante est créole.* Telle est mon excitation que ça ne peut plus durer. Un homme en bras de chemise se penche-t-il pour ramasser une pièce de monnaie qu'il a laissée tomber : je vois des seins. Des seins, des seins, DES SEINS, je n'en puis plus. *Crispin Chevalier* ou *Les grisettes ?* Vérifier. *Nos auteurs se livraient à la vive saillie.* Il y a longtemps que je ne suis pas allé à Valromé. *Prière de ne pas regarder par le trou de la serrure. Inconstante Manon, fille ingrate et sans foi, où sont vos promesses et vos serments ? Amante mille fois volage et cruelle, qu'as-tu fait de cet amour que tu me jurais encore aujourd'hui ?* Le marché aux fleurs, je l'ai toujours dit, c'est encore ce qu'il y a de mieux. Par bouffées la valse. Ravel, la valse par rafales, les fenêtres ouvertes, l'été. La valse confuse hésite, éclate et meurt. *Arracher le récit au moule classique d'Adolphe, le moderniser sans rien lui faire perdre de sa rigueur.* Ni de sa transparence. *Les tourmalines vertes présentent une double réfraction négative, avec le phénomène du dichroïsme particulièrement marqué.* Secret des yeux changeants d'Amelinha. Une simple pâtisserie sert de relais à la poésie. Je comprends et je perds aussitôt le grand secret. Dommage qu'ils soient morts, Desnos, Éluard, Supervielle. Ils me comprenaient. Ils ne se moquaient pas de moi. Joli petit laçage. J'aurais bien dû les prendre, ces chaussures. Musique musique, pas une note de trop. Évidemment mes seins ne sont pas encore si beaux. Je vole aux hommes le désir qui me fait défaillir. Mais patience. Deux petits mois et vous verrez, je pourrai vous les donner nus à baiser. Vibration artisanale de la scierie. Pigeons. OSTOURN, MORI, SALDAMANDO. Qu'est-ce que cela peut bien vouloir dire ? Elle resta longtemps les paupières closes, m'oubliant, impressionnante à force d'immobilité. Lorsqu'elle ouvrit enfin les yeux (elle m'avait presque fait peur), je lui demandai si elle s'était assoupie, mais elle me répondit que non : « Je suis là, tu vois. Je suis là. » Sous-entendu : je me contente d'être là, présente parmi les choses, mais vivante, me faisant la plus lourde possible sur cette terre pour ne pas en être arrachée. *Comment, Mathilde, tu ne m'embrasses pas ? Tu ne me moumounes pas ? Oh si ! OH ! SI !* Ce sont des rapports de police choisis parmi des milliers et des milliers d'autres dans des liasses jamais ouvertes. Admirais-je moins Helvétius, ai-je moins de respect pour Séguier parce que... Non, bien sûr, nous sommes tous pareils, nous les hommes. Et ces malheureuses gourdes. Cette pauvre petite Moncan. Désirs, calculs, mensonges anéantis et dont les rares traces par hasard subsistantes seront un jour effacées avec tout ce qui a jamais été écrit par la main de l'homme. Les rapports de Meusnier, ceux de Marais retourneront au néant en même temps que l'*Odyssée* et que *A la recherche du temps perdu*. Misérable humanité, grande humanité avec laquelle il faut me solidariser, en qui je suis humilié et par qui je suis fier, quoi qu'il arrive. *M. Elle vestius a etté foiter de M*elle *July ces le nom de notte couturière lundi 7 du mois de chez lui sa fame viens d'accoucher d'un gros garson ile lui a donné un louis je lui envoie lundy flecher à huitte heur le matin avec une pognée de verges ce flecher est le mary de la du breuille dit guetamps. Mercredi cette même July a etté chez le vieux chevalier de Judée le foiter pour un louis.* Une pochette à mon costard et pourquoi pas un smoquingue, tant qu'ils y étaient ! Je vais vous expliquer Christophe Colomb, ça je sais. *La fête de* L'HUMANITÉ *aura lieu les 3 et 4 septembre prochain au Parc des Sports de la Courneuve. Cette oasis de verdure est située au cœur d'une banlieue ouvrière où l'influence de notre Parti est prépondérante.*

Bigoudis elle était très fafiguée, et Chiffonnette aussi elle était fafiguée et Rachel elle était très, très, très fafiguée. *Nous irons ensemble au cabinet particulier.* Elles en ont un style. Toutes des garces et des salopes. Claude Desprez. Mme Prioux. Claude Crébillon. Mme Pâquerette. Claude de l'Estoile. Mme Desvieux. Guillot. M. de Saint-Foix. Simon le Coc. Audry le Foie-Dieu. Aaliz qui vent les pois. Bien-Venue s'ostesse. Il y a un marchand de soutiens-gorge tout près d'ici. *Exquise féminité de cette nouvelle et fine corbeille qui vous pare de dentelles dès votre premier geste en vous offrant les avantages pratiques du nylon.* Bouquiner, apprendre. Je ne suis plus en enfant, je peux regarder les femmes nues. Ça n'étonne personne. Sauf moi. Moi je n'en reviens pas. Maroquin de Cordoue. Dom d'Achéry. *Les parties de Votre Majesté doivent être avant le coït assez longuement titillées.* 6506 JE 75. 1240 JV 75. 372 FH 35 ? Il y a vraiment trop d'autos. Trois et sept dix et deux douze et trois quinze et cinq vingt. F est la, un, deux, trois, quatre, cinq, six, sixième lettre de l'alphabet. Vingt-six et huit trente-quatre. Je mourrai à quarante-deux ans. J'ai le temps. 9510 NF 75. Nous serons frais en l'an 9510. *Depuis le 15 mai, nos prix ont été relevés en raison des hausses importantes,* non, non et non ; penser à autre chose, *que nous avons supportées sur la matière première de base.* Je commence à en avoir ma claque d'attendre. Valérie. Noémie. Belle Noiseuse ou Belle Fosseuse ? Thomasse la talemelière. Guillaume Potage. Bon-Mot. Biétrix, la métresse. Perronele, la morèle. Est-ce que c'est joli, Le Trayas ? Sézigue, il joue à cache-cache ou quoi ? Sept et quatre onze et neuf vingt et sept vingt-sept, chiffre sans signification pour moi, mais si j'ajoute le 7 et le 5 de 75, comme c'est fatigant, si encore je savais calculer.

Vingt-sept ? Tiens, tout à l'heure j'avais vingt-six et avant vingt-huit. 26, 27, 28, intéressant cela ? Très intéressant. Ce ne peut être un hasard, y réfléchir. Valérie, Valérie que j'aime. Plus rien à craindre de Lieuvain. *Les Comediens François qui ont leur Hotel rue des fossez saint Germain des prez représentent tous les jours alternativement des Tragedies et des Comedies.* Le complot pour enlever la petite Moncan, fille de l'afficheur de la Comédie-Française, avait été fomenté chez La Locques, marchand de bière à la foire Saint-Germain et qui demeurait rue des Fossés-Saint-Germain-des-Prés. *Nous vous serions reconnaissant de bien vouloir nous faire approximativement savoir dans la mesure du possible à quelles époques nous devons procéder aux autres expéditions.* Mes belles tomates. Qui veut mes belles tomates. En voilà de superbes capucines, madame. *M. de Helvetinz n'est pas le seul qui a du goût pour la flagellation, c'est aussi la passion dominante du chevalier Judde, commandeur de l'ordre de Malte ; il donne un louis à chaque fois et se fournit de verges.* Pauvre cher papa qui est mort. Ma pauvre maman. OSTOURN, MORI, SALDAMANDO. J'en ai assez de la vieillesse. Au lit on dort. *Même la semaine difficile.* Fini pour moi. *Pourquoi restez-vous là ? Alors que vous pourriez nager avec tous les autres ? Libérez vos pieds, ces opprimés.* Moi, heureusement, je travaille assise. *France-Soir, Paris-Presse.* Hôtel de Dieppe, tout confort. NICOLAS. 58, porte de Vanves, 7288 ET 75. Chaussures ROGER. Parfumerie MAZARINE. Rue des Buttes, des Fossés, du Fossé, de Nesle, Traversine. Amelinha. Marie-Prune. Mauriat. Alainne, la coiffière. Anès, la Tronchete. Jehan Cheval. Dame Jehanne la Piz-d'Oë. Bref éclat jaune d'un loriot. La Rose, j'espère qu'elle saura la boucler, sa menteuse. Quand je dis qu'elle est givrée, je dis pas qu'elle picole mais qu'elle est un peu folingue. *Maison à porte cochère à louer présentement, rue des Poitevins, près St André des Arts, ayant court, remise, escurie à quatre chevaux, 3 estages par le devant de chacun 4 pièces de plain pied, et un petit corps de logis à 2 estages, sur le derrière, le tout pour 900 livr. Adresse chez M. le Président de Mesrigny, dans la mesme rue.* Maman Ginette. 58 Service Partiel Châtelet. Le Buci, bar, La Slavia, Bière des Gourmets. Phildar. *Orangina, Orangina.* Bar, restaurant. Papetier graveur. Fabrique de Couronnes. Bijoux Fix. Comme le mode d'emploi d'un tranquillisant servant de signet à un ouvrage sur le bouddhisme Zen. *Mauriat étoit parent de Mm. de Bissy, de M. le duc de Châtillon gouverneur du Dauphiné, de M. le duc d'Harcourt, capitaine des gardes du corps, neveu du prieur de l'abbaye de Saint-Claude, mais un mauvais sujet. Il avoit été lieutenant dans le régiment de Richelieu d'où il avoit été chassé pour friponnerie. Il étoit sans bien, et n'avoit d'autre emploi à Paris que de joueur et de croc.* Tel était Johannes Climacus. *Il ne s'apercevait pas que l'on souriait à sa vue, et qu'à d'autres moments on se retournait, amusé, pour le regarder quand il suivait la rue d'un pas rapide et léger, comme au bal. Il ne faisait pas attention aux hommes et ne pensait pas qu'ils pouvaient l'observer; il était et restait étranger au monde.* Elle le connaissait, cette rombière, le chemin de la rue de Condé. Ah! ça, non, on n'est pas secondé. Pas une note de trop dans *Don Juan*, ce n'est pas croyable, ma chère. On dirait des fleuves avec leurs affluents. Plus d'espoir. Ils sont perdus. Strip-tease permanent. A l'Abricotier, c'est d'un drôle. Machinalement. Machinalement? Soit : la machine à faire des enfants. Quel crétin! Je suis une femme très occupée.

Alors Bigoudis, elle dit à Chiffonnette à et Chafouine. Tu veux que je te raconte l'histoire de Chafouine ? *Des sangliers, des singes, des chacals, des lièvres en liberté. Par le cou à coup de règle. Lui coupe le cou à coup de vin amer.* Juillet 1548, Ramus dirige dans le terroir de vignes du Laas une émeute d'étudiants contre les moines de Saint-Germain-des-Prés accusés d'avoir cultivé une partie de ce vignoble du Laas appartenant au Pré-aux-Clercs. *A six heures du soir, aux flambeaux.* Le carrefour de, le carrefour de, c'est rageant à la fin, est-ce que je mourrai sans avoir retrouvé son nom ? L'homme des ruines, mais c'est Volney, il n'y avait rien de plus facile. Ce savoir inutile et souvent à moi-même incompréhensible qui m'encombre, souvenirs de lectures oubliées. Lesbazeilles. *Il y avait six douzaines de flambeaux.* Et Frater Taciturnus. *On va ainsi parmi la foule qui manifeste tantôt un état d'esprit, tantôt un autre ; on s'instruit sans cesse dans un désir accru de s'instruire.* Jehane la Chauvel. Jehanne la noire. Jehan Hache. Jean l'Estuvé. Jehan le Picart, mesuréeur de busche. Jehan l'Alemant, mesuréeur de sol. Jehan Boute-Vilain. *M. Helvétius, maître d'Hôtel de la Reyne, vint lundi soir et s'amusa un moment avec la demoiselle Lemaire qui se faisait appeler auparavant la Damoncourt.* Chacun s'amuse comme il peut. Ne jugeons pas. *La plus haute vertu comme le vice le plus honteux, est en nous l'effet du plaisir plus ou moins vif que nous trouvons à nous y livrer.* DE L'ESPRIT, Livre III... N'en point tirer argument contre Helvétius. Ne pas oublier que Voltaire lui écrivait : « Vous êtes une belle âme à diriger. » Voltaire ne s'y connaissait pas en âme ? Mais Helvétius était bon, il était noble. Fermier général, il dénonça les abus d'une société dans laquelle *la moitié de la nation s'enrichit de la misère de l'autre.* Jean-

François de Saint-Lambert. — *Helvétius ne voulait point recevoir l'argent des confiscations ; et souvent, il dédommagea le malheureux ruiné par les vexations des employés. La ferme n'approuva pas d'abord tant de grandeur d'âme mais depuis, Helvétius ne fit de belles actions qu'à ses dépens, et les fermiers voulurent bien tolérer cette conduite.* Je ne m'acharne pas contre Helvétius. Simplement, je l'ai rencontré dans mon quartier. J'aurais pu ne point tomber sur lui. Ou l'oublier Comme j'allais justement passer sous silence ceci qui, pour une (ou deux) de mes rues a de l'importance...

... et qu'effectivement, par négligence ou ignorance, j'ai omis. Ainsi, en cherchant plus profondément dans ma mémoire, ou avec plus de soin dans les bibliothèques, pourrais-je tout recommencer et repartir sur de nouveaux frais. Mais je renonce. 1669 ou 1671 ? Je ne saurai jamais. Je ne vérifierai plus aucune date, aucun fait, à quoi bon ? L'érudition est plus vaine encore que l'ambition. La seule histoire qui compte est celle des esprits. Café, Hôtel, LE CARREFOUR. Chez Jean. GRAFF PILS. Bière de Luxe. *Les bons melons du sieur Letgüyüe.* Mes belles tomates. Dix-huit berges, bon poids, qu'elle fait, la Rose. Tout le monde le sait, à la boîte, qu'elle est ta Valérie. Du jus de tomate, et puis quoi encore! Cette Gisou, tout de même. La rue Séguier, enfin. Pourvu que Valérie ne soit pas trop fâchée. Et ce lacet, ce lacet une fois de plus à renouer. Asphalte gris et tacheté des trottoirs. Crachats éclatés. Crottes sèches. *Pour aller chercher une feuille de papier blanc dont j'avais besoin.* Où ai-je plus de chance, dans les rues ou dans les salons? *Tout est triste, comme noirçi d'encre.* Ce sont les derniers mots du journal de L'Estoile. Mais de *quel* écrivain, de *quel* peintre s'agit-il? C'était depuis une des fenêtres d'en face mais c'était aussi d'un autre de mes livres que cette femme de ménage me faisait signe en agitant son chiffon rouge. D'où a-t-elle surgi une nouvelle fois ainsi, cette anonyme, plus insignifiante encore que mes insignifiantes? Colibri ou loriot? La voici donc cette rue Séguier où habite une jeune fille nommée Valérie dont nous ne saurons jamais si elle était vraiment jolie. Ce fut d'abord la rue Pavée. Y habitèrent depuis le XVIIe siècle : Moussy, Mme d'Argouges, la marquise de Rannes (une vraie marquise, celle-là!), la comtesse de La Palue-Bouligneux, le marquis de La Housse, le marquis de Flammarens (cela fait au moins deux authentiques marquises de plus), Mme de Marigny, Jean-Mathieu de Séguier. Et cet invité de quelques heures, pâle captif inconnu, marquis de la Collaboration, innocent peut-être ou si peu coupable, fusillé qui sait, que j'y vis sortir du P. C. d'Oronte le 24 août 1944. Enfin une autre marquise, tout près de là, au 52, rue Saint-André-des-Arts, une de mes rues, Charlotte de Roumilley de La Chesnaye, marquise de Saint-Mesme. Colibri *et* loriot. *Minutieux agencements. Équilibres subtils. Symétries cachées...*

— Une vieille folle, oui, voilà ce que je suis ! Oublier mon pain...

... et parler toute seule dans la rue, comme ce grand dingue de nègre, tout à l'heure. Attention madame Prioux, bien souvent je te l'ai dit, tu deviens un peu dérangée. Ce vieux-là, ça fait combien de temps que je le rencontre, ce soir, avec ses guêtres et son parapluie. Il est partout à la fois, allant et venant comme pois en pot...

... Folle ? Peut-être bien que cette femme est folle, puisqu'elle se fait tout haut la conversation. Mais moi, oui, sûrement, pauvre marquise, je suis une folle. C'est dur, c'est doux d'être une folle, lorsqu'on se fait vieux. Surtout avec peu d'argent et beaucoup de ventre. J'en ai assez de tourner en rond à ce carrefour. Est-il encore trop tôt pour espérer une rencontre sérieuse...

— Deux paquets de gris... Merci madame...

... De quel droit ai-je exclu de mes rêves cette rue des Grands-Augustins ? Dans une de ses maisons qui existe toujours, au n° 25, habitèrent La Bruyère pendant quinze ans, Augustin Thierry durant dix années et Henri Heine en 1841. Mais je saurai être raisonnable et oublier, si je puis, jusqu'à mon carrefour où je vais revenir...

... Henri Heine, 1834. — *Il est bon, du moins, que nous soyons contemporains, et que nous nous soyons rencontrés dans le même coin de terre avec nos folles larmes. Ah ! quel malheur si par hasard vous aviez vécu deux cents ans plus tôt, comme cela m'est arrivé avec mon ami Michel Cervantès de Saavedra ; ou si vous étiez venu au monde un siècle plus tard que moi, comme un autre de*

*mes amis intimes, dont je ne sais même pas le nom, par
la raison qu'il n'en aura un qu'à sa naissance en l'an
1900...*

... L'an 2000 sera bientôt aussi démodé que ce
prestigieux, cet inimaginable 1900 rêvé par Henri
Heine dont il ne serait pas si difficile de découvrir quel
fut l'ami venu au monde cette année-là. *Le temps nous
tue mais il n'existe pas.* Où ai-je lu cette phrase ? Déjà
roulée. Allumée déjà. Mais, pas de chance, la pluie qui
se met à tomber va gâcher cette première et si douce
cigarette...

... Et voici, enfin retrouvées, les deux notations
décisives, récompense d'après le travail, illumination
d'où sont nées tant d'œuvres d'aujourd'hui et celle-ci
(on ne fait jamais que redécouvrir, recommencer,
répéter). James Joyce : *L'Histoire est un cauchemar
dont je cherche à m'éveiller.* Paul Klee : *L'élément
temporel doit être éliminé : Hier et aujourd'hui en tant
que simultanéité...* Bonheur. Joie. Enfin la pluie. Quelques gouttes seulement, mais ce n'est qu'un début.
Cette petite heure passée à ma fenêtre n'avait pas
changé le ciel. Une fin d'après-midi comme les autres,
l'été, à Paris : ensoleillée, bruyante, chaude d'abord,
puis lourde, orageuse, avec soudain comme une promesse de fraîcheur et la pluie enfin, la pluie soudain
violente, la paix qui vient en moi avec la pluie. Non
point tout à fait l'inoubliable mais énigmatique ala-
crité que saluèrent, autour du clocher de Saint-Germain-des-Prés, les martinets d'autrefois. Mais une
révélation du même ordre. L'acceptation de la mort,
c'est cela, son accueil tranquille, où et quand ce sera
l'heure. Une goutte gicle et s'écrase sur ma joue. Si je
ne vois que les maigres branchages du boulevard
Saint-Germain, toutes les forêts de l'Ile-de-France

embaument Paris délivré. Enfin des arbres après toutes ces pierres ; des feuillages frappés de pluie ; une odeur de campagne ; la joie de respirer...

— Je lui faisais la lecture. Elle ne voyait presque plus, les derniers temps, mais elle s'occupait toujours du ménage, tant bien que mal. Dites donc, il pleut ! Il pleut même très fort. Nous faisions la conversation. Nous écoutions la radio. Elle ne vous gêne pas ma pipe, au moins ? Comme je vous l'ai dit, presque jusqu'au dernier jour, nous avons couché côte à côte. Cinquante-cinq années de bonheur près d'elle, dans le même lit. Elle avait fait un testament. Je vais vous le...

— Mais c'est inu... Nous... Qu'est-ce qu'il tombe ? Le pauvre Ludo...

— Hein, dites donc ! Le gosse se sera mis à l'abri, n'ayez pas peur. Ce testament, il faut que je vous le... Si, si. Attendez.

... Il se lève lourdement, traîne ses pieds chaussés de feutre, passe dans la pièce voisine, lourd, massif. Il va revenir, je ne vais pas échapper à la lecture de ce testament...

... Mais c'est qu'il pleut. Heureusement que la marquise n'oublie jamais son parapluie. Voilà qui va au moins laver ces ignobles trottoirs. En attendant l'heure propice et pour me mettre tout de même à l'abri, je vais aller, oui, me faire raser chez le coiffeur du boulevard Saint-Germain, celui qui est si mignon. Penser que Jef, beau comme il est, n'est que garçon d'hôtel. Et farouche. Une vraie jeune fille. Quel dommage ! Allons ! J'ai toute la soirée devant moi, il y a juste une heure que je suis sorti, il est encore très tôt, cette pluie ne durera pas. Mais qu'elle y aille, qu'elle nettoie ces immondes pipis, qu'elle balaie ces crottes. Les Jef, ce n'est pas ce qui manque. Ni les petits ouvriers du genre de celui que je me suis lassé d'attendre, devant son zinc. J'ai eu beau flâner, gagner du temps, la journée n'est pas assez avancée. La marquise n'aurait pas dû sortir à cinq heures...

... Cigarette mouillée, cigarette éteinte, tant pis, elle me fait tellement de bien cette pluie, elle me délivre. Marcher encore, gagner les quais. Atteindre le Pont-Neuf comme une issue. J'étouffais dans la prison étoilée de mon carrefour. Presque tous les passants ayant été chassés par l'averse, il reste les silencieuses voitures lavées, toits et flancs luisants, rapprochées, immobilisées. Pourquoi continuer à me laisser fasciner par les événements minuscules du quartier de Buci, alors que si près, entre Notre-Dame et le Louvre, l'Histoire de France est dans sa richesse et sa grandeur tout entière présente, à deux minutes de chez moi, en un lieu où chez moi je suis encore puisque j'y ai vécu aux barricades du Pont-Neuf les heures exaltantes de la Libération de Paris ? Le Louvre abritant au bas du ciel ses grands morts réveillés. Nos rois continuant d'y demeurer tous ensemble et les assassins de nos rois, unis dans la fraternité absurde de l'Histoire. Six heures sonnent dans le grand silence bruissant de la pluie...

... Un testament qu'il me lit d'une voix soudain ragaillardie, frémissante, heureuse, jubilante, un testament où rien n'est oublié, où tout est prévu, où sa femme marque sa volonté expresse de tout lui laisser, tout, rien pour leur fille, si ce n'est la nue-propriété de leur maison de campagne, même pas ce que légalement ils lui doivent. Ils ont toujours été dans leur amour d'un égoïsme féroce...

— ... Enfin, M. Loubert, ce testament prouve au moins combien elle vous aimait...

— Nous étions tout l'un pour l'autre. Tout. Maintenant, la solitude est mon lot, il faut bien que je m'y fasse, je n'ai plus aucun but dans l'existence, aucune raison de vivre. Le moment arrive, lorsqu'on en est là où me voici, si seul et à jamais, lorsqu'on se trouve ainsi abandonné, le moment où, après des jours et des nuits et des jours de larmes, on est bien obligé de se dire que le passé est le passé, qu'il n'y a rien à faire et qu'on est toujours vivant et que la vie continue, et que les larmes n'y changent rien, et que si Mathilde est morte et si je suis vivant, je n'en suis pas responsable, que personne à vrai dire n'est coupable, si ce n'est, excusez-moi, le bon Dieu, qu'il me pardonne, mais enfin, la mort, la mort est-ce juste, est-ce défendable ? Lorsqu'on se trouve ainsi tout seul, on finit par se dire qu'il est inutile de pleurer, qu'il suffit d'attendre le moment qui ne peut tarder indéfiniment où j'irai la retrouver, mais où ? voilà ce que je me demande avec angoisse, moi qui suis pourtant croyant, moi qui ai fait il y a encore quelques semaines à peine mes pâques près d'elle...

... Et tandis que parlait, parlait, parlait ainsi mon vieux cousin Gilbert, je pensais non sans remords, non sans gêne que, de tant de souffrance, je ferais de la littérature, plus sensible aux phrases et à leur agencement qu'à ce qu'elles signifiaient de si terrible pour cette pauvre Agnès, pour son mari, mais aussi pour nous tous, promis au même destin. J'avais eu, en apprenant par Martine la mort d'Agnès Louvet, une brève mais violente coulée de larmes. Et au récit par Gilbert de ses derniers moments, mon cœur s'était serré. A la fois ému en tant qu'homme et en tant que parent, mais aussi objectivement intéressé par les articulations de ce long monologue, ses sinuosités, ses repentirs, l'admirable coulée des mots, repris, répétés, enchaînés selon un rythme dont aucune technique littéraire n'a encore proposé un équivalent satisfaisant. Et voici que je pensais aux notes qu'il me faudrait prendre une fois revenu rue de l'Ancienne-Comédie, faute d'oser sortir immédiatement mon stylo. Voici que je songeais avec regret au magnétophone qui m'aurait permis d'enregistrer à mesure ce discours et de l'étudier ensuite, phrase après phrase, pour le reproduire dans mon roman, après l'avoir transposé, en élaborant cette matière brute sans l'appauvrir ni rien lui faire perdre de son irremplaçable authenticité. Dans mon roman où je n'aurais que son nom à changer, l'appelant Pierre ou Paul ou Roland, pourquoi pas. Roland Loubert, M. Loubert. Et je songeais aussi à cette crainte, à cette attente de la mort dans lesquelles avait vécu ma cousine Louvet. A ce qu'elle avait dû en avouer à son mari. Et je me disais que si Gilbert répétait aussi souvent qu'il en avait l'occasion les détails de cette agonie (car on sentait bien qu'il récitait devant moi plus que pour moi une sorte de texte intérieur, peu à peu précisé, et qu'il désespérait de mettre définitivement au point), c'était obscurément en se référant à ce que sa femme et lui disaient ou taisaient ensemble (se comprenant sans avoir à se parler) de la mort, dont il lui, et dont il se donnait à lui-même des nouvelles, la précision du témoignage ramenant ce dramatique événement à une sorte d'incident presque rassurant, moins douloureux que l'on n'avait pu craindre, tout au moins pour la défunte qui, si elle n'était plus là, entendait peut-être son mari, apprenant peut-être de ses lèvres, mais trop tard, les circonstances de sa propre disparition. Et je pensais, tout aussi absurdement : « Ça l'aurait tellement intéressée, Agnès Louvet, si elle avait pu l'entendre, ce récit de sa mort. » Et je m'étonnais de cette pensée déraisonnable, et je revenais (déformation professionnelle) à ce qui me passionnait de nouveau plus que tout : la technique de ce langage parlé, cette façon de s'exprimer, si naturelle, que l'on a systématiquement reniée, niée, en nous apprenant à écrire, à rédiger, à composer (en nous désapprenant à penser) et qu'il me faut maintenant retrouver pour faire échapper justement à la littérature (cette littérature à laquelle j'avais honte de penser en une telle occasion) le livre que je veux écrire. Et je me disais, non sans satisfaction (après tant d'années où j'avais eu conscience et où j'avais souffert de mon inutilité) qu'en un monde où il n'y avait d'indispensables que les spécialistes, j'étais devenu moi aussi, à force de lectures et d'écritures et après vingt ans d'apprentissage, un technicien : non pas tant dans la critique que dans la pratique du roman, comprenant, appréciant un peu mieux que la plupart des usagers de la littérature comment un livre était fait (et s'il était bien fait), sachant à mon tour construire, monter, mettre au point, faire fonctionner des romans, soigneusement agencés, dont chaque rouage avait été par moi mis à sa place puis essayé, afin que la machine tout entière fonctionnât selon ce que j'en attendais. Métier entre tous inessentiel, luxe d'une société, mais qu'au moins j'avais appris, dont j'avais autant qu'il était en mon pouvoir maîtrisé les difficultés et que j'exerçais enfin pas plus mal si ce n'est même aussi bien que d'autres professionnels...

... Donc, Bertrand Carnéjoux enregistre dans son roman, et j'enregistre dans le roman où j'ai donné la parole et la vie à Bertrand Carnéjoux, cette impossibilité de concevoir ce qui paraît si naturel chez les autres et que l'on a passé sa vie à craindre, s'en sachant inéluctablement menacé, dans les êtres que l'on aime et en soi-même : la mort. De sa cousine Agnès, il a fait la Mathilde de son livre, et je sais bien, moi, que le vrai nom de cette agonisante n'était pas plus Agnès que Mathilde. Bertrand Carnéjoux, personnage triple, puisqu'il est supposé écrire les livres où il joue lui-même en tant que héros un rôle. Romancier animé par un romancier que romancier moi-même j'ai mis dans un roman où rien pourtant ne fut inventé, un jeu de miroir y prenant à ses pièges, des sensations, des sentiments et des pensées vécues...

... Les fanfares de l'Histoire distraient de l'humble mélodie des jours. Cette rumeur de la vie quotidienne je ne pouvais espérer la surprendre qu'à quelque distance des palais. Je n'ai rien voulu prouver. Mon livre, je l'ai imaginé, écrit, achevé sans idée préconçue autre que celle de ce thème : la réalité du temps à la fois exacerbée et niée par cette foule qui de jour en jour, d'année en année, de siècle en siècle, n'a cessé de traverser un même carrefour de ma ville. Carrefour choisi par hasard, pour cette seule raison que mes souvenirs de la libération de Paris me l'avaient rendu cher après me l'avoir découvert — car j'ignorais tout de lui auparavant, sauf sans doute son existence. Si donc j'ai trouvé et rassemblé tant de faits vrais relatifs à la petite histoire du carrefour de Buci et si tous ou presque tous ont eu la même coloration de stupre et de sang, ce ne fut point volonté, arrière-pensée, goût obscur à moi-même inconnu, mais seulement hasard. Je ne pouvais modifier quoi que ce soit à ce qui avait eu lieu ici et non point là, en cet étroit domaine exactement arpenté. J'ai tout noté textuellement de ce que j'ai décelé, remontant autant que possible à la source

313

lorsque le renseignement m'avait été donné de seconde main. Et je n'ai, à de rares exceptions près, découvert que des crimes contre les corps, contre les cœurs, contre les âmes. Les choses sont ce qu'elles sont, ou plutôt ce qu'elles nous apparaissent, cela suffit à l'honneur et au bonheur d'écrire, de décrire. Mais si un sens se dégage de l'accumulation des faits enregistrés qu'y puis-je ? Ce n'est point moi qui suis pessimiste (ou optimiste). Ce n'est pas moi qui ai voulu démontrer quoi que ce soit, par exemple que les hommes tuent et se tuent, qu'ils violent et bafouent l'innocence, qu'ils sont souvent ignobles. Les faits le disent, que j'ai enregistrés mécaniquement, comme une machine fabriquée pour retenir tels renseignements plutôt que tels autres lorsqu'elle a été enclenchée d'une certaine façon. Un cerveau électronique aurait trié aussi bien et même mieux que moi, pour peu qu'on lui ait fourni une masse plus complète d'informations à ventiler. L'homme a ses états de grâce qui échappent aux chroniques. Il y a peut-être eu des saints, il y a sûrement eu de saintes et nobles gens dans mon quartier. Ce carrefour du crime fut aussi celui des secrètes grandeurs...

... Ainsi, l'histoire de Bertrand Carnéjoux qui dans ses commencements concernait un seul personnage et ses préoccupations égoïstes a-t-elle rejoint, grâce aux huit convives de sa première suite, des vérités plus générales, pour s'épanouir et s'approfondir dans cette troisième partie où tout un peuple fut suscité et peut-être ressuscité. Le bruit éteint, la fureur morte, il reste la liberté. Ainsi le roman s'est-il dans ses avant-dernières pages peu à peu évanoui, et a-t-il disparu, sans feintes ni masques, au profit du romancier qui, s'il

314

s'est mis directement dans son livre, l'a purifié à la fin de ses dernières traces de fiction en le faisant accéder à une vérité où l'exactitude littérale fut préférée à la littérature. La marquise ne sortit pas à cinq heures...

DU MÊME AUTEUR

Aux Éditions Albin Michel

Romans.

LE DIALOGUE INTÉRIEUR.

    I. — TOUTES LES FEMMES SONT FATALES (1957).

    II. — LE DÎNER EN VILLE (1959).

    III. — LA MARQUISE SORTIT A CINQ HEURES (1961).

    IV. — L'AGRANDISSEMENT (1963).

Essais.

CONVERSATIONS AVEC ANDRÉ GIDE (1951).

HOMMES ET IDÉES D'AUJOURD'HUI (1953).

L'ALITTÉRATURE CONTEMPORAINE (1958).

Impression Bussière à Saint-Amand (Cher),
le 4 janvier 1984.
Dépôt légal : janvier 1984.
Numéro d'imprimeur : 2500.

ISBN 2-07-037532-3./Imprimé en France.

33048